Nina Röttger

Die grüne Fee und der Mord auf der Marksburg

Von der Autorin bisher bei KBV erschienen:

*Die grüne Fee und der kalte Tod*
*Die grüne Fee und das rote Blut*

**Nina Röttger** wurde am Freitag, den 13. September 1991, in Troisdorf geboren und lebt auch heute noch dort. Nachdem sie Germanistik an der Rheinischen Friedrich-Wilhelms-Universität Bonn studiert und sich dabei auf mittelalterliche Literatur (und deren blutrünstigere Aspekte) spezialisiert hat, schreibt sie nun an ihrer Doktorarbeit. *Die grüne Fee und der Mord auf der Marksburg* ist ihr dritter Roman um die neugierige Gauklerin und Hobbydetektivin Isa Bocholt.

Nina Röttger

# Die grüne Fee
## und der Mord auf der Marksburg

KBV

FSC
www.fsc.org
MIX
Papier aus verantwortungsvollen Quellen
FSC® C083411

Originalausgabe

www.kbv-verlag.de
E-Mail: info@kbv-verlag.de
Telefon: 0 65 93 - 998 96-0
Fax: 0 65 93 - 998 96-20
Umschlaggestaltung: Ralf Kramp
unter Verwendung von © Deutsche Burgenvereinigung e. V.
Lektorat: Nicola Härms, Rheinbach
Druck: CPI books, Ebner & Spiegel GmbH, Ulm
Printed in Germany
ISBN 978-3-95441-521-2

Hinweis

Werte Recken, holde Maiden: Das Burgenfest zu Manderscheid gibt es natürlich wirklich. Ebenso wie die Marksburg, in deren Küche man tatsächlich ein sogenanntes »Grafenmahl« genießen kann. Die Figuren und Ereignisse in diesem Roman sind jedoch allesamt frei erfunden – sie haben nichts mit echten Personen oder Veranstaltungen zu tun.

# Prolog

Ist das dein Ernst?«

»Ich sage nur, dass du besser auf dich aufpassen sollst.«

»Und das von dem Mann, der mal einem zwei Meter großen Berserker die Freundin ausgespannt hat.«

Isa Bocholt fühlte sich, gelinde gesagt, verarscht.

Das Burgenfest zu Manderscheid, auf dem sie an diesem Wochenende auftraten, war perfekt. Zu Füßen der mächtigen Niederburg, die auf ihrem grün bewaldeten Felsen thronte, lag die Turnierwiese, wo Handwerker ihre Buden aufgebaut hatten, Schankwirte die Kelche füllten und Ritter zu Pferde kämpften. Eingerahmt von der wilden Vulkaneifel, erreichte man diesen Ort kaum auf anderem Wege als mit speziellen Shuttlebussen. Die Felsen und Bäume waren wie ein Vorhang, der das Tal vom Rest der Welt zu trennen schien. Den ganzen Tag über hatte die Sonne geschienen, kein einziges Wölkchen den Himmel getrübt; selbst nachdem es dunkel geworden und zum Ende des Markttages ein prächtiges Feuerwerk veranstaltet worden war, blieb die Sommernacht schwer und warm und süß.

Und ausgerechnet dort, an ausgerechnet diesem Abend, fing Alex schon wieder davon an.

»Im Ernst, Isa. Marek hat es schon einmal geschafft, dich aufzuspüren. Beim nächsten Mal begnügt sich der Dreckskerl vielleicht nicht mehr damit, dir bloß Angst einzujagen.«

Isa seufzte.

Im vergangenen Mai – keine zwölf Stunden, nachdem Isa alias »die grüne Fee von Absinth«, ihres Zeichens Gauklerin und Hobbydetektivin, eine Doppelmörderin dingfest gemacht hatte – war das Grauen über sie gekommen, untermalt vom statischen Rauschen einer schlechten Telefonverbindung.

*»Hier spricht Kommissar Pösch aus Siegburg. Ich muss Sie leider darüber informieren, dass Ihr Exfreund, Marek Koskov, bei einem routinemäßigen Ausführungsversuch aus dem Gewahrsam entkommen konnte. Nach ihm wird jetzt bundesweit gefahndet. Wir werden ihn sicher bald fassen, aber Sie sollten trotzdem auf sich aufpassen, Frau Bocholt. Koskov ist eventuell auf der Suche nach Ihnen.«*

Eventuell. Isa musste noch immer ein verächtliches Schnauben unterdrücken, wenn sie an dieses Wort dachte. Marek hatte sich zum Zeitpunkt des Telefonats schon längst in ihrer Nähe aufgehalten. Sie beobachtet. Ihr Gegenstände gestohlen. Eine rote Rose am Eingang ihres Zelts hinterlassen. Was Isa zuerst für seltsame Zufälle gehalten hatte, waren in Wahrheit Psychospielchen gewesen. Machtdemonstrationen ihres ganz persönlichen Dämons, der in den Schatten lauerte und darauf wartete, dass die Furcht sie übermannte.

Und sie *hatte* sich gefürchtet. Auch wenn sie es nur ungern zugab.

Etwa einen Monat lang hatte sie auf jedem Mittelaltermarkt, auf dem sie mit ihrer Band Manus Furis auftrat, in der Menge sein Gesicht gesehen. Überall hatte sie braune Augen entdeckt, deren Blick sie zu verfolgen schien. Hatte ständig seinen Atem im Nacken gespürt, heiß und fiebrig wie in jener Nacht, als sie herausgefunden hatte, dass er seinen eigenen Vater umgebracht hatte. Als er versucht hatte, Isa mit ihrem eigenen Messer zu töten, damit sie niemandem verriet, was er getan hatte.

Doch irgendwann, nach der wohl hundertsten Gänsehaut, war ihr etwas Wichtiges klar geworden.

Es passierte gar nichts.

Alles, was sie sah und hörte, entsprang bloß ihrer eigenen, blühenden Fantasie. Genau wie die Albträume, die sie manchmal heimsuchten. Marek hinterließ keine schaurigen Blumengrüße mehr, passte sie nicht in der Dunkelheit ab und glänzte auch sonst durch Abwesenheit.

Nach dieser Erkenntnis hatte die Angst begonnen, sich wie ein Gespinst aus kaltem Nebel in der stärker werdenden Sommersonne aufzulösen. Und nun, am letzten Wochenende im August, stand die grüne Fee mit Alex, dem Dudelsackspieler ihrer Band, in der Nähe der Zelte, in denen die Spielleute die Nacht verbringen würden, und fühlte sich frei. Eine sanfte Brise brachte die Baumkronen zum Rascheln und die Kerzen in den mittelalterlichen Laternen, die zwischen den Zelten brannten, zum Flackern. Wie Glühwürmchen tanzten die kleinen Flammen in der Dunkelheit.

Isa blickte Alex ins Gesicht. »Hör mal, ich weiß deine Sorge zu schätzen, wirklich. Auch die der anderen. Aber ich kann mein restliches Leben nicht in Angst verbringen, und ihr könnt mich nicht ständig bewachen wie die Jungfrau im Turme.«

»Stimmt, weil du schwerer zu hüten bist als ein Sack Flöhe.«

»Ich bin nach dem Feuerwerk nur spazieren gegangen.«

»Du warst über eine Stunde lang wie vom Erdboden verschluckt! Und normalerweise muss man –«

»... muss man mich, wenn das passiert, am Ende aus den Klauen des Bösen befreien oder reanimieren. Dass ihr euch über Kleinigkeiten immer so aufregen müsst.«

Als sie sah, dass er über ihren Scherz nicht lächelte, sondern immer noch besorgt wirkte, legte die grüne Fee ihre Handflächen sanft auf Alex' Wangen. Seine Barthaare kitzelten ihre Fingerspitzen. Um ihm das Grinsen zu entlocken, das er sonst allzu gerne zur Schau trug, knautschte Isa sein Gesicht ein kleines bisschen zusammen, bis er, wenn auch widerwillig, ein belustigtes Schnauben von sich gab.

»Ich passe auf mich auf«, sagte sie. »Versprochen. Und jetzt geh schlafen.«

Er umfasste ihre Handgelenke, löste ihre Finger aber nicht von seinen Wangen, sondern hielt sie einfach fest. Isa spürte plötzlich ein seltsames Flattern in der Brust. Es wurde so stark, dass sie die Hände schließlich selbst wegzog.

Nun mach mal halblang, grüne Fee, ermahnte sie sich. Ist doch nur Alex.

*Nur Alex.*

»Wenn heute Nacht etwas sein sollte ... du weißt, ich bin im Zelt nebenan. Ich höre dich«, sagte er.

»Was willst du machen, wenn ich schreie? Mit erhobener Lanze ins Zelt stürmen?«

»Haha, nein. Mit einem Breitschwert.«

»*Geh schlafen,* Alex.«

Als sie selbst eine Viertelstunde später in die Felle kroch, die ihr auf Märkten als Nachtlager dienten, fiel Isa sofort in einen tiefen, traumlosen Schlaf.

Aus dem sie am nächsten Morgen von einem Schrei geweckt wurde, der ihr das Blut in den Adern gefrieren ließ.

Erschrocken fuhr sie in die Höhe. Das Kreischen war spitz, wie der Schrei eines verletzten Tieres. Es wurde lauter und lauter, nur um dann schlagartig zu verstummen und wieder von Neuem anzuschwellen, bis Isa das Gefühl hatte, dass es ihre Trommelfelle durchbohrte wie rostiger Stahl.

Einige Herzschläge später entzerrte sich das Geräusch. Wurde natürlicher, weniger bedrohlich.

Was die grüne Fee, noch im Halbschlaf, für einen gequälten Schmerzensschrei gehalten hatte, entpuppte sich bei genauerem Hinhören als die schlimmste und lauteste Lache, die ihr je begegnet war.

Als Isa die Zeltwand anblinzelte, konnte sie durch den dünnen, hellen Stoff die Umrisse von Menschen erkennen. Auf der Wiese waren Leute. Wahrscheinlich Frühaufsteher aus dem Heerlager, die herumalberten.

Verärgert, aber auch erleichtert stieß Isa einen Seufzer aus. Müde ließ sie sich wieder zurück auf die Felle sinken. »Noch fünf Minuten ...«, brummte sie. Mit geschlossenen Augen drehte sie sich auf die andere Seite, um noch ein wenig zu dösen.

Dabei berührte sie mit der Nasenspitze die Klinge eines Dolches. Jemand hatte ihn neben ihrem Kopf ins Kissen gerammt, während sie geschlafen hatte.

# Kapitel 1

Nizariten«, sagte die grüne Fee.

Sowohl der Kriminalkommissar als auch ihre vier Bandkollegen starrten sie verständnislos an.

Die Spielleute und der Polizist saßen an einem der Tische vor der großen Marktbühne. Sonst nahmen dort Zuschauer während der Konzerte Platz, tranken Met oder knabberten an Fleischspießen. Diesmal dienten die Bänke jedoch als improvisiertes Vernehmungszimmer. Ein Umstand, der Isa nur recht war. In der Sonne, deren Strahlen ihr den Nacken wärmten, und umgeben vom vertrauten Geruch nach Leder, Holz und Rauch fühlte sie sich trotz allem sicherer als in jedem Büro. Der Mittelaltermarkt war *ihr* Revier. Ihr Zuhause.

Der Beamte von der Kripo entsprach ganz und gar nicht dem Bild, das Isa von einem Eifeler Dorfbullen hatte. Kommissar Waldästl, jung und erschreckend durchtrainiert, trug eine schlotternde Mütze aus dünnem, schwarzem Stoff auf dem Kopf. Eine Sonnenbrille verdeckte seine Augen. Wenn er sich bewegte, funkelten silberne Kreolen an seinen Ohrläppchen; am Handgelenk trug er eine dieser Hightech-Armbanduhren, die vermutlich auch dann noch funktionieren, wenn man in den Marianengraben hinuntertaucht oder mit *Dem Einen Ring* in die Feuer des Schicksalsberges fällt.

Isa war aufgewühlt. Und weil sich ihr Verstand automatisch an Nebensächlichkeiten aufhielt, wenn sie Angst hatte oder verwirrt war, konnte sie nicht aufhören, über den Kommissar nachzudenken, bis sie endlich einen Vergleich gefunden hatte.

Rambo, gefangen im Körper eines Hipsters, dachte sie schließlich. Gestrandet im Zuständigkeitsbereich Vulkaneifel-Mitte.

»Okay, ich habe keine blasse Ahnung, was Sie meinen, Frau Bocholt.« Selbst Waldästls Dialekt klang irgendwie amerikanisch. »Und ich kann es verdammt noch mal nicht leiden, wenn ich etwas nicht verstehe. Also, spucken Sie's schon aus: *Was* für Dinger?«

Die grüne Fee blickte ihre Freunde der Reihe nach an. Der Einzige, der aussah, als könnte er mit dem Begriff, den sie genannt hatte, irgendetwas anfangen, war Valentin. Zerstreut schob sich der Bandleader von Manus Furis sein Barett in den Nacken und kratzte sich am Kopf.

»Da war was …«, murmelte er. »Ich weiß nur, dass die Nizariten etwa zum Ende des elften Jahrhunderts auftauchten, aber ich kann mich gerade beim besten Willen nicht mehr ans elfte Jahrhundert erinnern …«

»Das passiert.« Alex zuckte mit den Schultern. »Ich kann mich an mein komplettes zwanzigstes Lebensjahr nicht mehr erinnern.«

Gegen ihren Willen musste Isa schmunzeln. In der Mittelalterszene war Alex nicht nur unter seinem Künstlernamen, »Alec MacPipe vom Clan der MacPipes«, bekannt, sondern auch unter ein paar anderen Spitznamen: »Der Casanova mit dem Claymore-Schwert«, »der schöne Schotte« und: »Wo ist der verfluchte Arsch, der meine Frau angegraben hat? Dem schlag' ich die Zähne ein!« Wo es Partys und hübsche Mädchen gab, war Alex nicht weit.

Er sah, dass sie lächelte, und grinste zurück.

»Die Nizariten«, erklärte die grüne Fee, »entstanden als Glaubensgemeinschaft im mittelalterlichen Orient und siedelten vor allem in Persien und Syrien. Sie erlangten zweifelhafte Berühmtheit durch die Meuchelmörder, die sie aussandten, um politische Gegner aus dem Weg zu räumen. Eine Begegnung mit diesen Assassinen war fast immer tödlich, ihre Methode besonders grausam: Sie erschlichen sich das Vertrauen ihrer Opfer, kamen ihnen näher und näher, bis sie sie mit einem gezielten Dolchstoß umbringen konnten. Kein Gift, kein Pfeil aus sicherer Entfernung – die Nizariten wollten sehen, wie das Leben in den Augen ihrer Opfer erlosch. Ob sie danach selbst gefasst und getötet wurden, war ihnen egal. Für sie zählte nur das Attentat. Ihr Ruf war irgendwann so verbreitet, dass es manchmal schon ausreichte, wenn sie nur einen Drohbrief hinterließen. Eine Warnung, die sie mit der für sie typischen Waffe, dem Dolch, in das Kissen stachen, auf dem das Opfer schlief.«

Isa deutete auf das Stück Pergament, das, eingepackt in einen Beweismittelbeutel, vor Waldästl auf dem Tisch lag. Es war mit dem Dolch in der Nacht an ihr Kissen gepinnt worden. Nur drei Worte waren darauf zu lesen, geschrieben in einer Handschrift, die sie sofort wiedererkannt hatte.

*Hallo, mein Schatz.*

»Du darfst dich nie wieder sicher fühlen. Das bedeuteten die Briefe der Nizariten. Egal, wo du dich versteckst oder wie gut du dich schützt – ich bin ganz in deiner Nähe. Ich kann dich töten, wann immer ich will.«

Isa war überrascht, dass ihre Stimme nicht zitterte. Allerdings drang ein merkwürdiger, kaum wahrnehmbarer Ton an ihr Ohr, während sie redete. Ein helles Klingeln, das zunächst mit den Geräuschen im Hintergrund verschmolz, dann aber ihre Aufmerksamkeit auf sich zog. Sie brauchte einen Moment, um zu verstehen, was es war: Unter dem Tisch, verborgen vor den Blicken der anderen, wippte ihr rechtes Bein nervös auf und ab. Dabei brachte es die Glöckchen, die sie an ihren grünen Leinenrock genäht hatte, ganz leise zum Klingen.

Noch während sie vergeblich versuchte, damit aufzuhören, spürte sie, wie ihr jemand eine Hand aufs Bein legte.

Lena, Isas beste Freundin, saß neben ihr und war vermutlich deshalb die Einzige, die das Geräusch ebenfalls hören konnte. Vielleicht lag es auch an ihrem schrecklich sensiblen Radar für menschliche Empfindsamkeiten; jedenfalls warf sie der grünen Fee einen Seitenblick zu, der zu sagen schien: *Keine Angst, Süße. Die Polizei findet ihn schon.*

Isa erwiderte den Blick. *Pff. Wer hat hier Angst? Ich werde Marek vorher finden, und dann stecke ich ihm seinen blöden Dolch in den …*

*Isa! Überlass das den Profis. Wenigstens dieses eine Mal.*

*Das ist unfair. Die dürfen ihn pfählen, ich aber nicht?*

Die beiden Mädchen kannten sich seit über sieben Jahren. Wenn nötig, konnten sie solch nonverbale Gespräche führen, während sie an den gegenüberliegenden Enden eines Ackers standen und zwischen ihnen Heerscharen historischer Darsteller gerade die Schlacht von Hastings nachspielten.

Die grüne Fee griff unterm Tisch nach Lenas Hand und drückte sie. Lena erwiderte die Geste.

Das Zittern in Isas Bein verschwand.

Kommissar Waldästl hatte sich während ihres kleinen Vortrags Notizen auf einem Tablet gemacht. Ein seltsamer Anblick auf einem Mittelaltermarkt, wo man normalerweise mit Federkielen schrieb oder Buchstaben in Wachstafeln ritzte.

»Und woher zum Teufel wissen Sie so gut Bescheid über diese Assassinen?« Mit dem Zeigefinger zog er sich die Sonnenbrille hinunter auf die Nasenspitze und musterte Isa über den Rand hinweg. »Ziemlich düsteres Thema für so ein niedliches junges Ding, oder?«

Das fünfte Bandmitglied von Manus Furis, das unseligerweise auf den Namen Kevin hörte, kicherte. Isa, die in ihrer Freizeit haufenweise Thriller und Kriminalromane las, als niedliches Mägdlein zu bezeichnen, entsprach ganz seinem Sinn für Humor.

»Ich habe mal was darüber in einem Geschichtsmagazin gelesen«, entgegnete die grüne Fee kühl.

»Wissen Sie noch, in welchem?«

»Nein. Aber es lag auf Mareks Couchtisch.«

»Wann?«

»Vorgestern, da hat er mich auf ein Gläschen Gewürzwein eingeladen … Im letzten Winter natürlich, wann denn sonst?«

Waldästl runzelte die Stirn. »Hmm … Das würde erklären, warum der Mistkerl den Zettel hinterlassen hat.«

»Korrekt. Ziemlich lange Leitung für so ein überhebliches junges Kerlchen, oder?«

Der Kommissar und die Gauklerin funkelten sich über den Tisch hinweg an.

Schließlich schob Waldästl seine Sonnenbrille wieder hoch und tippte mit undurchdringlicher Miene etwas in sein Tablet ein.

»Was auch immer sich Koskov dabei gedacht hat, weit kommt er jedenfalls nicht. Das hier«, er deutete auf die felsige Landschaft, die die Turnierwiese umgab, »ist die reinste Wildnis. Der letzte Flüchtige, den wir in diesen Wäldern gefunden haben, hat vor Erleichterung geheult, als wir ihn zurück in den Knast brachten.«

»Weil es hier von Wölfen, Riesen und Drachen nur so wimmelt, nehme ich an.«

Er ignorierte Isas Sarkasmus. »In spätestens einer Woche haben wir unseren Mann. Meine Leute sind speziell für solche Einsätze ausgebildet. Alles beinharte Jungs.«

Einer der Uniformierten, die damit beschäftigt waren, das Gelände abzusuchen und die historischen Darsteller zu befragen, schlenderte an ihrem Tisch vorbei. Gemütlich an einer frischen Waffel mümmelnd, die er sich ein paar Buden weiter bei Milan, dem Waffelbäcker, gekauft hatte, lüpfte der Polizist seine Dienstmütze.

»Tach, Chef!«, rief er, wobei er Teigkrümel auf die Wiese sprühte.

Isa grinste den Kommissar an.

Plötzlich schien Waldästl sehr daran interessiert, die Vernehmung zu beenden. Mit grimmiger Miene stand er auf und sammelte Beweismittel und Tablet ein. Dann überprüfte er demonstrativ den Sitz seiner Dienstwaffe, so als wollte er darauf hinweisen, dass er Isa trotz allem immer noch erschießen konnte.

»Eine Woche«, knurrte er, bevor er sich zum Gehen wandte. Die Sonne funkelte auf seinen dunkel getönten Brillengläsern. »Wenn ich Sie wäre, würde ich so lange von der Bildfläche verschwinden. Untertauchen. Suchen Sie sich ein ruhiges, abgeschiedenes Fleckchen, an dem Koskov Sie nicht finden kann.«

Die Spielleute von Manus Furis blickten ihm nach, als er über die Turnierwiese davonstapfte.

»Und was machen wir jetzt?«, fragte Alex.

Alle Augen richteten sich auf die grüne Fee.

Die zuckte mit den Schultern. »Also, mir fällt nur eine Lösung ein.«

Glühende Eisen zischten. Knisternd verbrannte das Fett, als nachgiebige Materie durch die Unbarmherzigkeit der Hitze ihre Form veränderte. Rauch stieg auf.

»Noch 'ne Lage Waffeln?«

»Ja, einmal ohne alles. Danke, Milan.«

Isa, die zwar mit einer großen Klappe gesegnet, aber von winziger Statur war, musste sich auf die Zehenspitzen stellen, als Milan ihr eine gigantische Ladung Gebäck reichte. Vorsichtig steuerte sie damit zurück zum Tisch vor der Marktbühne.

Mittlerweile hatten sich die Eifeler Einsatzkräfte wieder verzogen. Mit Ausnahme des Dolches und der Botschaft hatten sie keine Spur von Marek finden können. Dabei war selbst in der Ruine der Manderscheider Niederburg mit ihren zahlreichen Türmen und steilen, gewundenen Wehrgängen jeder Stein zweimal umgedreht worden.

Trotzdem schien Waldästl felsenfest davon überzeugt zu sein, dass er Marek innerhalb der nächsten Tage eigenhändig aus dem Unterholz zerren würde. Deshalb hatte er den Veranstaltern erlaubt, das Burgenfest wie geplant weiterlaufen zu lassen. Seither entließen die Shuttlebusse wieder neue Menschentrauben auf die Turnierwiese, wie römische Galeeren, die Legionäre auf die Küste Britanniens spuckten.

Die grüne Fee versuchte, sich einen Weg durch die Menge zu bahnen, ohne etwas von ihrer kostbaren Beute fallen zu lassen. Gekonnt schlängelte sie sich an Touristen in kurzen Hosen, mittelalterlich gewandeten Bogenschützen und Maiden in gewagten Korsagen vorbei, als hinter dem Waffelberg, der ihr halb die Sicht versperrte, plötzlich ein blonder Haarschopf aufblitzte. Lena tauchte so unerwartet vor ihr auf, dass Isa fast ins Straucheln geriet.

»Lässt du mich jetzt nicht mal mehr alleine was zu essen holen?«, fragte sie ungläubig.

»Nein.«

Entschlossen nahm Lena ihr einen Teil der Waffeln ab und zog sie dann am Ärmel hinter sich her. Die »wilde Helena«, so ihr Künstlername, konnte manchmal eine ziemliche Mimose sein, aber wenn sie sich einmal etwas in den Kopf gesetzt hatte, zog sie ihr Vorhaben gnadenlos durch. Da halfen weder gute Worte noch Todesdrohungen.

Hatte Isa alles schon probiert.

Als sie zum Tisch zurückkamen, hatten Valentin – der auch auf den Namen »Graf Galgenstrick« hörte – und Kevin alias »Herr Ludger der Verderbte« schon frischen Met besorgt. Tunkte man Milans traumhaftes Gebäck hinein, ergab sich daraus die Mittelalterversion einer Honigwaffel. Auf der Marktbühne, deren rot und gelb gestreifte Zeltwände in der Sonne leuchteten, unterhielt ein Gaukler die Zuschauer mit einer Fackeljonglage. Hoch und runter wirbelten die brennenden Stäbe, während er sie mal vor sich in die Luft, mal über die Schulter und mal zwischen seinen Beinen hindurchwarf. Bei jedem gelungenen Kunststück klatschte das Publikum.

Alex schaute mit einem Ausdruck beginnender Verzweiflung auf die neue Ladung Waffeln. Weil er, wie fast immer im Sommer, auf ein Hemd verzichtet hatte, konnte man erkennen, dass der Bund seines Kilts bereits ein kleines bisschen spannte.

»Als ich gefragt habe, was wir jetzt machen, hatte ich eigentlich was anderes gemeint, Isa«, sagte er und nahm einen Becher Met entgegen.

Die grüne Fee schob sich neben ihn auf die Bank. Normalerweise war sie selten um eine Antwort verlegen, doch diesmal ließ sie sich Zeit. Stippte die Waffel in den Met, genoss den Geschmack auf der Zunge. Süßer, flüssiger Sonnenschein.

»Hallo? Hören Mylady mir überhaupt zu?«

»Natürlich. Ihre Ladyschaft hat die Waffeln ja nicht auf den Ohren.«

»Also?«

Beinahe widerwillig sah sie ihn an. Wenn Isa ehrlich mit ihren Bandkollegen und auch mit sich selbst sein wollte, dann konzentrierte sie sich nur auf die Bühnenshow und das Essen, weil es sie von dem Chaos in ihrem Inneren ablenkte. Marek machte ihr Angst, das konnte sie nicht leugnen. Doch ein kleiner Teil von ihr – der Part, der auch dafür zuständig war, sie ständig in die wildesten Schwierigkeiten zu bringen – fühlte etwas anderes. Wut. Offenbar wollte Marek sie nicht einfach bloß umbringen; er wollte, dass sie sich ihres Lebens nicht mehr sicher fühlte. Dass sie vor ihm und seinen unheimlichen Attacken kuschte.

Was zum Teufel bildete sich dieser räudige Sohn einer staufischen Trosshure eigentlich ein?

Valentin nuschelte, denn er hatte den Mund voll. »So wie ich das sehe, gibt es zwei Optionen. Verstecken und abwarten, bis alles vorbei ist, oder eine offene Konfrontation riskieren.«

»Die zweite Variante gefällt mir«, sagte Isa.

»Das war ja klar.«

»Ich werde mich ganz sicher nicht irgendwo verkriechen, bis Kommissar Knalltüte und seine Leute zufällig über Marek stolpern!« Um ihren Worten Nachdruck zu verleihen, gestikulierte sie so energisch, dass der Inhalt ihres Bechers fast auf Alex' Schottenrock schwappte. »Bis diese Nasen ihn finden, bin ich wahrscheinlich schon ›die graue Fee‹.«

»Moment.« Alex schob ihre Hand samt Becher beiseite. »Ich höre dich im Singular reden. Wie kommst du eigentlich darauf, wir würden zulassen, dass du dich alleine irgendwo verkrümelst?«

Kevin grinste und strich sich über sein Ziegenbärtchen. »Genau. Wir sind nämlich deine Leibwache. Oder Leidwache. Je nachdem, ob Marek dich doch noch kriegt.«

Lena knuffte ihn in die Seite.

Ausnahmsweise sprachlos starrte Isa in die Runde. Da saßen sie: ein zerstreuter Gaukler-Graf, eine blonde Hobby-Psychologin, ihr kalauernder Freund und ein halb nackter Pseudo-Schotte.

Die verrückteste und beste Truppe der Welt.

Trotzdem bereitete ihr der Gedanke, Waldästls Rat zu befolgen, immer noch Magenschmerzen. »Wir können uns aber nicht für ein paar Jahre in die nächstbeste Grotte zurückziehen und da von Luft und Liebe leben, bis die Sache ausgestanden ist«, erwiderte sie. »Was wird aus unseren Auftritten? Was wird aus der Band?«

Lena hatte an ihrer Waffel bisher nur herumgezupft. Was vermutlich weniger an ihrer Besorgnis, sondern eher an der völlig überflüssigen Diät lag, die sie mal wieder machte. »Eine Woche«, murmelte sie gedankenverloren.

Als Isa fragend die Augenbrauen hob, erklärte sie: »Das hat der Kommissar doch gesagt, oder? Dass in einer Woche wahrscheinlich alles vorbei ist.«

»Er war auch der Überzeugung, dass er das Eifeler Äquivalent zu den US-Marines befehligt. Und nicht Schmitzens Jupp und Müllers Erwin, die dreimal am Tag ihre Uniform spazieren tragen.«

»Wir könnten diese Zeitspanne aber als Kompromiss nutzen. Lass uns der Polizei so lange die Chance geben, Marek zu finden. Wenn er danach noch nicht gefasst wurde, überlegen wir uns eben was Neues.«

Während Lena redete, bekam Valentin mal wieder diesen grüblerischen Gesichtsausdruck. Isa fand, dass die buschige weiße Feder, die an seinem Barrett wippte, in solchen Momenten an Rauch erinnerte, der aus seinem auf Hochtouren arbeitenden Oberstübchen kam. Man konnte fast zusehen, wie die Zahnräder im Inneren seines Kopfes arbeiteten – oder, um in der richtigen Epoche zu bleiben, ein kleiner Alchemist dort drin Ideen aus Einhornblut und Krötenschleim zusammenrührte.

»Wo treten wir nächstes Wochenende noch mal auf?«, fragte der Graf schließlich.

Damit erwischte er Isa, wie üblich, auf dem falschen Fuß. Terminplanung gehörte nicht gerade zu ihren Stärken.

»Äh …« Hilfe suchend schaute sie zu Alex.

Der verdrehte belustigt die Augen. »Nächstes Wochenende ist das Mittelalterfest in Herne.«

»Ließe sich absagen.« Valentin hielt noch immer seine Waffel in den Met, der vor ihm auf dem Tisch stand. Er schien nicht zu bemerken, dass sich das Gebäck langsam vollsaugte und in seine Einzelteile zerfiel. »Hört mal zu, Freunde. Letzte Woche hat mich jemand angerufen und gefragt, ob wir Interesse an einem Engagement hätten. Da war Herne aber schon gebucht, und außerdem machen wir so was eigentlich nicht, deshalb habe ich euch nichts davon erzählt. Aber jetzt … also, das wäre perfekt.«

»Was für ein Engagement?« Isa langte über den Tisch und zog seine Hand zur Seite, bevor der Rest der Waffel baden ging.

»Ein paar Tage lang im kleinen Rahmen Musik und Gaukeley feilbieten. Ohne dass mit dem Auftritt von Manus Furis öffentlich geworben würde, was uns in der gegenwärtigen Situation ja nur recht sein kann. Zuerst für eine geschlossene, mittelalterlich interessierte Geburtstagsgesellschaft – also im Grunde vor dem üblichen Publikum –, dann für eine Gruppe historischer Darsteller aus dem Bereich Living History. Letzteres würde bedeuten, dass wir dazu beitragen müssten, den

Ort des Geschehens mit diesen Leuten möglichst authentisch auf mittelalterliche Art zu ›beleben‹.«

»Und dieser Ort wäre welcher?«

Valentin machte eine dramatische Pause. »Die Marksburg.«

Die grüne Fee brauchte einen Moment, bis sie ein zum Namen passendes Bild vor Augen hatte. Dann dämmerte es ihr.

Weiß verputzte Mauern. Nebel, der Türme und Zinnen verhüllte. Ein steiler Pfad, der sich zwischen Bäumen, Felsen und Wurzeln den Berg hinaufwand.

»Marksburg …«, murmelte sie. »Das ist diese Burg am Rhein, oder? Die einzig unzerstörte Höhenburg am Mittelrhein. Wir waren mal mit der Schule dort, glaube ich.«

Graf Galgenstrick nickte. »Früher gab es da oben auch Mittelaltermärkte – nein, das stimmt nicht. Eher mittelalterliche Handwerkermärkte, mehr Schau als Profit. Hat sich deshalb auch nicht rentiert, also hat man das Projekt um das Jahr 2000 herum eingestellt. Man kann heute auf der Marksburg allerdings immer noch heiraten oder die Burgküche für eine Feier im mittelalterlichen Stil mieten – so wie es auch die Geburtstagsgesellschaft tut, die ich eben erwähnte. Und alle paar Jahre quartiert sich dort eine Living-History-Gruppe ein und bespielt die Burg, um Besuchern zu zeigen, wie das alltägliche Leben im Mittelalter so aussah.«

Alex runzelte die Stirn. »Und die wollen *uns* für den Job?«

»Ja, wieso?«

»Ich kenne Leute, die Living History betreiben. Wenn du da ein Wams trägst, dessen Schnitt nicht haargenau aus dem Jahr 1117 stammt, oder du kein lateinisches Tischgebet aufsagen kannst, steinigen die dich. Versteht mich nicht falsch, ich liebe den Stil, den wir mit Manus Furis fahren, aber für so was sind wir definitiv nicht authentisch genug. Die werden uns sehen und die Zugbrücke gleich wieder hochziehen.« Er pfiff durch die Zähne und beschrieb mit der flachen Hand eine Aufwärtsbewegung.

Valentin tat seinen Einwand mit einem Schulterzucken ab. »Mir fällt da schon was ein. Und auf der Geburtstagsfeier können wir wie gewohnt auftreten.«

»Also, ich finde die Idee prima.« Dem Glanz in Lenas Augen nach zu urteilen, schritt sie in ihrer Vorstellung bereits als Burgfräulein verkleidet durch einen prächtigen Festsaal. »Isa? Was meinst du?«

Die Idee, ein Wochenende auf einer mittelalterlichen Burg zu verbringen, hatte durchaus einen gewissen Reiz. Dabei lockten die grüne Fee die prunkvoll gedeckten Tafeln oder die Kemenaten mit weichen Kissen eher weniger; so romantisch veranlagt wie Lena war sie nicht. Uralte, dunkle Geheimgänge hingegen, die in Verliese oder Schatzkammern führten und nur im Lichtschein einer Fackel erkundet werden konnten … Folterkeller mit Gerätschaften, um die sich schaurige Geschichten rankten …

Ich will mich nicht vor Marek verstecken, flüsterte die kleine, trotzige Stimme in ihrem Inneren wieder. Aber sie war schon merklich leiser geworden.

»Damit wäre aber nur das Wochenende abgedeckt«, gab Isa zögerlich zu bedenken.

Auch diesen Einwand ließ Valentin nicht gelten. »Bis dahin wohnst du bei einem von uns. Außerdem würden wir schon am Donnerstagmorgen hinfahren und könnten bis Montag bleiben.«

»Okay. Mag sein, dass Marek kaum eine Chance hat, mich bei einer nicht öffentlichen Veranstaltung auf einer schwer zugänglichen Burg zu überraschen. Aber ich sehe trotzdem nicht ein, mich von ihm in die, die …«, sie rang nach Worten, »Isolationshaft treiben zu lassen.«

Kevin grinste breit. »Wenn schon, dann wäre das Isalationshaft.«

Der Schmerz war unbeschreiblich. Isa kniff die Augen zusammen; neben ihr ließ Alex seinen Kopf auf die Tischplatte sinken und stöhnte.

»Und du willst wirklich, dass wir uns tagelang auf einer Burg verschanzen?«, fragte die grüne Fee ihren Bandleader. »Allein? Mit dem da?«

Valentin grinste und entblößte dabei eine Reihe strahlend weißer Zähne. »Sag, was du willst, Kleines. Du weißt, dass es eine gute Idee ist.«

Vier Augenpaare starrten sie an. Isa rang mit ihrem Stolz, ihrem Zorn und, wie immer, mit ihrer Neugierde.

Wenn ich bleibe, kann ich Marek vielleicht selbst kriegen, wisperte die trotzige Stimme. Ihn eigenhändig hinter Schloss und Riegel bringen, wo er hingehört.

Eine richtige Burg, flüsterte eine andere. Essen in einer rauchigen, gemütlichen, mittelalterlichen Küche … Mauern, die so alt sind, dass sie einem Geschichten zuflüstern, wenn der Wind günstig steht und man die Ohren gegen den Stein drückt … eine eiserne Jungfrau für Kevin …

Mit einem Seufzen erhob sie ihren Becher.

»In Ordnung. Wir gehen auf die Marksburg«, sagte sie.

Honigwein schwappte auf den Tisch, als fünf Spielleute miteinander anstießen und ihren Pakt besiegelten.

Sie hatten kaum getrunken, als aus Isas Umhängetasche plötzlich Musik ertönte.

Weil Marek ihr in Xanten das Handy geklaut hatte, war die grüne Fee gezwungen gewesen, sich ein neues zu kaufen. Schnell hatte sie herausgefunden, wie man bei dem tausendmal aktuelleren Modell individuelle Klingeltöne für spezielle Kontakte festlegte, und diese Funktion weidlich ausgenutzt.

Nun dudelte der Song *Paules Beichtgang* von Versengold aus dem Gerät:

*Vater, Vater, ich will beichten*
*Von den schweren und den leichten*
*Sünden sollt Ihr mich befreien*
*Gottes Segen will ich kaufen*
*Von der Unschuld einen Haufen*
*Meinen Geldsack geißeln und kasteien!*

Isa lief es kalt den Rücken runter.

»Nein, nein, nein«, murmelte sie, in ihrer Tasche wühlend. Der Tag war doch schon schlimm genug gewesen …

»Du hast hier Netz?« Lena schien ehrlich schockiert. Das Tal zu Manderscheid war berühmt für seinen furchtbar schlechten Handyempfang; vermutlich, weil die ansässigen Lindwürmer die Mobilfunkmasten fraßen.

Neugierig lugte Alex über Isas Schulter und las den Namen auf dem Display. »NemeSis?« Dann, einen Moment später, fiel der Groschen. »Warte. Ist das etwa deine –«

»Ja. Entschuldigt mich, ich muss das kurz hinter mich bringen.«

»Aber geh nicht zu weit weg!«

»Ja doch.«

Eilig entfernte sie sich ein paar Schritte von der Bühne und den Tischen. Dann atmete sie tief durch und nahm den Anruf entgegen. »Was kann ich für dich tun, Schwesterherz?«

Professor Dr. Brunhild Bocholt, studierte Theologin und amtlich anerkannte Schreckschraube, hielt sich gar nicht erst mit einer Begrüßung auf. »Da bitte ich dich einmal um etwas, du missratenes kleines Biest! *Ein! Mal!*«

»Dir auch einen wunderschönen guten Morgen.«

»Habe ich dir bei unserem letzten Treffen nicht klar und deutlich kommuniziert, dass mein neuer Arbeitgeber großen Wert darauf legt, dass seine Angestellten nicht mit fragwürdigen Personen in Kontakt stehen?«

»Äh, schon, aber …«

»Und warum, bitte sehr, musste ich dann heute Morgen erfahren, dass du von der Polizei verhört wurdest? Deine semikriminellen Eskapaden könnten mich meine Stellung kosten, hast du daran vielleicht mal einen Gedanken verschwendet? Nein, natürlich nicht, du impertinente …«

Das durfte ja wohl alles nicht wahr sein.

Die grüne Fee spürte, wie das Blut in ihren Adern zu kochen begann. »Erstens: Mich kümmern die Stellungen nicht, die du bei deiner Arbeit einnimmst.«

»Na, höre mal …«

»Zweitens: Ich wurde nicht verhört, weil ich was angestellt habe, sondern weil mir ein Verrückter heute Nacht einen Dolch ins Kopfkissen gerammt hat. Ein paar Zentimeter an meiner Schädeldecke vorbei, was dich enttäuschen dürfte.« Isa stutzte. Dann traf sie fast der Schlag, als ihr die wahre Bedeutung hinter Brunis Schimpftirade bewusst wurde. »Moment mal. Woher weißt du überhaupt von dem Polizeieinsatz? Lässt du mich etwa beschatten?« Schnell blickte sie sich um, konnte aber niemand Verdächtiges entdecken.

Die Stimme ihrer älteren Schwester klang plötzlich seltsam verschnupft. »Ich habe meine Quellen.«

»Wer glaubst du, dass du bist? Mycroft Holmes?!«

»Oh, bitte. Jetzt werd nicht gleich theatralisch.« Bruni verstummte. Als sie wieder sprach, wirkte sie – zumindest für ihre Verhältnisse – fast kleinlaut. »Ein Dolch. Wirklich?«

Zähneknirschend schluckte Isa all die Fragen herunter, die sie dem verfluchten Weibsbild an den Kopf werfen wollte. Sie wusste, dass sie sowieso keine Antworten bekommen würde. Stattdessen erzählte sie die Kurzfassung der Geschichte, die sich am Morgen ereignet hatte.

Brunis Urteil lautete wie erwartet. »Das kommt davon, wenn man sich mit den falschen Männern einlässt.«

»Danke. Es ist schön zu wissen, dass du mich immer wieder mit warmen Worten aufbaust.«

»Was wirst du jetzt tun? Etwa auf die Polizei hören?«

»Denke schon.«

»Verzeih meine Verwunderung, aber es ist sonst nicht deine Art, vernünftig zu sein.«

»Ach, ich dachte, ich probiere mal was Neues.«

Es knackte in der Leitung. Isa hörte, wie eine Männerstimme etwas Unverständliches zu ihrer Schwester sagte.

»Augenblick.« Brunis Stimme wurde undeutlich. Vermutlich hatte sie sich vom Telefon weggedreht und versuchte, es mit der flachen Hand abzudecken, während sie sprach, doch Isa gelang es trotzdem, ein paar Sätze aufzuschnappen. Zuerst verstand sie nur, dass offenbar in einer ihr fremden Sprache gesprochen wurde, doch dann, kurz bevor Bruni sich das Handy wieder ans Ohr hielt, erkannte Isa ein Wort ganz deutlich. Und hatte plötzlich das Gefühl, jeden Moment aus den Schnabelschuhen kippen zu müssen.

*Camerlengo.*

Isa hatte genügend Thriller von Dan Brown gelesen, um zu wissen, was dieser Name bedeutete. Kryptische Informationsfetzen setzten sich mit einem Mal in ihrem Kopf wie Puzzleteile zu einem irrwitzigen Bild zusammen.

»So«, sagte Bruni geschäftsmäßig, »wo waren wir? Ach ja, bei deinem desaströsen Liebesleben.«

»Bist du gerade im Vatikan?«

Treffer. Sie konnte förmlich hören, wie ihre Schwester zusammenzuckte. »Wie bitte?«

»Ist das etwa dein geheimnisvoller, ach so wichtiger neuer Arbeitgeber, von dem niemand was wissen darf? Der verdammte *Papst*?«

»Unsinn. Du hattest schon immer eine blühende Fantasie.«

Ein diabolisches Grinsen breitete sich auf Isas Gesicht aus. »Lüg nicht, das ist Sünde. Und überhaupt, verstößt das nicht gegen irgendwelche moralischen Richtlinien der Kirche? Eine junge Frau, die für so einen alten Kerl arbeitet?«

»Isa!«

»Ist er dein Sugardaddy? Habemus papam?«

Um eine passende Antwort verlegen, spielte Bruni stattdessen die Beleidigte. »Eigentlich wollte ich dir gerade einige sehr wertvolle Ratschläge geben, die dir in deiner Situation sicher nützen würden. Aber bitte sehr, wenn du dich lieber umbringen lassen möchtest …«

Die grüne Fee verdrehte die Augen. »Ich habe hier genügend Unterstützung, auch ohne Hilfe von dir. Oder von oben.« Ihr Blick wanderte zu dem Tisch, an dem ihre Freunde saßen. Valentin hatte seinen kläglichen Rest Waffel entsorgt und dafür die letzte von Isas Stapel stibitzt. Gerade biss er herzhaft hinein. »Trotzdem danke.«

»Nun gut. Dann … also, ich muss los.« Es folgte ein Moment der Stille. Dann hörte sie, wie ihre Schwester tief durchatmete. »Pass auf dich auf.«

Wow, dachte Isa. Schickt Herolde ins ganze Land, das heutige Datum als Jubeltag auszurufen. »Du auch«, sagte sie leise. Dann legte sie auf.

Gerade noch rechtzeitig, um zu sehen, wie Valentin sich plötzlich an die Kehle griff und, Schaum über die Lippen würgend, zu Boden sackte.

# Kapitel 2

Feiner Regen brachte die Blätter der Kastanienbäume zum Glänzen.

Es war schon nach Mittag, als ein Auto die Straße hinauffuhr, die sich den dicht bewaldeten Berghang aus schroffem Schieferfels hinaufwand. Unter den Reifen des vollgepackten Fahrzeugs knirschten Zweige und Steine.

Der Wagen rollte auf den Parkplatz und blieb neben einem Transporter mit offener Hecktür stehen, in dessen Innerem, dem Geschaukel nach zu urteilen, entweder ein paar Leute schweres Gerät umräumten oder gerade eine Orgie feierten.

Eigentlich glich das ankommende Auto mehr einem Ungeheuer aus einer anderen Welt als einem Fahrzeug aus dem einundzwanzigsten Jahrhundert. Sein Besitzer hatte die uralte Karre vom Dach bis zu den Felgen mit albernen mittelalterlichen Zeichnungen, sogenannten Drolerien, bemalt: Einhörner, Skelette und Mischwesen – halb Bischof, halb Pferd – tanzten zu Musik, die von Affen erzeugt wurde, indem sie sich Trompeten dorthin steckten, wo sie normalerweise nicht hingehören.

Jedes Mal, wenn der Gang gewechselt wurde, gab das Getriebe des Wagens Geräusche von sich wie ein Drache mit

Keuchhusten. Der schweflige Gestank der Abgase verstärkte diese Assoziation. Anstelle einer Kühlerfigur wurde die breite Schnauze des Autos von einem Schwert geziert, das scheinbar bis zur Hälfte der Klinge in der Motorhaube steckte. Darunter prangte in großen, güldenen Lettern der Name »ExcaliBus«.

Die Türen des Wagens öffneten sich. Vier Gaukler stiegen aus.

Kevin ging zur Beifahrertür und half Lena, aus dem Bus zu klettern, wofür sie ihn mit einem regenfeuchten Kuss belohnte.

»Letzte Woche schien noch so schön die Sonne«, murrte sie.

Alex streckte dem grau bewölkten Himmel sein Gesicht entgegen. Als die Tropfen sein langes Haar durchnässten, verwandelte er sich augenblicklich in das Kilt tragende Äquivalent zu Waldläufer Aragorn. Ein Effekt, der schon die Herzen vieler Elbinnen auf Fantasy-Festivals zum Schmelzen gebracht hatte.

»Ist doch gutes schottisches Wetter. Der Regen fällt fast senkrecht und nur leicht zur Seite geneigt«, zitierte er aus *Braveheart*.

Er ging zu Isa hinüber, die am Heck des Wagens stand und den Bergfried betrachtete, der auf der anderen Seite des Parkplatzes über den Baumwipfeln aufragte. Der Großteil des Turms, der sich hell vom verhangenen Himmel abhob, war schmal und viereckig. Obenauf thronte ein kleineres, rundes Türmchen, das seiner architektonischen Form wegen den Namen »Butterfass« trug. Die Umrandungen sämtlicher Fenster und Zinnen leuchteten in hellem Rot und bildeten einen scharfen Kontrast zu dem cremefarbenen Mörtel, mit dem man den Bau verputzt hatte. Ein Bild, das mittelalterliche Verhältnisse besser widerspiegelte als jede noch so schöne Ruine. Das Gerücht, dass eine echte Burg aus rohen, verwitterten Steinen bestehen muss – am besten noch von Raben umflattert und mit Vollmond im Hintergrund –, hatten einst die Romantiker in die Welt gesetzt, weil der wilde Charme eines solchen Gemäuers besser zu ihren Schauergeschichten über Vampire und sensible Monster aus Leichenteilen gepasst hatte.

Nachdenklich zwirbelte die grüne Fee eine ihrer Dreadlocks zwischen den Fingern.

»Valentin hätte es hier oben gefallen«, sagte sie.

Die beiden Bandkollegen schwiegen.

»War aber auch Pech.« Alex versuchte, sich trotz des Regens eine Zigarette anzuzünden.

»Was? Dass er beim Essen eine Wespe verschluckt hat? Dass er allergisch ist? Oder dass Kevin ihn beim Besuch im Krankenhaus gleich gefragt hat, ob er einen an der Waffel hätte, so was Blödes zu tun?«

Er grinste gequält. »Ja.«

Beim Gedanken an Graf Galgenstrick, der sich im Gras gekrümmt und mit blauen Lippen und verquollenem Gesicht zu atmen versucht hatte, bekam Isa noch immer eine Gänsehaut. Und obwohl keiner aus der Band es bisher offen ausgesprochen hatte, wusste sie auch, dass ihnen allen im ersten Moment der gleiche Gedanke durch den Kopf geschossen war: dass Marek die Waffel, die eigentlich von Isas Stapel stammte, irgendwie vergiftet hatte.

Eine naheliegende, jedoch falsche Theorie. Schuld gewesen war bloß ein kleines, hungriges Insekt.

Aus dem Transporter neben ihnen ertönte ein lautes Scheppern. Als Isa sich umblickte, sah sie, wie ein großer, schmiedeeiserner Topf aus der offenen Hecktür kullerte und schlingernd über den Parkplatz rollte.

»Schnell! Hol ihn zurück, bevor er Rost ansetzt!«, kreischte eine Frauenstimme.

Es polterte erneut. Dann hüpfte ein dürrer Kerl in Jeans und T-Shirt aus dem Wagen und ging dem Kessel gemächlich hinterher, ohne sich darum zu kümmern, dass er und das wertvolle Equipment nass wurden. Regenwasser spritzte, als er den Topf am Bügel aus einem Gebüsch zog. Dann entdeckte er die Gaukler. Unter den grauen, feuchten Locken, die ihm ins Gesicht hingen, breitete sich ein freundliches Lächeln aus.

»Hey, seid ihr die Spielleute?«

Kevin, der im Laderaum des »ExcaliBus« herumfuhrwerkte, winkte zur Antwort mit einer Schalmei.

Der Mann kam zu ihnen herüber und schüttelte ihnen die Hände. »Freut mich, eure Bekanntschaft zu machen. Ich bin der Piet, von der Living-History-Gruppe Custodes Historiae.«

Sein Händedruck war fest und herzlich, obwohl sich seine Finger wahnsinnig knöchern anfühlten.

Mal sehen, was er auf der Marksburg darstellen wird, dachte Isa. Wahrscheinlich das von Krähen abgenagte Skelett eines Gefangenen.

»Ich dachte, die Belebung der Burg startet erst morgen?«, fragte sie.

»Wir sind bloß die Vorhut. Bringen schon mal die wichtigsten Sachen nach oben, Equipment, Vorräte und so, und bereiten alles vor, damit morgen nichts schiefgeht. Na ja, jedenfalls nicht mehr als sonst.« Er lachte unbeschwert. Die Regentropfen, die in seinen Kessel fielen, spielten dazu eine heitere Melodie. »Ich find's übrigens prima, dieses Jahr ein paar Musiker dabeizuhaben. Nicht alle von der Truppe waren von der Idee begeistert, aber ich denke, ihr werdet das gut machen. Habt ihr spätmittelalterliche Klamotten dabei? Eigenes Geschirr, Tafelmesser? Wunderbar! Notfalls können wir euch auch mit allem Möglichen aushelfen. Fragt einfach nach Piet oder Johanna.« Mit der freien Hand schirmte er seine Augen vor dem Regen ab und blickte hinüber zum Transporter. »Johanna? Komm mal raus, ich will dir ein paar Leute vorstellen!«

In Manderscheid hatte Alex die Living-History-Fraktion noch als eine Bande von Ambiente-Fanatikern dargestellt, die die kleinste historische Ungenauigkeit mit ewiger Verachtung und Peitschenhieben bestraften. Doch Piet schien ziemlich locker drauf zu sein. Er strahlte noch immer, als eine Frau mittleren Alters mit langem, strohblondem Haar den Kopf aus dem Laderaum streckte.

Und vor Entsetzen den ledernen Trinkschlauch fallen ließ, den sie in der Hand gehalten hatte.

»Nein!«, rief sie zur Verwunderung aller und zog den Kopf wieder zurück.

»Ach, nun komm schon!« Piet warf den Spielleuten einen entschuldigenden Blick zu und formte mit den Lippen lautlos die Worte: »Ein bisschen schwierig, die Gute.«

Vorsichtig lugte die grüne Fee um die Hecktür des Transporters herum ins Innere des Wagens.

Der Laderaum sah aus, als ob darin ein Mittelalterladen explodiert wäre. Krüge, Töpfe und Schüsseln aus gebranntem Ton, allesamt sicher in Luftpolsterfolie verpackt, stapelten sich neben Strohsäcken und Fellen, die vermutlich als Schlaflager dienen sollten. Isa entdeckte zu Ballen zusammengeschnürte Kleider, an der Wand befestigte Pfannen und Töpfe und außerdem Unmengen an Vorräten: Säcke voller Hirse und Mehl, Getränke- und Gemüsekisten, Schachteln mit unbekanntem Inhalt. Es roch nach frischem Holz, Bienenwachs und Tier.

Inmitten des Chaos stand Johanna. Ihre blonde Mähne umwallte ihr Gesicht, als sie mit fliegenden Fingern versuchte, einen Karton aufzuschnüren. Obwohl die Custodes Historiae, die Hüter der Geschichte, erst am nächsten Tag loslegen sollten, trug sie bereits Gewandung: ein schlichtes, graubraunes Leinenkleid, das um die Taille von einem Ledergürtel zusammengehalten wurde. Das lange, schnallenlose Ende des Gürtels hing, ganz nach mittelalterlicher Sitte, dank einer geschickt platzierten Schlaufe senkrecht nach unten.

Als sie aufblickte und Isa entdeckte, deutete sie mit zitterndem Finger auf deren Kopf. Ihre Stimme klang leicht hysterisch. »Das passt niemals unter eine Haube!«

Unwillkürlich schielte Isa nach oben. Gemeint waren sicherlich ihre nicht ganz authentischen Dreadlocks, die sie zu einem großen, lockeren Dutt hochgebunden hatte.

»Ich ziehe morgen ein Kopftuch drüber, keine Sorge«, versuchte sie die Frau zu beschwichtigen. »Stimmt allerdings, noch hat mich niemand unter die Haube gebracht.«

Johanna starrte sie verständnislos an.

Der winzige Schreiber in Isas Kopf ließ die Feder übers Pergament kratzen und strich »Versuchen, witzig zu sein, um das Eis zu brechen« entschieden durch.

Piet sah seine Kollegin mit milder Strenge an. »Nun mach mal 'nen Punkt, Johanna. Das sind doch ganz nette Leute.«

Endlich war der Karton offen. Beinahe zärtlich hob Johanna ein weißes Kopftuch heraus. Kurz befürchtete Isa, dass die Frau es ihr ins Gesicht pfeffern würde, doch stattdessen band sie es sich selbst auf das noch unbedeckte Haar. »Das Wochenende sollte perfekt werden, Peter. *Perfekt*. Deshalb war ich von Anfang an dagegen, Musiker einzuladen. Und wie du siehst, hatte ich recht! Sie sind unmöglich in das Setting integrierbar!«

»Aber wir waren uns doch einig, dass im Jahre 1376 durchaus fahrendes Volk auf der Marksburg gastiert haben könnte.«

»Nicht! Integrierbar!«

Die grüne Fee räusperte sich. Bevor die dezimierten Mitglieder von Manus Furis die lange Reise zur Marksburg angetreten hatten, waren sie von Valentin – der zwar zeitweilig seine Stimme, nicht aber seine Liebe zum Detail verloren hatte – mit allen Informationen zu Gauklern im Spätmittelalter versorgt worden, die sie brauchten, um ihre Rollen bei der Belebung der Burg überzeugend spielen zu können.

Vielleicht war es ja möglich, mit ein wenig gefährlichem Halbwissen zu der Dame durchzudringen.

»Es ist historisch belegt, dass Spielleute und andere Personengruppen, die man zum fahrenden Volk rechnete, im Laufe des vierzehnten Jahrhunderts von der Straße an die Höfe der Adligen geholt wurden, um dort dauerhaft für Unterhaltung zu sorgen«, erklärte sie, im Geiste Valentins Gekrakel durchblätternd. »Vorausgesetzt natürlich, sie waren gut genug. Und wenn man dann noch bedenkt, dass die Marksburg 1376 den Grafen von, äh …«

»Katzenelnbogen«, flüsterte ihr Kevin ins Ohr.

»Wirklich?«

»Wirklich.«

»… dass die Marksburg zu dieser Zeit den Grafen von Katzenelnbogen gehörte, die nicht nur äußerst mächtig, sondern auch Freunde der Sänger und Dichter waren, dann ist die Anwesenheit von Spielleuten auf dieser Burg doch gar nicht so abwegig, oder?«

»Im dreizehnten Jahrhundert war sogar Walther von der Vogelweide ein Günstling der Katzenelnbogener«, verkündete Kevin. »Zwar gastierte er nicht auf der Marksburg, aber trotzdem: Wenn die Hochwohlgeborenen hierzulande auf solche Künstler standen, dann habt ihr mit uns den bestmöglichen Fang gemacht. Ehrenwort.«

Einen Moment lang herrschte betretenes Schweigen. Nur der Regen klopfte stetig auf die Dächer der Autos.

Dann warf sich Johanna eine gewachste Plane über Kopf und Schultern wie einen Umhang, presste sich einen Ballen Kleider vor die Brust und sprang hinaus auf den Parkplatz.

»Nicht! Integrierbar!«, schrie sie noch einmal, während sie über den Parkplatz zu der Steintreppe wieselte, die hinauf zur Burg führte.

Piet und die Gaukler blieben verblüfft zurück.

»Das war ... merkwürdig«, gab der Mann von der Living-History-Gruppe zu. »Sogar für sie.«

Doch sein breites, unbeschwertes Lächeln kehrte schnell zurück. Heiter schwenkte er den eisernen Kessel, in dem sich mittlerweile eine stattliche Pfütze gebildet hatte. »Wird schon werden!«, rief er den Spielleuten zu. Dann machte er sich daran, seiner seltsamen Kollegin zu folgen.

Ratlos blickte Kevin von einem zum anderen. »Hab ich etwa was Falsches gesagt?«

Isa grinste. »Ich denke, dieser Ausraster geht nicht auf deine Kappe. Obwohl es vielleicht ein bisschen zu viel des Guten war, das poetische Potenzial unserer Band mit dem Walthers von der Vogelweide gleichzusetzen. Größenwahn, könnte man sagen.«

Lena hängte sich an Kevins Arm. »Hör nicht auf die böse Fee. Ich finde, du warst toll, mein Ritterchen.«

Isa schüttelte es, als sie den Kosenamen hörte, den Lena ihrem Freund in einem Anfall von krankhafter Schwärmerei verpasst hatte. »Süß, Lena. Und gar nicht peinlich.« Sie duckte sich unter dem Arm der wilden Helena hinweg, die ihr aus Rache an den Dreads ziehen wollte, und hakte sich bei Alex ein. »Bringen wir die Instrumente rein, mein Pestbeulchen?«

»Aber gerne, mein kleiner Pferdeapfel.«

»Schandmäuler«, brummte Kevin.

Isa lachte. »Kommt schon, legen wir los, bevor wir genauso rosten wie Piets Kessel.«

Alex wiederholte die Geste, die er schon auf dem Burgenfest zu Manderscheid gemacht hatte: Er beschrieb mit der flachen Hand eine zackige Kurve nach oben und pfiff durch die Zähne.

»Genau. Oder bevor uns diese Johanna wirklich die Zugbrücke vor der Nase zuknallt.«

Wie sich herausstellte, konnte man die Zugbrücke der Marksburg überhaupt nicht zuknallen. Das Geländer, das an den Seiten angebracht worden war, um zu verhindern, dass Touristen oder betagte Raubritter in den Graben stürzten, wäre jedenfalls im Weg gewesen.

Der mächtige Torbogen konnte allerdings mit zwei Türen verschlossen werden. Aus dunklem, verwittertem Holz gefertigt und mit schwarz angelaufenen Nägeln beschlagen, wirkten sie so alt wie die Burg selbst.

Dahinter führte der Weg auf unebenem, steinigem Boden, der in der feuchten Luft einen schwachen Geruch nach Kalk verströmte, durch das Torhaus hindurch in die Poterne. Dieser Tunnel – eigentlich ein rund übermauerter Gang, den man der Festung im achtzehnten Jahrhundert hinzugefügt hatte – machte einen Knick nach links und führte dann wieder ins Freie, hinaus auf den mittelalterlichen Torzwinger. Isa blinzelte, als ihr erneut der Regen ins Gesicht wehte. Der überraschend kräftige Windstoß zerrte an ihren Dreadlocks.

Ein Torzwinger hat nichts mit Hunden zu tun. Der Begriff beschreibt lediglich eine Art offenen Gang oder Bereich zwischen zwei Wehrmauern. Das Prachtexemplar, das Manus Furis durchquerte, besaß Schießscharten in der äußeren Mauer, durch die ein wenig Grün und eine Ahnung von unbebautem Berghang zu sehen waren. Hinter der inneren Wehrmauer verbarg sich eine Treppe, über die man, unter anderem, zur Burgschänke gelangte.

Als sie endlich deren Terrasse erreichten, eröffnete sich den mit Rucksäcken und Instrumentenkoffern bepackten Spielleuten die ganze Pracht des oberen Mittelrheintals. Die grüne Fee klemmte sich die wasserfeste Tasche, in der ihre Trommel steckte, unter den Arm und schirmte mit der freien Hand ihre Augen ab, um besser sehen zu können. Fasziniert ließ sie den Blick über die bewaldeten Hänge schweifen, die sich bis zum Horizont erstreckten. In der Mitte wurden sie vom Rhein wie von einem dunkelgrauen Band getrennt.

Isa drehte sich um und betrachtete den Bergfried und die anderen Gebäude mit den dicken Mauern und den schwarz gedeckten Dächern. Der feine Vorhang aus Regentropfen legte sich wie ein Weichzeichner über das Bild.

Plötzlich verstand sie, warum es niemals jemandem gelungen war, die Marksburg völlig zu zerstören. Das ganze Bauwerk hatte etwas Unerschütterliches an sich. Stolz, ja erhaben ragte es mit seinen Türmen und Zinnen vor ihr auf.

»Isa! Mach hinne, meine Säcke werden nass!«, rief Alex von der anderen Seite der Terrasse herüber. Dabei schwenkte er die Koffer mit den Dudelsäcken.

Isa verdrehte die Augen. So viel zum Thema Erhabenheit.

Sie folgte den anderen ins Innere des Souvenirshops, der sich gleich neben der Burgschänke befand. Drinnen wurde sie sofort von dem Duft nach Kerzenwachs und einer riesigen Auswahl an mittelalterlichem Krimskrams erschlagen. Eine Umgebung, in der sich die grüne Fee sofort heimisch fühlte.

An der Kasse stand ein Mann und unterhielt sich mit der Verkäuferin.

Wenn sie ehrlich war, wusste Isa selbst nicht genau, wie sie sich einen Burgvogt eigentlich vorgestellt hatte. Wahrscheinlich hatte sie insgeheim auf einen mit Fellen behangenen Kriegerkönig gehofft, der den Windhunden zu seinen Füßen Knochen von seinem Teller – oder aus seinem Kerker – zuwarf. Doch die Realität sah anders aus. Der Mann, der die Spielleute erwartete, trug anstelle eines Kettenhemds einen samtschwarzen Dreiteiler, eine schwarz-gelbe Krawatte und ein dazu passendes Einstecktuch. Trotzdem war Isa nicht enttäuscht. Im Gegenteil. Sämtliche literarischen Detektivfiguren, von denen sie je gelesen hatte und die seither in ihrem Kopf herumspukten, frohlockten bei diesem Anblick. Dem Mann fehlten bloß noch ein Monokel und eine Leiche im Wintergarten.

Als er die Bande nasser Gaukler bemerkte, unterbrach er das Gespräch und machte eine kleine, aber huldvolle Verbeugung.

»Ah, vorzüglich. Ich nehme an, Sie sind die Damen und Herren von Manus Furis. Im Namen der Deutschen Burgenvereinigung heiße ich Sie herzlich auf der Marksburg willkommen und danke Ihnen für Ihr Erscheinen. Mein Name ist Ferdinand Schrödinger, ich bekleide das Amt des Burgvogts, und bevor Sie fragen: Ja, ich habe eine Katze, ja, sie lebt noch, und ja, ich bin mir dessen sicher.«

Enttäuscht klappte Kevin den Mund, den er schon für eine freche Frage nach der berühmten Katze des Physikers Erwin Schrödinger geöffnet hatte, wieder zu.

Nachdem sie sich alle einzeln vorgestellt hatten, zog Schrödinger eine goldene Taschenuhr aus seiner Weste. »Nun denn, wir haben bereits kurz nach halb drei. Ich schlage vor, dass ich Ihnen zunächst den Dachstuhl zeige, wo Sie schlafen werden. Dann können Sie sich frisch machen und anschließend mit den Verantwortlichen die Details für Ihren Auftritt beim Grafenmahl besprechen.« Er zwinkerte. »Die Herrschaften von der Schänke bewirten heute Abend wohl eine Geburtstagsgesellschaft, die aus lauter Freunden der mittelalterlichen Szene besteht. Historische Darsteller und dergleichen. Ein passendes Publikum für Sie, wie mir scheint; mich dünkt, Sie können – wenn der Ausdruck gestattet ist – heute Abend die Kuh fliegen lassen. Folgen Sie mir.«

Der Dachstuhl befand sich im zweiten Stock des sogenannten Gotischen Saalbaus. Schrödinger zufolge war er im Grunde so alt wie das Gebäude selbst, das die Herren von Katzenelnbogen Mitte des fünfzehnten Jahrhunderts hatten errichten lassen. Unter dem mit Brettern verkleideten Dach verliefen Quer- und Längsstreben zwischen mächtigen Balken, die das Alter dunkel verfärbt hatte. Der Anblick erinnerte Isa an das Innere eines umgedrehten Wikingerbootes.

Die grüne Fee saß auf einem der Strohsäcke, die Piet und Johanna in dem großen Raum verteilt hatten, der bis auf einige nicht genutzte, mit Tüchern verhangene Möbelstücke leer war. Sobald die restlichen Mitglieder der Custodes Historiae einträfen, würden diese ebenfalls dort oben Quartier beziehen. Doch in der ersten Nacht hatten die Gaukler den Dachstuhl ganz für sich allein. Nun lagen ihre improvisierten mittelalterlichen Matratzen, ausgepolstert mit ein paar Fellen und Flickendecken, in einer Ecke. Licht fiel durch eines der Dachfenster auf die zerlesenen Krimis, die Isa neben ihrem Lager aufstapelte. Staub und der durchdringende Geruch nach Holz kribbelten ihr in der Nase, doch beides war nicht unangenehm. Ebenso wenig wie der Wind, der laut und klagend über die Dachschindeln strich.

Hinter ihr lag Alex faul auf seinem Strohsack und ließ sich ein paar zaghafte Sonnenstrahlen ins Gesicht scheinen. Kevin und Lena waren bereits hinuntergegangen, um ein wenig das Gelände zu erkunden.

Isa selbst brauchte wie üblich drei Epochen länger als alle anderen, um ihren Kram auszuräumen. Um sie herum herrschte ein Durcheinander aus Kleidern in verschiedenen Grüntönen, Jonglierbällen, Ausrüstungsgegenständen für den täglichen Gebrauch und anderem mittelalterlichen Zeug.

»Chaotin«, brummte Alex.

»Pff. Zieh du dich erst mal um.«

Mit einem Seufzen stand er auf und zog sich das Bandshirt mit dem aufgedruckten Manus-Furis-Logo über den Kopf. Dann schlüpfte er in ein schwarzes, mittelalterliches Schnürhemd, dessen Ärmel er abgeschnitten hatte.

Aus den Augenwinkeln sah Isa, dass an der Kuhle, die Alex' Körper im Strohsack hinterlassen hatte, irgendetwas nicht stimmte.

»Was ist denn das?« Sie deutete auf den merkwürdigen Knick im Bezug.

»Hmm?«

»Hast du was da drin versteckt?«

Seine Miene war eine Spur zu unschuldig. »Wieso sollte ich was da drin verstecken?«

Isa starrte ihn an.

Er starrte zurück.

Dann hechteten beide auf den Strohsack.

Der Dudelsackspieler war zwar größer und stärker, doch Isa landete dafür bäuchlings genau auf dem Knick. Die Dreads rutschten ihr über die Augen, als Alex seine Arme um ihre Taille schlang und sie wegzuziehen versuchte, aber sie konnte trotzdem erkennen, dass der Bezug des Strohsacks an der Seite einen etwa handbreiten Riss hatte.

»Lass das, du neugieriges Weibsbild!«

»Niemals!«

Mit einer Hand krallte sie sich am Bezug fest, mit der anderen fasste sie blitzschnell in den Strohsack und packte zu. Keinen Augenblick zu früh: Mit einer Mischung aus Lachen und Kampfschrei zerrte Alex die grüne Fee herum, indem er sich auf den Rücken wälzte und sie in seiner Umklammerung auf sich zog. Ihre Beine strampelten durch die Luft, doch sie schaffte es, den Schwung zu nutzen und den Gegenstand aus dem Strohsack zu ziehen. Triumphierend hielt sie ihn in die Höhe.

Es war eine mit Lederbändern verschnürte Rolle aus Seiten, die offenbar mal zu verschiedenen Zeitschriften gehört hatten. Alle zeigten leicht bekleidete Frauen in mittelalterlicher Gewandung.

»Was zum Teufel *ist* das?« Isa kicherte ungläubig.

Unter ihr gab sich Alex mit einem resignierten Seufzer geschlagen. Er löste seinen Griff und streckte die Arme zu beiden Seiten von sich.

»Das ist die ›Maid des Monats‹.«

»Die *was*?!«

Er versuchte noch mal, ihr die Rolle wegzuschnappen, doch sie konnte ihre Beute in Sicherheit bringen, indem sie sich aufrichtete und rittlings auf ihn draufsetzte. Genüsslich zupfte sie eine der Seiten heraus. Darauf war eine junge Magd in einem Hauch von Kleid und lebensgefährlich hohen Stiefeln zu sehen, die sich gerade lasziv über einen Melkeimer beugte.

Isas Grinsen wurde breiter. »Oh … Fragt sie sich gerade, warum in diesem Stall wohl Stroh rumliegt?«

»Würde es etwas nützen, wenn ich sage, dass ich diese Bilder – die übrigens in einem ganz normalen Mittelaltermagazin veröffentlicht wurden – nur wegen ihres künstlerischen Mehrwerts aufbewahre?«

»Nein.«

»Oder wenn ich dich bitte, mich nicht für den Rest meines Lebens damit aufzuziehen?«

»Das schon gar nicht.«

Erneut schoss Alex' Hand nach oben. Diesmal erwischte er den Rest der Rolle, doch anstatt loszulassen, griff Isa instinktiv fester zu. Dadurch wurde sie nach unten gerissen und lag schon wieder auf ihm, ihr Gesicht nur wenige Zentimeter von seinem entfernt. Sie lachte, stockte dann aber, als sie sah, wie sich der Ausdruck in seinen Augen veränderte.

Plötzlich wurde ihr bewusst, was sie beide da eigentlich taten.

Im Raum hätte man eine Feder fallen hören können. Die Staubkörner, die im spärlichen Licht durch die Luft tanzten, schienen stillzustehen; selbst der Wind verstummte. Alles, was Isa hörte – nein, *fühlte*, war Alex' Herzschlag unter der Hand, mit der sie sich auf seiner Brust abstützte. Sie konnte seinen Atem auf ihren Lippen spüren. Er schien etwas sagen zu wollen, brachte aber kein Wort heraus. Ihr ging es ähnlich.

Dann knarrte die Treppe zum Dachstuhl.

Die beiden schnellten auseinander, als hätte man einen Eimer kaltes Wasser über sie gegossen. Das Herz schlug Isa bis zum Hals, als sie ihm wortlos die Rolle zuwarf. Geschickt fing Alex die Bilder auf und pfefferte sie in seinen Rucksack – gerade noch rechtzeitig.

»He, wo bleibt ihr denn?« Ein ungeduldig aussehender Kevin tauchte auf der Treppe auf, und die grüne Fee dankte jeder unbestimmten göttlichen Instanz dafür, dass Lena nicht bei ihm war. Die wilde Helena hätte ihnen an der Nasenspitze angesehen, dass etwas nicht stimmte. Ihr Freund dagegen bemerkte mal wieder absolut nichts.

Alex räusperte sich. »Äh, wir wollten gerade runtergehen.«

»Na, dann los. Schrödinger wartet schon.« Der schlaksige Spielmann drehte sich um und polterte die Treppe wieder hinunter.

Als sie ihm folgten, vermied Isa es, Alex noch einmal anzusehen. Seine Gegenwart fühlte sich mit einem Mal auch ohne Augenkontakt merkwürdig genug an.

Im ersten Stock führte eine weitere, steinerne Treppe hinunter auf einen kleinen Hof, der vom Bergfried überragt wurde und über den man in den Kräutergarten, zum Weinkeller und in die Burgküche gelangte. Ein Stückchen vor der Treppe war ein Mauerbogen in der Wand. Hinter diesem Durchgang befand sich einer der Ausstellungsräume der Marksburg: die mittelalterliche Kemenate.

Eigentlich wollte Isa Kevin bloß hinunter auf den Hof folgen. Doch als sie am Durchgang zur Kemenate vorbeiging, kroch ihr plötzlich eine Gänsehaut den Rücken hinauf. Verwundert blieb sie stehen, ging noch mal einen Schritt zurück und blickte in das Zimmer.

Die Kemenate hatte dunkel vertäfelte Wände. Auch die Möbel bestanden aus dunklem Holz und schienen das Licht zu schlucken, kaum dass es durch die Fenster gedrungen war. Es gab eine mächtige, mit Eisen beschlagene Truhe, ein paar Wandbehänge und einen Vorleger aus der Haut eines Wildschweins. Den Mittelpunkt des Raumes bildete jedoch die Schlafstätte: ein hübsches, aber kurzes Himmelbett mit gerafften Vorhängen aus rotem Samt.

Am Fußende des Bettes stand ein kleines Mädchen.

Das weiße Kleid hing ihm bis über die nackten Knöchel. Stumm stand es da, das Gesicht hinter langen, dunklen Strähnen verborgen, und starrte Isa an.

Plötzlich bereute die grüne Fee von Absinth, jemals Gruselfilme geschaut zu haben, in denen unheimliche Kinder die Hauptrolle spielten.

»Komm endlich!«, hörte sie Kevin von der Treppe aus rufen.

Das Mädchen bewegte sich noch immer nicht. Es stand nur da, bleich wie der Tod und gekleidet in ein Leichenhemd. Oder ein sehr einfaches Mittelalterkleid, so sicher war sich Isa da nicht.

Widerstrebend löste sie den Blick von der Kleinen. »Wartet mal!«, rief sie ihren Bandkollegen hinterher. »Hier ist ein …«

Der Rest des Satzes blieb ihr im Halse stecken. Sie hatte höchstens eine Sekunde lang in die andere Richtung geschaut, doch als sie sich wieder umdrehte, war das Mädchen verschwunden.

## Kapitel 3

»Was zum …? Hey!«

Schnell ging Isa durch den spitz zulaufenden Mauerbogen hindurch in die Kemenate. Sie schaute sich um. Niemand war zu sehen. Kein kleiner Geist, der hinter der Truhe kauerte oder unter dem Bett hervorgeschossen kam und nach ihren Beinen schnappte. Kein körperloses Wesen, das durch die Vertäfelung glitt.

Ein Teil von Isa wusste natürlich sehr genau, dass es für das, was sie soeben gesehen hatte, eine simple, wahrscheinlich sogar ziemlich langweilige Erklärung gab. Doch der Rest von ihr konnte sich eines Schauderns einfach nicht erwehren.

»Sagt Schrödinger, dass ich gleich nachkomme!«, rief Isa halblaut über die Schulter, während sie langsam den Raum durchquerte. Sie hörte, wie die Jungs draußen auf der Treppe antworteten, war aber nicht aufmerksam genug, um den genauen Wortlaut zu verstehen.

»Ich muss nur …«, sagte sie, mehr zu sich selbst als zu ihren Freunden.

Gleich war sie am Fußende des Bettes und würde sehen können, ob sich jemand auf der anderen Seite versteckte. Isa hielt unwillkürlich den Atem an. Ein schneller Schritt – doch auch dahinter war nichts.

»... kurz was nachschauen«, beendete sie ihren eigenen Satz.

Plötzlich hörte sie, wie jemand in dem Raum, der an die andere Seite der Kemenate grenzte, leise kicherte.

Die grüne Fee riss den Kopf hoch. Gerade noch rechtzeitig, um durch den schmalen, hölzernen Mauerbogen hindurch einen weißen Schleier zu sehen, der quer durch einen geräumigen Saal huschte.

Wieder ertönte das Kichern.

Die grüne Fee schob sich ins nächste Zimmer.

Hinter der Kemenate befand sich der sogenannte Rittersaal. Wieder wurde Isa von dem seltsamen Licht begrüßt, das sich aus drei großen Fensternischen in den Raum ergoss, aber nicht jeden Winkel erreichte.

Obwohl die Wände, die zu den Außenmauern des Saalbaus gehörten, mehrere Meter dick waren, konnte die junge Gauklerin den Wind hören, der pfeifend um die Burg strich. Er brachte die Wandteppiche, die in den Nischen hingen, zum Erzittern.

In der Mitte des Saales befand sich, gleich neben einer massiven Säule aus dunklem Holz, eine lange Tafel mit Stühlen zu beiden Seiten. Sie war nicht rund, wie in den Geschichten um Artus und seine Gefährten, aber sie weckte in Isa trotzdem Fantasien von Rittersleuten und Edeldamen, die miteinander beim Festmahl scherzten. Die Oberfläche des Tisches wirkte wie von unzähligen, über die Jahrhunderte hinweg verschütteten Bechern Rotwein gebeizt.

Isa stand ganz still und spitzte die Ohren. Alles, was sie hörte, waren der Wind und ab und zu ein leises Knarren im Gebälk.

Wo war die Kleine hin?

Ihr Blick fiel auf eine verschlossene Tür in der Wand hinter der Tafel.

Irgendetwas daran irritierte sie, doch was genau, konnte sie nicht sagen. Eigentlich unterschied sich die Tür nicht sonderlich von den anderen, die sie bisher in der Marksburg gesehen hatte: kunstvolle, schmiedeeiserne Beschläge, solider Riegel. Nicht vorgeschoben. Der Rahmen der Tür hob sich grau von der weiß getünchten Außenmauer ab.

Die Außenmauer! Beinahe hätte sich Isa mit der Hand vor die Stirn geschlagen. Natürlich, das war es, was sie an dem Anblick störte. Wozu brauchte man eine Tür, die durch eine dreieinhalb Meter dicke Wand geradewegs in den freien Fall den Berghang hinunterführte?

Da erinnerte sich die grüne Fee an ein Detail über den Rittersaal, das in Valentins Aufzeichnungen vermerkt gewesen war. An zwei Worte, genauer gesagt: »Heymlich Gemach«.

Das stille Örtchen. Ein Abort für adlige Besucher und Bewohner, durch den aller Unrat diskret im darunterliegenden Burggraben entsorgt worden war. Wobei man vielleicht sogar den ein oder anderen unglücklichen Angreifer beim Versuch, die steile Felswand zu erklimmen und durch den ungeschützten Aborterker in den Saal zu gelangen, getroffen hatte.

Keine besonders heroische Form der Verteidigung, aber effizient.

In dem Moment, in dem der grünen Fee diese Informationen durch den Kopf gingen, schwang die Tür leicht in den Angeln und gab ein kaum hörbares Quietschen von sich.

Hallo, kleines Gespenst, dachte sie.

Sie konnte nicht verhindern, dass ihr das Herz in der Brust pochte, als sie langsam um die Tafel herumging. Der Holzboden unter ihren Füßen knarrte. Der Riegel fühlte sich kalt an, als sie die Finger darum schloss. Isa atmete tief ein.

*Eins …*

Irgendetwas regte sich hinter dem Mauerwerk. Sie konnte es hören.

*Zwei …*

Es klang wie … war es ein Wispern? Ein Flüstern?

*Drei!*

Mit einem Ruck riss Isa die Tür auf. Doch anstelle einer kleinen, weißen Gestalt erblickte sie nichts weiter als einen leeren Gang mit einem aus Brettern gezimmerten Abort am anderen Ende. Es roch ein wenig muffig. Zum Glück nur nach altem Mörtel, Staub und Stein.

Die grüne Fee verharrte, unschlüssig und ein wenig enttäuscht. Was sie gehört hatte, war nur der Wind gewesen. Nichts weiter.

Plötzlich klatschte hinter ihr jemand zweimal in die Hände. Erschrocken fuhr sie herum. Das Mädchen stand auf der anderen Seite des Saales und starrte sie an. Als es lächelte, entblößte es eine Reihe weißer, unfassbar spitz aussehender Zähne.

Dann rannte es kichernd aus dem Zimmer.

»Warte!« Mit wehendem Rock sprintete Isa hinter ihm her.

Weiter ging die wilde Geisterjagd, quer durch eine winzige Kapelle und dann eine steile, steinerne Treppe hinauf. Isa brach sich auf den unebenen Stufen fast den Hals, hielt aber das Tempo. Warf, oben angekommen, einen Blick über die Schulter in das für Besucher verbotene Kaplanszimmer – niemand zu sehen. Auch die durch ein Seil versperrte Treppe daneben verwarf sie rasch und hastete stattdessen weiter einen Gang entlang, von dem rechts zwei offene Türen abgingen. Die Gauklerin entschied sich für die erste und gelangte in einen Ausstellungsraum voller Waffen.

Die Rüstkammer.

Isa blieb stehen. Sie befand sich auf einer Art Podest, das gut die Hälfte des Zimmers einnahm und der Länge nach an einen Schaukasten voller archäologischer Funde aus der Burg grenzte. Dahinter wuchs, in Reih und Glied, eine Allee aus Hellebarden. Blank poliert, glänzten die Klingen der Waffen im Licht.

Langsam ging Isa über das Podest. An den Wänden hingen vom Alter geschwärzte, mittelalterliche Harnische. Neben dem Fenster entdeckte sie Morgensterne; keulenartige Waffen mit stachelbewehrten Enden, mit denen man sich ganz sicher nicht den Rücken kratzen wollte.

Sie war fast am Ende des Schaukastens angelangt, als plötzlich ein hohes Stimmchen aus dem Nichts ertönte.

*»Blut, Blut, Räuber saufen Blut,*
*Raub und Mord und Überfall sind gut …«*

Da wusste Isa mit einem Mal, dass es sich bei dem Kind nicht um ein untotes kleines Burgfräulein handelte. Oder wenn, dann zumindest um eines mit einem sehr modernen Musikgeschmack.

Sie grinste. Dann sang sie laut den Rest des ihr wohlbekannten Refrains:

*»Hoch vom Galgen klingt es,*
*Hoch vom Galgen klingt es,*
*Raub und Mord und Überfall sind gut.«*

Vorsichtig spähte Isa um den Schaukasten herum. Da stand das Gespenst zwischen Hellebarden und anderen Mordwerkzeugen, lutschte an einem Lolli und starrte sie aufmerksam an.

»Du singst schief«, sagte es.

Bei näherem Hinsehen trug das Mädchen tatsächlich ein weißes, mittelalterliches Leinenkleid. Seine langen Haare waren auch nicht schwarz, sondern schimmerten rot im Schein der Deckenbeleuchtung. Allerdings hingen sie der Kleinen immer noch ins Gesicht, so als wäre sie geradewegs aus dem Brunnen der Burg gekrochen, um irgendjemandem den Garaus zu machen.

Isa trat hinter dem Schaukasten hervor. »Und du magst offensichtlich die Band Subway to Sally«, sagte sie. »Ich nehme nicht an, dass du auch noch Julia heißt? Wie das Mädchen aus dem Song gerade, ›Julia und die Räuber‹?«

Energisches Kopfschütteln. »Pauline.«

»Was machst du hier, Pauline? Also, außer Leute zu Tode zu erschrecken?«

Doch das Mädchen – Isa schätzte es nicht älter als sechs, vielleicht sieben – hatte offenbar keine große Lust, Fragen zu beantworten. Stattdessen musterte es die grüne Fee von den Dreadlocks bis hinunter zu den Schnabelschuhen.

»Mein Papa hat gesagt, ich soll aufpassen, wenn ich mit Fremden rede«, verkündete es schließlich. »Wenn du mir was Süßes geben willst, weil ich mit dir mitgehen soll, dann reiß ich dir die Eingeweide raus und erwürge dich damit.«

Was für ein niedliches Geschöpf, dachte Isa. Sie hob die Hände. »Glaube ich dir aufs Wort. Eigentlich bin ich auch nur hinter dir her, weil ich wissen wollte, ob du …« Plötzlich kam sie sich ein bisschen blöd vor, entschied aber trotzdem, es auszusprechen. »… ob du das Burggespenst bist.«

Die Kleine senkte den Kopf und lugte zwischen den herabhängenden Haarsträhnen hindurch. »Ich *bin* ein Gespenst. Ich wohne hier mit meinen Gespensterfreunden.« Mit ausgestrecktem Zeigefinger deutete sie auf einen Raum hinter sich. Dort, hinter einem kleinen Vorzimmer, befand sich die sogenannte Gimbelsche Sammlung.

Isa erhaschte einen Blick auf rot gemusterte Tapete, Schwerter, prächtig verzierte Rüstungen und Gesichter, die einem das unmissverständliche Gefühl gaben, beobachtet zu werden. Säuberlich an den Wänden aufgereiht standen etwa ein Dutzend lebensgroße Kriegerfiguren. Ihre Waffen und Körperpanzer zeigten die Entwicklung, die Kriegsausrüstungen im Laufe der Jahrhunderte vollzogen hatten, vom griechischen Heros der Antike, der mit Speer und Hahnenkammhelm die Tür flankierte, über den spätmittelalterlichen Ritter, der sich zum Turnier herausgeputzt hatte wie ein farbenblinder Pfau, bis hin zum englischen Armbrustschützen.

Die Kleine musterte sie immer noch. »Bist du eine Gauklerin?«

»Stimmt, ja.«

»Und dann kannst du nicht mal singen?«

Isa verzog das Gesicht zu einer Grimasse. »Ich muss nur trommeln und jonglieren. Also, wohnst du hier auf der Burg?«

»Also, wohnst du hier auf der Burg?«

»Oder gehörst du zu den Leuten von der Party?«

»Oder gehörst du zu den Leuten von der Party?«

Die grüne Fee verengte die Augen zu Schlitzen. Als Jüngstes von drei Geschwistern kannte sie das »Ich wiederhole einfach alles, was du sagst, bis du platzt«-Spiel zu gut, um weiterzureden. Pauline schenkte ihr ein diabolisch-süßes Lächeln und steckte sich den Lolli wieder in den Mund.

Plötzlich wanderte ihr Blick zu einer Stelle direkt hinter Isas Kopf. Ihre Miene wurde unergründlich.

»Redrum«, krächzte die Kleine.

Schon wieder lief der grünen Fee ein eisiger Schauer über den Rücken.

*Ffump*, machte es, als Pauline den Lolli nochmals aus dem Mund nahm. »Dreh dich um«, wiederholte sie deutlicher.

Isa schnaubte. Du gruseliger, kleiner Satansbraten, dachte sie.

Als sie einen Blick über ihre Schulter warf, entdeckte sie nicht den Axtmörder aus *Shining*, sondern einen gut aussehenden jungen Mann, der die Rüstkammer betrat und dabei suchend um sich blickte. Sein Schopf war ebenso rot wie der von Pauline, und auch er trug Gewandung, bestehend aus einem Leinenhemd, einer Wollhose und einem hellen, ockerfarbenen Umhang, der gut zu seinen Haaren passte.

»Pauli? Bist du hier drin?«

»Papa!«

Fasziniert beobachtete Isa, wie sich das Pseudo-Gespenst augenblicklich in den personifizierten Sonnenschein verwandelte. Hätte Pauline in diesem Augenblick den Kopf aus dem Fenster gereckt und eine Melodie gen Wald gesungen, wären sicher auf der Stelle sämtliche Rehe, Vögel, Einhörner und Drachen handzahm an ihre Seite geeilt.

Als er Paulines Stimme hörte, grinste der Mann. »Ich hab dich schon überall gesucht, Süße. Keine Streifzüge ohne mich, das hatten wir doch besprochen.« Er schlenderte das Podest hinunter. Dann ging er in die Knie und breitete die Arme aus.

Mit einem Jauchzer flitzte Pauline an Isa vorbei und sprang ihrem Vater in die Arme. Besonders sauer schien er nicht zu sein; mit einem Lachen richtete er sich auf und ließ sich von der Kleinen ein Küsschen geben. Dann wandte er sich Isa zu, und sein Grinsen wurde breiter. »Hast du dir eine neue Freundin angelacht, Pauli?«

Pauline bedachte Isa mit einem skeptischen Blick. »Sie ist komisch«, sagte sie.

Die Gauklerin hob amüsiert die Augenbrauen. »*Ich* bin komisch? Wer von uns beiden scheucht denn die Leute durch die Gegend wie ein wild gewordenes Irrlicht?«

»Das macht sie immer. Man guckt einmal nicht hin, und schon ist die kleine Hexe weg und stellt irgendwas an, oder?«, neckte der Mann seine Tochter liebevoll. Dann nahm er Pauline auf einen Arm und streckte Isa die andere Hand entgegen.

»Ich glaube, wir kennen uns noch nicht. Ich bin Philipp.« Das Mädchen zupfte ihm am Ohrläppchen. »Entschuldige, Süße. *Wir* sind das Burgfräulein Pauline und ihr Hofnarr Philipp. Düster ist der Nachname.«

Die grüne Fee warf der Kleinen einen Blick zu. »Düster? Das passt ja.«

»Hmm?«

»Ach, nichts. Ich bin Isa. Deine Tochter ist bezaubernd.« Sie schüttelten einander die Hände. Pauline beobachtete Isa mit Argusaugen.

»Bist du eine von Torys Cousinen?«, fragte Philipp. »Sie hat so viele, ich glaube, ich hab den Überblick verloren …«

»Wessen Cousine?«

»Viktorias. Bist du nicht wegen der Feier auf der Marksburg?«

»Doch, aber nicht als Gast. Meine Band und ich treten beim Grafenmahl auf.«

Er wirkte erleichtert. »Oh, es gibt Musik? Super. Ich hatte schon Angst, dass das so ein langweiliges Dinner-Ding wird, weil To…, äh, Viktorias piekfeine Verwandtschaft gerade aufgetaucht ist.«

»Nein, nein, keine Panik. Wir sorgen schon für Kurzweyl. Und wenn ihr mir die nervigsten Gestalten vorher beschreibt, kann ich beim Jonglieren ganz zufällig mal jemandem eine

Hammelkeule auf den Kopf fallen lassen. Oder eine Pechfackel.«

Bei dieser Vorstellung huschte ein kleines, verzücktes Lächeln über Paulines Gesicht, und auch ihr Vater lachte. Dann schien ihm jedoch etwas anderes in den Sinn zu kommen.

»Spielleute ... Warte, gehören die zwei Typen, die draußen vor der Kemenate auf der Treppe herumlungern, eventuell zu dir? Einer groß und mit Ziegenbart, der andere im Kilt? Beide sehen ziemlich sauer aus?«

Verdammter Mist.

Ohne sich zu verabschieden, sauste die grüne Fee aus der Rüstkammer.

Noch immer bedeckten Wolken den Himmel, doch Wind und Regen waren plötzlich verschwunden. Die Luft war dick wie warmes Pfirsichkompott.

Burgvogt Schrödinger führte die Gaukler würdevollen Schrittes am Romanischen Palas vorbei zur Großen und Kleinen Batterie, den Geschützhäusern der Burg. Dort sollte Manus Furis die Teilnehmer des Grafenmahls in ein paar Stunden in Empfang nehmen und bei einem kleinen Umtrunk unterhalten, bis das Festessen begann.

Waren die Spielleute bei ihrer Ankunft auf der Marksburg nur wenigen Leuten begegnet, herrschte nun reges Treiben auf den Treppen und Terrassen. Immer mehr gewandete Gestalten trafen ein und sammelten sich in Grüppchen, standen lachend und schwatzend herum oder bestaunten die mächtigen Mauern des Bauwerks, in dem sie den Abend verbringen würden.

Alex und Kevin hatten sich beide bei Isa eingehakt, damit sie nicht schon wieder einfach so verschwinden konnte. Die Gaukler folgten Schrödinger und versuchten dabei, so unauffällig wie möglich auszusehen. Der Burgvogt wollte nicht, dass die Gäste schon vor der eigentlichen Show auf sie aufmerksam wurden.

Sie kamen nah an einer niedrigen Mauer vorbei, über die man hinunter auf die Reitertreppe blicken konnte; eine unebene, steinerne Stolperfalle, vom Regen noch dunkel verfärbt. Isas Blick wurde ganz wie von selbst von einer Personengruppe angezogen, die dort unten einen Heidenlärm veranstaltete. Etwa zwei Dutzend Leute in mittelalterlicher Kleidung teilten sich den von der Batterie mit den kleineren Kanonen überdachten Platz mit einer Handvoll ziemlich elitär wirkender Besucher in teurer, moderner Garderobe. Die grüne Fee entdeckte Taschenuhren, Abendkleider und Seidenschals, alles direkt neben Kapuzenumhängen, Lederkorsagen und Stulpenstiefeln.

Eine gewagte Mischung, dachte sie.

Die meisten Leute scharten sich dicht um einen Punkt. Eine junge, brünette Frau, die Umarmungen verteilte und unablässig Hände schüttelte. Isa hätte ihre komplette eigene Gewandung darauf verwettet, dass das Kleid, das sie trug, handgefertigt war; die Frau steckte in einem Traum aus mit Ornamenten versehenem, rotem und cremefarbenem Stoff, der dank der rückseitigen Schnürung und des viereckigen Ausschnitts ihre Figur perfekt betonte. Das Kleid war wunderschön und hatte vermutlich mehr gekostet, als die grüne Fee in einem Jahr verdiente, aber es wirkte nicht protzig. Die Art, wie es fiel, gab seiner Trägerin etwas Elegantes, aber auch Bodenständiges. An ihrem verzierten Gürtel hatte die Frau unzählige kleine Ledertaschen befestigt. Das offene Haar zierte ein Blumenkranz.

Isa erinnerte sich an die Frage, die Philipp Düster ihr vor ein paar Minuten in der Rüstkammer gestellt hatte. *»Bist du* *eine von Torys Cousinen? Sie hat so viele, ich glaube, ich hab den Überblick verloren …«*

Wenn sie sich das richtig zusammenreimte, war die Person, die die Burgküche für das Grafenmahl gebucht hatte, eine Frau namens Viktoria. Tory. Und die junge Brünette auf der Reitertreppe wirkte definitiv wie der Mittelpunkt der Party.

Im selben Moment erschien Philipp Düster selbst auf der Reitertreppe. Er trug noch immer Pauline auf dem Arm. Beide hatten die Rüstkammer offenbar kurz nach Isa verlassen.

Als Viktoria – wenn sie es denn wirklich war – den großen, rothaarigen Kerl über die Köpfe der anderen Leute hinweg erblickte, leuchtete ihr Gesicht auf. Sie murmelte dem Gewandeten im bodenlangen, dunkelroten Umhang, der gerade mit ihr sprach, eine Entschuldigung zu und bahnte sich mit gerafftem Röcken einen Weg durch die Menge.

»Irish!«, rief sie freudig.

Auf Philipps Gesicht breitete sich erneut ein jungenhaftes Grinsen aus. Er setzte seine Tochter ab und wirbelte die Frau, die sich in seine Arme warf, lachend herum. Pauline, die beim Handschlag, mit dem sich Philipp und Isa einander vorgestellt hatten, noch ein Gesicht gezogen hatte, als wollte sie der grünen Fee vor lauter Eifersucht die Finger abbeißen, schien sich an der Szene nicht zu stören. Die Kleine strahlte, als die Brünette sich von Philipp löste und auch sie umarmte.

Was die drei sagten, konnte Isa auf die Entfernung nicht verstehen. Dafür sah sie von oben umso besser.

Nachdem die Hauptattraktion davongerannt war, hatten die Leute in der Menschentraube schnell angefangen, sich miteinander zu beschäftigen. Man schwatzte, begutachtete die anderen Gäste oder beäugte kritisch den Himmel.

Zwei Männer beteiligten sich nicht an den Gesprächen.

Sie standen in der Mitte. Fast genau dort, wo auch Viktoria ihre Gäste begrüßt hatte. Der eine war ein älterer, gut situiert wirkender Herr in einem steifen Anzug, dessen Gesicht aussah wie ein weich gekochter Knödel. Der andere war in Viktorias Alter. Er trug eine dunkelbraune Wikinger-Tunika; sein bleiches Gesicht umrahmte ein getrimmter, schwarzer Vollbart.

Beide Männer schienen so verschieden wie Feuer und Eis. Und doch waren sie die Einzigen, die die ganze Zeit über die Menge hinweg zu Viktoria und Philipp hinüberstarrten. Ihre Mienen zierte der gleiche, finstere Ausdruck.

Interessant, dachte Isa.

## Kapitel 4

»Und nun, verehrte Damen, edle Herren, lässt Euch unser Koch mit untertänigstem Gruße den Hauptgang des heutigen Abends kredenzen: köstlichen Braten vom Kalb, dazu Brotklöße und deftiges Möhrengemüs. Möge es Euch aufs Beste munden!«

Mit breiter Brust verneigte sich Kevin vor dem Publikum, doch auf halber Strecke fing er plötzlich an zu stöhnen und sich den Bauch zu halten. Lena griff besorgt nach seinem Arm. »Schnell, schafft einen Medicus herbei!«, rief sie.

»Wartet.« Die grüne Fee brachte ihren leidenden Bandkollegen dazu, die Zunge herauszustrecken. Dann untersuchte sie den leeren Becher, der zu seinen Füßen stand. »Dachte ich's mir doch. Der Patient leidet an starker Unterhopfung.«

Kevin gab ein überzeugendes Röcheln von sich.

»Da hilft nur eins! Schafft mit dem Essen auch reichlich volle Bierkrüge nach vorne zu uns. Und für die Gäste ebenfalls noch eine Runde!«

Wohlwollende Rufe und vereinzelter Applaus ertönten, als drei Schankmägde mit Holztabletts voll dampfender Schüsseln die Burgküche betraten. Die Gäste hatten bereits einiges an Met und Bier sowie den ein oder anderen Schnaps getrunken, nachdem man sie vor der Feier durch die Marksburg geführt hatte. Die Stimmung war dementsprechend gelöst.

In dem begehbaren Kamin, in dem man gut und gerne eine Handvoll Sünder hätte brutzeln können, prasselte ein munteres Feuer. Der Schein der Flammen tanzte über gedeckte Tische, die Reihe um Reihe in der ganzen Küche aufgestellt worden waren. Zwei große, schmiedeeiserne Kronleuchter, in denen Kerzen steckten, spendeten ebenfalls Licht. Jede Tafel bot Platz für acht Personen und war bis auf den letzten Stuhl besetzt. Man langte fröhlich in die Brotkörbe, prostete einander zu oder wartete gespannt, während der Braten aufgetragen wurde.

Isa war ein wenig enttäuscht darüber, dass das Essen für das Grafenmahl gar nicht »live« in der Burgküche zubereitet wurde. Aus organisatorischen Gründen briet und kochte man stattdessen über den lodernden Herdfeuern der Schänke. Von dort aus mussten die gewandeten Servicekräfte das Essen auf Warmhalteplatten quer über das Burggelände tragen; über die Reitertreppe durch den Weinkeller hindurch, hinauf in den hinteren Teil der Burgküche und von dort in eine kleine Spülküche im Kapellenturm. Dort richtete man die Speisen dann auf mittelalterliche Art an, bevor endgültig serviert wurde.

Die Gäste erhielten ihre Portionen in hölzernen Schüsseln und mussten mit Messern, Löffeln oder Händen speisen. Gabeln, die im Mittelalter nur zum Vorlegen von Fleisch Verwendung fanden, gab es nicht. Das stieß bei den vornehmeren Mitgliedern der Geburtstagsgesellschaft auf wenig Begeisterung. Nur eine steinalte Frau, deren Abendkleid eher nach Downton Abbey als auf eine mittelalterliche Burg gepasst hätte, aß in aller Seelenruhe mit den Fingern, während sie ihrer Tischnachbarin, einer Frau in der Gewandung einer Marketenderin, ihre Lebensgeschichte erzählte.

»… und nach der Darmspülung habe ich zu meiner Nichte gesagt: Das eine Bein ist schon im Grab. Mit dem anderen lauf' ich ja noch.«

Die Marketenderin wirkte etwas gequält.

Isa setzte sich wieder neben Lena auf einen Schemel und nahm ihre Trommel zur Hand. Mit ihren Bandkollegen stimmte sie eine muntere Weise an, die den Hauptgang untermalen sollte.

An der vordersten Tafel, die dem Feuer und den Gauklern am nächsten war, saß das Geburtstagskind, Viktoria. Es handelte sich tatsächlich um die brünette, junge Frau, die die grüne Fee auf der Reitertreppe beobachtet hatte. Zu ihrer Linken saß der dunkelhaarige Wikinger. Isa fiel auf, dass er offenbar Vegetarier war; in seiner Schüssel dampften bloß ein trauriger Kloß und ein paar Karotten vor sich hin. Als eine der Schankmaiden mit einem tönernen Krug kam, um die Getränke aufzufüllen, legte Viktoria ihre Hand über den Humpen des Mannes.

»Schatz, du hattest schon einen halben Becher«, sagte sie sanft. »Denk an dein Herz.«

Er protestierte nicht. Stattdessen lächelte er. »Du bist mein Herz. Und ich denke immer an dich.« Zärtlich beugte er sich zu ihr hinüber und küsste sie.

Plötzlich hörte Isa über die Musik hinweg ein tiefes, gehässiges Lachen. Neben dem Dunkelhaarigen saß ein weiterer Mann in der Gewandung eines Wikingers. Im Gegensatz zu Viktorias Partner, der zwar authentische Kleidung trug, aber mehr eben auch nicht, wirkte dieser Nordmann so, als hätte er sich erst vor wenigen Minuten die Salzkruste von den Stiefeln gewischt und das Blut vom letzten Raubzug aus dem Bart gespült. Langes, fast blondes Haar, hier und da zu Strähnen geflochten, hing ihm ins Gesicht. Auf die durchtrainierte, ziemlich behaarte Brust baumelte ein Thorshammer an einem Lederband. Am Kinn des Mannes funkelten Bartperlen. Was die grüne Fee jedoch am meisten faszinierte, waren seine auffallend hellen Augen.

Die Augen des Dunkelhaarigen sahen genauso aus.

»Meine Fresse, Rune ...« Noch immer lachend, nahm der Langhaarige einen tiefen Schluck aus seinem Methorn. Dann hielt er die davoneilende Schankmaid am Rock fest. »Entschuldige, könntest du dem guten Herrn Kreuteler vielleicht ein paar Eier servieren? Wie's aussieht, hat er seine verloren.«

Die Laune des jungen Paars sank ebenso rasant wie ein leck geschlagenes Drachenboot. Isa konnte von ihrem Platz aus sehen, wie der Dunkelhaarige mit den Kieferknochen mahlte.

»Was ist?«, fragte der andere provozierend. »Passt dir was nicht? Dann sag doch was oder erlaubt dir deine Frau nicht mal das?«

»Gott, Erik. Du bist so ein Idiot.«

»Rune *Kreuteler* ... klingt wie ein Halsbonbon, findest du nicht?«

»Wie lange willst du dich noch darüber lustig machen? Es ist ja nicht so, als ob ich die Familie verraten oder meine Männlichkeit beim Standesamt abgegeben hätte, nur weil ich den Namen meiner Frau angenommen habe.«

»Ihren Namen, all ihre Ansichten ...«

Runes Faust ballte sich um das Messer, mit dem er zuvor noch friedlich seinen Brotkloß zerteilt hatte.

Als Viktoria sich vorbeugte, zeigte sich zum ersten Mal etwas anderes als Freude auf ihrem Gesicht. Das nette Mädchen von nebenan, das scheinbar nur zufällig in einem ziemlich teuren Gewand steckte, war plötzlich verschwunden. Isa hatte im Laufe des Abends gesehen, dass ihre Augen strahlen konnten wie der Himmel an einem Sommertag, wenn sie lachte oder lächelte, doch nun wurde ihr Blick unnachgiebig wie bläulich schimmernder Stahl.

»Erik Folkesson, du bist hier als mein Gast, mein Schwager und eigentlich auch als mein Freund. Also erwarte ich, dass du dich entsprechend benimmst. Lass Rune in Ruhe.«

Eriks Grinsen verblasste.

»Jawohl, Königin Viktoria«, war alles, was er sagte. Wäre seine Stimme noch kälter gewesen, hätte man den Met mit einem Eispickel aus den Krügen meißeln müssen.

Mit der verzierten Replik eines kleinen, gotländischen Wikingermessers, die ganz sicher viel zu teuer gewesen war, um sich damit bloß fettiges, totes Tier ins Fressbrett zu schaufeln, spießte er ein Stück Braten auf. Dann wandte er sich der Person zu, die zu seiner Linken am Ende der Tafel saß.

Von ihrem Platz aus konnte die grüne Fee nicht erkennen, wer dort speiste, weil ein Kerzenleuchter auf dem Tisch die Sicht versperrte. Vermutlich ging es Isas Bandkollegen ähnlich, denn als plötzlich ein lautes, affektiertes Lachen ertönte, das klang, als würde jemand ein Huhn schlachten, zuckten alle vier Gaukler zusammen.

Lena warf Isa einen entsetzten Blick zu. Die schaute ebenso schockiert zurück.

*Anita.*

Jeder Musiker in der Mittelalterszene kannte Anita. Sie trat entweder allein oder mit bekannten Bands auf, wenn die für eine neue Single unbedingt noch eine Sängerin mit mystischer Ausstrahlung brauchten. Sie machte sich unglaublich gut in Musikvideos, wo sie in regelmäßigen Abständen trällernd durch die Wälder huschte, auf windigen grünen Hügeln von der Freiheit sang oder ihr Ohr an heilige Steine drückte, als müsste sie einen Safe knacken. Mittlerweile hatte sie dadurch eine gewisse Popularität erreicht und war schon in einigen Fernsehshows aufgetreten. Vor allem die öffentlich-rechtlichen Sender schienen ihre Fähigkeit zu lieben, jedes Studio mit scheintotem Publikum binnen Sekunden in einen magischen Musikantenstadl zu verwandeln.

All das hätte prinzipiell nicht wirklich etwas ausgemacht, wenn Anita nicht auch im wahren Leben so verdammt anstrengend gewesen wäre.

Kaum hatten die Spielleute ihren Schock überwunden, wallte auch schon schwarzes Haar auf. Isa glaubte, Parfüm zu riechen; eine feine Mischung aus Styrax, Patchouli und Hybris.

»... aber ich muss!« Der Feuerschein floss an Anitas Gestalt hinab wie flüssige Lava, als sie sich erhob und verträumt die Arme über den Kopf reckte. Ihre Augen waren halb geschlossen. »Es ist mein Geschenk an die liebe Viktoria. Das Beste, das ich ihr geben kann.«

Und bevor alle Anwesenden sich recht versahen, setzte sie einen nackten Fuß auf die gedeckte Tafel.

Alex vergriff sich an seinem Dudelsack vor lauter Staunen glatt im Ton, fand aber schnell wieder zurück zur Melodie. Er grinste so breit, wie es das Instrument zuließ, während Anita auf den Tisch kletterte und begann, zwischen Humpen, leer gegessenen Tellern und Kerzenleuchtern umherzutanzen. Der Wind, der draußen um die Burg heulte, zog genau im richtigen Moment unter der Tür zum Hof hindurch ins Zimmer – Isa hatte keine Ahnung, wie die Frau das mit dem Timing anstellte – und ließ ihr Kleid wie von Zauberhand um ihre schlanke Gestalt flattern.

»Spielt mir einen Reigen!«, rief Anita den Gauklern zu. »Ich möchte singen für die schöne Frau, die heute Nacht die Herrin dieser Burg ist!«

Bier ergoss sich auf den Tisch, als sie, sich drehend und räkelnd, weitertanzte und dabei einen Humpen umtrat.

Gemurmel erhob sich unter den Gästen. Einige Leute an den Tischen weiter hinten standen auf oder reckten die Hälse, um zu sehen, was vorne los war. Irgendjemand pfiff laut auf den Fingern. Isa entdeckte plötzlich auch den Herrn mit dem Knödelgesicht wieder: Offenbar hatte er die ganze Zeit an der Tafel hinter Viktoria gesessen, allerdings mit dem Rücken zu den Spielleuten. Während des gesamten Grafenmahls hatte er sich nicht ein einziges Mal umgedreht. Nun warf er den Mitgliedern von Manus Furis einen bösen Blick zu, so als wäre es ihre Schuld, dass plötzlich eine verstrahlte Pseudo-Elfe am Nachbartisch durch das Gemüse hüpfte.

Die grüne Fee hatte nicht vor, Anita einen Gefallen zu tun und ihre kleine Privatvorstellung auch noch musikalisch zu begleiten. Ein schneller Seitenblick verriet ihr, dass ihre Freunde das genauso sahen. Also trommelte sie im gleichen Rhythmus weiter.

Viktoria erhob sich. »Anita, das ist ja eigentlich eine nette Idee, aber ich …«, setzte sie vorsichtig an, wurde aber von Eriks lauter Stimme übertönt.

»Du sprengst gerade die Party, Anita. Dein Gesinge geht den Leuten auf die Nerven. Bei Odin, es geht mir auf die Nerven, also schwing deinen knochigen Arsch vom Tisch.«

Mitten in der Bewegung hielt Anita inne. Ihr zuvor noch verklärter Gesichtsausdruck verfinsterte sich. Sie drehte sich um und sah Erik an. »Leck mich«, fauchte sie, stampfte über den Tisch zu ihrem Platz zurück und setzte sich wieder.

Der langhaarige Nordmann grinste. »Vielleicht später.«

Einen Moment lang schien die ganze Burgküche den Atem anzuhalten. Selbst die Gaukler verstummten.

Doch anstatt ihm eine zu knallen, griff Anita in Eriks wilde Mähne, zog ihn zu sich heran und küsste ihn leidenschaftlich. Er ließ seine Hände ihre Taille hoch und runter wandern, als er den Kuss ebenso heftig erwiderte.

Isa hörte, wie Pauline irgendwo in der Küche laut und deutlich »Iiiiihh …« sagte. Sie war geneigt, ihr zuzustimmen.

Lena stieß die grüne Fee von der Seite an. »Hol am besten schon mal den Schnaps«, raunte sie. »Wir versuchen inzwischen, wieder ein bisschen Stimmung zu machen.«

»Ach, ich würde nicht sagen, dass es an Stimmung fehlt. Vor allem hier vorne nicht«, sagte Isa, legte aber trotzdem ihre Trommel beiseite und stand auf. »Süße, das ist eine Familienfeier. Wir sollten froh sein, dass bisher noch niemand gelyncht wurde.«

Die Spülküche, der für Gäste nicht zugängliche Bereich, in dem Gerichte aus dem einundzwanzigsten Jahrhundert in edle Speisen für den mittelalterlichen Adel verwandelt wurden, befand sich in der Nähe des Treppenaufgangs, der vom Weinkeller hinauf in die eigentliche Burgküche führte. Ganz in der Nähe stand eine Weinbeerenpresse aus dem achtzehnten Jahrhundert, die im Halbdunkel aussah wie ein Stück uralte Kriegsmaschinerie.

Als Isa ein paar Stufen hochhüpfte und die Tür öffnete, schlug ihr der Duft nach Fettgebackenem entgegen. Sofort spürte sie einen Stich – jedoch nicht im Magen, sondern im Herzen. Ein unerklärliches, mulmiges Gefühl, das sie zunächst verwirrte. Dann wurde ihr klar, was los war, und sie verkrampfte sich unwillkürlich von Kopf bis Fuß.

Marek. In Fett gebackene Apfelküchlein. Sein Nebenjob auf dem Mittelaltermarkt in Siegburg.

Ärgerlich schüttelte die grüne Fee den Kopf. Sie hasste diese Assoziationen. Sie tauchten ohne Vorwarnung auf und beschworen Erinnerungen, die so real wirkten, dass sie glaubte, Mareks Duft – Apfel, Karamell, ein Hauch von Moschus – auf der Zunge schmecken zu können. Schnell schloss sie die Augen und atmete den Dampf aus der Spülküche bewusst ein.

Eigentlich roch das, was sich da auf den Wärmeplatten stapelte, gar nicht nach Äpfeln. Es roch nach …

»Tür zu! Die Kirschkrapfen werden kalt!«

Offenbar hatten die Mägde gerade den Nachtisch aus der Burgschänke geholt.

»So ein verdammtes Scheißwetter!« Eine junge, kurvige Maid fluchte wie ein Lumpensammler, während sie einen in Handtücher gewickelten Topf auf eine Anrichte wuchtete. Sie hatte ihr langes, dunkles Haar zu zwei Dutts hochgebunden, die Isa an Mäuseohren erinnerten. Die Frisur war zerzaust, und Bluse und Handtücher hatten nasse Flecken. Scheinbar regnete es draußen schon wieder.

Neben der Magd fuhrwerkte ein langhaariger Mann in einer schwarzen Kochjacke herum. Mit der Statur eines mittelgroßen Eisbergs passte er absolut nicht in die winzige Küche. Trotzdem bewegte er sich erstaunlich schnell, während er rote Grütze auf gut vier Dutzend Holzschüsseln verteilte.

»Du hättest auch einfach in der Schänke bleiben können!«, rief ihm die Schankmaid über die Schulter gewandt zu. »Wir haben das Anrichten den ganzen Abend über sehr gut alleine hinbekommen, da musst du uns jetzt nicht noch helfen. Aber nein, der feine Herr muss ja wie immer alles kontrollieren …«

»Mein Essen, meine Regeln!« Die Stimme des Mannes dröhnte lauter als das Horn von Helm Hammerhand aus Tolkiens *Der Herr der Ringe*.

»Du bist ein sturer Esel, weißt du das eigentlich?«

»Und du bist jetzt mal ruhig und tust, wofür du bezahlt wirst, Mädchen! Her mit den Krapfen, aber zackig!«

Die grüne Fee klopfte auf eine Arbeitsplatte, um die Aufmerksamkeit der beiden zu erregen. »Entschuldigt, aber ich soll den Birnenbrand holen. Die Gäste sind gleich fertig mit dem Hauptgang. Und einige vermutlich auch mit den Nerven.«

Der Koch warf einen Blick über die Schulter. »Ha!« Mit einer Schöpfkelle in der Faust richtete er sich zu voller Größe auf. Sein Scheitel küsste die niedrige Decke. »Was haben wir denn da? Das Gauklermädchen kann ja unterm Teppich seiltanzen, ohne dass die Haare staubig werden!«

Isa hob abschätzig die Augenbrauen. Flink wischte sie am Koch vorbei und schnappte sich einen der noch warmen Kirschkrapfen. Die Schöpfkelle verfehlte ihre Finger um Meilen.

»Stimmt. Klein zu sein, hat einige Vorteile.« Genüsslich biss sie in den Krapfen. Er schmeckte köstlich.

Der Koch lachte. »Robyn, gib der Frau den Schnaps, bevor sie uns noch den Rest wegfuttert.«

Die Maid mit der Mäusefrisur eilte zu einem Tresen, auf dem mehrere Tabletts mit Gläsern standen. Neugierig musterte sie die grüne Fee. »Wie viele Spielleute seid ihr eigentlich?«

»Was? Fünf – äh, nein, vier. Einer ist krank geworden. Wieso?«

»Vier?! Wahnsinn, sonst treten immer nur ein oder zwei Gaukler auf ... Diese Frau Kreuteler hat bestimmt Geld wie Heu. Muss schön sein, so was.«

»Was hat denn das eine mit dem anderen zu tun?«

»Na, diese Events hier sind doch übelst teuer, kann sich unsereins gar nicht leisten. Allein die Burgküche vom Museum anzumieten, kostet schon ein Schweinegeld, deshalb sparen die meisten Leute, die das Grafenmahl buchen, lieber ein bisschen beim Unterhaltungsprogramm. Aber die Frau Kreuteler, die hat anscheinend genügend Taler in der Tasche. Hat alles allein gezahlt, für die ganzen Leute da draußen – Essen, Miete, Getränke, alles! Kannst du dir das vorstellen? Hat bestimmt ein Vermögen gekostet. Und das Kleid, das die anhat … Wahnsinn …«

»Robyn! Himmelst du jetzt diese Tussi mit den feinen Klamotten an oder hilfst du mir auch mal?«, rief der Koch.

»Komme schon, Rumo!« Schnell schnappte sich Robyn die Tabletts mit den Gläsern. »Kannst du beide tragen oder brauchst du Hilfe?«

»Das geht schon.« Isa strich sich die letzten Krapfenkrümel von den Händen. »Welche sind welche?«

Robyn nickte in Richtung des Tabletts, auf dem jemand zwischen den Schnapsgläsern dekorativ eine Birne drapiert hatte. »Das ist der echte Obstbrand für die Gäste. In den Gläsern auf dem anderen Tablett ist nur Wasser, für die Giftprobe. Na ja, okay, vielleicht ist mir zufällig auch der eine oder andere Kurze dazwischengeraten.« Sie kicherte. »Auch Spielleute müssen sich stärken, oder? Wie meine Großtante Olga immer zu sagen pflegte: Mit Schnaps ist es wie mit Beinen. Auf einem kann man nicht stehen.«

Die grüne Fee bedankte sich. Vorsichtig balancierte sie ihre Beute zurück in die Burgküche.

Sie kam genau zur richtigen Zeit. Die übrigen Servicekräfte waren gerade dabei, die leer gegessenen Schüsseln abzuräumen.

Als Isa den Raum durchquerte, sah sie durch eines der Fenster, wie plötzlich grellweißes Licht über den Nachthimmel zuckte. Sekunden später grollte Donner um die Zinnen der Marksburg.

Einige der Gäste blickten auf. Die meisten jedoch interessierten sich viel mehr für ihre vollen Mägen und leeren Humpen. Angeregte Unterhaltungen von Tafel zu Tafel entstanden, nun, wo man auf den Nachtisch wartete. Viktoria plauderte angeregt mit Philipp und ein paar Männern am Nebentisch. Zu Isas Überraschung war einer von ihnen niemand anderes als Piet von den Custodes Historiae. Als er die grüne Fee bemerkte, winkte er ihr fröhlich zu. Von Johanna, der in normale Gespräche nicht Integrierbaren, fehlte allerdings jede Spur.

Auch Erik und Anita waren verschwunden.

Als Isa mit den Tabletts herankam, klopfte Kevin mit seiner Schalmei auf den Tisch, bis Ruhe einkehrte. Alle Blicke richteten sich auf die Spielleute.

»Nachdem Ihr mit dem guten Braten Eure Fleischeslust befriedigen konntet …«

Isa glaubte zu erkennen, wie sich Runes Gesicht kurz zu einer gequälten Grimasse verzog, aber vielleicht spielte ihr der Schein des flackernden Feuers auch nur einen Streich.

»… bringt unsere grüne Fee von Absinth einen Gruß aus der Küche, der im Magen wieder Platz für die Süßspeisen machen soll.«

»Und den Kopf nicht allzu klar«, ergänzte Alex.

»Im Mittelalter erzählte man sich bei Hofe eine Märe namens *Die halbe Birne*«, fuhr Kevin fort. »Die Historiker unter Euch wissen natürlich, dass diese kleine Geschichte zur Zeit der Obstlerkriege im Jahre des Herrn 1293 entstand, die Sir William von der Christbirne im Heiligen Land führte.«

Die Gäste lachten.

»Jedenfalls geht es darin um einen Ritter, der es versäumt, seiner Angebeteten, wie es die höfische Etikette eigentlich erfordern würde, bei Tisch die Birne vorzuschneiden, die sie sich zum Nachtisch teilen sollen. Sie überschüttet ihn daraufhin bei einem Turnier mit Schimpf und Schande, doch er rächt sich, indem er die stolze Prinzessin verführt. Aber nicht als Ritter, oh nein. Er verkleidet sich meisterlich als Narr, indem er ein flottes Mini-Wams über den dreckverschmierten Leib zieht und eine mittelalterliche Pappnase aus der Gallenblase eines Auerochsen aufsetzt. Kein sonderlich schöner Anblick, mögt Ihr nun denken. Doch als er eines Abends am Feuer sitzt, fällt der Prinzessin auf, dass er nur dieses Wams und dafür gar keine Hosen trägt und dass das, was da in der Asche liegt, auch gar kein Schürhaken ist …«

Lena stupste ihn in die Seite. »Herr Ludger, bitte. Es sind Kinder im Saale.«

»… Aber wie auch immer: Einen so peinlichen Fehler bar jeder Tischzucht wie der Ritter wollen *wir* natürlich nicht begehen. Wir teilen die Birne – oder, besser gesagt, den Birnenbrand. Den Großteil für Euch, aber zunächst ein kleines, aber wichtiges Schlückchen für uns.«

Isa reichte Kevin das Tablett mit den Schnapsgläsern voll Wasser. »Wir sorgen uns nämlich um Euer Wohlergehen. Hier auf der Marksburg gibt es einen Kräutergarten mit ein paar hübschen Giftpflanzen. Wer weiß, vielleicht hat ja einer von Euch die Schankmaid bestochen, damit sie der Erbtante etwas ins Getränk mischt?«

»Tollkirsche«, schlug Lena vor.

»Stechapfel«, erwiderte Isa.

»Blauen Eisenhut.«

»Met mit Kaktusfeigen-Aroma.«

»Igitt! Wie barbarisch …«

»Jedenfalls riskieren wir tapfer unsere vogelfreien Leben und machen für Euch die Giftprobe.« Kevin nahm vier Gläser vom Tablett, deren Inhalt die Mitglieder von Manus Furis hinunterstürzten. Sie sahen sich an.

»Und? Vergiftet?«, fragte Isa.

Alle schüttelten die Köpfe.

»Gut, dann lasst uns servieren.« Sie begann, die Schnapsgläser an die Gäste zu verteilen, doch Kevin eilte hinter ihr her und sammelte alles wieder ein. »Halt, warte! Einen noch, zur Sicherheit.«

»Famose Idee, Herr Ludger.«

Wieder wanderte der Inhalt von vier Gläsern in durstige Gauklerkehlen. Und wieder. Und wieder. Das Tablett leerte sich langsam, und unter den Gästen erhob sich amüsierter Protest, als scheinbar immer mehr Schnäpse verschwanden.

Als Kevin gerade wieder zum Reden ansetzen und versichern wollte, dass es noch genug Obstbrand für alle gäbe, donnerte es erneut. Und diesmal klang es, als würde ein Riese mit der flachen Hand aufs Dach schlagen.

Besorgte Stille senkte sich über die Tafeln.

Die Spielleute sahen sich an. Schnell nahmen sie ihre Instrumente wieder auf, um das Gewitter, so gut es ging, zu übertönen.

Robyn, die Schankmaid, brachte den restlichen Schnaps an die Tische.

Mitternacht näherte sich. Geisterstunde.

Die Schankmägde hatten den letzten Gang schon vor einer Weile aufgetragen. Nun ging ein Raunen durch die Küche, als sie zum Abschluss des Grafenmahls noch einmal mit Getränken an die Tafeln traten. Blaue Flammen züngelten in den kleinen Gläsern: »Burggeist«, die hochprozentige, hauseigene Spezialität, wurde grundsätzlich brennend serviert.

Die Mitglieder von Manus Furis ließen das letzte Lied des Abends langsam ausklingen. Alex' Dudelsack verstummte mit einem leisen, fast klagenden Ton, der für einen Moment perfekt mit dem Heulen des Windes harmonierte.

Als Isa gerade ihre Trommel sinken ließ, sah sie, wie jemand von der Treppe zum Weinkeller her die Burgküche betrat. Es war Ferdinand Schrödinger, der Burgvogt. Ohne dass die Gäste ihn bemerkten, huschte er in die Spülküche. Dann kam er wieder heraus, blieb diskret an der großen, polierten Truhe stehen, die den Aufgang der Kellertreppe verdeckte, und tat einen kurzen Wink in Richtung Spielleute.

Die grüne Fee überließ es den anderen, sich von den Gästen zu verabschieden, und ging an den Tischen vorbei nach hinten.

»Was ist los?«, fragte sie den Burgvogt. Er wirkte besorgt.

»Es ist mir unangenehm, Sie damit zu behelligen, Frau Bocholt, aber angesichts der Umstände muss ich Sie und Ihre Kollegen um einen Gefallen ersuchen.«

»Ersuchen Sie.«

»Offenbar braut sich da draußen nicht nur ein einfaches Unwetter zusammen. Die Medien haben vor wenigen Minuten eine Warnung vor starkem Gewitter und einem Sturm in Orkanstärke für diese Region herausgegeben. Jedenfalls war dies die Meldung, bevor sowohl das Radio als auch das Fernsehgerät in meiner Wohnung im Burgvogtsturm den Dienst versagten.«

»Oh.« Isas Blick wanderte zum Fenster. Der Nachthimmel war schwarz, vermischt mit gelblichen und violetten Tönen. Wie einer dieser Blutergüsse, die man nach einer durchzechten Nacht beim Duschen entdeckt, sich aber beim besten Willen nicht mehr daran erinnern kann, wie sie zustande gekommen sind. Eine hässliche, ungesunde Farbe.

»Es wäre gut, wenn Sie dabei behilflich sein könnten, die Gäste so schnell wie möglich aus der Burg zu komplimentieren. Sie wissen ja sicher, wie Feiernde manchmal sein können …«

»Wir sollen die Herde zusammenhalten und hurtig in den Stall treiben.«

»Hinaus auf den Parkplatz, ja, in diesem Sinne. Ich habe meine Mitarbeiterinnen und Mitarbeiter bereits bis auf einige wenige nach Hause geschickt. Der Rest wird Ihnen zur Hand gehen oder sich um die Sicherung des Gebäudes kümmern. Führen Sie die Leute dort vorne durch die Tür und über die Reitertreppe bis runter zum kleinen Tor. Fast direkt dahinter befindet sich die Terrasse der Schänke. Von diesem Punkt aus können Ihre Schützlinge dann weitestgehend allein bis zu den Parkplätzen gelangen. Seien Sie aber bitte, bitte vorsichtig. Bei dem Wetter kann jeder Weg in dieser Höhe recht … abenteuerlich werden.«

»In Ordnung. Wir kümmern uns drum.«

Es stellte sich heraus, dass es weitaus leichter war, eine Menschenmenge auf einem Mittelaltermarkt zum Tanzen zu bringen, als einen Haufen Tafelnder davon zu überzeugen, von ihren bequemen Plätzen aufzustehen und sich auf den Heimweg zu machen. Vor allem, wenn alle satt und leicht beschwipst waren.

Während Kevin und Lena von Tisch zu Tisch gingen und auf die Leute einredeten, stützte Alex einen jungen Mann im feinen Zwirn eines studierten BWLers, der offenbar ziemlich einen in der Krone hatte.

»Alaé mell nîn … Elen síla lúmenn' omentielvo!«, lallte der Schnösel, eigenartigerweise auf Elbisch. Dann blinzelte er Alex verliebt an und gab ihm ein Küsschen auf die Wange.

Isa kicherte, als sie mit einem Trupp gewandeter Edeldamen im Schlepptau vorbeiging. »Soll ich ein bisschen Lembas-Brot auf der Reitertreppe auslegen, damit du ihn nach unten locken kannst?«

»Wohl eher eine Kanne Met pro Stufe. Komm schon, Legolas … nein, nicht da lang! Da geht's in den Kamin!«

Isa führte ihre Gruppe über den kleinen Hof neben dem Bergfried. Sie sah, wie eine dunkle, doppelflügelige Tür, die in der Burgmauer eingelassen war, unter einem Windstoß erzitterte. Durch diese gelangte man auf eine Treppe und hinunter auf den Gotischen Zwinger, einen Gang zwischen der Außenwand des sogenannten Rheinbaus und einer niedrigen Mauer, die vor dem tiefen Fall ins Tal hinab bewahrte. Normalerweise hatte man von dort aus einen atemberaubenden Blick auf die Stadt Braubach und die Landschaft darum herum. Außerdem gab es dort seit Ende des zwanzigsten Jahrhunderts einen sehenswerten, nach mittelalterlichem Vorbild angelegten Kräutergarten. Doch bei diesem Wetter war der Gotische Zwinger ein gefährlicher Ort. Selbst im Hof, der von drei Seiten durch Mauerwerk geschützt war, ergriff der Wind den Leib der grünen Fee mit kalter Hand; er zerrte an ihren Haaren und ihren Kleidern. Winzige Regentropfen stachen ihr wie Splitter ins Gesicht.

Wenn es dort schon so schlimm war, musste man sich im Zwinger vorkommen wie eine Schießbudenfigur.

Zum Glück hatte Schrödinger an alles gedacht und seine Helfer mit Taschenlampen ausgerüstet. Isas mittelalterliche Laterne mit der Kerze und den Fenstern aus dünnen Hornplatten hätte bei diesen Sturmböen ungefähr so viel genützt wie ein abgebranntes Streichholz.

Trotzdem dauerte das Prozedere ewig. Immer wieder mussten Gäste im Inneren der Burg gesucht und davon überzeugt werden, endlich mit dem Plaudern aufzuhören und die gewandeten Beine in die Hand zu nehmen. Viktoria, neben sich den Mann mit dem Knödelgesicht, schien sich gar nicht von dem unruhigen Schrödinger loseisen zu können.

Isa und Alex führten eine der letzten Gruppen bis nach unten auf den Parkplatz. Sie blieben stehen und sahen zu, wie die Leute einstiegen und der Kombi mit dem »Wacken Open Air«-Logo auf der Heckscheibe langsam auf die Straße ins

Tal fuhr. Seine Scheinwerfer glühten wie Drachenaugen in der Finsternis.

Um die Gaukler herum rauschte der Wind durch den Blätterwald. Alles knirschte, knarzte und ächzte.

»Waren das jetzt alle?« Isa musste schreien, um sich bemerkbar zu machen. Sie ging ein paar Schritte zurück und blinzelte in die Dunkelheit, um nachzusehen, ob noch jemand hinter ihnen die Steintreppe hinunterkam.

»Was?«, brüllte Alex zurück.

»Ob das schon alle waren!«

»Keine Ahnung!« Der Dudelsackspieler versuchte, gleichzeitig seinen Kilt und seine Haarpracht zu bändigen, doch zumindest Letztere wehte ihm ständig ins Gesicht.

In diesem Augenblick fegte ein Windstoß die grüne Fee fast von den Füßen. Sie taumelte und wurde halb herumgewirbelt; als sie dabei nach oben blickte, sah sie, wie bizarre weiße Wolkenfetzen über den Gewitterhimmel jagten.

Dann neigte sich plötzlich ein schwarzer Schatten über den Parkplatz.

»Alex, pass auf!«

»Was?«

»*Pass auf!*«

Isa war zwar nicht sehr kräftig, doch sie traf Alex völlig unvorbereitet und rannte ihn glatt um. Beide Gaukler kugelten mehrere Meter über den nassen Asphalt.

Nur einen Herzschlag später krachte ein Kastanienbaum von der Größe eines Belagerungsturms auf den Parkplatz.

Als Isa die Augen öffnete, fand sie sich zum zweiten Mal an diesem Tag auf Alex liegend wieder. Nur mit dem Unterschied, dass ihr Herz diesmal so schnell klopfte, weil sie knapp dem Tod entronnen waren. Sie spürte ein Brennen an der Hand, mit der sie den Sturz abgefangen hatte, und nahm die andere, um sich die nassen Dreadlocks aus dem Gesicht zu schieben. »Alles in Ordnung?«

Der Schotte starrte sie mit großen Augen an. »Verdammt, wo kam denn der Baum her?«

Sie rappelte sich auf, ergriff seine Hand und zog ihn hoch. Beim Aufstehen betastete er seinen Hinterkopf und zog eine Grimasse, doch ansonsten schien ihm nichts zu fehlen.

Dann fiel sein Blick auf den Baum hinter ihr. »Oh nein«, sagte er. »Isa …«

Sie drehte sich um.

Der Stamm der Kastanie hatte die Hälfte einer kleinen Holzhütte, an der man bei Tag normalerweise Parktickets kaufen konnte, einfach eingerissen und unter sich begraben. Außerdem lag er quer und unverrückbar über dem einzigen Fahrtweg, der von der Marksburg aus runter ins Tal führte.

Es gab keinen Weg, der an diesem Monstrum vorbeiführte. Nicht für den Tourbus der Gaukler, nicht einmal für einen Kleinwagen. Selbst im Schein der Taschenlampen und bei mittlerweile strömendem Regen war dies auf den ersten Blick erkennbar. Man hätte sich durch das Gewirr aus Ästen kämpfen oder daran vorbeiklettern und zu Fuß den Hang hinunterlaufen können, doch den Burgenlehrpfad für Wanderer, der aus nichts als lockerem Erdreich, Wurzeln und Schieferplatten bestand, zu benutzen, kam bei diesem Sturm praktisch einem Selbstmord gleich.

Isa fluchte. Der Wind fegte ihr die Worte von den Lippen, kaum dass sie sie ausgesprochen hatte.

In nächster Zeit würde niemand mehr den Berg hinauf- oder hinuntergelangen. Was auch immer noch geschehen würde: Sie saßen auf der Marksburg fest.

## Kapitel 5

*Peng!*

»Frau Bocholt, wenn Sie noch *einmal* gegen diese historisch wertvolle Tür treten, dann hagelt es aber – oh!«

Burgvogt Schrödinger blieben die Worte im Halse stecken, als er sah, wie Alex und die grüne Fee in einer wirbelnden Wolke aus Sturmwind und Regen in die Burgküche stolperten.

Durchnässt bis auf die Haut, versuchte Isa, wieder zu Atem zu kommen. »Das mit dem Hagel können Sie sich sparen, Herr Schrödinger«, keuchte sie. »Das erledigt schon die Apokalypse da draußen.«

Wegen der Kräfte, die draußen wüteten, hatten sie es selbst zu zweit kaum geschafft, die Tür zu öffnen. Isa hatte es nach einer Weile mit dem Fuß versucht, während Alex wie ein menschlicher Rammbock mit der Schulter dagegengesprungen war. Als das Schloss seinen Widerstand schließlich aufgab, kullerten die beiden fast noch einmal übereinander auf den Boden. Regentropfen spritzten über die steinernen Fliesen. Der jähe Luftzug blies die Hälfte der Kerzen in den Kronleuchtern aus und ließ das Feuer im Kamin flackern und fauchen.

Neben Kevin, Lena und dem Burgvogt befanden sich auch Viktoria und Rune Kreuteler in der Küche. Als sie sich von dem Schreck erholt hatten, eilten Schrödinger und Kevin sofort herbei und halfen den beiden durchweichten Gauklern, die Tür wieder zu schließen. Derart ausgesperrt, verlegte sich der Sturm wieder darauf, um die Mauern herumzustreichen und zu heulen wie ein wildes Tier, das seiner Beute beraubt worden war.

Obwohl der Windstoß das Kaminfeuer nicht hatte löschen können, war es in der Burgküche merklich kühler geworden. Die feuchte, klamme Kälte des Unwetters schien durch die steinernen Mauern zu kriechen. Isa fröstelte. Sie sah die Gänsehaut auf Alex' bloßen Armen; die Hände auf die Knie gestützt, stand er neben ihr, ausgepumpt wie nach einem Dauerlauf in Kettenhemd und Panzerrüstung.

»Ich sollte weniger rauchen«, japste er. Der Kommentar entlockte ihr ein leicht überdrehtes Lachen.

Lena kam mit besorgter Miene auf die beiden zu. »Seid ihr in Ordnung?« Sie stutzte und deutete auf Isas Gesicht. »Ist das Blut?«

Die grüne Fee brauchte einen Moment, bis sie kapierte. Dann wischte sie sich über die Wange und schüttelte den Kopf. »Nein. Oder doch, ja, aber das ist nur ein Kratzer.« Als die wilde Helena sie fragend anblickte, hielt sie ihre aufgeschrammte Hand in die Höhe. »Eine dieser großen Kastanien ist auf den Parkplatz gekracht. Wir hatten nicht viel Zeit zum Ausweichen.«

Das Ehepaar Kreuteler hatte das Geschehen Arm in Arm verfolgt. Während Runes blasse Miene eher besorgt wirkte, sah Viktoria alles andere als verzagt aus. Entschlossen löste sie sich von ihrem Mann. »Zeigen Sie mal her. Ich kenne mich ein bisschen damit aus«, sagte sie, nahm Isas Hand in die ihre und begutachtete sie. »Das muss desinfiziert werden.«

»Ich fürchte, wir haben dringendere Probleme«, sagte Isa.

Burgvogt Schrödinger schien sofort klar geworden zu sein, was sie meinte. Er wirkte wie vom sprichwörtlichen Blitz getroffen. »Entschuldigung, sagten Sie eben, eine der Kastanien sei umgerissen worden? Sie blockiert aber doch wohl hoffentlich nicht die –«

»Doch.« Alex zog sein durchweichtes Hemd aus und klatschte es sich über die Schulter. »Der Baum liegt genau auf der Straße. Falls Sie neben den Stallungen nicht zufällig eine Garage mit Abschleppwagen verstecken, wird diesen Berg in nächster Zeit kein Auto mehr herauf- oder herunterfahren können.«

Schrödinger wurde bleich. »Allmächtiger.«

»Soll das heißen, wir sitzen hier oben fest? Während eines Orkans?«, fragte Rune Kreuteler. Er versuchte, dabei ganz ruhig zu klingen, doch als über ihnen erneut die Wolkenmassen krachend gegeneinander donnerten, verzog er das Gesicht zu einer Grimasse und griff mit einer Hand nach der Tischkante, als würde er ohne diesen Halt das Gleichgewicht verlieren.

Sofort war seine Frau wieder bei ihm. »Rune? Liebling, schau mich an. Es kommt alles wieder in Ordnung.«

»Ich weiß, ich weiß. Es geht mir gut.«

»Tut es nicht. Deine Hände sind kalt, und du bist schon den ganzen Tag so blass.« Mit prüfendem Blick untersuchte Viktoria einige der Lederbeutel, die an ihrem Gürtel hingen. Einem von ihnen entnahm sie ein winziges Fläschchen. Es war tropfenförmig und mit einem Korken verschlossen. Im Inneren schimmerte eine bernsteinfarbene Flüssigkeit. »Ich will nicht, dass du mir hier umkippst, hörst du? Vor allem nicht jetzt, wo vielleicht keine Hilfe durchkommt.«

Obwohl sie besser daran getan hätte, ihre Dreads auszuwringen und sich aufzuwärmen, konnte die grüne Fee ihre Neugierde nicht im Zaum halten. »Was ist das?«, fragte sie.

»Ein ätherisches Öl, Kampfer. Es wird aus Baumharz hergestellt und wirkt ähnlich wie Riechsalz. Ich habe es selbst hergestellt«, erklärte Viktoria.

»Wow. Wo haben Sie das gelernt?«

Ein stolzes Lächeln schlich sich auf Viktorias Gesicht. »Der Stammbaum meiner Familie reicht weit bis ins Mittelalter zurück. Zu dieser Zeit entstand auch unser Name, Kreuteler: Meine Vorfahren waren Kräuterfrauen und Heilkundige. Ich möchte ihr Andenken gerne bewahren, beim Reenactment und auch im echten Leben, also beschäftige ich mich viel mit historischen und alternativen Heilmethoden. Dieses Öl ist etwas weniger konzentriert als die Produkte, die man im Laden kaufen oder im Internet bestellen kann. Rune hat eine Herzschwäche, und ich wollte etwas herstellen, mit dem ich ihm im Notfall helfen kann, ohne seinen Kreislauf zu überfordern.«

Viktoria entkorkte das Fläschchen und hielt es ihrem Mann auffordernd hin. Der tat gehorsam ein, zwei tiefe Atemzüge.

»Danke.« Eine leichte Röte legte sich auf seine Wangen.

Weiße Haut, schwarzer Bart, Schamesröte, dachte die grüne Fee. Das Schneewittchen unter den Wikingern.

»Wenigstens ist Erik schon weg und bekommt das hier gerade nicht mit«, sagte Rune. Er tippte mit dem Finger gegen das Fläschchen. Dann ahmte er die tiefe Stimme des anderen Nordmanns nach. »Oh, kleiner Bruder, fällst du jetzt nur wegen ein bisschen Regen und Wind in Ohnmacht wie ein Mädchen … sei mal ein Mann …«

Seine Frau lächelte ihn aufmunternd an und hauchte ihm einen Kuss auf die Stirn. »Um Erik musst du dir keine Gedanken machen, Schatz. Oder um Anita.«

»Die in diesem Moment vermutlich schon wieder nackt auf dem Blocksberg ihren Namen tanzt«, murmelte Isa.

Runes Gesicht verfinsterte sich. Doch die grüne Fee sah, dass Viktorias Mundwinkel verdächtig zuckten. »Mein Schwager hat einen etwas ... eigenartigen Geschmack, was Frauen angeht.«

»Das war aber nicht immer so«, knurrte Rune.

Die Heilerin seufzte. Wurde plötzlich ernst. »Nein, das war es wohl nicht.«

Beide verfielen in Schweigen. Viktoria griff in Runes Hosentasche und holte ein Medikamentenfläschchen heraus. Sie schüttelte etwas – vermutlich eine Herztablette – in seine geöffnete Handfläche und nickte auffordernd. Rune warf sich die Pille in den Mund.

In einem seltenen Anflug von Taktgefühl beschloss die grüne Fee, das Paar erst mal in Ruhe zu lassen. Sie schnappte sich eine unbenutzte Leinenserviette von der nächsten Tafel, wickelte sie um ihre Hand und ging hinüber zum Kamin.

Die Flammen, die knisternd an den hoch aufgeschichteten Holzscheiten fraßen, schwärzten die massiven Steinquader im Inneren des Kamins fast bis obenhin mit Ruß. Etwas abseits des Feuers hing ein Topfhalter, dessen Aussehen an eine Säge erinnerte. Mithilfe der Zähne konnte man einen Kessel eigentlich in verschiedenen Höhen über die Glut hängen. So war es leichter, beim Kochen die Hitze zu regulieren, und man musste sich nicht darauf beschränken, das Gargut in dem geräumigen Kamin näher oder weiter weg vom Feuer zu platzieren. Alex benutzte den Topfhalter jedoch nonchalant, um sein Hemd zum Trocknen aufzuspannen.

»Soll ich auch was von dir dazuhängen?«, fragte er, als die grüne Fee sich neben ihn stellte.

»Klar, ich zieh nur kurz den Rock aus. Wenn du oben und ich unten ohne gehe, bilden wir einen schönen Kontrast.«

Er grinste, runzelte dann aber die Stirn. Sein Blick nahm plötzlich den gleichen Ausdruck an wie vorhin oben auf dem Dachstuhl.

Isa bekam ein flaues Gefühl in der Magengrube.

»Ist mit euch wirklich alles in Ordnung?«

Lena und Kevin gesellten sich zu ihren Freunden ans Feuer. Die grüne Fee räusperte sich und verschränkte die Arme vor der Brust. »Alex ist auf seinen Dickschädel gefallen.« Die Antwort war flapsiger als beabsichtigt, aber sie verspürte mit einem Mal das dringende Bedürfnis, ihn auf Abstand zu bringen.

»Sagte die Frau mit dem größten Sturkopf des Okzidents«, gab Alex zurück und klang dabei ebenfalls ziemlich schnippisch.

Bevor Isas Gesicht das Gefühlschaos, das mal wieder ohne Vorwarnung in ihrem Inneren rumorte, verraten konnte, erhellte ein blendend weißer Blitz die Küche. Tafeln, Teller, Möbel und Säulen – alles verschwand im schmerzhaft grellen Licht, um gleich darauf unnatürlich stark konturiert wieder zu erscheinen. Fast gleichzeitig ertönte ein weiterer Donnerschlag. Der Knall war so laut, dass eine der eisernen Pfannen, die unweit des Kamins an der Wand hingen, vom Haken sprang und klirrend auf dem Boden landete.

»Verdammt noch eins!« Erschrocken zog Schrödinger ein besticktes Taschentuch aus seinem Jackett und tupfte sich den Schweiß von der Stirn.

Plötzlich schrie Lena auf. »Da! Auf der Truhe!«

Isa fuhr herum. Vor der Treppe zum Weinkeller, wo vor dem Blitz nur Schemen und Schatten gewesen waren, schien plötzlich eine kleine, in weißes Leinen gekleidete Gestalt zu schweben.

Erst bei näherem Hinsehen war zu erkennen, dass sie auf dem Deckel der großen Truhe stand wie ein Gespenst auf einem zugeklappten Sarg.

»Der Mann hat geflucht«, sagte Pauline. »Papa sagt, nette Leute und Prinzessinnen fluchen nicht.«

Einen Moment lang schien es allen die Sprache verschlagen zu haben. Dann stieß Viktoria ein erleichtertes Lachen aus.

»Himmel, Pauli! Hast du uns einen Schrecken eingejagt.« Mit wehendem Kleid eilte sie zu dem Mädchen, hob es von der Truhe und kniete sich vor ihm auf den Boden.

»Wo ist dein Vater, Pauli?«, fragte sie und strich der Kleinen die Haare aus dem Gesicht. Die zuckte zur Antwort nur mit den Schultern.

»Vielleicht ist er in dem Durcheinander bei jemandem mitgefahren und hat nicht bemerkt …«, begann Rune vorsichtig.

»Irish würde nie ohne seine Tochter von hier wegfahren. Nie.« Die Art, wie Viktoria das sagte, ließ keinen Widerspruch zu.

Isa sah zum Fenster. Regen prasselte in eisigen Wellen gegen das Glas. Der Wind blies unverändert stark. Als Burgvogt Schrödinger einen Schritt nach vorn ins Licht des Feuers tat, sprach er aus, was ihr gerade durch den Kopf ging.

»Wo auch immer sich der Vater des Mädchens zurzeit aufhält – wir zumindest sitzen in diesen Mauern fest, solange dieser Sturm wütet.« Er schaute von einem zur anderen. »Ich schlage daher vor, dass wir erst einmal Ruhe bewahren. Das könnte eine recht lange Nacht werden. Die Küche ist der einzig beheizbare Raum im Gotischen Saalbau, also sollten wir hier ein provisorisches Lager aufschlagen.«

Lena runzelte die Stirn. »Haben Sie heute Nachmittag nicht erzählt, dass Sie einen Turm der Burg bewohnen? Wäre es nicht … na ja, sicherer, da zu übernachten? Oder lieber gleich von dort aus Hilfe anzufordern?«

»Liebe Frau Krumbe, natürlich würde ich Ihnen allen jederzeit meine Wohnräume zur Verfügung stellen. Allerdings fürchte ich, dass der Weg dorthin bei diesen Wetterverhältnissen zu gefährlich ist. Damit meine ich keine Blitzschläge, die haben wir hier oben eher selten. Vielleicht, weil der heilige Markus, der Namensgeber der Burg, als Schutzpatron dagegen helfen soll. Nein, solche Stürme reißen oft die Schindeln vom Dach. Jemand könnte von einem dieser Geschosse getroffen und ernsthaft verletzt werden. Stellen Sie sich vor, wenn etwa dieses arme, kleine Kind … Ich möchte es mir gar nicht ausmalen. Außerdem blockiert das Unwetter zurzeit sämtliche Funknetze.«

»Wenn wir heute Nacht hierbleiben, werden wir Decken brauchen.« Die grüne Fee tippte mit der Spitze ihres Schnabelschuhs nachdrücklich auf den ausgekühlten Steinfußboden. »Strohsäcke, Mäntel, all das Zeug, das zurzeit auf dem Dachstuhl herumliegt. Ich schlage vor, wir versuchen, alles, was wir brauchen können, hier herunterzutransportieren.«

»Aber sobald wir auf den Hof hinaustreten, werden die Sachen klitschnass«, sagte Lena.

»Wir könnten ein paar der Planen, die auf dem Dachstuhl über den Möbeln hängen, als Regenschutz benutzen.«

»Und die Sachen darin einwickeln?«

»Wie Falafeln in einen Hanffladen.«

Ritterlich deutete Schrödinger eine Verbeugung an. »Eine vorzügliche Idee, meine Damen. Ich werde Sie natürlich begleiten.«

Alex und Kevin wollten mit ihren Bandkolleginnen mitgehen, und Rune, dem sein Beinahe-Zusammenbruch offenbar peinlich war, bot trotz Viktorias heftiger Proteste ebenfalls seine Hilfe an.

»Du warst eben noch kurz davor umzukippen, und jetzt willst du Treppen steigen und Matratzen durch den Sturm schleppen?« Die Augen der jungen Frau blitzten wütender als der wolkenschwere Nachthimmel hinter ihr. Als Rune ihr einen versöhnlichen Kuss auf die Wange geben wollte, wich sie zurück und stellte sich mit dem Rücken zu ihm ans Feuer. Einen Moment lang blieb der Wikinger unentschlossen stehen, dann seufzte er und folgte den anderen zur Tür.

»Sieht aus, als gäbe es Ärger in Walhalla«, raunte die grüne Fee ihrer besten Freundin zu. Lena nickte.

Obwohl die kleine Truppe nur zwei, vielleicht drei Meter im Freien zurücklegen musste, waren alle nass und ziemlich zerzaust, als Alex und der Burgvogt die Tür, die den Aufgang zum Rest des Gotischen Saalbaus versperrte, endlich hinter ihnen zugewuchtet hatten.

Auf dem Dachstuhl war der Wind noch lauter als unten. Wenigstens Licht gab es; auch wenn die Marksburg ein größtenteils mittelalterliches Gebäude war, erhellten überall unauffällig angebrachte, elektrische Lampen die Räume.

Jedenfalls so lange, bis nach etwa zehn, fünfzehn Minuten Arbeit plötzlich ein lauter Knall ertönte und sie alle im Dunkeln standen.

Isa, die gerade mit Lena einen sperrigen Strohsack die Treppe zur ersten Etage hinuntertrug, hätte um ein Haar die nächste Stufe verfehlt. Über ihr stieß die wilde Helena ein erschrockenes Keuchen aus.

»Warte! Nicht weitergehen!«, rief die grüne Fee. Blind tastete sie nach dem Treppengeländer.

»Hast du noch deine Taschenlampe, Isa?«

»Die liegt in der Küche.«

»Meine auch. Pass auf, wir lassen den Strohsack vorsichtig über die Stufen nach unten gleiten und gehen dann hinterher, okay?«

Über ihnen polterte es. Isa rechnete schon halb damit, von einem fliegenden Spielmann erschlagen zu werden, doch dann erklang Alex' Stimme von oben.

»Mädels? Geht's euch gut?«

Ein Feuerzeug klickte. In dem kleinen Lichtkegel, den der Taschendrachen ausspie, schwebte Alex' Gesicht wie das eines verwirrt dreinblickenden Dämons über dem Treppenabsatz.

»Ja, alles okay«, antwortete Isa. »Kommt runter, wir brauchen Licht.«

Wie ein Schwarm Motten scharten sich die Spielleute und Rune Kreuteler, der mit den Jungs auf dem Dachstuhl gewesen war, um die Säcke, Decken und Umhänge, die sie am Fuße der Treppe aufgehäuft hatten.

»Wo ist Schrödinger?«, fragte Isa, als sie in die Runde blickte.

Schweigen.

»Vorhin war er noch direkt hinter uns ...« Irritiert schaute Kevin sich um. Alle lauschten in die Dunkelheit, doch um sie herum kratzte nur der Sturm über die Mauern. Keine Schritte, keine Stimme; nicht einmal rasselnde Ketten waren zu hören. Nur das an- und abschwellende Jaulen des Windes.

»Am besten, wir schnappen uns das restliche Zeug und gehen wieder zurück in die Küche. Vielleicht ist er ja da. Und hat in der Zwischenzeit eine Kompanie Söldner angeheuert, die die Kastanie vom Parkplatz zieht. Oder eine neue Sicherung reindreht.« Als die grüne Fee sich umdrehte und den Weg zurück zur Treppe nach unten ertasten wollte, stieß sie etwas mit dem Fuß an. Es klirrte metallisch.

Aus ihrem Unterbewusstsein tauchte plötzlich ein berittener Bote auf, der eine Nachricht mit dem Titel »Dunkle Vorahnung« schwenkte.

Sie hob den Gegenstand auf und hielt ihn in den Lichtschein des Feuerzeugs.

Es war Burgvogt Schrödingers goldene Taschenuhr.

Als sie zurück in die Burgküche kamen, wurden die Probleme nicht weniger.

»Tory?« Rune schob sich an den anderen vorbei und blickte sich suchend um. Weder von seiner Frau noch von Pauline war irgendeine Spur in der Küche zu entdecken. »Viktoria?!«

Verblüfft ließ Isa ihr Ende des Strohsacks sinken. Das Feuer im Kamin brannte noch immer, auch wenn vermutlich bald mal jemand Holz nachlegen musste. Im Raum hatte sich nichts verändert. Abgesehen davon, dass er auf einmal menschenleer war.

Während Viktoria Kreuteler im Angesicht einer möglichen Notsituation bemerkenswert ruhig geblieben war, verwandelte sich Rune in ein Nervenbündel, sobald er erkannte, dass seine Frau nicht da war. Wie ein aufgeschrecktes Reh lief er herum, suchte sie in der Kochecke neben dem Kamin, stürzte in die Fensternische mit den gepolsterten Bänken. Als er nichts fand, lief er in den hinteren Teil der Küche und verschwand im Halbdunkel. Die grüne Fee hörte, wie er die Treppe zum Weinkeller hinunterpolterte und noch einmal Viktorias Namen rief.

»Na ja ... die Marksburg ist groß ...« Lenas Stimme war deutlich anzumerken, dass sie sich den vernünftigen Tonfall selbst nicht abkaufte. Sie hielt Kevins Hand, als wollte sie verhindern, dass er ebenfalls verschwand. »Viele Räume, viele Stockwerke … da kann man eine Person leicht aus den Augen verlieren.«

»Drei Personen«, sagte Isa. »Und eine von ihnen kennt diese Burg wie ihre maßgeschneiderte Westentasche.«

Die beiden Freundinnen wechselten einen Blick.

Erneutes Gepolter. Rune Kreuteler, atemlos und aufgeregt, tauchte wieder am oberen Ende der Treppe auf. Ein Luftzug ließ das Feuer im Kamin flackern, und für einen Moment waren dunkle Regenflecken auf seiner Tunika zu sehen.

»Sie ist in den Kräutergarten gegangen!«

»Was? Wer?«, fragte Isa.

»Viktoria!«

»Sind Sie sicher?«

»Ja!« Runes Stimme überschlug sich. »Ich hab sie gesehen, sie ist raus auf den Hof und durch die Tür gelaufen!«

Mehrere Gedanken schossen Isa gleichzeitig durch den Kopf.

Als Alex und sie sich über die Reitertreppe nach oben gekämpft hatten, waren sie, obwohl sie sich zwischen hohen Burgmauern befanden, durch Regen und Wind ordentlich ins Schleudern geraten. Seitdem hatte der Sturm eher noch an Kraft gewonnen. Warum also hatte Viktoria beschlossen, in den Garten hinauszugehen? Sicher nicht, um Blümchen für einen neuen Haarkranz zu pflücken. Und was war mit Pauline? Hatte sie sie etwa mitgenommen? Bei der Windstärke würde das kleine Mädchen über den Rand des Gotischen Zwingers geweht werden wie eine Lumpenpuppe …

Die grüne Fee kam nicht mehr dazu, in Ruhe nach Antworten auf all diese Fragen zu suchen. Menschen neigen dazu, dumme Dinge zu tun, wenn sie in Panik geraten, und Rune Kreuteler, der Wikinger mit den Nerven aus Wachs, beschloss in diesem Augenblick, etwas ziemlich, ziemlich

Dummes zu machen. Mit schnellen Schritten war er bei den Sachen, die sie vom Dachstuhl geholt hatten, und nahm sich einen der mittelalterlichen Umhänge.

»Ich gehe sie holen«, knurrte er. Dann rannte er die Kellertreppe hinunter.

Isa konnte nicht anders. Sie reagierte, ohne nachzudenken. Vielleicht auf die Tatsache, dass sich ein Mensch gerade selbst in Lebensgefahr brachte, vielleicht auch auf ihre eigene Neugier, angestachelt von all den Merkwürdigkeiten der letzten halben Stunde. Sie entdeckte eine der Taschenlampen, die sie und ihre Freunde benutzt hatten, auf einer der Tafeln.

Die grüne Fee schnappte sich die Lampe und griff sich ebenfalls einen der Umhänge. Dann rannte sie Rune hinterher. »Warten Sie! Bleiben Sie hier!«

Sie hörte noch, wie Lena hinter ihr erschrocken aufschrie: »Isa, nicht!« Dann wurde Isa vom Weinkeller verschluckt, in dem es ohne elektrisches Licht vollkommen dunkel war.

Im Laufen ließ sie die Taschenlampe klicken. Der helle Lichtkegel fraß sich durch herumwirbelnden Staub und brannte weiße Streifen auf dunkle Weinfässer. Vor ihr ging die Tür auf. Sie sah, wie sich Rune hindurchschob, über den Hof lief und dann auf der anderen Seite durch die Tür zum Gotischen Zwinger verschwand. Entschlossen warf sie sich den Umhang über, zog die Kapuze über den Kopf und folgte ihm.

Der Wind fegte sie fast von den hölzernen Stufen, die hinunter in den Kräutergarten führten. Isa hatte das Gefühl, gegen eine unsichtbare Macht anzukämpfen, die die Stärke von zehn Pferden, die Sanftmütigkeit eines schlecht gelaunten Wildschweins und dazu den unbedingten Willen hatte, ihr einen Freiflug ins Tal zu bescheren. Sie schlidderte die rutschige Treppe mehr hinunter, als dass sie ging.

Der Strahl ihrer Taschenlampe schnitt durch den Regen wie durch einen Vorhang. Trotzdem konnte sie nur ein, zwei Meter weit sehen. Zweige eines Strauchs, der neben der Treppe wuchs, schlugen ihr wie Lederschnüre auf Kopf und Rücken; die Entscheidung, den Umhang anzuziehen, bereute die grüne Fee nicht. Er hielt zwar nicht viel von der Kälte ab und war ihr viel zu groß, aber ohne den Schutz, den er bot, hätte sie wahrscheinlich ausgesehen wie öffentlich ausgepeitscht.

Rune Kreutelers Stimme wurde von einer Böe an ihr Ohr geweht. Mal lauter, mal leiser.

»Tory! Wo bist du?«

Eine Hand an der Außenmauer des Rheinbaus, die andere mit der Lampe vor sich ausgestreckt, versuchte Isa, den Rufen zu folgen, musste aber immer wieder Halt machen, um sich das Wasser aus den Augen zu streichen. Fluchend stemmte sie sich Schritt für Schritt voran. Als ihr ein Bäumchen, das zwischen Schafgarbe und Schöllkraut in einem Beet wuchs, fast in die Arme fiel wie ein schwächelndes Burgfräulein, konnte sie erst in letzter Sekunde ausweichen.

Schließlich erreichte sie das schützende Dach über der Großen Batterie. Schwer atmend blieb sie stehen. Ihre Ohren füllte das laute Rauschen des Windes. Darunter war dumpf ihr eigener, hämmernder Herzschlag zu hören.

Plötzlich spürte sie eine Hand auf ihrer Schulter.

»Haben Sie sie gefunden?«, brüllte Rune der Gauklerin ins Ohr.

»Nein! Aber wenn wir nicht von hier verschwinden, werden Sie Ihre Frau auch nicht wiedersehen, egal, wo sie gerade steckt! Kommen Sie!«

»Aber ich habe sie gesehen! Sie muss hier irgendwo sein!«

»Und Pauline? Schrödinger? Was ist mit denen?«

Darauf wusste der Wikinger scheinbar keine Antwort.

Als eine Windbö unter das Dach fegte, drängte Isa Rune ein wenig weiter zurück. »Hören Sie, wir müssen wieder in die Burgküche! Wenn wir erst drinnen sind, lassen wir uns schon etwas einfallen!«

»Was, wenn Viktoria etwas passiert ist? Oh Gott, wenn der Sturm sie über die Mauer …«

»Dann nützt es auch nichts, wenn Sie sich hinterherwehen lassen! Jetzt reißen Sie sich gefälligst am Riemen!«

Rune Kreuteler verharrte einen Moment, als müssten ihre Worte erst etwas in ihm wachrütteln. Dann nickte er endlich und ließ sich von Isa zurück in den Gotischen Zwinger schieben. Erleichtert folgte sie ihm.

Nach ein paar Schritten kamen ihnen aus dem Nichts zwei vermummte Gestalten entgegen: Kevin und Alex, ebenfalls in Mäntel gehüllt, die offenbar ihre Bandkollegin davor bewahren wollten, vom Winde verweht zu werden. Alex brüllte etwas Unverständliches und packte Isa an beiden Armen, als wollte er sie schütteln, aber sie bedeutete ihm nur mit wilden Gesten, dass sie Kreuteler sowieso gerade hatte zurückbringen wollen.

Plötzlich hörte die grüne Fee ein schabendes Geräusch, gefolgt von einem Knall. Sie fuhr herum und sah im Schein der Taschenlampe die Scherben einer Dachschindel über den Boden kullern. Als sie den Kopf hob und an der Außenmauer emporsah, deren weißer Verputz sich vom kränklich schwarzen Himmel abhob, fegte ein Windstoß über das Dach. Das schabende Geräusch ertönte erneut, direkt über ihr. Fünf-, sechsmal.

Oh, oh.

»Lauft!«, schrie Isa, so laut sie konnte.

Der Wikinger und die Gaukler rannten den schmalen Zwinger entlang. Jemand streifte Isa mit dem Ellbogen, und sie verlor ihre Taschenlampe, doch ihr blieb keine Zeit, sie wieder aufzuheben: Über ihnen flogen die Schindeln reihenweise vom Dach und knallten wie Geschosse direkt hinter ihnen in die Blumenbeete.

*Klirr!*

*Klirr!*

*Klirr!*

Nur mit knapper Not erreichten sie unbeschadet den Gewölbekeller.

»Aber meine Frau ist immer noch da draußen!«, kam es von Kreuteler, als alle vier im Dunkeln versuchten, zu Atem zu kommen. Seine Stimme hallte von den steinernen Wänden wider. Es polterte, als er offenbar versuchte, wieder nach draußen zu laufen, doch einer der Jungs versperrte ihm den Weg zur Tür.

Isa tastete sich an den Fässern entlang zu dem schwachen Lichtschein, der den Aufgang zur Burgküche markierte. Am oberen Ende der Treppe wartete Lena. Sie sah aus, als wollte sie die grüne Fee gleichzeitig umarmen und ihr den Kopf abreißen. Isa war froh, dass sie die erste Variante wählte.

»Mach das nie wieder, du dumme, bescheuerte …« Die wilde Helena beendete den Satz nicht, und Isa sparte sich eine Antwort.

»Ist in der Zwischenzeit jemand hier aufgetaucht?«, fragte sie stattdessen.

Lena schüttelte den Kopf.

»Dann lass uns alles noch mal gründlich durchsuchen. Wenn Viktoria, Pauline und Schrödinger nicht hier sind – und ich hoffe sehr, sie sind nicht draußen –, dann müssen sie irgendwo anders sein. Im oberen Stockwerk, auf dem Dachstuhl, im Rheinbau …« Sie stockte. Siedend heiß fiel ihr ein, dass mit Schrödinger auch der große Schlüsselbund verschwunden war, der die Türen und Tore der Marksburg öffnete. Doch gleich darauf entspannte sie sich wieder. Im Grunde machte es keinen Unterschied; die meisten Türen in der Nähe waren nicht abgeschlossen und nur mit Riegeln gesichert, was den Sturm halbwegs draußen, aber die Leute im Inneren nicht aufhielt. Und was den Rest anging … Isa konnte zwar Schlösser knacken – eine Fähigkeit, die als Hobbydetektivin überraschend oft von Nutzen war –, doch die wirklich interessanten Areale der Marksburg, etwa Schrödingers Wohnung, konnten sie wegen des Unwetters sowieso nicht erreichen.

»Wir suchen eben überall da, wo es uns möglich ist«, sagte sie. »Drei Leute können nicht einfach so verschwinden. Nicht einmal in einer so großen Burg.«

Im ersten Stock waren die Sturmgeräusche nicht so laut wie auf dem Dachstuhl, aber immer noch laut genug. Mit den restlichen Taschenlampen und ein paar mittelalterlichen Laternen aus dem Kontingent der Custodes Historiae bewaffnet, machten sich die Gaukler und ein noch immer recht verstörter Rune Kreuteler daran, die Räume nach den Vermissten abzusuchen.

Sie kamen jedoch nicht weit. Als Lena im Rittersaal die Tür zum Aborterker öffnete, stieß sie einen Schrei aus, der allen, die ihn hörten, das Blut in den Adern gefrieren ließ.

Isa rannte zu ihr und leuchtete mit einer Laterne in den Erker hinein. Darin lag Viktoria Kreuteler, einstmals steinreich, schön, jung und herzensgut.

Nun ziemlich tot.

Der Leichnam hing mit dem Oberkörper über dem hölzernen Abort, so als wäre ihm schlecht. Viktorias schönes Kleid war über und über mit Blut besudelt, und in einer Lache auf dem Boden lagen, ebenfalls rot verschmiert, ein zerknickter Blumenkranz und einer der Morgensterne aus der Rüstkammer.

Die grüne Fee legte einen Arm um Lena, die heftig zitterte. Dass nach all den seltsamen Ereignissen in dieser Nacht eine Tote auftauchte, wunderte sie gar nicht.

Was sie jedoch umhaute, war das, was sie sah, als sie über die Schulter zurück in den Rittersaal blickte.

Der Raum war plötzlich voller Leute.

Gestalten lösten sich aus den Schatten wie Geister, die durch Wände schritten. Traten aus dem Dunkel unter dem Mauerbogen, der in die Kapelle führte, und kamen aus der Kemenate, die sie eben erst durchsucht hatten. Isa hörte, wie Rune, Alex und Kevin erschrockene Rufe ausstießen und die Lampen hoben.

Im flackernden Licht erkannte die grüne Fee Rumo, den Koch, und Robyn, seine tratschende Küchenhilfe. Ihnen dicht auf den Fersen war eine kleine Gestalt mit einem weißem Tuch auf den strohblonden Locken – Johanna. Isa sah auch, wie der alte Herr mit dem Knödelgesicht ins Licht trat. Hinter ihm tauchte Philipp Düster auf, mit der vermissten Pauline an der Hand. Zum guten Schluss kamen Anita und Erik herein, beide in unordentlich angelegten, zerknitterten Kleidern.

Ihnen allen stand der gleiche, schuldbewusste Ausdruck ins Gesicht geschrieben.

## Kapitel 6

Die ganze Szene wirkte wie ein verdammter Zaubertrick. »Wer hat hier geschrien?«, fragte Knödelgesicht. Fordernd blickte er von einem zum anderen, so, als hätten alle außer ihm etwas zu erklären.

»I… ich«, antwortete Lena.

»Und ich dachte schon, es wäre Rune gewesen.« Als der Schein der Lampen auf ihn fiel, grinste Erik Folkesson und strich sich mit gespreizten Fingern die geflochtenen Zotteln aus dem Gesicht. Er zog Anita an der Hüfte zu sich heran, die daraufhin ein schrilles Kieksen von sich gab. »So schreit er nämlich, wenn er ein Mäuschen sieht und in Ohnmacht fällt. Wie ein kleines Mädchen.« Bei den letzten Worten machte der Nordmann die Stimme seines Bruders nach. Die Sängerin und er lachten.

»Warum haben Sie geschrien?« Rune kam so schnell auf Lena zu, dass sich die grüne Fee automatisch schützend vor sie stellte. Sein Schreck über all die Menschen, die so plötzlich aufgetaucht waren, schien von einer dunklen Vorahnung vertrieben worden zu sein. »Was ist da drin? Was ist hinter dieser Tür?«

Robyn, die Schankmaid mit der Mäusefrisur, schlang sich schaudernd die Arme um den Leib. »Dieser Schrei … das klang furchtbar. Ich hab echt gedacht, da stirbt jemand. Meine Großtante Tuva hat immer gesagt: Erschreckt dich nachts ein Schrei am Fjord, geschieht dort grad bestimmt ein Mord. Na ja, also, der Reim kommt auf Norwegisch besser …«

»Halten Sie den Mund!«, herrschte Knödelgesicht sie an.

Rumo, der Koch, nickte. »Du hast überhaupt keine Großtanten, Robyn. Also hör auf, solchen Blödsinn zu quatschen.«

»Hab ich wohl! Meine Familie ist weitverzweigt.«

»ICH WILL WISSEN, WAS DA DRIN IST!«

Die Angst, die Rune Kreuteler seit dem Verschwinden seiner Frau befallen hatte, war nun fast mit Händen greifbar. Bebend stand er vor den beiden Gauklerinnen, die noch immer den Eingang zum Aborterker blockierten.

Behutsam zog die grüne Fee Lena beiseite und trat selbst einen Schritt zurück. Dann hob sie ihre Laterne und leuchtete in den Erker hinein.

»Ich weiß nicht, wer vorhin in den Gotischen Zwinger gelaufen ist«, sagte sie leise. »Aber Viktoria war es nicht.«

Als Rune seine Frau erkannte, wurden seine Augen matt wie kalte Kohlenstücke. Seine Miene verlor jeglichen Ausdruck.

»Was ist los, kleiner Bruder?«, fragte Erik laut. »Hat dir das Scheißhaus etwa die Sprache verschlagen?«

Draußen zuckte ein Blitz über den Himmel. Im gleichen Moment flackerte etwas in Runes Augen wieder auf. Unwillkürlich musste Isa an Frankensteins Monster denken. An die Passage, in der es in einer ähnlich stürmischen Nacht zum Leben erweckt worden war.

»Warum, Erik?« Runes Stimme war leise. Es klang, als hätte er sie seit Jahren nicht benutzt.

»Warum was?«

Plötzlich ging alles ganz schnell.

Isa hatte nicht mal genug Zeit zum Staunen, da hechtete Rune mit einem beeindruckenden Satz über die ritterliche Tafel und warf sich auf seinen Bruder. Eriks überraschter Aufschrei, als er rücklings zu Boden ging, wurde von einem gewaltigen Donnerschlag übertönt.

»He!«, riefen Isa, Philipp und Knödelgesicht gleichzeitig. Doch Rune kniete schon auf Eriks Oberkörper und drosch wie ein Irrer mit beiden Fäusten auf ihn ein.

»Du hast sie umgebracht! Du verdammtes Schwein!«, brüllte er.

»Runter von mir, du Psychopath!«

Der Zottelkopf von Erik Folkesson krachte unter den Schlägen aufs Parkett wie ein Stück Metall unter dem Hammer auf den Amboss. Er versuchte, die Hiebe mit den Armen abzufangen; als das nicht funktionierte, zog er die Beine an und rammte seinem Bruder die Knie gegen Kopf und Rücken. Rune sackte nach vorne, und sofort landete eine Faust in seinem Gesicht. Isa glaubte, Blutstropfen fliegen zu sehen. Unbewusst machte sie einen Schritt auf die beiden Kämpfenden zu, um etwas zu unternehmen – was genau, wusste sie selbst nicht –, wurde aber sofort unsanft zurückgerissen.

Alex schob sie einfach zur Seite, stürmte an ihr vorbei und versuchte, Rune Kreuteler an den Schultern zu packen. Dummerweise setzte sich Erik im gleichen Moment auf, holte Schwung und verpasste seinem Bruder eine Kopfnuss, die ein Burgtor aufgebrochen hätte. Rune wurde nach hinten weggeschleudert und landete auf Alex, der zum zweiten Mal in dieser Nacht den Fußboden küsste. Der Spielmann blieb benommen liegen, doch Rune rappelte sich auf, wischte sich etwas vom Gesicht und ging wieder zum Angriff über.

»Ich wusste doch gar nicht, dass sie tot ist!«, schrie Erik und wich einem Faustschlag aus.

»Lügner!« Rune packte ihn am Bart, zog ihn zu sich heran und griff dann nach seinem Ohr. Irgendetwas musste daran höllisch wehtun, denn Erik brüllte vor Schmerz.

Isa sprang auf die Tafel, rutschte über die glatte Oberfläche wie ein Fernsehcop über eine Motorhaube und kniete sich auf der anderen Seite besorgt neben Alex auf den Boden. »Alles in Ordnung?«, fragte sie. Er antwortete nicht, rappelte sich aber wieder auf.

Die beiden Brüder waren eng ineinander verkeilt. Erik trat wild um sich und versuchte, Runes Arme wegzureißen. Der hielt noch immer Bart und Ohr des Bruders umklammert und zog, was das Zeug hielt.

Dann ertönte plötzlich, deutlich hörbar zwischen all dem Gebrüll und den Sturmgeräuschen, ein Ratschen. Es klang gummiartig und irgendwie … saftig.

»Erik!«, kreischte Anita.

Ihr geliebter Nordmann taumelte stöhnend nach hinten, die Hände seitlich gegen den Kopf gepresst. Blut sickerte zwischen seinen Fingern hindurch. Rune wurde von seinem eigenen Schwung ebenfalls zurückgeworfen. Als er ein paar Schritte nach hinten stolperte, blitzte etwas Silbernes in seiner blutigen Hand auf.

Ein Tunnel, wie man ihn in gedehnten Ohrlöchern trägt. Etwa anderthalb Zentimeter breit.

Garniert mit etwas Ohrläppchen.

Mit schmerzverzerrtem Gesicht ging Erik in die Knie. Anita stürzte sich auf ihn und schlang von hinten die Arme um seinen Hals, als wollte sie ihn entweder beschützen, umarmen oder erwürgen. Er versuchte, sie abzuschütteln, doch sie klammerte sich nur noch fester an ihn und jammerte herzerweichend. Rune, bleich wie der Tod, versuchte, für einen neuen Angriff zu Atem zu kommen. Alle im Saal schrien oder redeten durcheinander.

Plötzlich bewegte sich ein Schatten durch den Saal. Zuerst glaubte die grüne Fee, der Bergfried der Marksburg sei auf Wanderschaft gegangen, doch es war nur Rumo, der hünenhafte Koch. Während er ging, schlenkerten seine massigen Arme, als trüge er unter jedem ein Fass Met. Bevor Rune sich zum dritten Mal auf seinen Bruder werfen konnte, packte Rumo den Wikinger im Nacken wie ein unartiges Schnitzel.

»Schluss jetzt«, grollte er.

Rune Kreuteler wand sich in seiner Pranke, hatte aber keine Chance. Schließlich wurde seine Gegenwehr schwächer. Die Kraft schien aus seinen Muskeln zu weichen; als Rumo ihn losließ, sackte er einfach in sich zusammen.

Stille senkte sich über den Rittersaal. Dann ergriff Philipp Düster das Wort. Zum ersten Mal sah Isa sein Gesicht ohne dieses schelmische Jungsgrinsen.

»Was genau ist hier eigentlich los?«, fragte er.

»Viktoria ist tot«, sagte Rune. Und er begann bitterlich zu weinen.

Menschen werden von Leichen genauso schnell angezogen wie Fliegen. Mit dem Unterschied, dass Fliegen keine Smartphones haben und Selfies mit den Toten machen wollen, bevor man sie verscheucht.

Es ist auch nicht die Aussicht auf eine verlockende Mahlzeit aus verdorbenem Fleisch, die die Leute nähertreten lässt, sondern der Blick auf das große Unbekannte. Was uns allen am Ende des Lebens bevorsteht, erfüllt die meisten Menschen mit solcher Angst, dass sie unbedingt schon vorher wissen wollen, wie es ist, wenn die Glieder kalt und steif werden und der Glanz in den Augen erlischt. Und während sie mit vors Gesicht geschlagenen Händen durch die Finger linsen, um ja nichts zu versäumen, fragen sie sich:

»Wird es wehtun, wenn *ich* mal sterbe?«

»Wie viel Zeit bleibt mir eigentlich noch?«

»Wird meine Frisur genauso schlecht sitzen, falls mir mal jemand mit einer mittelalterlichen Stachelkeule den Schädel einschlägt?«

Rune Kreutelers Worte – »Viktoria ist tot« – waren kaum vom Geheul des Sturm verschluckt worden, da strebten die Umstehenden auch schon auf den Abort zu wie Untote auf die letzte Scheibe Hirn. Das war Isa gar nicht recht, denn sie wusste, was unqualifizierte Zuschauer alles an einem Tatort anrichten konnten. Nicht zuletzt, weil sie selbst oft genug ohne Erlaubnis an solchen Plätzen herumgeschnüffelt hatte. Deshalb stellte sie sich mit abwehrend ausgebreiteten Armen in die Tür zum Erker.

»Halt! Bleiben Sie zurück!« Sie legte so viel Autorität in ihre Stimme, wie sie nur konnte. »Hier ist ein Verbrechen geschehen. Wenn Sie den Abort jetzt betreten, zerstören Sie vielleicht wichtige Beweise.«

Die intakt bleiben müssen, damit ich sie mir nachher in aller Ruhe anschauen kann, fügte sie im Stillen hinzu.

Erik Folkesson hockte noch immer in Anitas Umklammerung am Boden. Er blutete und atmete schwer, fixierte die grüne Fee aber mit festem, grimmigem Blick.

»Wer hat der Kleinen da das Kommando übertragen?«, knurrte er.

Kevin, der bei Lena stand und ihr einen Arm um die Schultern gelegt hatte, schnaubte. »Lassen Sie sie in Ruhe. Glauben Sie's oder nicht, aber sie kennt sich damit aus.«

»Ist sie etwa eine verdeckte Ermittlerin?« Robyn machte große Augen. »Das ist im Fernsehen immer der Moment, wo die Hauptfigur einen Ausweis aus der Tasche zieht und sagt: ›Ich bin vom BKA und leite die Sonderkommission für ...‹«

»Mittelaltermorde?«, schlug Kevin vor. Lena gluckste.

»Ist sie nicht! Ich kenne sie und die anderen, das sind stinknormale Spielleute, die für einen feuchten Händedruck und Freibier selbst am Arsch der Welt auftreten!« Anklagend deutete Anita mit dem Finger auf Isa. Dann wandte sie sich wieder ihrem Freund zu und versuchte, seine Hand von seinem Ohr wegzuziehen. »Mein Liebster, lass es mich sehen ... Oh, ich werde dich pflegen, deine Wunden versorgen, bei Tag und bei Nacht ...«

Der grünen Fee riss der Geduldsfaden. »Hey, Maulende Mythe! Halt die Klappe!«

Empört klappte Anita den Mund auf, dann wieder zu.

»Sehr schön.« Isa schenkte der Sängerin ein ironisches Lächeln. »Ich schlage vor, dass wir uns alle erst einmal wieder beruhigen. Dieser Mann da«, sie zeigte auf Erik, »muss medizinisch versorgt werden. Kennt sich jemand mit so was aus?« Unsere Heilerin hängt nämlich gerade über der Toilette und ist ein wenig ... indisponiert, dachte sie bei sich.

So bemüht die Umstehenden zunächst gewesen waren, durcheinanderzuquatschen und sich gegenseitig auf die Nerven zu fallen, so still blieben sie nun. Doch dann sah Isa eine Hand, die zögerlich in die Luft gereckt wurde. Der dazugehörige Arm steckte in einem graubraunen, garantiert authentischen Leinenärmel.

Johannas weißes Kopftuch und die strohblonden Strähnen, die darunter hervorlugten, leuchteten im dunklen Rittersaal wie blank geschrubbte Knochen. Als sich alle Blicke auf sie richteten, schien die Frau in sich zusammenzuschrumpfen. »Ich … ich denke, ich kann helfen.«

»Perfekt. Es wäre wirklich nett, wenn du ihn verarzten könntest. Wenigstens provisorisch.« Isa hätte zwar auch nichts dagegen gehabt, mit einem glühenden Eisen an Eriks Ohr herumzuexperimentieren, aber man konnte ja nicht alles haben. »Dann gehen jetzt bitte alle – *alle* – wieder runter in die Burgküche. Keine Ausreißer und keine Alleingänge, verstanden?«

Die Meute murrte leise, setzte sich aber trotzdem in Bewegung. Alex bildete den Schluss wie ein schottischer Hütehund, der seine Herde zusammenhält.

Die grüne Fee ging zu Lena und Kevin hinüber. »Geht's dir gut?«, fragte sie ihre beste Freundin und musterte sie.

Die nickte.

»Keine zittrigen Finger mehr? Kein Schock?«

Zögerliches Kopfschütteln.

»Du siehst schrecklich aus. Selbst die Leiche da drin hat eine gesündere Gesichtsfarbe als du.«

Halb empört, halb belustigt riss die wilde Helena die Augen auf. Sie boxte der grünen Fee gegen die Schulter. »Das nächste Mal kannst gerne du wieder die toten Leute finden, du morbides Stück!«

Isa kicherte. »Siehst du? So gefällst du mir gleich viel besser.«

Nun war es Lena, die sie prüfend anblickte. »Los, sag es schon. Bevor du platzt.«

»Ich weiß nicht, was du meinst.«

*»Sag es.«*

Isas Selbstbeherrschung hielt gerade einmal weitere drei Sekunden.

»Ein Mord auf einer Burg, wie in einem Kriminalroman! Das ist so was von cool!«

»Pssst!« Obwohl der Sturm entfernte Geräusche verlässlich übertönte, warf Lena einen besorgten Blick auf die anderen, die durch den Mauerbogen in die Kemenate gingen. »Könntest du dich vielleicht ein bisschen leiser freuen? Am Ende denken die Leute noch, du hättest die arme Frau umgebracht.«

»Entschuldigung.« Isa versuchte, sich ein bisschen zusammenzureißen, konnte ein zufriedenes Grinsen aber nicht ganz unterdrücken.

Sie war in ihrem Element.

Die Batterien der Taschenlampen schwächelten. Deshalb packte Kevin den Bügel der mittelalterlichen Laterne, in der eine Kerze mit großer, heller Flamme brannte, fester und richtete den Schein, so gut es ging, in den Aborterker.

»Ich war schon immer eine große Leuchte«, witzelte er. Isa hatte den starken Verdacht, dass er damit nur kaschieren wollte, dass ihm ein wenig mulmig zumute war. Eine frische Leiche untersuchte man schließlich nicht alle Tage.

Er und Isa schoben sich in den zugigen, gemauerten Gang. Die Temperatur darin bewegte sich im klirrenden Bereich, die Luft war trotz des regnerischen Wetters überraschend trocken. Über den Köpfen der Gaukler tanzten ein paar vergessene Spinnweben, deren Besitzerin – die ihrer Größe nach zu urteilen wohl eine Cousine der Riesenspinne Kankra aus *Der Herr der Ringe* sein musste – gefährlich lässig an einem Faden baumelte.

Herr Ludger der Verderbte blieb nach etwa anderthalb Metern stehen. Er hielt die Laterne in die Höhe, um den hinteren Teil des Erkers auszuleuchten, während Isa sich der Toten vorsichtig näherte. Sorgsam achtete sie darauf, nicht in die Blutlache zu treten, die sich am Boden gebildet hatte.

Das Bild, das sich ihr bot, sprach Bände. Eine schöne junge Frau, die vor ein paar Stunden noch der Mittelpunkt eines rauschenden Fests gewesen war, lag tot an einem Ort, an dem Generationen von Menschen ihren Unrat beseitigt hatten. Ihr teures Kleid war besudelt, das Haar an ihrem Hinterkopf eine einzige, blutverklebte Scheußlichkeit. Man hatte sie weggeworfen wie ein Stück Dreck.

Keine besonders subtile Symbolik.

Isa ging neben dem Opfer in die Hocke und versuchte, all das gefährliche forensische Halbwissen zusammenzukratzen, das sie sich beim Lesen von Detektivgeschichten angeeignet hatte. Der kleine Schreiber in ihrem Kopf machte eifrig Notizen, während sie den Blick schweifen ließ.

Der Morgenstern, der neben Viktoria auf dem Boden lag, schien mit ziemlicher Sicherheit die Tatwaffe zu sein. Er passte zu der schrecklichen Wunde, die man der Toten verpasst hatte. Außerdem klebten Blut, Haare und Sachen, über die Isa gar nicht so genau nachdenken wollte, zwischen den Stacheln.

Die grüne Fee war sich sicher, dass sie die Waffe an diesem Tag schon einmal gesehen hatte. Als sie Pauline in die Rüstkammer gefolgt war, um genau zu sein. Der Morgenstern hatte an der Wand neben dem Fenster gehangen.

Dass der Mord selbst in der Rüstkammer geschehen war und der Mörder die Leiche nur im Abort abgelegt hatte, erschien ihr äußerst unwahrscheinlich. Isa erinnerte sich, wie sie die steile, steinerne Treppe, die hinter der Kapelle nach oben führte, bei ihrem Wettrennen mit Pauline mehrmals fast heruntergefallen wäre. Eine Leiche dort herunterzubugsieren, ohne sich sämtliche Knochen zu brechen, war so gut wie unmöglich.

Nein, die Sache musste anders abgelaufen sein. Jemand ging, noch während die Gaukler und Rune Kreuteler Decken und Strohsäcke vom Dachstuhl holten, in die Rüstkammer, nahm einen der Morgensterne von der Wand und deponierte ihn im Rittersaal. Dann lockte dieser Jemand Viktoria dorthin, sogar weiter, in den Aborterker hinein und machte ihr dort mit einem oder mehreren Schlägen auf den Kopf den Garaus.

Aber wie hatte er – oder sie – Viktoria Kreuteler dazu gebracht, sich ausgerechnet an diesem seltsamen Ort zu einem tödlichen Stelldichein zu treffen? Und wie zum Teufel waren beide unbemerkt an den Gauklern vorbeigekommen? Sicherlich hatte der Mörder dank des Stromausfalls die Dunkelheit auf seiner Seite gehabt, doch der erste Stock des Gotischen Saalbaus war nicht Rom; nur eine einzige Treppe, über zwei nebeneinanderliegende Zugänge erreichbar, führte vom kleinen Hof aus dort hinauf. Und auf dieser Treppe hatte sich zur Tatzeit ein ganzer, mit Strohsäcken beladener Spielmannstrupp samt Anhang herumgetrieben.

Keine idealen Bedingungen, wenn man eben nur mal schnell eine Maid um die Ecke bringen wollte. Die Gaukler hätten förmlich über Täter und Opfer fallen müssen. Warum genau das nicht passiert war, blieb Isa ein Rätsel.

Sie betrachtete die Tote, die so fragil wirkte wie der zerdrückte, mit winzigen Blutspritzern übersäte Blumenkranz am Boden. Vielleicht hatte der Mörder sie ja mit Gewalt in den Erker hineingezwungen.

Kevin stöhnte, als die grüne Fee vorsichtig erst den einen, dann den anderen Arm der Leiche anhob.

»Muss das sein?«, krächzte er, doch sie ignorierte seinen rebellierenden Magen. Mit spitzen Fingern zupfte sie Viktorias Ärmel nach oben, um die Handgelenke und Unterarme untersuchen zu können, fand aber keine Abwehrverletzungen. »Kannst du mir mal helfen? Ich würde sie gerne umdrehen«, sagte Isa.

Kevin klang ehrlich entsetzt. »Umdrehen? Du meinst – nein, ohne mich.«

»Komm schon. Sie frisst dich doch nicht.«

»Dürfen wir die Leiche überhaupt anfassen? Ich meine, muss für die Polizei nicht alles genau so bleiben, wie es ist? Wegen der Tatortfotos, der Fingerabdrücke und so?«

Isa drehte sich zu ihrem Freund und Bandkollegen um. »Sehen wir den Tatsachen doch mal ins Auge, Kevin. Solange dieser Sturm da draußen wütet, sitzen wir alle auf unbestimmte Zeit hier fest. Keiner kommt in die Burg rein, keiner kommt raus. Normalerweise bräuchten wir in dem Fall nichts weiter zu tun, als uns gemütlich ums Feuer zu setzen und uns durch die Vorräte zu futtern, die die Custodes Historiae unten im Lager deponiert haben. Aber dummerweise liegt hier eine tote Frau, und sie ist nicht vom Blitz getroffen worden oder an einem Häppchen Kalbsbraten erstickt. Jemand hat sie umgebracht. Was bedeutet, dass eine der Personen, die sich in diesem Moment in der Burgküche befinden, ein Mörder ist. Ich für meinen Teil würde gern wissen, wer. Du nicht?«

Eine Weile starrte der Spielmann sie an. Dann gab er sich zähneknirschend geschlagen.

»Lena? Hältst du mal bitte?« Er reichte die Laterne nach draußen. Dann machte er sich daran, Isa zu helfen, wobei er Schimpfworte vor sich hinmurmelte, für die er in einer anderen Epoche wahrscheinlich gleich zweimal verbrannt worden wäre. Lena hielt den Blick beim Leuchten die ganze Zeit sorgsam auf den Boden gerichtet.

Soweit Isa es erkennen konnte, befanden sich auch an Viktorias Hals und im Gesicht keine Abwehrverletzungen. Wer auch immer sie auf dem Gewissen hatte – er oder sie hatte die junge Frau entweder überrumpelt oder war ihr so vertraut gewesen, dass sie sich bis zum Schluss nicht bedroht gefühlt hatte.

Die Stoffpartien des Kleides, die nicht voller Blut waren, fühlten sich kaum feucht an, was Isa einigermaßen überraschte. Sie waren vielmehr knochentrocken. Ob Viktoria nun freiwillig mit ihrem Mörder gegangen, bewusstlos mitgeschleift oder gezwungen worden war: Auf der Strecke, die von der Küchentür aus auf dem kleinen Hof zurückzulegen war, hätte sie nasser werden müssen. Isas eigene Bluse war immer noch durchweicht.

Viktoria könnte einen Umhang getragen haben, überlegte sie. Einen Umhang, den der Mörder ihr nach der Tat aus irgendeinem Grund abgenommen und ihn dann entsorgt hatte.

Oder – und während sie dies dachte, besah sie sich den Schmutz, mit dem das teure Kleid bedeckt war und den sie bisher für Staub und Dreck aus dem Aborterker gehalten hatte – sie war überhaupt nicht im Freien gewesen. Vielleicht kannte der Täter einen verborgenen Weg, der durch das Innere der Burg von der Küche in den ersten Stock führte, ohne dass man auf den Hof treten musste.

Die Aussicht, möglicherweise einen Geheimgang erkunden zu können, entlockte Isa ein Lächeln.

Zum Schluss untersuchte sie die kleinen Ledertaschen, die Viktoria am Gürtel trug. Sie förderte ein paar Fläschchen mit ätherischen Ölen zutage, außerdem Nadel und Faden, getrocknete Pflanzen, ein Stückchen Räucherkohle – schon leicht angesengt – und ein paar seltsame, weißgraue Klumpen, die Lena aus der Ferne als Räucherharze identifizierte. Insgesamt also nichts Ungewöhnliches für eine Frau, die auf Mittelaltermärkten als Heilerin unterwegs gewesen war.

Als Isa fertig war, streckten Kevin und sie die Leiche vorsichtig auf dem Boden aus.

»Und jetzt?«, fragte er.

Die grüne Fee betrachtete die Dame in ihrem nun blutroten Kleid und dachte nach. »Es ist zwar nicht schön, aber wir lassen sie erst mal hier. Die Burgschänke hat sicher einen Kühlraum, aber sie bis dorthin durch den Sturm zu tragen, wäre völlig verrückt. Hier drin ist es kalt und trocken wie in einer Gruft. Hier passiert ihr nichts. Na ja, nicht mehr als ohnehin schon.«

»Auf dem Dachstuhl hängen noch ein paar Tücher über den Möbeln. Wir könnten sie mit einem davon zudecken, um es ein bisschen, na ja … würdevoller zu machen«, sagte Lena.

»Gute Idee«, sagte Isa. »Und dann gehen wir nach unten und reden mal mit all diesen Leuten. Ich wüsste zu gerne, wo die plötzlich alle hergekommen sind.«

## Kapitel 7

Mit einem Krachen landete der blutverschmierte Morgenstern auf dem Tisch.

Dass Isa ihn wortlos zwischen die übrig gebliebenen Äpfel und Radieschen warf, die beim Grafenmahl als Tischdeko hatten herhalten müssen, war zwar ein kleines bisschen theatralisch, erzielte aber den gewünschten Effekt. Alle Augen richteten sich auf sie, und die gemurmelten Unterhaltungen verstummten.

Während die drei Gaukler die Leiche im Abort untersucht hatten, war man auch in der Burgküche nicht untätig gewesen. Jemand hatte neue Holzscheite in den Kamin gelegt, sodass das Feuer wieder hell und lodernd brannte. Der Geruch des Rauchs, vermischt mit dem Duft der Speisen, die beim Grafenmahl aufgetragen worden waren, hing schwer in der Luft. In einem eisernen Kessel brodelte klares Wasser. Rumo korrigierte gerade mithilfe des Topfhalters den Abstand zum Feuer. Trotz seiner modernen Kochjacke schien er sich auch mit mittelalterlichen Küchengeräten bestens auszukennen. Als er zufrieden war, brachte Robyn ihm einen Stapel Handtücher. Er ließ ein paar davon ins Wasser fallen; vermutlich nicht, um Suppe draus zu machen, sondern um sie für medizinische Zwecke gründlich auszukochen.

Am Ende der Ehrentafel, das dem Feuerschein am nächsten war, hielt Johanna gerade Sprechstunde ab. Erik fläzte sich breitbeinig auf einem Stuhl und ließ sich von ihr das lädierte Ohr nähen. Seine Tunika war mit Blut verklebt, doch das schien ihn nicht zu stören. In der rechten Hand hielt er eine Flasche Met, während die linke auf Anitas Schenkel ruhte. Die Sängerin saß neben ihm auf dem Tisch und streichelte ihm übers Haar.

Drei Plätze weiter hockte Rune. Dank der Kopfnuss, die sein Bruder ihm verpasst hatte, verfärbte sich die Partie um seine Augen, Nase und Jochbeine bereits dunkel. Der Wikinger wirkte seltsam entrückt, so als säße er bei einem ganz normalen Arzt in einem Wartezimmer voller Fremder. In seinen Händen fehlte bloß noch die passende Zeitschrift – die *Bild der Freya* oder die *Odin Aktuell* –, um die Vorstellung in Isas Kopf zu vervollständigen.

Der Mann mit dem Knödelgesicht stand an dem fast bodentiefen Fenster neben dem Kamin. Seine Silhouette zeichnete sich immer wieder vor dem von Blitzen durchzuckten Gewitterhimmel ab. Der Art nach zu urteilen, wie er den Arm in die Luft reckte und auf seine Hand starrte, suchte er Empfang für ein Mobiltelefon. Offenbar erfolglos, denn er schnaufte immer wieder empört.

Dass Pauline in seiner Nähe herumtollte und sich kichernd mit irgendwelchen imaginären Freunden unterhielt, schien seine Laune auch nicht gerade zu heben.

Nur der Mörder hielt sich offenbar zurück; die grüne Fee konnte keine weiteren Toten entdecken. Niemand war mit einem Hackmesser im Rücken unauffällig in der Fensternische drapiert oder in die Weinpresse gesteckt worden, und anscheinend war auch niemand mehr spurlos verschwunden. Keine schlechte Bilanz, wenn man den bisherigen Verlauf der Nacht bedachte.

Als der Morgenstern lautstark auf Holz traf, stand Alex von seinem Platz auf und gesellte sich zu seinen Bandkollegen. Er gab Lena, die immer noch ein bisschen mitgenommen aussah, einen freundschaftlichen Knuff in die Seite.

Isa ließ ihren Blick über die Anwesenden schweifen und deutete auf den Morgenstern. »Viktoria Kreuteler wurde heute Nacht mit dieser mittelalterlichen Schlagwaffe hinterrücks …«

Lena trat ihr auf den Fuß.

»Was ist?«, flüsterte die grüne Fee irritiert.

»Doch nicht vor dem süßen kleinen Mädchen!«

Isa biss sich auf die Lippe. Sie war sich zwar ziemlich sicher, dass Pauline in ihrem Kinderzimmer Teekränzchen mit den Mächten des Bösen veranstaltete, fügte sich aber. »Äh, na ja. Sie wissen schon. Außerdem hat sich unser lieber Burgvogt, Herr Schrödinger, scheinbar in Luft aufgelöst. Das alles ist ziemlich mysteriös, und ich bin sicher, wir alle hätten gern ein paar Antworten. Was mich zu meiner ersten Frage führt: Wo zum Teufel sind Sie eben im Rittersaal auf einmal hergekommen?«

Kaum dass sie zu Ende gesprochen hatte, redeten auch schon alle durcheinander. Plötzlich verstand Isa, wieso die Kriminalisten in den von ihr so geliebten Büchern Verdächtige am liebsten einzeln befragten.

»Hey! Immer einer nach dem anderen!« Sie klopfte energisch auf den Tisch.

Das Stimmengewirr verebbte so rasch, wie es aufgebrandet war.

Anita warf ihre schwarze Mähne zurück. Das Haar schien dabei in Zeitlupe zu fliegen. Für die perfekte magische Illusion fehlte bloß noch, dass ihr Glühwürmchen aus den Ohren kamen. »Bestimmt hat dieser Burgvogt die arme, arme Viktoria auf dem Gewissen. Wieso sollte er sonst einfach so verschwinden?«

»Möglich. Aber warum, wo er die Frau doch kaum kannte?«

Desinteressiert zuckte die Sängerin mit den Schultern. »Ich muss nicht wissen, was für Dämonen in den Köpfen der Menschen hausen.«

»Aha. Danke für diese Weisheit, Anita, ich ritze sie mir später in die Poesie-Wachstafel. Bis dahin kannst du mir ja vielleicht erklären, wieso du und der Donnergott für Arme hier immer noch auf der Marksburg seid. Alle dachten, ihr hättet euch bereits während des Grafenmahls aus dem Staub gemacht.«

»Das war ja auch der Plan«, antwortete Erik an ihrer Stelle. Er nahm einen Schluck aus der Metflasche und zog eine Grimasse, als Johanna die Nadel erneut in sein Ohr bohrte. »Die Feier war nicht zum Aushalten, aber draußen war es schon zu stürmisch, um einfach zu gehen. Also haben wir beschlossen, einen kleinen Ausflug hoch in die Kemenate zu unternehmen.«

»Und was habt ihr da gemacht?«

Anita starrte die grüne Fee an wie ein besonders begriffsstutziges Kind. »Gevögelt, was sonst?«

Pauline, die bis dahin vollauf in ihr Spiel vertieft gewesen war, hielt abrupt inne. »Gevögelt?«, fragte sie. »Gibt es hier Eulen? Die fliegen nur in der Nacht und haben orange Augen, die sind riiieeesengroß. Können wir uns die Eulen angucken, Papa? Bitte!«

Isa grinste. »Ich glaube, wir reden lieber an einem Ort weiter, an dem nicht alle mithören können.«

Entgegen der landläufigen Meinung besaß nicht jede Burg im Mittelalter eine Folterkammer.

Zwar hatten die Herren der Marksburg zu Zeiten, als man mit Peitschen und Daumenschrauben noch ziemlich erschöpfende Auskünfte aus den Beschuldigten herauspresste, über eine eigenständige Gerichtsbarkeit verfügt. Doch trotzdem gibt es keine eindeutigen Beweise dafür, dass man Gefangene in einem speziellen Raum der Marksburg der Tortur unterzog. Das hatte die Deutsche Burgenvereinigung in der Neuzeit jedoch nicht davon abgehalten, einen ehemaligen Pferdestall im Erdgeschoss des Romanischen Palas in ein Foltermuseum zu verwandeln, komplett mit Schandmasken, Henkersschwert und Streckbank. Freundliche Burgführerinnen und Burgführer klärten dort Touristen über die Geschichte der sogenannten »peinlichen Befragung« auf oder steckten Besucher, die in der Schänke die Zeche prellen wollten, mal eben in den Strafblock.

Zu gern hätte die grüne Fee diese Folterkammer als Verhörraum benutzt. Natürlich wollte sie die Instrumente dort nicht wirklich *einsetzen,* aber die Atmosphäre wäre unschlagbar gewesen. Doch der Einfachheit halber nahm sie auch mit der Spülküche vorlieb. Das Schauerlichste dort drin waren der Abwasch und ein Sack voll Pastinaken.

»Und Sie behaupten, dass Sie die ganze Zeit über mit Anita in der Kemenate waren, seit Sie sich vom Grafenmahl weggeschlichen haben?«

Isa ließ die Frage ganz harmlos klingen, aber Erik fiel trotzdem nicht darauf herein. »Das hab ich so nie gesagt. Wir waren die *meiste* Zeit über in der Kemenate. Zwischendurch haben wir Stimmen und Schritte in dem Stockwerk gehört und uns in die Kapelle verdrückt.« Er grinste. »Der Madonna hat unser Treiben gefallen, glaube ich.«

Die grüne Fee beschloss, Erik mal ihrer Schwester vorzustellen, falls er sich nicht als Mörder entpuppte. Ein paar Minuten mit ihm im selben Raum, und Bruni würde glatt tot umfallen.

»Sind Ihnen die Leute, zu denen die Stimmen und Schritte gehörten, trotzdem begegnet?«, fragte sie.

»Nein.«

Ungläubig hob sie die Augenbrauen. »Das ist zwar eine große Burg, aber der Platz in diesem Saalbau ist begrenzt. Und Sie wollen mir erzählen, dass Ihnen bei all den Gestalten, die hier offenbar nach dem Grafenmahl herumspukten, niemand über den Weg gelaufen ist?«

»Wenn Sie wissen wollen, ob uns da oben jemand gesehen hat, dann fragen Sie doch die anderen. Ich für meinen Teil war beschäftigt.« Er lehnte sich auf seinem Stuhl nach vorne und musterte sie provokant von oben bis unten. »*Sie* haben ja auch niemanden bemerkt, oder?«

Damit hatte er leider recht. Was Isa allerdings im Leben nicht zugegeben hätte, also wechselte sie flugs das Thema.

»Warum hat Ihr Bruder Sie beschuldigt, Viktoria getötet zu haben?«

Der Nordmann verdrehte die Augen. »Bei Odin … dass er mich nicht leiden kann, ist ja wohl ziemlich offensichtlich, oder?«

»Ich mag Sie auch nicht besonders. Das ist aber noch lange kein Grund, Sie zu verprügeln und scheinbar ohne jeden Beweis als Mörder abzuurteilen.«

»Vielleicht nicht unter Spielleuten.«

»Aber unter Wikingern?«

Er lehnte sich wieder zurück und nahm seine gewohnte, breitbeinig-lässige Haltung an. »Wissen Sie, ich bin ganz froh, dass Rune mir das Ohr abgerissen hat. Ich dachte schon, er hätte überhaupt keinen Mumm mehr im Leib.«

Anitas Antworten waren ähnlich unhilfreich wie die ihres geliebten Erik.

»Bitte vergib mir, was ich vorhin gesagt habe«, hauchte sie, bevor Isa überhaupt den Mund aufmachen konnte. »Über euch Spielleute, meine ich. Ich war schrecklich aufgewühlt. Eigentlich bin ich ein sehr empathischer Mensch, weißt du, aber die Sorge um Erik – die Angst, der Zorn, der *Schmerz* – hat meine Aura dunkelrot verfärbt. Doch nun sehe ich klar: Im Grunde sind wir vom selben Schlag, nicht wahr? Wir sind Künstlerinnen. Und als solche dürfen wir nichts anderes als bedingungslose Liebe füreinander empfinden. Mein Herz ist nun voller Liebe und das deinige auch, das spüre ich ganz genau.«

Das einzige bedingungslose Gefühl, das Isa bei diesen Worten überkam, war das Verlangen nach einer Streitaxt.

»Du und Erik, ihr wart also seit dem Grafenmahl zusammen?«, fragte sie.

»Wir waren im Zeichen des Gottes Amor vereinigt.«

Das wertete Isa als »Ja«. »Die ganze Zeit über? Ihr habt euch keinen Moment aus den Augen gelassen?«

»Was ist schon Zeit? Du musst verstehen, wir tanzten wie Satyr und Nymphe im Rausch unendlicher Lust …«

»Ihr habt niemanden gesehen? Niemand hat euch gestört?«

»… ritten auf stürmischen Winden, die die Burg umschlossen wie seine Arme meinen Leib, hinauf zu den Sternen, zum pulsierenden, glühenden Höhepunkt …«

»Schon gut, schon gut. Ich hab's verstanden, vielen Dank.« Schnell schickte die grüne Fee Anita wieder zu den anderen, bevor sie noch einen Fruchtbarkeitstanz aufführen konnte.

Gerade überlegte Isa, ob sie die Spülküche nach übrig gebliebenen Kirschkrapfen durchsuchen sollte – angeblich halfen

Süßigkeiten doch dabei, Unschönes zu verdrängen –, als der nächste Verdächtige hereinkam. Knödelgesicht war der absolut größtmögliche Kontrast zur lasziv-ätherischen Anita. Allerdings ergriff auch er, genau wie die Sängerin, zuerst das Wort.

»Was glauben Sie eigentlich, was Sie hier tun? Können Sie irgendeine Art von Qualifikation aufweisen, die Ihnen das Recht gibt, die Leute hier einfach so zu einem Verhör zu zitieren?«, bellte er, sobald sich die Tür hinter ihm geschlossen hatte.

Isa schätzte, dass er um die sechzig war. In seiner Stimme lagen eine Härte und Befehlsgewalt, die zeigten, dass er es gewohnt war, das Kommando zu haben. Vielleicht ein ehemaliger Militär, überlegte sie. Oder einfach nur ein Chef alter Schule. Sein Anzug war altmodisch, aber von hoher Qualität – genau wie der böse Blick, mit dem er die Gauklerin taxierte.

»Sind Sie der Mörder?«, fragte sie.

»Was ist denn das für eine Frage? Wieso sollte ich meine Nichte umbringen?«

»Aha. Dann sind Sie also Viktorias Onkel. Wilhelm Kreuteler.«

Dass er und die Verstorbene den gleichen Nachnamen trugen, war ins Blaue geraten, und als Vornamen nannte sie den Erstbesten, der ihr beim Anblick des Mannes einfiel.

Als Musikerin auf Mittelaltermärkten hatte Isa zwei Dinge gelernt. Erstens: Zuschauerinnen und Zuschauer, die während des Auftritts mit ihrem Namen angesprochen und in die Show einbezogen werden, haben nachher ein leichteres Herz und einen lockeren Geldbeutel. Zweitens: Sprichst du aber jemanden – vor allem eine Person, die sich selbst und die Rolle, die sie spielt, viel zu ernst nimmt – mit falschem Namen an, reibt er oder sie dir das garantiert beleidigt unter die Nase.

Knödelgesicht reagierte empört. »Wilhelm? Wieso Wilhelm? Korbinian Kreuteler ist mein Name!«

Korbinian Kreuteler also, Onkel des Opfers. Damit hatte sie seine Identität schon einmal geklärt, ohne ihm entsprechende Fragen stellen und sich mit daraus folgenden, nervigen Diskussionen (»Wieso sollte ich Ihnen das sagen? Wer sind Sie denn überhaupt?«) herumschlagen zu müssen.

»Und was haben Sie auf der Burg gemacht, während alle anderen Gäste nach Hause gefahren sind, Korbinian?«

»Für Sie immer noch ›Herr Kreuteler‹!«

Sie grinste frech. »Also, warum sind Sie immer noch auf der Marksburg?«

»Das geht Sie überhaupt nichts an.«

»Wenn Sie Ihre Nichte umgebracht haben, schon.«

Irgendeine Emotion blitzte bei diesen Worten in seinen kalten, harten Augen auf. Isa war sich nicht ganz sicher, was es war: Trauer um eine verstorbene Verwandte? Wut über den Vorwurf, den die grüne Fee ihm entgegenbrachte? Sorge, dass man ihn als Täter entlarvte?

Bevor sie ihn richtig deuten konnte, war der kleine Funken Gefühl auch schon wieder erloschen. »Das arme Kind liegt da oben tot in einer ehemaligen Kloake, wir können die Polizei nicht verständigen, und Sie sitzen hier und beschuldigen Viktorias engste Vertraute, ihr das Leben genommen zu haben …«, murmelte er, allerdings mehr ausweichend als wirklich verärgert. Als sie nicht entsprechend auf seinen Vorwurf reagierte, senkte sich eine unangenehme Stille auf sie beide herab.

Schließlich machte er doch noch mal den Mund auf. »Nach dem Essen habe ich mich auf der Suche nach den Toiletten verlaufen«, brummte er schließlich. »Als das Unwetter richtig losging und ich nicht mehr zurück zur Küche fand, habe ich mir ein Zimmer ausgesucht, das einigermaßen warm und sicher wirkte. Dort bin ich geblieben, bis diese Frau die arme Viktoria gefunden und geschrien hat.«

Beinahe hätte die grüne Fee laut aufgestöhnt. Korbinian Kreuteler bediente sich der wohl ältesten und miesesten Ausrede der Welt. Müßig fragte sie sich, wie viele Leute in Realität und Literatur schon versucht hatten, sich mit Sätzen herauszureden wie: »Oh, tut mir leid, ich habe nur die Toiletten gesucht und bin dabei ganz zufällig in diesem Panzerschrank voller Goldbarren gelandet, witzige Geschichte übrigens …«

»In welchem Raum haben Sie gewartet?«, fragte sie.

»Das weiß ich nicht mehr.«

»Können Sie sich an irgendwelche Gegenstände erinnern? Die Zimmer hier haben alle eine ziemlich individuelle Einrichtung. Vielleicht ein Bett, Waffen, eine Marienfigur?«

»Nein. Tut mir leid.«

Nun war es an Isa, eine Weile zu schweigen. »Danke«, sagte sie schließlich. »Für das nette Gespräch.«

Als er durch die Tür zurück in die Burgküche rauschte, schaute ihm die grüne Fee nachdenklich hinterher. An Korbinian Kreutelers Geschichte war mehr faul als an einer drei Wochen alten Portion Flammlachs. Dass er sich verlaufen hatte, glaubte sie ihm keine Sekunde; ein Mann mit seiner Zielstrebigkeit ging nicht einfach so verloren. Auch nicht auf einer Burg, und wenn sie noch so viele Ecken, Winkel und Geheimnisse besaß. Außerdem war es ihm für jemanden, der angeblich keine Ahnung hatte, wo er sich befand, verblüffend schnell gelungen, in den Rittersaal zu laufen, nachdem Lena geschrien hatte.

Dieser Mann verbarg etwas. Definitiv.

Robyn trieb für Isa tatsächlich noch ein paar der köstlichen Kirschkrapfen auf. Aus einem »kleinen Privatvorrat«, wie die Schankmaid es ausdrückte, während sie in einem Schrank herumwühlte.

»Wir waren hier und haben aufgeräumt«, erklärte sie kauend. Sie hatte sich auf eine Anrichte gesetzt und ließ die Beine baumeln. »Abwasch machen und so. War ja viel zu tun, nachdem die ganze Bande vom Grafenmahl das Weite gesucht hatte.«

Isa saß verkehrt herum auf dem einzigen Stuhl im Raum und stützte sich beim Essen mit den Ellbogen auf der Lehne ab. »Wer ist ›wir‹?«

»Rumo und ich.«

»Aha. War das Aufräumen denn so wichtig? Herr Schrödinger hat die Servicekräfte wegen des Sturms doch nach Hause geschickt, aber ihr seid geblieben. Und sitzt deswegen jetzt hier oben fest.«

»Na ja, Rumo betrachtet das hier und die Schänke als *sein* Reich. Egal, wie viele Grafen und hohe Herren im Mittelalter auf dieser Burg das Sagen hatten: Sobald man in die Nähe seines Kochlöffels kommt, ist er der König. Oder nein, eher der Kapitän. Und ein Kapitän verlässt sein Schiff nicht mal dann, wenn ihm ein Orkan den Papagei von der Schulter fegt.« Robyn kicherte über ihre eigene Bildsprache.

»Und warum bist *du* geblieben?«

»Ach, ich kann den alten Meckerkopf ja nicht allein lassen. Wenn's hart auf hart kommt, gibt's uns nur im Doppelpack. Wir sind Batman und Robyn.«

Mit diesen Sprüchen kann sie glatt Kevin Konkurrenz machen, dachte Isa.

Sie schlug einen verschwörerischen Ton an. Um Robyn zu verhören, brauchte es keine Provokateurin wie bei Korbinian Kreuteler, sondern eine Schwester im Geiste. Eine Tratschtante. »Ihr habt wirklich was verpasst, während ihr hier drin wart. Nebenan in der Burgküche war die Hölle los.«

Die Augen der Schankmaid wurden groß. »Echt?«

»Oh ja. Erst sind wir auf dem Parkplatz fast von einem Baum erschlagen worden.« Als Beweis hielt sie ihre aufgeschrammte Handfläche in die Höhe. »Dann stand Rune Kreuteler ganz kurz vor einem Herz-Kreislauf-Kollaps. Wie eine wandelnde Leiche sah er aus.«

»Nein!«

»Doch! Und dann erschien plötzlich dieses kleine Mädchen, Pauline, wie aus dem Nichts in der Küche. Es sah aus, als käme sie geradewegs aus der Wand! Fast wie ein Geist oder wie ein ...« Sie ließ das Ende des Satzes offen, damit die Fantasie der Schankmaid den Rest erledigte.

»Hab ich's doch gewusst!« Robyns flache Hand klatschte so heftig auf die Anrichte, dass ein paar gespülte Humpen in die Höhe hüpften. »Ich hab zu Rumo gesagt: ›Du, ich hör so komische Geräusche. Nebenan ist bestimmt noch jemand.‹ Aber er immer nur: ›Das ist nur der Wind, Robyn.‹« Sie ahmte seine tiefe Stimme nach. »›Sturmgeräusche klingen manchmal wie Stimmen, Robyn. Jetzt lass die Rumspinnerei, Robyn. Fang lieber mal an zu arbeiten, Robyn.‹ So ein Blödian. Dabei ist er selber noch rausgegangen! Er hätte doch sehen müssen, dass ich recht hatte!«

Isa horchte auf. »Er hat die Spülküche verlassen? Wann? Für wie lange?«

»Nicht lange, er wollte bloß schnell den Müll wegbringen. Ich fand das bescheuert, weil die Mülltonnen draußen und ziemlich weit von hier entfernt stehen, aber er hat nur irgendwas vor sich hingemurmelt. Klang nach ›Kümmer dich um deinen eigenen Kram‹. Er war vielleicht ... fünf Minuten weg. Oder zehn? Hmm. Nein, fünf. Zehn. Definitiv zehn.«

»Kam er mit oder ohne Müll zurück?«

»Was? Ohne natürlich.«

»Und war er nass?«

»Wer? Der Müll?«

Isa verkniff sich ein Seufzen. »*Rumo.*«

»Ach so ... Nee, ich glaube nicht. Komisch eigentlich. Hat doch geregnet, oder?«

Die Gedanken der Gauklerin rotierten. Wenn Rumo die Spülküche tatsächlich verlassen hatte, musste das geschehen sein, während die Spielleute von Manus Furis, Schrödinger und Rune damit beschäftigt gewesen waren, Strohsäcke durch den Gotischen Saalbau zu tragen.

Im selben kleinen Zeitfenster, in dem auch Viktoria ermordet worden war.

Fünf bis zehn Minuten ... gerade genug Zeit, um den Müll rasch irgendwo beiseitezuschaffen (bei dem Wetter hatte Rumo es ganz sicher nicht bis zu den Tonnen geschafft, ohne nass zu werden), Viktoria in den Abort zu bringen und sie dann dort kaltblütig umzubringen.

Aber alles, ohne gesehen zu werden?

»Sag mal, Robyn ... wie habt ihr es eigentlich geschafft, so schnell im Rittersaal aufzutauchen, als die Leiche gefunden wurde? Wo ihr doch – zumindest die meiste Zeit – ein Stockwerk tiefer beschäftigt wart?«

»Das war ja noch das Gemeinste an Rumos Meckerei. Zuerst behauptet er, ich würde mir die Geräusche nur einbilden. Dann geht er selber aus der Spülküche, muss dabei praktisch über euch alle stolpern, gibt aber beim Wiederkommen mit keinem Wort zu, dass er sich geirrt hat. Und dann steht er plötzlich da, horcht, obwohl der Regen furchtbar laut gegen die Fenster pladdert, ruft: ›Da schreit doch jemand!‹, und rennt aus der Küche. Ich natürlich hinterher, aber ich kann dir sagen: Wenn Rumo mal Fahrt aufgenommen hat, hält niemand so schnell mit ihm mit. Wie eine dieser Kugeln, die man früher mit Katapulten weggeschleudert hat. Na ja, jedenfalls standen wir dann plötzlich im Rittersaal und natürlich direkt mitten im Schlamassel. Arme Frau Kreuteler.«

Robyn machte über dem letzten Rest ihres Kirschkrapfens ein leidgeprüftes Gesicht. »Sei bloß froh, dass du Gauklerin bist und keinen Chef wie Rumo hast. Wie meine Großtante Shirley immer zu sagen pflegte: Zwei Dinge auf der Welt können einer Frau zum Verhängnis werden: eine schlechte Tasse Tee und ein Mann, der immer Recht behalten will.«

Als der Koch hereinkam und seine Version der Geschichte erzählte, schien er dieses Sprichwort zu bestätigen. Was den Fall für Isa jedoch nicht einfacher machte. Im Gegenteil.

»Robyn sagt, Sie hätten die Spülküche verlassen, bevor Viktoria Kreuteler ermordet wurde. Haben Sie etwas gesehen? Oder jemanden?«, fragte Isa.

»Nein.«

»Nein? Hier wimmeln mehr Menschen rum als bei der Taverne, wenn es Freibier gibt, und Sie erzählen mir –«

»Hey, ruhig Blut, Mädchen! Was ich sagen wollte, war: Nein, ich habe die Spülküche nicht verlassen. Was Robyn da behauptet, ist völliger Quatsch.«

»Also lügt Ihre Schankmaid?«, fragte die grüne Fee.

»Lügen würde ich es nicht direkt nennen. Robyn ist ein liebes Mädchen, aber sie redet wie ein Wasserfall und spinnt sich manchmal die abenteuerlichsten Geschichten zusammen. Nach dem Grafenmahl habe ich ihr gesagt, dass sie ruhig nach Hause gehen kann, aber sie wollte unbedingt bleiben und helfen. Helfen!« Er lachte dröhnend. Es klang, als würde ein Gletscher einstürzen. »Wenn sie will, ist sie ganz schön auf Zack, aber kaum lenkt sie irgendwas ab, steht sie nur noch im Weg rum. Oder verschwindet. Vorhin – also, bevor diese Gauklerin so geschrien hat – ist sie auch dauernd abgehauen. Wollte nur kurz den Müll rausbringen, dann draußen eine rauchen, nachsehen, ob die Tür der Schänke abgeschlossen ist, alles völlig bescheuerte Ideen bei dem Wetter … Irgendwann war ich's dann leid und bin hinterhergegangen, um sie zu suchen.« Er zuckte mit den Schultern. »Gefunden habe ich sie erst im Rittersaal.«

Isa hatte plötzlich unglaubliche Lust auf Kaffee. Schwarz wie die Krähen auf dem Schlachtfeld und serviert in einer Tasse, geschnitzt aus dem Schädel eines Feindes. Sie spürte, wie die verworrenen Geschichten, die man ihr im Laufe der Nacht aufgetischt hatte, ihren Verstand ins Chaos stürzten und ihn unter einem ermüdend großen Haufen aus Widersprüchlichkeiten, Andeutungen und Lügen begruben. Ein belebender Schluck hätte vielleicht wieder Ordnung in ihre Gedanken gebracht, doch da beim Grafenmahl keine Heißgetränke ausgeschenkt wurden, gab es in der Spülküche auch keine Kaffeemaschine.

Oh, du finsteres Mittelalter, dachte sie.

Stirnrunzelnd betrachtete sie den Koch, der wie ein Gebirgsmassiv vor ihr aufragte. Der große Rumo und die kleine Robyn. Sie stritten wie ein altes Ehepaar und waren in der Küche ein unschlagbares Team, aber trotzdem stellten beide das, was sie in der Nacht zusammen erlebt hatten, völlig unterschiedlich dar. Mehr noch, sie beschuldigten sich gegenseitig, zum Zeitpunkt des Mordes ein ziemlich dubioses Verhalten an den Tag gelegt zu haben.

Einer von beiden log. So viel war Isa klar. Nur wer – die ach so harmlose, schnatternde Schankmaid oder der mal bärbeißige, dann wieder joviale Koch –, das konnte sie beim besten

Willen nicht sagen. Es stand Aussage gegen Aussage. Außerdem fehlte den beiden Küchenkräften das passende Motiv für den Mord. Weder Robyn noch Rumo hatten Viktoria Kreuteler gekannt, bevor sie ihr beim Grafenmahl begegnet waren.

Oder?

Die grüne Fee überlegte gerade, welche Frage sie dem Koch als Nächstes stellen sollte, als die Tür aufging. Ein roter Haarschopf erschien. Philipp Düster. Oder Irish, wie Viktoria ihn genannt hatte.

»Äh, Isa?« Er klang müde. Als wäre er an diesem Tag bis zum Ende der Welt gelaufen. »Ich wollte nur fragen … also, es ist schon ziemlich spät, und Pauli ist gerade eingeschlafen. Kann unser Gespräch bis morgen warten?«

Der wahre Grund für seine Frage – »Ich will meine Tochter nicht mit einem Haufen potenzieller Mörder allein in einem Raum lassen« – schwebte ungesagt im Raum. Isa verstand ihn auch so. Sie blickte sich nach einer Uhr um, fand aber keine.

»Gleich Viertel vor drei.« Rumo zeigte auf die Armbanduhr an seinem Handgelenk.

Das erklärte, warum Isas innere Detektivin schon vor einer Weile die Lupe hingeworfen und sich die Deerstalker-Mütze über die Augen gezogen hatte.

Sie seufzte. »In Ordnung. Ich denke, wir könnten alle ein bisschen Schlaf gebrauchen.«

Sie und Rumo folgten Philipp zurück in die Burgküche.

Isa hatte eigentlich erwartet, dass die Mitglieder der bunt zusammengewürfelten Truppe, die es in dieser schlimmen Nacht auf die Marksburg verschlagen hatte, trotz allem gemeinsam vor dem Feuer kauern würden, aus Angst vor dem

Mörder, der unter ihnen weilte. Doch damit lag sie falsch. Teilweise zumindest.

Die Gaukler hatten ihr Lager in der Nähe des Kamins vor einer Anrichte aufgeschlagen. Lena und Kevin, die sich einen Strohsack teilten, waren noch wach; Alex hatte sich in einen dunklen Kapuzenmantel gewickelt und war vermutlich schon im Reich der Träume. Jedenfalls rührte er sich nicht, als sich die grüne Fee zu ihren Freunden gesellte. Ein paar Meter entfernt, an der anderen Kaminsäule, lag Rune Kreuteler. Er wandte Isa den Rücken zu, doch die zu fest geballte Faust an seiner Seite verriet, dass er nicht schlief.

Sie entdeckte außerdem Pauline in einer kleinen Höhle aus Decken, die Philipp für sie unter einer der Tafeln gebaut hatte. Johanna von den Custodes Historiae, Robyn, Rumo und Korbinian Kreuteler zogen sich auf die gepolsterten Bänke in der Fensternische und in andere Winkel des Raumes zurück.

Erik und Anita jedoch fehlten.

Lena klang müde und gereizt, als Isa sie darauf ansprach. »Ich habe versucht, ihnen klarzumachen, dass es besser wäre, wenn wir zusammenblieben, aber das scheint dieser arroganten Kuh Anita sonst wo vorbeizugehen. Sie meinte bloß, es sei hier drin viel zu stickig, und ist mit ihrem Kerl nach oben gegangen.«

Eine Decke im Schlepptau, ließ Isa sich bäuchlings auf einen freien Strohsack fallen. Die Erschöpfung saugte ihr mit einem Mal alle Kraft aus den Knochen. Was blieb, war reiner Zynismus. »Lass sich die Leute doch ruhig aufteilen«, murmelte sie und verschränkte die Arme als Polster unter dem Kopf. »Wenn wir Glück haben, reduziert sich dadurch über Nacht die Anzahl der Verdächtigen.«

Mit halb geschlossenen Augen beobachtete sie, wie Philipp Düster zu Pauline in die gemütliche Höhle kroch. Die Bewegungen mussten die Kleine geweckt haben, denn etwas regte sich unter den Decken. Sie schien ihren Vater etwas zu fragen; er lauschte kurz, nickte und machte es sich halb liegend, halb sitzend neben ihr bequem. Isa konnte sein Gesicht sehen und wie er versuchte, sich im Schein des Feuers zu entspannen. Dann hörte sie, wie er leise anfing zu singen. Erst beim Refrain erkannte sie das Lied.

*»Hundert Jahre sollst du schlafen*
*Hundert Jahre sollst du ruhn*
*Lulle Lullay*
*Schlaf Prinzessin, immerzu …«*

*Dreizehn Feen* von den Irrlichtern. Eine mittelalterlich-musikalische Hommage an Dornröschen und ihren Schlummer hinter Rosenhecken. Ein passendes Schlaflied für ein kleines Mädchen, doch als die grüne Fee sah, dass Philipps Augen schimmerten, erkannte Isa, dass er beim Singen eigentlich an jemand anders dachte.

## Kapitel 8

Als der Morgen graute, fühlte sich Isa wie gerädert. Und Rädern tat im Mittelalter ziemlich weh.

Sturmgeräusche sollen ja angeblich beruhigend sein. Da aber auch noch ein Mörder anwesend war, bewirkten sie – so sehr die grüne Fee sich beim Zubettgehen auch um Galgenhumor bemüht hatte – eher das Gegenteil: Irgendein innerer Wachposten hatte die Gauklerin bei jedem Donnergrollen aus dem Schlaf gerissen. So hatte sie zwar die Nacht überlebt, ohne einem heimtückischen Angriff zum Opfer zu fallen, doch dafür blieb das irrationale Gefühl zurück, überhaupt nicht geschlafen zu haben.

Als Isa sich missmutig unter ihrer Decke hervorkämpfte, verriet ihr ein Blick in die Burgküche, dass es den anderen nicht besser ergangen war. Die meisten waren schon wach. Oder immer noch. Die Leute saßen oder lagen auf ihren Strohsäcken und wärmten sich am Feuer.

Rumo stand am Kamin und rührte mit einem Löffel in einem gigantischen Keramiktopf. Seine Kochjacke stand offen und gab den Blick auf sein Unterhemd frei. Die langen Haare hatte er jedoch zu einem ordentlichen Zopf gebunden. Dass die bereits perfekt gewandete Johanna jede Runde, die der

Löffel im Topf beschrieb, mit Argusaugen überwachte, schien den Küchenmeister nicht zu stören. Robyn, noch etwas zerzaust, saß an einer der Tafeln und schnitt getrocknete Früchte klein. Sie summte vor sich hin.

Die Aufschrift auf dem leeren Jutesack, der unweit auf dem Boden lag, verriet Isa, dass Rumo netterweise Hirsebrei für das Frühstück zubereitete. Der Geruch, der ihr plötzlich in die Nase stieg, wollte jedoch partout nicht zu diesem mittelalterlichen Klassiker passen. Sie drehte sich auf die andere Seite.

Neben der schlafenden Lena hockte Kevin mit gekreuzten Beinen auf dem Strohsack der beiden und löffelte ein gelbliches Gebräu aus einer Holzschale. Als er sah, dass Isa wach war, hielt er ihr die Schale hin. »Senfsuppe?«

Offenbar hatte er die Reste der Vorspeise gefunden, die beim Grafenmahl serviert worden war. Isas Magen versuchte, sich in sein eigenes Schwert zu stürzen.

»Oh, gern«, murmelte sie sarkastisch. »Wie oft bin ich morgens schon aufgewacht und dachte: Mensch, *jetzt* einen Teller Senfsuppe.«

»Die ist mit Räucherlachs.«

»Auch das noch.«

Mit einem Ächzen setzte sie sich auf. Die Kälte des Steinbodens war ihr über Nacht in die Glieder gekrochen, sodass sie sich vorkam wie ein altes Hutzelweib.

»Alle noch am Leben?«

»Scheint so.«

»Und der Sturm?«

»Unverändert. Ich habe eben noch mal mein Handy gecheckt; wir haben immer noch kein Netz.«

»Das heißt, die restlichen Mitglieder der Custodes Historiae, die heute Morgen hier rauffahren wollten, kommen weder auf die Burg noch können sie uns in irgendeiner Form kontaktieren. Von denen können wir also keine Hilfe erwarten. Ach, apropos keine Hilfe: Wo sind Erik und Anita?«

»Oh, du hast die Rückkehr unseres Traumpaares um knappe fünfzehn Minuten verschlafen.« Er deutete mit seinem Löffel auf einen Haufen aus Decken und Fellen in der Nähe der Weinpresse, der am gestrigen Abend noch nicht da gewesen war. »Was auch immer sie die Nacht über da oben gemacht haben – und wie oft –, sie sind sofort schlafen gegangen und haben seither keinen Mucks mehr von sich gegeben.«

»Wie überaus rücksichtsvoll von ihnen.« Die Gauklerin wickelte sich ihre Decke um die Schultern und stand auf. »Wenn Anita auf die Idee gekommen wäre, den neuen Tag mit einer Ode an die aufgehende Sonne zu begrüßen, hätte der Morgenstern ein neues Opfer gefunden. Beweismaterial hin, Tatwaffe her.«

»Charmant wie immer, Euer Lieblichkeit.«

»Danke sehr.«

Kurz überlegte Isa, zu Alex hinüberzugehen, der in der Fensternische saß und trübsinnig hinausstarrte. Vermutlich, weil er nicht rausgehen und rauchen konnte. Andererseits war die Gelegenheit, Johanna zu befragen, einfach zu günstig. Die Darstellerin von den Custodes Historiae stand noch immer am Feuer und beobachtete, wie Rumo die Hirse zubereitete.

Am Tag zuvor hatte Isa die etwas merkwürdige Frau mit ihren Sprüchen verschreckt. Also zähmte sie ihren inneren Kevin und auch ihre schlechte Laune. Wenn sie hinter Johannas Fassade blicken wollte, musste sie behutsam vorgehen. Das scheue Wild aus seiner Deckung locken.

Die grüne Fee stellte sich ans Feuer. Wie Johanna schaute sie in den Kugeltopf, in dem goldgelber, dickflüssiger Brei blubberte. Süßlicher Duft stieg auf. Johannas Blick streifte den ihren, und Isa glaubte, ein kurzes Zusammenzucken zu sehen.

»Ich dachte, in diesem Kamin darf nicht mehr gekocht werden?«, fragte die junge Gauklerin den Koch.

Der zuckte mit den Schultern. »Ist eine Ausnahmesituation, oder? Wir sitzen schließlich hier fest. Und irgendwas müssen die Leute essen.«

Johanna schwieg.

Isa fasste sich ein Herz und sprach sie direkt an. »Es ist bestimmt schwierig, in Keramiktöpfen zu kochen, oder? Besonders auf offenem Feuer.«

Sie kannte die Antwort bereits von eigenen, eher katastrophalen Versuchen. Trotzdem wartete sie und zählte im Geiste die Sekunden.

Es dauerte zwei geschlagene Minuten, bis Johanna endlich den Mund aufmachte.

»Die Innenseite dieser Töpfe ist nicht glasiert. Wenn der Brei anbrennt und man die Keramik danach nicht sofort saubermacht, ist sie so gut wie ruiniert.« Sie sprach ein klein wenig zu laut. Als sie merkte, dass die grüne Fee sie nicht unterbrach, fing sie sich jedoch und wurde leiser. »Deshalb muss man die Hirse ständig umrühren.«

Rumo quittierte den letzten Teil der Erklärung mit einem beredten Grunzen.

Isa nickte zum Zeichen, dass sie ebenfalls verstanden hatte: Angebrannter Hirsebrei war *die* Heimsuchung des Spätmittelalters. Gleich neben Ketzerjagd und Pest.

Dann fiel ihr etwas ein. Wenn der Topf, der gerade auf dem Feuer stand, zur Ausrüstung der Custodes Historiae gehörte … Erinnerungen schossen Isa durch den Kopf.

Piet, der von Johanna in den Regen hinausgejagt wurde, nur um einen blöden Kessel vor Nässe und Rost zu retten.

Johanna, die ein einfaches, mittelalterliches Kopftuch so verzückt anblickte, als hielte sie die Krone Englands in den Händen.

Plötzlich hatte sie eine Ahnung, warum Johanna noch immer auf der Marksburg war.

Trotz der vagen Angst, dass die Frau ihr dafür die Finger abbeißen würde, strich Isa über den warmen, glatten Rand des Kugeltopfs. »Ein schönes Stück. Ich kann verstehen, dass Sie Lagerausrüstung wie diese nicht gern über Nacht allein lassen wollten. Vor allem nicht bei den vielen Leuten, die gestern hier zu Gast waren.«

Der Kochlöffel drehte langsam seine Kreise. Isa wartete.

»Peter dachte, ich wäre mit meinem eigenen Auto nach Hause gefahren«, platzte Johanna schließlich heraus. »Tory hatte uns zu ihrer Feier eingeladen. Er wollte unbedingt hingehen und meinte, ich solle mitkommen. Ich habe ihm *gesagt*, dass wer weiß was mit unseren Sachen passieren könnte, wenn sich einer dieser betrunkenen Live Action Role Player in den Lagerraum verirrt, aber er wollte nicht auf mich hören!« Ihre blonden Augenbrauen zogen sich streng zusammen und verliehen ihr das Aussehen einer kampfbereiten Walküre. »Also musste ich mich selbst um das Problem kümmern. Wie immer, eigentlich. Ich habe aufgepasst.« Sie deutete auf die Treppe neben der Tür zur Spülküche, die hinunter in den kühlen, kleinen Lagerraum der Burg führte.

Isa konnte sich lebhaft vorstellen, wie Johanna die Nacht über dort möglichen Marodeuren aufgelauert hatte, bewaffnet mit einem Bratspieß und geballten Geschichtskenntnissen. Doch etwas stimmte an dem Bild nicht. »Hat Sie denn während des Grafenmahls niemand gesehen und versucht, Sie aus dem Lagerraum zu verscheuchen?« Immerhin waren Robyn und die anderen Schankmägde öfter unten gewesen, um neue Getränke, Ersatzstühle oder frische Kerzen heraufzuholen.

Johanna schüttelte den Kopf. »Ich habe mich ganz hinten zwischen den Mehlsäcken versteckt. Dort wollte ich die Nacht verbringen. Am nächsten Morgen hätte ich dann so getan, als wäre ich schon vor den anderen Custodes Historiae zur Burg hinaufgefahren.«

Die grüne Fee musterte Johanna. Aus irgendeinem Grund glaubte sie ihr die Geschichte.

Sie formulierte sorgfältig, bevor sie die nächste Frage stellte. »Aber etwas hat Sie von dort vertrieben, oder? Später, meine ich.« Johanna musste schon in der Nähe des Rittersaals gewesen sein, als die Leiche gefunden wurde. Im Lagerraum, der die Basis des Kapellenturms bildete und meterdicke Wände hatte, hätte sie Lenas Schrei nie und nimmer gehört.

Man konnte förmlich dabei zusehen, wie Johanna sich bei der Frage wieder in sich selbst zurückzog. Ihre Aufmerksamkeit wanderte zurück zu Rumo, der mittlerweile fast fertig war.

»Lassen Sie den Topf nicht zu heiß werden, Rumold«, ermahnte sie ihn, statt zu antworten. Doch Isa ließ nicht locker.

»Warum haben Sie Ihre kostbare Ausrüstung allein gelassen?«

»Haben Sie gehört, Rumold? Vergessen Sie nicht, die Keramik nach dem Frühstück auf keinen Fall mit Spülmittel –«

»*Johanna.*«

Widerwillig blickte sie die grüne Fee an. »Wegen des Streits.«

»Streit?«

»Streit?«, echote Rumo.

»Weiterrühren«, befahlen Isa und Johanna gleichzeitig.

Grummelnd nahm der Koch den Topf vom Feuer und trug ihn zu Robyn an die Tafel.

»Was für ein Streit, Johanna?«, fragte die grüne Fee leise, als er außer Hörweite war.

»Das weiß ich nicht. Es war spät. Ich bin wohl irgendwann eingenickt. Als ich wieder aufwachte, lag eine Decke auf mir. Es war dunkel, und ich dachte, jemand hätte das Licht ausgemacht, aber das lag wohl am Stromausfall. Ich hatte keine Laterne, also bin ich aufgestanden, habe mich nach draußen getastet und bin durch die Burgküche hinunter in den Weinkeller gegangen. Dort war aber schon jemand. Ich konnte nicht sehen, wer es war, und die Stimmen waren sehr leise, aber sie klangen wütend … ich wollte nicht, dass die Männer mich sehen. Dass mich überhaupt jemand sieht. Deshalb habe ich mich hinter den Weinfässern an ihnen vorbeigeschlichen. Erst auf den kleinen Hof hinaus, dann um die Ecke zurück in den Saalbau. Da habe ich mich auf dem Dachstuhl versteckt. Unter einem Tisch.«

Tausend Fragen purzelten in Isas Kopf durcheinander. Sie musste sich schwer bremsen, um nicht alle auf einmal zu stellen, aber raus mussten sie, sonst würde sie platzen. »War denn niemand in der Burgküche, als Sie aus dem Keller kamen?«

»Doch. Tory. Ferdinand Schrödinger. Ihr Spielleute. Rune Kreuteler.«

Johanna musste aus ihrem Versteck gekrochen sein, als Alex und Isa es gerade wieder zurück in die Küche geschafft hatten. Alle Augen waren in diesem Moment auf die beiden Gaukler gerichtet gewesen; dazu hatten sie noch die Nachricht mitgebracht, dass die Kastanie umgestürzt war und sie alle auf der Marksburg festsaßen. Dass die Living-History-Darstellerin währenddessen wie eine mittelalterliche

Maus durch den hinteren Teil der Küche gehuscht war, ohne von jemandem bemerkt zu werden, erschien der grünen Fee nicht unwahrscheinlich. Genauso wie die Behauptung, dass sie die ganze Zeit, in der die Gaukler mit Rune und Schrödinger Strohsäcke geschleppt hatten, unter einem mit einem Tuch verhangenen Tisch gekauert hatte. Wenn Johanna nicht gerade über historische Genauigkeiten referierte oder wegen historischer *Un*genauigkeiten herumschrie, verschmolz sie auf beeindruckende Art und Weise mit dem Hintergrund. Dann wurde sie beinahe unsichtbar.

»Sie sagten gerade, es wären Männer gewesen, die unten im Keller gestritten haben. Haben Sie erkannt, wer –«, setzte Isa erneut an, doch Johanna schnitt ihr ungehalten das Wort ab. »Es waren Männer. Wütende Männer. Ihre Namen kenne ich nicht. Und ich will sie auch nicht kennen.«

*Namen.*

Eine Erkenntnis fegte all die Fragen, die Isa eigentlich noch hatte stellen wollen, beiseite.

Johannas Kollege von den Custodes Historiae hatte sich den Spielleuten auf dem Parkplatz als »Piet« vorgestellt. Johanna nannte ihn jedoch konsequent »Peter«, was vermutlich sein richtiger Vorname war. Die Living-History-Darstellerin nahm es offenbar nicht nur mit der mittelalterlichen Geschichte, sondern auch mit Namen sehr genau. Selbst den Koch hatte sie eben erst mit »Rumold« angeredet, was außer ihr kein Mensch auf dieser Burg tat, und Rune und Schrödinger hatte sie in ihrer Aufzählung ganz penibel mit vollem Namen aufgeführt.

Das alles wäre Isa vermutlich nicht aufgefallen, wenn sie nicht selbst seit ihrem elften Lebensjahr einen Spitznamen benutzt hätte. Sie war heilfroh, dass Johanna nichts von der Monstrosität wusste, mit der ihre Eltern, die beide Professoren für mittelalterliche Literatur waren, sie gestraft hatten: Sich die restlichen Ermittlungen über »Kriemhilde Isolde« statt Isa nennen lassen zu müssen, hätte das bisschen Geduld, das sie besaß, auf eine harte Probe gestellt.

Wieso aber war Johanna vor wenigen Augenblicken mehrmals ein »Tory« herausgerutscht, als sie über Viktoria sprach? Warum benutzte sie einen Kosenamen, den sonst nur Rune, also Viktorias Ehemann, und ihr Freund Philipp gebrauchten? Isa fiel nur eine sinnvolle Erklärung ein. Und die warf ein ganz neues Licht auf Johannas Anwesenheit auf der Marksburg. Und die Frage, ob sie ein Mordmotiv hatte.

»Sie kannten Viktoria Kreuteler schon vor dem gestrigen Abend, nicht wahr?«, fragte sie.

Manchen Menschen kann man jede innere Regung an der Nasenspitze ablesen. Sie sind miserable Schauspieler, noch schlechtere Lügner, und Gefühle tanzen stets über ihr Gesicht wie Mägdlein um einen Mittsommerbaum.

Johanna gehörte definitiv zu dieser Sorte Mensch.

»Ich wusste nicht, dass *sie* die Küche für das Grafenmahl gebucht hat«, hauchte sie. Ängstlich. Überrascht. Schuldbewusst. Isa trat unwillkürlich einen Schritt näher, um besser verstehen zu können, doch Johanna zog sich sofort zurück und rückte eng an den Kamin. Die grüne Fee wollte Informationen und war deshalb durchaus bereit, ihr ein wenig Feuer unterm Hintern zu machen, allerdings lief die Living-History-Darstellerin nun Gefahr, sich wortwörtlich das Unterkleid anzusengen.

Vorsichtig ging Isa wieder auf Abstand. »Woher kannten Sie sie?«, fragte sie leise, um einen beruhigenden Tonfall bemüht.

»Wir waren im gleichen Heerlager. Eine Zeit lang.«

»Bevor Sie zu den Custodes Historiae gingen?«

»Ja.«

Ein Lächeln, flüchtig wie eine Erinnerung, huschte über Johannas Gesicht und verdrängte die negativen Emotionen für einen Augenblick. »Tory hat das Heerlager mit einigen Freunden gegründet. Sie hat sich sehr für mittelalterliche Medizin und alternative Heilmethoden interessiert. Manche Gruppen üben sich in historischen Schwertkampftechniken, andere stellen als Handwerker Gebrauchsgegenstände wie Tauwerk oder Stoffe her oder sie zeigen den Gästen auf den Märkten, wie man auf mittelalterlichen Instrumenten spielt. In Torys Heerlager geht es auch um vergessenes Wissen: um Kräuter. Heiltränke. Medizinische Praktiken im Alltag und auf dem Schlachtfeld. Es ist eine Art umherziehendes Lazarett, das aus Quacksalbern, Apothekern, Kräuterfrauen und Badern besteht.«

»Wie heißt die Gruppe?«

»Geheimniskramerey.«

Isa glaubte, den Namen schon einmal gehört zu haben, konnte sich aber an keine Begegnung auf einem Mittelaltermarkt erinnern. Sie dachte daran, mit welcher Präzision Johanna Eriks Ohr versorgt hatte. Und das, obwohl sie nur einige im Feuer sterilisierte Eisen- und Knochennadeln zur Verfügung gehabt hatte. »Haben Sie dort gelernt, wie man Wunden näht?«

Johanna nickte.

»Und waren Sie auch bei der Gründung des Heerlagers dabei?«

»Oh, nein. Ich habe mich der Gruppe erst später angeschlossen, da reisten die anderen – es waren viele – schon ein paar Jahre miteinander. Ich habe dort nie so richtig … sie waren nett, wirklich. Aber ich gehörte nicht richtig dazu. Nicht so wie er.«

Die grüne Fee folgte ihrem Blick bis zu Philipp, der für sich und Pauline etwas Hirsebrei in Schalen abfüllte. Sie runzelte die Stirn. Dass er Johanna kannte, hatte er bisher in keinster Weise durchblicken lassen.

»Sind Sie und die Geheimniskramer im Streit auseinandergegangen?«

Johanna schien zu verstehen, worauf sie hinauswollte. Wieder veränderte sich ihre Miene. Spiegelte ein weiteres Gefühl.

Traurigkeit. So stark, dass der Regen draußen mit einem Mal nach Tränen klang.

»Ich gehörte nie dazu«, wiederholte sie leise. »Und ich wollte mich nicht aufdrängen. Nach ein paar Monaten bin ich ausgetreten und zu den Custodes Historiae gegangen. Das war ... einfacher.«

»Einfacher? Wieso?«

Doch Johanna schien ihr nicht mehr zuzuhören. »Tory und die anderen ... ich glaube, nachdem ich weg war, ging es ihnen besser. Als ich ... als ich gestern hörte, wem die Feier in der Burgküche galt, habe ich mich um die Ausrüstung für das Wochenende gekümmert und Peter gesagt, er solle allein zum Grafenmahl gehen. Ich wollte niemandem von denen begegnen. Nicht den Eindruck erwecken, dass ich irgendwelche Ansprüche hätte oder ... wie gesagt, es ging Tory und den anderen so sicher besser.«

Mit diesen kryptischen Worten kehrte Johanna plötzlich wieder in die Gegenwart zurück. Sie blinzelte. Dann sah sie die grüne Fee an, als bemerkte sie sie zum ersten Mal.

»Entschuldigung«, flüsterte sie und lief wie ein verschrecktes Wiesel an ihr vorbei, zur Tür hinaus. Vermutlich, um sich im oberen Stockwerk des Saalbaus zu verkriechen.

Fröstelnd zog Isa ihre Decke enger um die Schultern, als ein Schwall kalter, feuchter Luft hereinwehte und das Feuer hinter ihr zum Flackern brachte. Johanna war, zugegeben, ein wenig verschroben. Doch der Kummer hinter ihren Worten konnte einem das Herz brechen.

Vielleicht ist Johannas Herz ja auch gebrochen, dachte sie. Die Art, wie sie von Viktoria sprach, einer Frau, mit der sie nur ein paar Monate lang von Markt zu Markt gereist war, klang nach einem weiteren Geheimnis. Nach mehr als nur Freundschaft oder Bewunderung. Isa hätte es nicht beschwören können, doch die Indizien ergaben zusammengenommen ein gewisses Bild: der Bruch mit der Geheimniskramerey und der Wechsel zu den Custodes Historiae ... der Kosename ... die Tatsache, dass Johanna ihrer ehemaligen Mitstreiterin bewusst aus dem Weg gegangen war, sobald sie erfahren hatte, dass Viktoria auf der Marksburg weilte ...

Unerwiderte Liebe treibt die Menschen dazu, die seltsamsten Dinge zu tun.

Die junge Gauklerin war so tief in ihre Grübeleien versunken, während sie durch die Burgküche ging, dass sie kaum merkte, was sie tat und mit wem sie sprach, bis sie sich plötzlich neben Alex in der Fensternische wiederfand. In den Händen hielt sie zu ihrer Überraschung zwei Schalen mit Hirsebrei, Trockenfrüchten und Honig.

Wann hatte sie Frühstück geholt?

»Oder möchtest du lieber etwas von Kevins köstlicher Senfsuppe?«, fragte sie und hielt dem Dudelsackspieler eine der Schalen hin.

Sein Mund verzog sich zu einem kurzen, schiefen Grinsen. Er sagte nichts, nahm ihr Schale und Holzlöffel aber aus der Hand.

Erst in diesem Moment fiel Isa auf, dass er seit der vergangenen Nacht ungewöhnlich schweigsam war. Dabei war Alex sonst eher selten um eine Antwort verlegen. Er gehörte zu den Typen, die ein Mädchen in eine Schänke quatschen können, bevor man »Zwei Met, bitte« sagen kann.

»Alles in Ordnung?«, fragte sie.

Wieder dieses kurze, unverbindliche Lächeln. Es reichte nicht bis zu seinen Augen. »Klar, wieso nicht?«

Er wandte sich seinem Hirsebrei zu. Schob ein Stückchen Trockenbirne so konzentriert zur Seite, als operierte er am offenen Herzen.

Sie musterte ihn von der Seite. »Bist du sauer?«

»Nein.«

»Aber irgendetwas stimmt doch nicht.«

»Wieso sollte etwas nicht stimmen?«

»Weil du antwortest, indem du Gegenfragen stellst. Das machst du immer, wenn du nicht über etwas reden willst. Du weichst aus.«

»Ich bin *nicht* sauer.«

»Alexander.«

»Isolde.«

Sie starrten einander an. Keiner von beiden wollte zuerst wegsehen.

Schließlich war es Isa, die aufgab. Sein merkwürdiger Gesichtsausdruck irritierte sie dermaßen, dass sie den Blick abwandte und, wie zuvor Alex, scheinbar äußerst interessiert in ihrem Brei herumstocherte.

»Ich wollte später noch mal nach oben gehen, um nach Spuren zu suchen. Und natürlich nach Schrödinger.« Sie versuchte, so beiläufig wie möglich zu klingen. »Kommst du mit?«

»Nein.«

»Oh. Okay.«

Der Dudelsackspieler hob den Löffel an den Mund. »Du kriegst das ja sicher auch ohne mich hin.«

»Was soll das denn heißen?«

»Nichts. Nur, dass du ein großes Mädchen bist und allein auf dich aufpassen kannst.«

»Natürlich kann ich das. Ich wollte dich auch nicht als Leibwache engagieren.«

»Schön.«

»Schön.«

Die grüne Fee von Absinth, sonst beileibe nicht auf den Mund gefallen, betrachtete einen Honigtropfen, der über die goldgelben Hirsekörnchen in der Schale floss. Sie hatte keine Ahnung, was sie sagen sollte.

»Schön«, wiederholte sie leise.

Schweigend aßen sie ihr Frühstück.

Isa verspürte das dringende Bedürfnis, sich abzulenken. In der Hoffnung, weitere Informationen aus ihr herauszubekommen, half sie Johanna deswegen beim Abwasch. Doch die Living-History-Darstellerin hatte entweder das Gefühl, schon zu viel preisgegeben zu haben, oder ein spontanes Schweigegelübde abgelegt; mit Isa sprach sie jedenfalls kein Wort mehr. So brachte die grüne Fee heitere anderthalb Stunden damit zu, hartnäckige Hirsereste aus der Kochkeramik zu entfernen. Schweigend. Ohne Spülmittel, nur mithilfe von Ziegelstaub und Holzasche.

Beim Schrubben starrte sie auf die einzig rußfreie Stelle im geschwärzten Kamin und stimmte demjenigen, der offenbar keine Lust gehabt hatte, auch noch den Rest sauberzumachen, von Herzen zu. Ein Song der Band Duivelspack ging ihr durch den Kopf: *Dumdideldei, das Leben, das ist schön – dumdideldei, das Leben, das ist schön!*

Am Arsch die Räuber.

Doch irgendwann hatte auch der Putzdienst ein Ende, und schließlich stand sie wieder vor der Treppe, die hinauf zum Dachstuhl führte. Dort war ihr zum ersten Mal aufgefallen, dass Burgvogt Schrödinger verschwunden war, und dort hatte sie auch seine goldene Uhr gefunden.

Da die Regenwolken kaum Tageslicht durchließen, stellte Isa eine frische Kerze in ihre Laterne und zündete den Docht mit einem Streichholz an. Der warme Schein, der durch die Fenster aus dünn geschliffenem Horn fiel, erhellte die Ecken und Nischen des Ganges.

Langsam ging sie los. Ließ den Blick über den Baldachin des Himmelbetts schweifen, öffnete die Truhe in der Kemenate. Alles in der Hoffnung, irgendeine Spur von Schrödinger oder dem Täter zu finden.

Umsonst.

Im Rittersaal entdeckte sie zu ihrer Überraschung Rune Kreuteler, der auf dem Boden saß und mit dem Rücken an der geschlossenen Tür des Aborts lehnte. Er hielt einen hölzernen Humpen in der Hand. Der Blick des Wikingers war leer und weit entrückt, doch als die grüne Fee eintrat, zuckte er sofort zu ihr herüber. Rune registrierte ihr Erscheinen wie ein Bluthund, der das Totenbett seiner Herrin bewacht: eifersüchtig, in Verteidigungshaltung. Isa dachte an Erik Folkessons Ohr und blieb stehen.

»Darf ich reinkommen?«, fragte sie.

Zweimal peitschte der Wind den Regen lautstark gegen die Fenster. Dann nickte Kreuteler.

Die grüne Fee stellte die Laterne auf die ritterliche Tafel und ließ sich an der Wand neben der Aborttür zu Boden sinken. Sie roch den Met in Runes Humpen und fragte sich, wie viele er schon gehabt hatte. Und ob der Alkohol sein krankes Herz zum Tanzen brachte, obwohl es voller Trauer war.

»Erzählen Sie mir von Viktorias Lagergruppe«, bat sie nach einer Weile. »Erzählen Sie mir von der Geheimniskramerey. Sind Sie auch Teil davon?«

»Glauben Sie etwa, das Heerlager hat etwas mit Torys …?«

»Ich möchte nur verstehen, was für ein Mensch Ihre Frau war. Warum jemand sie töten wollte. Haben Sie sie über die Gruppe kennengelernt?«

Auf dem mageren Gesicht erschien der Anflug eines Lächelns. Es war das gleiche Lächeln, das Isa auch beim Grafenmahl gesehen hatte, als Rune und Viktoria sich geküsst hatten. Zärtlich. Liebevoll. Und völlig ergeben.

»Sie war das schönste Mädchen im ganzen Heerlager. Wie eine Elfe, die unter Menschen wandelt. Als ich sie das erste Mal gesehen habe – sie stand unter dem Vordach ihres Zelts, lachend, in den Händen Sträuße aus Lavendelzweigen –, habe ich mich in sie verliebt. Auf der Stelle.« So schnell, wie das Lächeln gekommen war, verschwand es auch wieder. »Mein Bruder und ich hatten damals ein eigenes Heerlager.«

»*Sie* und …?« Verblüfft deutete Isa nach unten, gen Burgküche.

Diesmal geriet sein Lachen bitter. »Schwer zu glauben, was? Erik und ich standen uns einmal sehr nahe. Er war eben mein großer Bruder. Hat mich beschützt, auf mich aufgepasst. Dachte ich zumindest. Erst durch Viktoria habe ich bemerkt, wie schlecht es mir in Wahrheit mit ihm ging. Ich ging ständig über meine Grenzen, um Erik zu übertrumpfen und um seinen Ansprüchen gerecht zu werden. Es war mir völlig egal, ob ich dadurch krank wurde oder nicht. Meine Frau hat mir beigebracht, auf meine Gesundheit – auf *mich* – zu achten. Nicht auf ihn.«

Unbewusst hob er den Humpen mit Met an seine Lippen, doch kurz davor schien er sich seiner eigenen Worte bewusst zu werden. Eine Grimasse ziehend, legte er die Hand flach über den Humpen, wie Viktoria es am vergangenen Abend beim Grafenmahl getan hatte.

»Die Blutadler, so nannten wir unser Heerlager. Wir stellten auf Märkten die Lebensweise von Wikingern dar. Also, eigentlich ging es vor allem ums Trinken und ums Kämpfen. Wir haben uns mit allem geschlagen. Schwert, Hammer, Axt, völlig egal.«

Der morbidere Teil von Isas Persönlichkeit horchte auf, als sie den Namen des Heerlagers hörte. Der sogenannte »Blutadler« war eine historisch nicht so richtig belegte Foltermethode, mit der die Wikinger ihre Todfeinde angeblich einst besonders grausam gequält hatten. Dafür wurde der Oberkörper des Opfers entblößt und am Rücken entlang der Wirbelsäule aufgeschnitten. Dann zog man Rippen und Schulterblätter durch die Wunde heraus und klappte sie zu beiden Seiten nach hinten, sodass Fleisch und Knochen vom Rücken abstanden wie die Flügel eines Adlers.

Die schlimmste körperliche Marter nach der Erfindung des Yoga.

Isa fand, dass der Heerlager-Name gut zu Erik und seiner Wilder-Nordmann-Attitüde passte. Zu Rune eher weniger. Allerdings hatte sie bereits mit eigenen Augen gesehen, wie schnell und brutal Rune sein konnte, selbst wenn es gegen den eigenen Bruder ging.

Oder vielleicht auch gerade dann.

»Wir haben uns beide in Viktoria verliebt, Erik und ich«, sagte Kreuteler. »Das hat uns auseinandergebracht. Er war schon immer ein Provokateur; alles musste bei ihm in einen Wettstreit ausarten. Als wir merkten, dass wir beide dieselbe Frau wollten, meinte Erik, dass wir um sie kämpfen sollten. Ausnahmsweise mal nicht mit Waffen im eigentlichen Sinne, aber sonst mit allen Mitteln. Und mit dem Ziel, dass sie sich am Ende für einen von uns – den Besseren – entscheiden würde.« Er schnaubte. »Natürlich dachte Erik von vorneherein, dass Tory ihn wählen würde. Die Mädchen flogen immer nur auf ihn, nie auf mich. Aber dann, eines Abends nach Marktschluss, sah Tory mich plötzlich mit diesem Blick an ... Es war, als würde der Mond aufgehen und alles andere im Dunkel des Nachthimmels versinken. Sie bat mich in ihr Zelt. Und Erik stand da wie vom Donner gerührt. Danach sprach er kaum mehr ein Wort mit mir. Und an dem Tag, als ich ihr schließlich einen Antrag machte und ihm mitteilte, dass ich die Blutadler verlassen würde, hat er sich fürchterlich betrunken. Ist aus der Taverne und vom Markt geflogen.«

»Er war eifersüchtig.«

»Ja.«

»Und er ist es noch immer, oder?«

Runes Erstaunen war schlecht gespielt. So offen er vorher auch gesprochen hatte, versuchte er nun, seine Gedanken wieder vor Isa zu verbergen. »Wie kommen Sie denn darauf?«

»Sie haben Erik gestern Nacht angegriffen. Haben sofort behauptet, dass er der Mörder sei. Jetzt sagen Sie mir, Viktoria hätte Sie Ihrem Bruder vorgezogen und er hätte diese Niederlage kaum verkraftet. Da drängt sich der Verdacht doch auf ... Vielleicht dachten Sie gestern, er hätte in dem Chaos nach dem Grafenmahl seine Chance genutzt und sich endlich gerächt ... Würden Sie Ihrem Bruder wirklich einen Mord zutrauen, Herr Kreuteler?«

Rune schwieg, aber Isa verstand ihn auch so.

Unerwiderte Liebe treibt die Menschen dazu, die seltsamsten Dinge zu tun.

Töten, zum Beispiel.

Als die grüne Fee kurze Zeit später hoch auf den Dachstuhl stieg, um sich saubere (und vor allem mal richtig trockene) Gewänder zu holen, erschrak sie, als sich im Halbdunkel etwas bewegte. Dann sah sie schottisch karierten Stoff aufleuchten, und der Schreck verwandelte sich in … ja, was eigentlich?

Alex musste nach oben gestiegen sein, während sie mit Rune Kreuteler gesprochen hatte. Er wandte ihr den Rücken zu, während er in seinem Rucksack herumkramte. Dass sie sich um die Bilder von der »Maid des Monats« gekabbelt hatten, schien der grünen Fee plötzlich Jahrhunderte her zu sein. Sie überlegte tatsächlich, ob sie vor seiner schlechten Laune flüchten und sich einfach unverrichteter Dinge wieder hinunter in den ersten Stock schleichen sollte. Doch bevor sie den Rückzug antreten konnte, drehte sich ihr Bandkollege um und erstarrte mitten in der Bewegung. »Oh.«

Er nahm die Hände hinter den Rücken, dann aber, etwas unsicher, wieder nach vorne. Isa erkannte ein frisches Schnürhemd und eine Zahnbürste. Er hatte die gleiche Idee gehabt wie sie.

»Ich wollte nur was holen«, brummte er.

Sie war versucht, bloß mit den Schultern zu zucken, ließ es dann aber doch bleiben. »Ich auch«, sagte sie stattdessen.

Eine Weile standen sie auf verschiedenen Seiten des Dachstuhls. Dann gab er sich einen Ruck und ging schnellen Schrittes auf sie zu, um an ihr vorbei zurück zur Treppe zu kommen. Er wollte weg. Einfach so, ohne Erklärung.

Dass sie Alex am Arm packte und ihn festhielt, war mehr Reflex als bewusste Entscheidung. Durch den Schwung, mit dem er an ihr hatte vorbeirauschen wollen, wurde er herumgerissen, sodass sie einander mit einem Mal so dicht gegenüberstanden wie zwei Boxer vor dem großen Kampf.

»Was ist los mit dir?« Sie musterte ihn. Er kam ihr plötzlich ganz fremd vor. »Seit gestern Nacht benimmst du dich total merkwürdig. Habe ich irgendwas nicht mitgekriegt?«

Die Muskeln in seinem Arm fühlten sich angespannt, verkrampft unter ihren Fingern an. Als er antwortete, klang seine Stimme belegt.

»Wer sagt dir denn, dass ich die tote Frau nicht schon vorher kannte? Wer sagt dir, dass nicht *ich* der Mörder bin?«

## Kapitel 9

Ein schlechter Witz wird auch nicht besser, wenn man ihn noch mal von jemand anderem hört.

Isa hatte zum ersten Mal, seit sie ihn kannte, das Bedürfnis, Alex eine runterzuhauen. So richtig. Sie hatte schon öfter im Scherz damit gedroht, wenn er sie geärgert hatte oder ihr mit seinem Weiberheldentum auf die Nerven gefallen war; doch diesmal musste sie sich bewusst zurückhalten, um ihm nicht wirklich mit der flachen Hand ins Gesicht zu schlagen. Das Gefühl, das plötzlich in ihr wütete, war ihr vertraut; sie kannte es aus den Nächten, in denen sie im Traum wieder auf dem Siegburger Marktplatz stand und Marek, den sie Minuten zuvor noch geküsst hatte, ihr ein Messer an die Kehle hielt.

Als stürzte man beim Seiltanz vom sicheren Stand aus plötzlich in bodenlose Tiefe.

Dabei wusste sie natürlich, dass Alex Viktoria Kreuteler nicht ermordet haben konnte. Er war die ganze Zeit bei ihr, den anderen Gauklern und Rune Kreuteler gewesen. Selbst wenn er gewollt hätte – die Alibis aller Personen aus dieser kleinen Gruppe waren wasserdicht. Außerdem *wusste* Isa, dass Alex nicht fähig war, einem anderen Menschen das Leben zu nehmen.

Die grüne Fee ließ seinen Arm so plötzlich los, als hätte sie sich daran verbrannt. Ihre Reaktion zeigte Wirkung; hinter dem Steingesicht kam für einen kurzen Moment wieder der wahre Alex zum Vorschein, dem bewusst wurde, was er gerade gesagt hatte.

Leider etwas zu spät.

»Weißt du was? Geh und spiel mit deiner Maid des Monats. Mach, was du willst. Ich werde dich nicht weiter belästigen.« Ihre Stimme klang so kalt, dass es sie fast selbst erschreckt hätte, wenn sie nur nicht so furchtbar wütend gewesen wäre. Sie wollte an ihm vorbeigehen – ihm den Rücken zudrehen, Türen schlagen, irgendjemanden anbrüllen –, doch diesmal war er es, der sie am Arm packte und zurückhielt.

»Lass mich los!«, fauchte sie, doch sein Griff blieb fest.

»Erinnerst du dich daran, wie du gestern Nacht diesem Rune Kreuteler nach draußen in den Sturm gefolgt bist? In den Gotischen Zwinger? Und dass Kevin und ich hinterhergekommen sind, wobei wir alle vier fast von den verdammten Dachschindeln erschlagen worden wären?«

»Was hat das mit der Tatsache zu tun, dass du dich gerade wie ein komplettes Arschloch aufführst?«

»Lena wollte eigentlich auch mitkommen, aber Kevin konnte sie gerade noch überreden, in der Burgküche zu bleiben. Als Fliegengewicht, das sie nun mal ist, wäre sie vermutlich nach fünf Metern ins Tal geweht worden. Aber zuerst wollte sie das überhaupt nicht einsehen. Sie hatte eben Angst, dass dir was passiert. *Ich* hatte Angst, dass dir was passiert.« Alex nahm die Hand von ihrem Arm. Langsam, als müsste er sich dazu zwingen. »Aber weißt du was, Isa? In dem Moment, als du dir den Umhang geschnappt hast und einfach losgerannt bist, ohne über die Konsequenzen nachzudenken, ist mir was klar geworden. Die Erkenntnis war da, einfach so. Verstehst du, ich habe Kevin nur begleitet, weil ich mich nicht mit ihm oder Lena streiten wollte. Eigentlich war ich so wütend, so … Mir ist klar geworden, dass ich nicht mehr der Typ sein kann, der dir hinterherläuft. Ich halte es nicht aus, dauernd Angst zu haben, dass du irgendetwas unfassbar Dummes tust und dich dabei in Gefahr bringst. Und da ich dich nicht ändern kann, muss ich eben mich selbst, mein Verhältnis zu dir ändern.«

Das Heulen in Isas Innerem war lauter als der Sturm. Dabei fegte der Wind über das Dach des Gotischen Saalbaus, als hinge sein Leben davon ab.

»Soll das heißen …« Sie stockte. Versuchte, ihre Gedanken zu ordnen, und spürte dabei, wie erneut der Zorn in ihr hochkochte. »Soll das heißen, du hast beschlossen, mich ab sofort wie Luft zu behandeln, nur weil ich bin, was ich bin?«

»Das habe ich so nicht gesagt. Du hörst mir nicht zu.«

»Oh doch, Alex. Und ich frage mich, warum du dir überhaupt so eine Mühe gegeben hast, mich zu diesem Trip auf die Marksburg zu überreden. Das hier«, sie machte eine Geste, die den Raum, den Berg, die ganze Situation einschloss, »war nicht meine Idee. Ich kann nichts dafür, dass hier jemand umgebracht wurde, und ich werde mich ganz sicher nicht dafür entschuldigen, dass ich versucht habe, jemandem zu helfen, der offensichtlich in Panik und eine Gefahr für sich selbst war.« Sie lachte höhnisch auf. »Und tu nicht so, als hättest gerade *du* die Vernunft gepachtet oder als hätte ich dich jemals angefleht, meinen Beschützer zu spielen! Wir hätten nach der Sache in Manderscheid auch einfach auf den nächsten Markt fahren können!«

»Das ist doch genau das, was ich meine! Dein Exfreund, der wegen Mordes verurteilt wurde, bricht aus dem Gefängnis aus, spürt dich auf und rammt dir ein verdammtes Messer ins Kopfkissen, während du schläfst. Und du? Du hättest dich glatt auf die Lauer gelegt und versucht, ihn selbst zu fangen, wenn wir dich nicht auf diese Burg geschleift hätten! Machst du dir eigentlich jemals Gedanken darüber, was deine Unvorsichtigkeit und deine verrückten Pläne für Folgen haben könnten? Für dich? Für die Leute, denen du wichtig bist?«

Instinktiv war die grüne Fee ein paar Schritte zurückgewichen, weil Alex beim Sprechen lauter und lauter geworden war. Doch seine letzte Frage – oder, besser gesagt, der Tonfall, in dem er sie stellte – ließ ihre Füße am Boden festfrieren. Mit großen Augen starrte sie ihn an. Seine grimmige, frustrierte Miene. Seinen Brustkorb, der sich rasch hob und senkte wie bei einem Kampf auf Leben und Tod. Sie dachte an die vergangenen Wochen und an ihr eigenes, immer wiederkehrendes Bedürfnis, ihn auf Abstand zu halten, und plötzlich kamen ihr Gesprächsfetzen in den Sinn.

Wann war dieses Hin und Her zwischen ihnen nur so ernst geworden?

Im letzten Winter in Siegburg?

*Er wirkte nachdenklich, fast ernst. »Du bist in Marek verliebt, oder?«*

*»Es war nur ein Kuss, Alex. Dass das nicht immer was mit Liebe zu tun hat, müsstest du doch am besten wissen.«*

*»Schon, aber du bist im Gegensatz zu mir nicht der Typ für so was.« Er brachte ein schiefes Grinsen zustande. »Und ich wär's auch nicht, mit der richtigen Frau.«*

Auf dem Siegfriedspektakel in Xanten?

*Dann zog sie Alex zu sich heran und küsste ihn.*

*Zuerst erwiderte er den Kuss unerwartet heftig. Er schloss seine Arme noch enger um sie und legte ihr eine Hand an den Hinterkopf. Doch dann lockerte er plötzlich seinen Griff. Er löste seine*

*Lippen von ihren und atmete tief ein wie jemand, der gerade aus einer Ohnmacht erwacht. »Isa, warte … stopp.«*

*»Was?«*

*In seinen Augen spiegelte sich etwas Seltsames. »Ich glaube nicht, dass das so eine gute Idee ist«, sagte er.*

Oder schon viel, viel früher?

Und wie ernst war es ihr selbst?

Sie wusste es nicht. Spürte nur, dass ihr das Herz bis zum Hals schlug, als sie es endlich schaffte, den Mund aufzumachen. »Es geht hier doch in Wahrheit nicht darum, dass ich manchmal dumme Sachen mache. Die machst du auch. Ständig sogar. Es geht auch nicht um Marek.« Als er nicht antwortete, ging sie vorsichtig wieder auf ihn zu. »Alex?«

Er bewegte sich ebenfalls, aber in die Gegenrichtung. Von ihr fort. Isa wurde plötzlich hundeelend.

»Du bist gut darin, Rätsel zu lösen, Isa. Aber das hier ist keins. Ich … ach, scheiße. Ich kann das so nicht mehr.«

Mit diesen Worten ließ er die grüne Fee einfach stehen. Sie hielt ihn nicht auf, als er zur Treppe ging und die Stufen hinabstieg, ohne sich auch nur ein einziges Mal umzudrehen.

Wer an einer Führung durch die Marksburg teilnimmt, lernt nicht nur etwas über Grafen, Geschütze und die Geschichte des Rheintals, sondern auch über mittelalterliche Sprichwörter. Der Baldachin des Himmelbetts in der Kemenate illustriert beispielsweise, wieso der Adel Wertsachen gerne »auf die hohe Kante legte«. In der Folterkammer wartet eine Schandmaske in Form eines Schweinekopfs, mit der man jemanden »zur Sau machte«. Und die Figur des englischen Armbrustschützen in der Gimbelschen Sammlung gibt den Museumsführern Anlass zu erzählen, wie eigentlich das berühmte Victory-Zeichen entstand: Im Hundertjährigen Krieg hackten die Franzosen überwältigten Gegnern gern Zeige- und Mittelfinger ab. Die Armbrustschützen waren so nicht mehr in der Lage, einen Bogen zu spannen, geschweige denn einen Bolzen in die feindlichen Reihen abzufeuern. Doch die Engländer, die diesem Schicksal entgingen, rächten sich für die Grausamkeit mit Hohn und Spott: Zum Zeichen, dass sie aus einer Auseinandersetzung als Sieger hervorgegangen waren, streckten sie den Franzosen demonstrativ ihre beiden Abzugsfinger entgegen.

Als Isa in der Rüstkammer stand und auf die Halterung an der Wand starrte, in der noch vor einiger Zeit ein Morgenstern gesteckt hatte, fühlte sie sich weder besonders siegreich noch war sie zu Spötteleien aufgelegt.

Nach dem Gespräch – dem Streit, der Katastrophe, wie auch immer man es nennen wollte – mit Alex hatte sie einfach nur dagestanden und versucht, seine Worte zu verarbeiten. Was nicht besonders gut geklappt hatte. Also war sie wieder nach unten gegangen. In den ersten Stock, nicht in die Burgküche. Alles, nur nicht in diesen halb überheizten, halb durchgekühlten Raum voller prüfender Blicke.

Ursprünglich – es schien mehrere Zeitalter her zu sein – hatte sie die Suche nach Spuren in die oberen Gefilde des Gotischen Saalbaus geführt. Ohne zu wissen, was zum Teufel sie sonst machen sollte, war Isa einfach wieder an die Arbeit gegangen und hatte noch einmal systematisch die Räume durchkämmt: Flur, Kemenate, Rittersaal, Abort, Kapelle. Über die halsbrecherische Treppe, die vom Saalbau hinüber ins angrenzende Gebäude, den Rheinbau, führte, ging es weiter. Auf den Stufen und im Gang dahinter entdeckte sie so einiges, was als Indiz hätte durchgehen können; einen winzigen Stofffetzen hier, ein Bonbonpapier dort. Doch sie ließ alles so, wie es war. Vor dem Grafenmahl waren Viktorias Gäste in den Genuss einer exklusiven Burgführung gekommen; am vergangenen Nachmittag war also eine ganze Kompanie Menschen diese Treppe hinaufgetrabt. Jeder konnte die Sachen dort verloren haben – nicht nur der Mörder. Als Hinweise taugten sie nichts.

In der Rüstkammer sah man auf den ersten Blick, woher die Tatwaffe stammte. Eine Lanze und vier Morgensterne hatten an der Wand neben dem Fenster gehangen, als Isa das Zimmer zum ersten Mal betreten hatte. Nun waren nur noch drei Morgensterne übrig. Der Täter – oder die Täterin – hatte das gute Stück einfach aus der Halterung gehoben. Beileibe keine leichte Waffe, aber händelbar, auch für Frauen. Vor allem mit genügend Wut im Bauch. Und die Art, wie Viktoria Kreuteler auf einem mittelalterlichen Plumpsklo drapiert worden war, zeugte von reichlich negativen Emotionen.

Zwischen matt schimmernden Hellebarden und in der Gewissheit, dass nebenan die Figuren der Gimbelschen Sammlung still und starr im Dunkeln lauerten, blickte sich die grüne Fee um, doch so sehr sie sich auch bemühte, sie konnte einfach nichts entdecken, was ihr in irgendeiner Form weitergeholfen oder ihren Verstand wenigstens ein bisschen auf Trab gebracht hätte.

Frustriert biss sie sich auf die Unterlippe. Alles, was sie bisher vorweisen konnte, waren eine tote Frau und ein Haufen verdächtiger Personen, die sich gegenseitig beschuldigten oder logen wie gedruckt. Die Alibis der Leute changierten von zweifelhaft bis überhaupt nicht vorhanden, und falls Isa nicht zufällig über einen Geheimgang stolperte oder ihr eine zündende Idee kam, wie der Täter es geschafft hatte, Viktoria ungesehen die Treppe hinaufzuschaffen, musste sie sich wohl mit der Tatsache anfreunden, dass der Mörder durch Wände gehen konnte.

Der ganze Fall wirkte wie eine Partie Cluedo, nur in der Mittelalter-Edition. Und sie hatte keine Ahnung, was des Rätsels Lösung war.

Rätsel lösen, dachte die grüne Fee. Der Knoten in ihrem Magen zog sich fester zusammen.

Dann hörte sie plötzlich ein Geräusch hinter sich.

»Ah, hier bist du!«

Eine Laterne gaukelte wie ein großes, klapperndes Glühwürmchen in die Rüstkammer. Dann kamen über dem Schaukasten zwei Köpfe zum Vorschein. Zwei Rotschöpfe, genauer gesagt. Philipp Düster schüttelte sein nasses Haar, was Pauline, die er auf dem Arm trug, zum Kichern brachte. Das Mädchen steckte in einem kleinen, pechschwarzen Umhang, der feuchte Flecken auf dem ohnehin schon durchweichten Hemd ihres Vaters hinterließ. In dem Ding war sie nicht nur gut vor Wind und Wetter geschützt, sondern machte vermutlich auch auf Kindergeburtstagen in der Gruft des kleinen Vampirs eine gute Figur.

Irish trabte vom Podest herunter und setzte seine Tochter ab. »Deine Freundin Lena meinte, du wärst irgendwo oberhalb der Küche unterwegs.«

Isa lächelte, dankbar für die Ablenkung. »Trifft sich gut, dass ihr kommt. Ich wollte sowieso noch mit Pauline über gestern Nacht sprechen. Also nur, wenn das für dich in Ordnung ist.«

»Genau deswegen sind wir hier.« Das breite, sonnige Grinsen, das Philipp vor und während des Grafenmahls zur Schau getragen hatte, war seit Viktorias Tod verschwunden. Nun zog auch noch eine Sorgenfalte eine winzige Furche in seine Stirn. »Pauli? Magst du Isa erzählen, was du mir vorhin erzählt hast?«

Die Kleine hielt sich an der Hand ihres Vaters fest und baumelte daran herum wie eine ziemlich betrunkene Marionette. Eine Weile betrachtete sie die grüne Fee eingehend, so als müsste sie sich entscheiden, ob Isa es überhaupt wert war, dass man das Wort an sie richtete.

»Es war der Mönch«, sagte sie schließlich.

Die Augenbrauen der grünen Fee wanderten langsam nach oben. Eigentlich hatte sie geglaubt, dass ihre Zeugen es nicht mehr schaffen würden, sie mit noch mehr Absurditäten zu überraschen. Sie hätte es besser wissen müssen.

»Der Mönch? Wo hast du einen Mönch gesehen?«

»In der Küche. Er wollte, dass ich zu ihm komme, aber Papa hat gesagt, ich soll nicht mit fremden Leuten mitgehen.«

Im Kopf der grünen Fee läuteten sämtliche Alarmglocken. Sie ging in die Hocke, damit sie und Pauline ungefähr auf Augenhöhe miteinander reden konnten. »Okay, noch mal ganz langsam. Wann ist das passiert? Letzte Nacht?«

Das Mädchen nickte.

»Und war noch jemand außer dir und dem Mönch in der Küche?«

»Na, Tory.«

Viktoria Kreuteler war nur zu einem Zeitpunkt allein mit Pauline in der Burgküche gewesen: als Rune, Burgvogt Schrödinger und die Gaukler ins obere Stockwerk gegangen waren. Mit anderen Worten: in den Minuten, bevor sie getötet worden und danach auf dem Abort wieder aufgetaucht war.

Beschrieb Pauline gerade den Täter?

»Die Person, die du gesehen hast … Wie genau hat die ausgesehen?«

Pauline rollte mit den Augen. »Na, wie ein Mönch eben«, sagte sie gedehnt, als wäre die grüne Fee ziemlich schwer von Begriff. »Ein Freund von Papa ist auch Mönch, aber kein richtiger. Nur auf Mittelaltermärkten. Mit Kutte und einem Seil um den Bauch, und er riecht komisch.«

Von Philipp kam ein kurzes, unfreiwilliges Lachen, das er schnell mit einem Hüsteln kaschierte. »Weihrauchfässchen«, erklärte er Isa.

»Okay, schon kapiert. Ein Mönch also. Und wo hast du ihn gesehen?«

»An der Treppe.«

»Welcher?«

»Die runter in den Keller geht.«

»Den Weinkeller? Mit den großen Fässern?«

Ein Nicken war die Antwort.

»Und was hat der Mönch gemacht?«

Pauline überlegte. »Er stand nur da und hat gar nichts gemacht«, erklärte sie. »Er hat geguckt, und ich hab zurückgeguckt. Dann hat er irgendwann so gemacht.« Sie hob die Hand und krümmte die Finger, als wollte sie Isa zu sich heranwinken. »Ich wollte aber nicht mit ihm reden. Da ist er böse geworden, glaube ich. Er wollte mich holen kommen. Da bin ich weggelaufen.«

»Wohin?«

»Nach oben.«

»Wohin nach oben?«

»In das Zimmer mit dem Bett. Ich hab mich da drunter versteckt, damit der Mönch mich nicht findet.«

Philipp, dem beim Zuhören sichtlich unwohl geworden war, zuckte hilflos mit den Schultern. »Da habe ich sie dann irgendwann gefunden. Also, in der –«

»Kemenate, ja. Ich weiß, was sie meint.« Ein Detail leuchtete Isa allerdings noch nicht ganz ein. »Hat Tory den Mönch auch gesehen?«

Sie erntete nur ein Kopfschütteln.

Bevor er die Burgküche mit den anderen verlassen hatte, waren Rune und Viktoria heftig aneinandergeraten. Die junge Frau hatte sich an den Kamin zurückgezogen, den Blick aufs Feuer gerichtet, und sich stumm geweigert, ihrem Gatten einen Kuss zu geben. Gut möglich, dass sie in ihrer Wut weder Paulines ominösen Mönch bemerkt hatte noch, wie die Kleine – die definitiv ein Talent dafür hatte, wie aus dem Nichts aufzutauchen oder plötzlich zu verschwinden – vor ihm geflohen war.

Pauline zupfte an Isas Ärmel. Plötzlich wirkte sie unsicher. »Hat der Mönch Tory wehgetan, weil er mich nicht gekriegt hat?«

Die Frage hinter der Frage war furchtbar und kaum zu überhören.

»Quatsch. Es war richtig, dass du weggelaufen bist. Am Ende hätte er sonst vielleicht nicht nur Tory, sondern auch dir was angetan. Du hast das gut gemacht.« Sie warf Philipp einen Blick zu. »Wäre das okay, wenn ich mich kurz mal allein mit deinem Vater unterhalte?«

Das Mädchen blickte zu seinem Vater auf. »Kann ich mir die Ritter ansehen?«

»Klar. Aber keinen Blödsinn machen.«

»Und nicht die Armbrust benutzen«, murmelte Isa, als die Kleine an ihr vorbeihüpfte. Zur Antwort bekam sie ein kindliches, aber definitiv diabolisches Lächeln.

Philipp platzte los, kaum dass seine Tochter außer Hörweite war. »Glaubst du, dass Pauli Torys Mörder gesehen hat? Dass er ihr was antun wollte?«

»Ich weiß nicht. Kann schon sein.«

»Scheiße, wenn ich nur daran denke …«

Die grüne Fee biss sich auf die Unterlippe, während sie nachdachte. Viktoria war nicht in der Burgküche getötet worden, so viel stand fest.

»Wieso sitzt ihr beide eigentlich hier oben fest?«, fragte sie plötzlich. »Warum sind Pauline und du nach dem Grafenmahl nicht nach Hause gefahren wie der Rest der Gäste?«

»Warum fragst du?«

»Ach, ich bin nur neugierig.«

Er rieb sich mit der Hand durch die nassen, roten Haare. »Pauli hielt es wohl für eine gute Idee, die allgemeine Aufbruchsstimmung zu nutzen, um der Marksburg gründlich Lebewohl zu sagen. Ich hatte gerade meine Autoschlüssel rausgekramt, da drehe ich mich um und sie ist schon weg. Ich habe eine Ewigkeit gesucht wie ein Besessener, vor allem, weil ich keine Ahnung hatte, ob ihr in dem Sturm vielleicht … jedenfalls kam ich irgendwann in die Kemenate, und da springt sie mir entgegen. Ich liebe dieses Kind mehr als mein eigenes Leben, wirklich, aber manchmal ist es verdammt schwierig, es im Zaum zu halten.«

Isa bekam ein flaues Gefühl in der Magengegend. Nicht wegen der Sache mit Alex oder weil Rumo vielleicht der Täter war und eventuell Arsen in den Hirsebrei gemischt hatte, sondern weil Philipp Düster log.

Nicht in Bezug auf seine Tochter. Die grüne Fee glaubte ihm, dass er das Mädchen vergötterte. Doch wenn sie richtig gerechnet hatte, lagen zwischen dem Ende des Grafenmahls und dem Moment, in dem Lena Viktorias Leiche gefunden hatte, etwa anderthalb bis zwei Stunden. Der Gotische Saalbau war natürlich groß und verwinkelt, doch ein besorgter Vater schlich sich nicht still und leise und von allen unbemerkt von Raum zu Raum, sondern rannte rufend umher. Erregte Aufmerksamkeit. Und brauchte sicher deutlich weniger als anderthalb Stunden, um alles zu durchsuchen. Selbst wenn er sich nicht nur auf den Gotischen Saalbau beschränkte, sondern auch hinaus auf den Hof lief und die Umgebung der Reitertreppe und die Folterkammer in den ehemaligen Stallungen mit einbezog.

Wo war Philipp also in Wirklichkeit gewesen? Was verbarg dieser nette Bursche, der wirkte, als könnte er keiner Fliege was zuleide tun – geschweige denn einer guten Freundin?

Das Wort »Freundin« brachte Isa darauf, erneut das Thema zu wechseln. »Du und Viktoria ... ihr standet euch sehr nahe, oder?«

Ein Schatten legte sich über sein Gesicht. Wie am Abend zuvor, als er Pauline in den Schlaf gesungen hatte. »Ja.«

»Erzähl mir von ihr. Ich möchte mehr über sie hören. Verstehen, wer sie war.«

»Tory ist ... war ... ein wundervoller Mensch. Freundlich. Leidenschaftlich. Sie kam aus einer schwerreichen Familie, hat aber niemals damit angegeben. Geld spielte bei ihr bloß eine Rolle, wenn sie anderen damit helfen oder es in etwas investieren konnte, für das sie mit Leib und Seele brannte.«

»Wie lange wart ihr schon befreundet?«

»Puh, ewig ... mindestens zehn Jahre. Nein, länger. Als ich ihr zum ersten Mal begegnet bin, waren wir beide Austauschschüler in Edinburgh. Ich kam von einer normalen Schule, sie von diesem Wahnsinnsinternat. Wegen der roten Haare hat sie mich Irish getauft. Und weil sie das streng erzogene Mädchen aus reichem Hause war, habe ich angefangen, sie Tory zu nennen. Du weißt schon, wie die Tories, die Konservativen im britischen Unterhaus. Sie fand das unheimlich witzig. Na ja, wir haben gemerkt, dass wir uns gut verstehen und zu Hause in Deutschland nicht weit entfernt voneinander wohnten. So wurden wir Freunde.«

»Und habt dann später zusammen die Geheimniskramerey gegründet, stimmt's?«

»Du weißt davon? Ja, aber das war wirklich erst um einiges später. Pauli war ... zwei oder drei Jahre alt, glaube ich.« Er senkte die Stimme. »Paulis Mutter, meine damalige Freundin, ist kurz nach der Geburt abgehauen. Wir hatten das mit der Schwangerschaft nicht geplant, und ich glaube, im Grunde hat sie das Kind nie gewollt. Jedenfalls war sie eines Tages plötzlich weg. Ich war völlig fertig in der Zeit, aber Tory hat mir geholfen, das durchzustehen. Sie war immer für mich da.« Philipp schluckte. »Scheiße, ich wünsche mir so sehr, dass ich es hätte verhindern können. Dass ich irgendwas gesehen oder geahnt hätte.«

Isa wusste, dass er ihr in verschiedenen Punkten nicht die Wahrheit sagte. Dass er Informationen zurückhielt und auch, dass er kein vernünftiges Alibi für die Tatzeit vorweisen konnte. Trotzdem tat er ihr in diesem Moment, in dem er einfach nur dastand in seiner ganzen traurigen Hilflosigkeit, fast leid.

Fast.

»Erinnerst du dich eigentlich an Johanna?«, fragte sie. »Die Blondine, die Rumo heute Morgen beim Frühstück geholfen hat?«

Er wirkte verwirrt. »Wie, erinnern?«

»Sie war mal Teil eures Heerlagers. Und hat in der Zeit einen ziemlichen Narren an Viktoria gefressen, wie mir scheint.«

»Ehrlich? Die Schüchterne?« Er kniff die Augen zusammen, als versuchte er, sich Johannas Gesicht ins Gedächtnis zu rufen. »Hmm, nein. Da klingelt nichts bei mir.«

Aus dem Raum mit der Gimbelschen Sammlung ertönte ein lautes Scheppern. Der güldene Schild des griechischen Kriegers schlingerte am Türrahmen vorbei wie ein brennendes Wagenrad, das vom Unfallort wegrollt.

Von irgendwoher ertönte Paulines Stimme. »Das war ich nicht!«

Philipp verdrehte die Augen. Seine Mundwinkel zuckten nach oben, formten im Ansatz das bekannte Lächeln. Doch gleich darauf wurde er wieder ernst.

»Irgendetwas war anders in der letzten Zeit«, sagte er. »An Tory, meine ich. Kurz bevor die Burgführung losging, hat sie mich gestern zur Seite genommen und gemeint, sie müsste unbedingt mit mir reden.«

»Und? Worum ging es?«

»Keine Ahnung. Wir sind nicht mehr dazu gekommen, uns allein zu unterhalten. Sie musste sich ja um die Gäste kümmern.«

Die grüne Fee seufzte. »Hast du denn wenigstens eine Vermutung, was sie so beschäftigt haben könnte?«

»Na ja, ich dachte, dass sie vielleicht Ärger mit der Familie hat. Oder dass sie und Rune Probleme haben.«

Die Frage rutschte ihr raus, noch bevor sie richtig darüber nachgedacht hatte. »Du und Viktoria, wart ihr mal ein Paar?«

Philipp starrte sie an, als ob sie plötzlich angefangen hätte, ihm lateinische Verse an den Kopf zu werfen. Dann begann er zu lachen.

»Zwischen Tory und mir wäre niemals was gelaufen«, sagte er, als er sich wieder beruhigt hatte. »Sie war meine beste Freundin, sonst nichts. Sex war einfach kein Thema. Ich habe diese Frau geliebt, aber eben wie … wie eine Schwester. Ja, ich denke, das trifft es. Ich meine, wenn man eine gewisse Zeit mit einem Menschen verbracht hat, kann man sich doch sicher sein, ob man ihn lieben könnte oder nicht, stimmt's?«

Isa verschränkte die Arme vor der Brust. Ihr Blick glitt an Philipp vorbei.

Es dauerte länger als erwartet, aber so lange wie nötig, bis sie antwortete.

»Stimmt«, sagte sie leise.

Wieder der Dachstuhl. Wieder allein.

Diesmal war Isa es, die im hinteren Teil des Raumes stand. Sie wartete. Ihr Puls trommelte wie der Hufschlag eines flüchtenden Hirschs. Sie zwang sich, trotzdem ruhig stehen zu bleiben.

Zwischen den Regentropfen, die wie aus einem Guss auf das Dach prasselten und, ganz vereinzelt, sogar durch die Schindeln und Balken nach unten tropften, drang immer wieder das grelle Licht der Blitze durch die Fenster und Ritzen. Kaltes Weiß, nur einen Herzschlag lang. Der Donner war furchtbar laut.

Trotzdem schaffte er es dieses eine Mal nicht, die Schritte auf der Treppe zu übertönen. Wahrscheinlich, weil Isas Nerven zum Zerreißen gespannt und ihre Sinne unnatürlich geschärft waren. Sie biss die Zähne zusammen. Noch drehte sie dem Eingang den Rücken zu. Schaffte es nicht, sich umzudrehen und sich dem Unvermeidlichen zu stellen.

Dann, ganz plötzlich, verstummten die Schritte.

Es war unmöglich. Doch die grüne Fee war sich sicher, dass sie Atemzüge hören konnte. Als hätte jemand den Sturm auf ›lautlos‹ gestellt.

»Isa?«

Alex' Stimme war kalt. Müde. Fertig mit der Welt und mit ihr. Die Angst davor, dass das, nachdem sie gesagt hatte, was sie zu sagen hatte, für immer so bleiben würde, ließ sie erstarren. Erfüllte ihren Mund mit einem bitteren Geschmack.

Langsam wandte sich die grüne Fee, die Arme noch immer vor der Brust verschränkt, zu ihm um. Alex stand dort, wo sie selbst vor etwa einer Stunde gestanden hatte. Er drehte ihr die Seite zu, so als ob er gleich wieder gehen wollte. »Lena hat gesagt, ich sollte hier hochkommen. Aber nicht, warum.« Was kein Wunder war. Die grüne Fee hatte ihrer besten Freundin mit keinem Wort verraten, was geschehen war. Nach dem Gespräch mit Philipp Düster war sie hinunter in die Burgküche gestürmt, entschlossen, es sich nicht noch einmal anders zu überlegen. Zu handeln, bevor sie sich eines Besseren besann. Lena hatte bei ihrem Anblick sofort besorgt den Mund aufgemacht, doch Isas Bitte hatte all ihre Fragen im Keim erstickt.

*»Tust du mir einen Gefallen? Bitte?«*

Alex musterte sie. »Was willst du, Isa?«

Sie brauchte nicht nachzudenken. Die Worte kamen von allein. »Du hast recht. Ich löse gerne Rätsel, und ich mag knifflige Probleme. Allerdings nur die anderer Leute. Wenn mir selbst etwas wirklich, wirklich Angst macht, laufe ich lieber davon. Vor meiner spießigen Akademikerfamilie zum Beispiel, seit dem Tag, an dem sie mich vor die Tür gesetzt haben, weil ich keine Lust hatte, mein Leben lang hinter einem Schreibtisch zu versauern. Auch vor Marek, in gewissem Sinne. Und noch vor etwas anderem. Einer Sache, die mich schon eine ganze Weile umtreibt, auch wenn ich es nicht wahrhaben wollte. Ich hatte Angst, dass es nicht funktioniert, dass irgendetwas Dummes geschieht und ich etwas verliere, was mir … du weißt, was ich meine. Manchmal ist es einfacher zu rennen als stehen zu bleiben. Aber damit ist Schluss.«

Sie ging auf ihn zu, schlang die Arme um seinen Hals und küsste ihn.

Einen absolut grauenhaften Moment lang tat er gar nichts. Reagierte nicht, sondern stand nur da. Die Erkenntnis, möglicherweise einen schrecklichen Fehler begangen zu haben, ergriff von Isa Besitz und ließ sie innehalten.

Doch dann blitzte es erneut. Der Dachstuhl füllte sich mit Licht. Alex sah ihr in die Augen, und als er sie um die Taille fasste und wieder an sich zog, fiel alle Furcht von ihr ab. Seine Lippen schmeckten nach Ingwer, warm und prickelnd. Das Gefühl breitete sich mit jedem Kuss, jeder Berührung weiter in ihrem Körper aus, bis sie zu schweben glaubte.

Seine freie Hand tastete blind nach der ihren. Verschränkte mit ihr die Finger, hielt sie fest. »Verdammt«, murmelte er. Erleichtert, atemlos. »Verdammt noch mal, ich war so ein Idiot …«

»Ich auch.« Sie vergrub die Finger in seinem Haar. »Und jetzt halt die Klappe.«

»Selber.«

Sie lachte. Wurde unterbrochen, weil der nächste Kuss sie ganz in seinen Bann zog. Es fühlte sich an wie Magie. Süßer als Minnetrank, leichter noch als Luft.

Irgendwann schafften sie es für einen Augenblick, sich voneinander zu lösen. Noch immer seine Hand haltend, seinen Puls spürend, der genauso schnell dahinjagte wie ihrer, zog die grüne Fee Alex ins Innere des Raumes zu einem der unbenutzten Strohsäcke. Es war kalt und zugig auf dem Dachstuhl, und es regnete herein.

Es war perfekt.

Als sie sich beide auf das Bett sinken ließen – zwei Tanzpartner, einander mal nahe, dann wieder fern, aber im Grunde immer zusammen – war der Sturm ihre Musik.

## Kapitel 10

»Nun wurde endlich das letzte große Rätsel der Menschheit gelüftet.« Isa lag auf der Seite, den Rücken gegen Alex' warme Brust gelehnt. Die Aussicht, noch länger auf der Marksburg festzusitzen, kam ihr plötzlich gar nicht mehr so schlimm vor. Im Gegenteil.

»Und das wäre?«, fragte er.

»Ob Schotten wirklich was drunter tragen.«

Sie spürte, wie er die Decke anhob. »Oh mein Gott, du hast recht! Ich hab ja überhaupt nichts an!«

Grinsend stieß sie ihm mit der Ferse gegen das Schienbein. »Blödmann.«

Er lachte leise und küsste sie auf den Nacken. Zufrieden schloss sie die Augen. Genoss die Berührung und diese neue Nähe zwischen ihnen.

»Ich weiß, das hier sollte sich eigentlich merkwürdig anfühlen«, sagte er nach einer Weile. »Weil wir schon so lange befreundet sind, meine ich. Aber es ist eher, als … als hätte jemand das fehlende Puzzleteil endlich an die richtige Stelle gesetzt.«

»Das Puzzleteil an die richtige Stelle setzen? So nennt man das heutzutage?«

»*Isa*.«

Kichernd drehte sie sich auf die andere Seite, damit sie ihm ins Gesicht sehen konnte. Ihre Nasenspitzen berührten sich fast, und in der kühlen Luft spürte sie seinen Atem warm auf ihrer Wange. »Ich weiß schon, was du meinst. Mir geht's genauso.«

Unter ihnen raschelte leise das Stroh in der Matratze. Über ihnen prasselte der Regen auf das Dach.

Alex seufzte. »Was glaubst du, wie lange es dauert, bis Lena und Kevin nach uns suchen?«

»Bei dem, was bisher auf dieser Burg passiert ist, hätten beide eigentlich schon vor fünf Minuten mit gezückten Schwertern ins Zimmer stürmen müssen.«

»Dann sollten wir vielleicht wieder runtergehen.«

»Vielleicht. Aber vorher … Du hast da vorhin was gesagt.« Sie strich ihm eine Haarsträhne, die ihm ins Gesicht gerutscht war, hinters Ohr und zog die Hand dann zurück, nach den richtigen Worten suchend. »Dass du keine Angst mehr haben willst, nur weil ich auf Mörderjagd gehe.«

Er runzelte die Stirn. »Isa, was das angeht …«, setzte er an, doch sie legte ihm schnell einen Finger auf den Mund.

»Nein, warte. Das ist wichtig. Ich brauche keinen Typen, der mir hinterherläuft, Alex. So was habe ich nie gewollt. Und ich würde so etwas auch nie von dir verlangen.«

Er schob den Finger beiseite. Das altbekannte, schiefe Freibeuter-Grinsen stahl sich auf sein Gesicht. »Dann muss ich mir wohl einfach Mühe geben, mit Mylady mitzuhalten.«

Nach gerade mal einer Nacht glich die Burgküche bereits dem Lager eines demoralisierten Heers, das sich auf den Wintereinbruch vorbereitet. Es fehlten bloß noch ein paar Scheiterhaufen und Wachsoldaten, die sich vor den brennenden Bäuerinnen die Hintern wärmten.

Als Alex und Isa hereinkamen, schlug ihnen ein ziemlicher Muff entgegen.

»Jetzt weiß ich, wie sich das Gesinde gefühlt haben muss, das im Mittelalter hier geschlafen hat«, murmelte Isa.

Sie stellte zu ihrer Überraschung fest, dass alle, die auf der Marksburg festsaßen – und damit auch all ihre Verdächtigen –, anwesend waren. Sogar Erik und Anita standen in der Nähe der Weinpresse. Wie es aussah, war das Paar in einen Streit vertieft, der eher früher als später eskalieren und allen anderen furchtbar auf die Nerven gehen würde. Rumo und Robyn hantierten mit Töpfen und Pfannen herum, wobei die Schankmaid versehentlich fast einen Kessel Wasser ins Feuer goss und dafür lautstark getadelt wurde. Robyn nannte ihren Chef einen »Hundsfott«, knallte den Kessel auf einen Tisch und stiefelte in Richtung Spülküche davon. Korbinian Kreuteler saß in der Fensternische und schrieb etwas in ein Notizbuch. Entweder bemerkte er nicht, dass Rune ihn dabei beobachtete, oder er war entschlossen, den Mann seiner Nichte zu ignorieren.

Ohne Zweifel: Die Atmosphäre in der Küche war spürbar angespannt. Vielleicht, weil langsam eine Art Burgenkoller um sich griff, vielleicht wegen des Mörders, der noch immer unter ihnen wandelte. Isas Erfahrung nach verdarb vor allem Letzteres den Leuten schnell die Laune.

Im Vorbeigehen schnappte sie sich einen verschrumpelten Apfel von einer der Tafeln. Sie hatte einen Bärenhunger. Auf einem Mittelaltermarkt hätte sie sich nun durch all die Köstlichkeiten futtern können, die Falafelbräter, Zuckerbäcker und Garköche zu fast jeder Tageszeit anboten. Auf der Burg musste sie mit der essbaren Tischdeko vorliebnehmen.

Zusammen mit Alex ging sie hinüber zu der Tafel, an der der Rest von Manus Furis saß. Lena und Kevin hatten beide je einen dampfenden Becher vor sich, der, dem Duft nach zu urteilen, keinen heißen Met, sondern Kamillentee enthielt.

Die beiden Gaukler ließen sich ihren Freunden gegenüber auf einer Bank nieder. Alex' Hand wanderte automatisch zu seinem Sporran, der Tasche an seinem Kilt, in dem er Feuerzeug und Zigaretten aufbewahrte. Auf halbem Weg wurde ihm wieder bewusst, wo er sich gerade befand. Theatralisch legte er den Kopf in den Nacken. »Ein Königreich für ein bisschen Nikotin …«, seufzte er.

Kevin blätterte in einem Buch über den Kräutergarten der Marksburg, das er sich tags zuvor im Souvenirshop gekauft hatte. »Hier oben wächst zwar kein Tabak, aber Bilsenkraut. Die alten Germanen haben damit ihr Bier versetzt, um durch die halluzinogenen Wirkstoffe der Pflanze den Rausch beim Trinken zu verstärken. Vielleicht wäre das ein kleiner Ausgleich für die Kippen?«

»Toll, danke. Du bist wie immer sehr hilfreich, alter Freund.«

Lena schwieg. Ihr Blick wanderte immer wieder zwischen Isa und Alex hin und her.

Dann wurden ihre Augen plötzlich riesengroß. »Oh. Mein. Gott.«

An ihrem Apfel herumknuspernd, musste die grüne Fee ein Grinsen unterdrücken. »Ich hab's dir gesagt.«

»Was gesagt?«, fragte Kevin.

Alex schaute Lena erstaunt an. »Das waren ja nicht mal zwanzig Sekunden.«

»Und du dachtest, sie bräuchte mindestens bis heute Abend, um es rauszukriegen.«

»Um was rauszukriegen?« Kevin hatte gerade einen Schluck aus seinem Becher nehmen wollen, wirkte nun aber reichlich verwirrt. Seine Freundin wedelte mit dem Honiglöffel aufgeregt vor dem Schotten und der grünen Fee herum, brachte aber keinen geraden Satz mehr heraus, was ihn nur noch mehr irritierte.

Isa rollte mit den Augen. Anstatt zu antworten, lehnte sie sich zu Alex hinüber und gab ihm einen kleinen Kuss.

Vor lauter Schreck verschluckte sich Kevin glatt an seinem Kamillentee.

»Ich hab's geahnt«, krächzte er, als der Hustenanfall endlich vorüber war. »Dieser Sturm ist der Vorbote des Weltuntergangs. Erst kommt der Untergang des Römischen Reichs, dann sind die zehn biblischen Plagen dran und zum Schluss die personifizierte Sündhaftigkeit im Doppelpack.« Er zeigte abwechselnd auf Isa und Alex. »Völlerei, Wollust, Neugier, Eitelkeit, Missgunst, Rauchsucht und Faulheit.«

»Ich glaube nicht, dass das die richtigen sieben Todsünden sind«, warf Lena zögerlich ein.

Alex grinste. »Oder, wie ich es nenne: ein typischer Freitagabend.«

»Schön, dass Lena und du das Ganze überhaupt nicht überdramatisieren«, sagte Isa.

»Also, ich find's ganz schmeichelhaft«, sagte Alex.

»Das war mir klar.«

»Valentin wird euch so was von die Köpfe abreißen. Das wisst ihr, oder?«, fragte Kevin.

Valentin verfocht als Bandleader das eiserne Prinzip, dass Liebschaften innerhalb der Gruppe nichts als Ärger einbrachten. Schon die Nachricht, dass Lena und Kevin zusammen waren, hatte ihn nicht gerade in Hochstimmung versetzt.

Isa zuckte mit den Schultern. »Erst mal kümmern wir uns darum, lebend aus dieser Burg herauskommen. Dann darf er gerne versuchen, mich umzubringen. Apropos – ich muss euch was erzählen.« Sie berichtete von ihrem Gespräch mit Philipp und Pauline und auch von der merkwürdigen Gestalt, die das kleine Mädchen in der Küche gesehen haben wollte.

»Ein Mönch?« Nachdenklich strich sich Kevin über den Ziegenbart. Das Wort schien irgendeine Erinnerung in ihm wachzurufen. Halb wartete Isa auf einen grauenhaften Wortwitz über Bruder Tuck, doch stattdessen langte ihr Bandkollege unter den Tisch und kramte in seiner Tasche. »Isa, hast du noch Valentins Aufzeichnungen über die Marksburg?«

Die grüne Fee überlegte. »Irgendwo.«

»Heißt ›irgendwo‹ so viel wie ›keine Ahnung‹?«

»Kluger Junge.«

Er blies frustriert die Wangen auf. »Mist. Ich bin mir sicher, dass da irgendwas von einem Mönch stand, der früher auf der Marksburg gelebt hat. Und dass das irgendwas –«

»Dass das irgendetwas mit der Legende zu tun hat, wie die Marksburg angeblich ihren Namen erhielt. Ja, stimmt.«

Überrascht schaute Isa auf. Hinter Kevin und Lena stand Johanna. Offenbar hatte sie den letzten Teil des Gesprächs zufällig mit angehört.

Eigentlich hatte die grüne Fee erwartet, dass sich die scheue Living-History-Darstellerin für den Rest ihrer Zeit auf der Marksburg irgendwo verkriechen und mit niemandem mehr ein Wort wechseln würde. Am allerwenigsten mit ihr. Doch dem Umstand, dass die Gaukler etwas nicht wussten, wovon sie hingegen Ahnung hatte, schien sie nicht widerstehen zu können.

»Genau!«, sagte Kevin. »Man verlieh der Marksburg im Mittelalter ihren Namen, weil –«

»Falsch!« Diesmal funkte Johanna in so scharfem Tonfall dazwischen, dass er förmlich in sich zusammenschrumpfte. »Die erste schriftliche Überlieferung des Namens Marksburg – oder korrekt: Marxpurgh – stammt aus dem Jahr 1574 nach Christi Geburt. Vorher nannte man sie schlicht Burg Braubach, nach der Ortschaft, in der sie sich befindet. Und bei der Erzählung um Elisabeth von Eppstein und Bruder Markus handelt es sich nur um eine Sage. Sie ist historisch nicht belegt.«

Dafür, dass die Sache nichts mit echter Geschichte zu tun hatte, schien Johanna erstaunlich gut Bescheid zu wissen. Isa beschloss, die Chance, die sich da gerade bot, so gut es ging zu nutzen, und versetzte Kevin unter dem Tisch einen sanften Tritt. Als er sie fragend ansah, gab ihm die Gauklerin mit einem Blick zu verstehen, dass er weiterreden sollte.

Willst du einer Besserwisserin Informationen entlocken, musst du ihr einen Grund geben, dich zu korrigieren, dachte Isa. Und wer könnte dies besser als unser aller Schwafler, Herr Ludger der Verderbte?

Niemand. Er legte los, dass es eine wahre Freude war. »Richtig, Elisabeth von Eppstein. Sie war eine Nonne und wohnte hier einsam und alleine auf der Burg, weil man sie wegen ungebührlichen Verhaltens aus ihrem Kloster verstoßen hatte. Davon hörte ein wandernder Bettelmönch – er kam geradewegs aus Bettlehem – und beschloss, Elisabeth einen Besuch abzustatten und zu überprüfen, ob die Gute wirklich so sündhaft war, wie alle behaupteten.«

»Was? Nein!« Johanna war entsetzt. »Das war doch alles ganz anders! Der Sage nach war Elisabeth die Tochter des Grafen, der diese Burg erbaut hat. Sie soll so wunderschön gewesen sein, dass Adlige aus dem ganzen Land nach Braubach kamen, um sie zu freien, doch sie, die reinste aller Frauen, schenkte ihr Herz nur dem Edelsten unter ihnen: Siegbert von Lahnstein. Elisabeths Vater, der Graf von Eppstein, gab dieser Verbindung seinen Segen. Aber bevor die Hochzeit stattfinden konnte, musste Siegbert seinem König, dem 1273 von den Kurfürsten gewählten Rudolf I. von Habsburg, in den Krieg folgen. Am Tag, als er Braubach verließ, sah Elisabeth ihren Liebsten zum letzten Mal. Siegbert kehrte aus der Schlacht nicht mehr zurück.«

»Der Bettelmönch jedoch lebte noch lange mit Elisabeth von Eppstein auf der Burg, wo sie miteinander scherzten und sich gegenseitig die Talare versteckten. Daher auch der Spruch: Eppstein, Eppstein, alles muss versteckt sein.«

Müßig fragte sich Isa, ob Rauch aus Johannas Ohren kommen würde, wenn Kevin noch ein einziges Mal den Mund aufmachte.

»An Siegberts statt«, fuhr die Blondine mit mühsam beherrschter Stimme fort, »erschien ein anderer Mann, Rochus von Andechs. Er stellte sich als Siegberts Vetter vor. Er verführte die trauernde Elisabeth mit seinem düsteren Charme und seinem exotischen Aussehen, doch der Burgkaplan, Bruder Markus, misstraute ihm. Völlig zu Recht, wie sich bald herausstellte. Am Abend, bevor Elisabeth mit Rochus den Bund der Ehe eingehen sollte, erschien dem Bruder sein Namenspatron, der heilige Markus, in der Burgkapelle und verriet ihm, dass Rochus in Wahrheit niemand anders als der Teufel selbst war und dass dieser vorhatte, Elisabeths Seele hinunter in die Hölle zu entführen, wo sie bis in alle Ewigkeit schreckliche Qualen erdulden würde. Das konnte und wollte Bruder Markus nicht zulassen. Also stellte er sich Rochus von Andechs am nächsten Morgen in den Weg. Vor den Augen des Dämons schlug er das Kreuz und schleuderte ihm die Worte der heiligen Schrift entgegen. Da spaltete ein Riss den Fels, auf dem die Marksburg steht, und verschluckte Rochus, der nie wieder gesehen ward. Dem Namenspatron des jungen Kaplans, der Elisabeth gerettet hatte, widmete man daraufhin diese Burg. Und mit den Jahren wurde aus der Markusburg die Marksburg.«

Die Gaukler waren mucksmäuschenstill geworden.

Kaum hatte sie zu Ende erzählt, errötete Johanna bis unter die Haarspitzen. Die Geschichte war ihr so flüssig, so spannend über die Lippen gekommen, dass es sie wohl selbst überraschte. Sogar mehr noch als die Spielleute, die sie wie gebannt anstarrten. Sie räusperte sich. Dann huschte sie ohne ein weiteres Wort davon.

Isa blickte ihr nach. An dieser Frau waren eine begnadete Geschichtenerzählerin und ein begnadetes Eichhörnchen verloren gegangen. »Also *gibt* es eine Verbindung zwischen diesem Ort und einem Mönch …«, murmelte sie.

»Aber Bruder Markus ist seit Hunderten von Jahren tot«, sagte Lena. »Wenn er überhaupt jemals existiert hat.«

Kevin zuckte mit den Schultern. »Vielleicht hat ja sein Geist Viktoria Kreuteler umgebracht.«

Alle starrten ihn an.

»Jetzt sei doch nicht albern.« Das Lachen der wilden Helena klang nicht ganz so unbeschwert wie beabsichtigt.

»Schatz, wenn ich albern wäre …«

»Oh nein.«

»… hätte ich so was gesagt wie: König Artus war immer gut frisiert, er lebte schließlich auf Kämm a lot.«

Beinahe spuckte Isa ihren Apfel wieder aus. »Kevin, bitte! Hab Erbarmen!«

»Schon gut, schon gut. Aber im Ernst: Hat einer von euch eine bessere Erklärung? Alex?«

»Vielleicht hat sich jemand als Bruder Markus verkleidet, um uns weiszumachen, es würde hier spuken. Oder Pauline hat sich alles bloß ausgedacht.«

So spannend die grüne Fee Geschichten wie Dickens' *The Canterville Ghost* auch fand: Wenn Jane Marple, Sherlock Holmes und all ihre anderen Helden sie eines gelehrt hatten, dann, dass hinter jedem Verbrechen, das angeblich aus dem Jenseits heraus verübt worden war, stets ein Mensch aus Fleisch und Blut steckte.

»Mir scheint, dass eher Rochus von Andechs derjenige wäre, der in diesen Mauern Jagd auf schöne, junge Frauen wie Viktoria machen würde, Kevin. Dass ausgerechnet der fromme Bruder Markus aus dem Jenseits zurückkehrt, um ihr den Garaus zu machen, klingt doch ziemlich unwahrscheinlich«, sagte sie. Dann wandte sie sich an Alex. »Und angenommen, jemand hatte in der vergangenen Nacht tatsächlich vor, eine Show abzuziehen und Viktoria als falsches Gespenst zu erschrecken, warum hat er oder sie dann ausgerechnet dieses Kostüm gewählt? Wäre ein Rochus-Outfit nicht wesentlich wirkungsvoller gewesen? Immerhin haben die meisten Leute mehr Angst vor düsteren Dämonen als vor prüden Priestern. Na ja, und was Pauline angeht … Sie hat viel Fantasie, ja. Aber sie hat diesen Mönch bestimmt nicht erfunden.«

»Und dass du ihr glaubst, liegt nicht etwa daran, dass sie eine noch kleinere, noch morbidere Version von dir ist?«, stichelte Lena.

Isa streckte ihr die Zunge heraus. »Ach, bitte. Als ich in Paulines Alter war, hatte ich schon meine erste Dämonenbeschwörung auf dem Schulhof hinter mir … Nein, im Ernst: Nenn es einfach ein Bauchgefühl, Lena. Die Kleine hatte wirklich Angst, das konnte man sehen.« Die grüne Fee verschränkte die Arme vor der Brust. »Nein, Leute. Dieser komische Mönch, die Sache mit der Treppe, über die niemand hochging … das passt alles hinten und vorne nicht. Wir brauchen mehr Informationen. Eine echte Spur.«

»Und wo willst du die hernehmen?«, fragte Alex.

»Von den Leuten hier, woher sonst? Nur leider werden die ihre Geheimnisse nicht freiwillig preisgeben. Und da Daumenschrauben keine Option sind, brauche ich beim Ermitteln eure Hilfe.«

Kevin reckte die Arme in die Luft. »Jubel! Spielen wir Detektiv? *Im Zeichen der Vier* und so?«

»Etwas in der Art.«

Synchron beugten sich die Gaukler über den Tisch und steckten die Köpfe zusammen. Isa senkte ihre Stimme zu einem verschwörerischen Flüstern. »Kevin, du gehst runter in den Lagerraum. Schau bitte nach, wo die Mehlsäcke stehen – wahrscheinlich irgendwo ganz hinten – und ob du dort eine Decke oder etwas in der Art findest. Bring, was immer es ist, mit nach oben, aber achte darauf, dass dich niemand damit sieht.«

»Sehr wohl, Ma'am.«

»Lena, du bleibst in der Burgküche und behältst die anderen im Auge. Versuch, mit ein paar Leuten ins Gespräch zu kommen. Achte darauf, was sie tun, wer mit wem redet und ob sich dabei jemand in irgendeiner Form komisch oder verdächtig verhält.«

»In Ordnung.«

»Und ich?«, fragte Alex.

Sie blickte zur Fensternische. Ihr Lächeln wurde süß wie Honig. Wie immer, wenn sie auf Ärger aus war. »Du, mein holder Recke, kommst mit mir. Aber vorher besorgen wir noch eins deiner Hemden und einen von meinen Krimis. Und einen Teller Suppe.«

Als sie neun Jahre alt gewesen war, hatte Isa mal eine Stinkbombe ins Arbeitszimmer ihres Vaters geworfen. Nun, da sie einen hochvollen Teller mit dem letzten Rest Senfsuppe durch die Burgküche balancierte, fühlte sie die gleiche Mischung aus Ekel und Euphorie wie damals.

Korbinian »Knödelgesicht« Kreuteler hockte noch immer wie ein missmutiger alter Dachs in der Fensternische. Sein Handy lag vor ihm auf dem Tisch; wahrscheinlich hatte er wieder versucht, eine Verbindung zur Außenwelt herzustellen.

»Konnten Sie endlich jemanden erreichen?«, fragte die grüne Fee.

Korbinian blickte auf. Als er erkannte, wer da vor ihm stand, verengten sich seine Augen zu Schlitzen. »Nein«, brummte er und machte Anstalten aufzustehen. »Entschuldigen Sie, aber ich habe nicht den Wunsch, noch einmal mit Ihnen zu sprechen.«

»Nein, warten Sie!« Hastig tat Isa einen Schritt, als wollte sie ihn aufhalten. Dabei blieb sie mit der gekrümmten Spitze ihres Schnabelschuhs am Tischbein hängen, strauchelte und kippte Korbinian die volle Ladung Suppe über Hemd und Weste. »Oh nein!«

Korbinian sprang auf. Die Suppe war zwar nicht heiß – so grausam war selbst Isa nicht –, doch ein Schwall sämig-fettiger Senfbrühe, der einem über Brust und Bauch rinnt, ist auch so nicht angenehm. Von den Flecken ganz zu schweigen. Seine teure Garderobe sah aus, als hätte sich ein Ork darauf erbrochen.

»Können Sie nicht aufpassen?«, herrschte Korbinian sie an. »Schlimm genug, dass ich ohne Wechselkleidung in dieser verdammten Burg übernachten musste! Jetzt kommen auch noch Sie daher und ruinieren mir, was ich am Leibe trage!« Mit spitzen Fingern zog er das Jackett aus, damit es nicht auch noch schmutzig wurde.

Schnell stellte Isa den tropfenden Teller hin. »Es tut mir so leid, Herr Kreuteler. Warten Sie, ich nehme Ihnen das ab.« Sie griff nach dem Jackett, doch er riss es schnell aus ihrer Reichweite. »Bleiben Sie mir bloß vom Leib, Sie wandelnde Katastrophe!«

»Bitte, ich will nur helfen!«, versuchte sie es noch einmal, doch er hielt das Jackett noch weiter weg. »Wenn Sie mir die Sachen geben, kann ich den Fleck bestimmt wieder rauswaschen.«

»Blödsinn! Sie machen es wahrscheinlich nur noch schlimmer!«

»Was ist denn hier los?«

Hinter dem wütenden Korbinian tauchte Alex aus dem Halbdunkel auf.

»Die blöde Senfsuppe ...«, murmelte Isa zerknirscht.

Er betrachtete, was sie angerichtet hatte. »Also dafür, dass du mit Fackeln und Messern jonglieren kannst, bist du wirklich unfassbar ungeschickt.« Der Blick, den er Korbinian zuwarf – ein leichtes Augenrollen, gepaart mit einem Hauch von Seufzer –, klagte stumm, dass so was nicht zum ersten Mal passiert war und überhaupt, dieses Weib, wenn man nicht alles überwacht, stellt es *nur* Unsinn an ... »Kann ich Ihnen vielleicht mit einem von meinen Hemden aushelfen, Herr Kreuteler? Ich weiß, es ist nicht Ihr Stil, aber wir müssten ungefähr die gleiche Größe haben.«

Korbinian fixierte Isa noch immer mit einem Ausdruck in den Augen, als wollte er sie dem nächstbesten Drachen zum Fraß vorwerfen.

»Nun ja. So kann ich jedenfalls schlecht herumlaufen«, grummelte er. Flugs eilte Alex davon und kam kurze Zeit später mit dem weißen, am wenigsten mittelalterlich aussehenden Hemd aus seiner Garderobe zurück. »Bitte sehr.«

Als Korbinian davonstapfte, um sich in der Spülküche zu säubern, sahen der Schotte und die Fee ihm nach.

»Hast du's?«, flüsterte Isa.

Mit einem breiten Grinsen zauberte Alex Korbinians Notizbuch hinter seinem Rücken hervor. »Kinderspiel. Immerhin ist einer meiner LARP-Charaktere ein Straßenräuber.«

»Sehr gut. Dann komm, bevor er merkt, dass stattdessen Agatha Christies *Mord im Pfarrhaus* in seiner Jacketttasche steckt.«

Auf dem Dachstuhl lockte wieder der Strohsack, doch es gab Dringlicheres zu tun. Auch wenn die grüne Fee das aufrichtig bedauerte.

»Wie gedenkst du eigentlich, das Notizbuch wieder zurückzuschmuggeln, ohne dass Korbinian merkt, dass wir ihn beklaut haben?« Alex blickte über die Schulter zurück zur Treppe, während Isa die zwischen Leder gebundenen Seiten aufblätterte.

»Keine Ahnung. Ich hoffe einfach, etwas so Belastendes zu finden, dass sich eine Diskussion über die moralische Fragwürdigkeit unseres Handelns erübrigt.«

»Und wenn er da drin bloß, keine Ahnung … Liebesgedichte aufgeschrieben hat?«

»Klar. Korbinian wirkt auch wie der typische Minnesänger: zartfühlend, hüpft in seiner Freizeit sicher singend über Blumenwiesen … Jetzt mach dir mal nicht in den Kilt, Alex.«

Bei vermutlich jeder anderen Person hätte Isa zuerst versucht, an das Handy heranzukommen, um in privaten Daten herumschnüffeln zu können. Auch Korbinian hatte viel an seinem Mobiltelefon herumgespielt, doch er war ein altmodischer alter Knochen; sie war sich sicher, dass er seine Geheimnisse nur Papier und Tinte anvertraute.

Wie sich herausstellte, hatte sie ihr Bauchgefühl nicht getrogen. In makelloser Handschrift – die Buchstaben so ordentlich und zackig nebeneinander, als wollten sie gleich in Russland einmarschieren – tat sich vor ihren Augen die Gedankenwelt des Korbinian Kreuteler auf.

Es war eine Art Tagebuch. Jeder Eintrag war mit einem Datum versehen, aber nicht alle hatten die gleiche Form; Listen, Kostenaufstellungen und Memos wechselten sich mit komplexen Rechnungen und längeren Texten ab.

Alex' lange Mähne kitzelte Isa am Ohr, als er sich an ihre Seite stellte und ihr beim Lesen über die Schulter schaute. »Und? Worum geht's da?«

Sie blätterte kreuz und quer durch das Buch. »Einiges scheint privat, das meiste aber geschäftlich zu sein. Hier steht eine Menge Namen von Medikamenten, gleich neben Verkaufszahlen, Schätzungen und Notizen zu Import- und Exportgeschäften.«

»Arbeitet er in der Pharmaindustrie?«

»Vermutlich.«

»Vielleicht kommt daher ja der berühmte Reichtum der Kreutelers. Ein LARPer, den ich kenne, ist in der Branche tätig, da kann man einen Haufen Geld machen.«

Isa sprang aufs Geratewohl vor bis zu den letzten Einträgen vor Korbinians Besuch auf der Marksburg. Im selben Moment schob sich draußen eine Wolkenwand, so schwarz wie ein Rabenflügel, vor die Sonne und schluckte jegliches Licht, das durch die Fenster auf den Dachstuhl fiel. Beide Gaukler beugten sich blinzelnd über das Papier, doch die Tinte verschmolz vor ihren Augen mit der Dunkelheit.

»Warte.« Alex ging nach hinten und rumorte eine Weile im Gepäck der Spielleute herum. Amüsiert lauschte Isa dem Poltern und Fluchen, als er über irgendetwas stolperte, und erwartete halb das Scheppern von Mülltonnen, gepaart mit Katzengefauch: Geräusche, die klassischerweise in Filmen auf solch eine Szene folgten. Doch stattdessen klickte der Taschendrachen, und Alex kehrte mit einer Laterne zurück. Die Kerze im Inneren tauchte Korbinians Notizen in einen kleinen Kegel aus Licht, der kaum bis über den Seitenrand hinausreichte.

Isas Zeigefinger wanderte die eng beschrifteten Zeilen entlang. »Ihm scheint wirklich ein Unternehmen zu gehören. Oder halt …« Sie überflog einen Abschnitt. »Ein Familienbetrieb, aufgebaut von mehreren Generationen der Kreutelers.« Sie tippte auf den unteren Teil des Absatzes. »Ich glaube, hier gab es einen Generationenkonflikt. Sieh dir das an!«

Gemeinsam lasen sie, was Korbinian notiert hatte:

*V. hatte zwar das bisschen Anstand, mir ihren Entschluss persönlich mitzuteilen, aber natürlich erst, nachdem sie schon den Aufsichtsrat informiert hatte. Die Konsequenzen für die Firma scheinen ihr nicht klar zu sein. Ich dachte wirklich, sie würde auf einem solchen Posten lernen, was es heißt, Verantwortung für ein Unternehmen zu tragen. Aber im Grunde hat ihr schon immer der Sinn fürs Geschäftliche gefehlt, und ihre Eltern haben sich nicht dazu bequemt, ihr die Flausen auszutreiben, als noch Zeit dazu war. Erst das unerträgliche, jugendliche Rebellieren, dann diese Geschichtsversessenheit. Jetzt reißt uns das Gör allesamt in den Ruin, aus nichts weiter als aus einer neuen, verdammten Laune heraus.*

*V. muss weg, und zwar so schnell wie möglich!*

Das Ausrufezeichen war mit so viel Nachdruck gesetzt worden, dass die Spitze des Kugelschreibers das Papier durchbohrt hatte.

Ein Szenario nahm vor Isas innerem Auge Gestalt an.

Eine idealistische, junge Frau, die sich für Naturheilkunde und Geschichte interessierte, nicht aber für die dunklen Gefilde des Pharma-Lobbyismus.

Ihr Gegenspieler: der sprichwörtliche böse Onkel.

Und zwischen beiden eine Firma, deren millionenschweres Schicksal wegen dubioser Machenschaften, von denen niemand etwas wissen durfte, am seidenen Faden hing.

Wenn das keinen Stoff für einen Thriller bot, komplett mit Industriespionage, Erpressung und Leichen in sehr schicken Büros.

Alex pfiff leise durch die Zähne, nachdem er ausgelesen hatte. »Okay, du hattest recht. Das ist alles andere als ein Liebesgedicht.«

»Eher ein Motiv für den Mord an V. Siehst du die Zahlen, mit denen Korbinian am Rand der Seite jongliert hat? Keine Ahnung, was sie konkret bedeuten, aber wenn ich mir die Menge der Nullen vor dem Komma ansehe, würde ich sagen: Leute haben schon für weniger getötet.« Sie klappte das Buch zu. »Komm. Lass uns nachhören, was der verehrte Herr Kreuteler selbst dazu zu sagen hat.«

Die Worte waren ihr kaum über die Lippen gekommen, als Isa und Alex plötzlich einen Knall hörten. Er kam aus dem Stockwerk unter ihnen und war so laut, dass selbst der Sturm ihn nicht zu übertönen vermochte. Beide Gaukler froren mitten in der Bewegung ein.

»Was war das?«, flüsterte Alex. Wie das gelbe Auge eines Drachen wanderte der Lichtkegel durch das Halbdunkel, als er die Laterne hob, um Isas Gesicht besser sehen zu können. Die erwiderte seinen Blick mit gerunzelter Stirn.

»Eben waren noch alle in der Burgküche.«

»Vielleicht ist jemand hochgegangen.«

»Und macht was? Kanonen abfeuern? Bowlen?«

Erst jetzt fiel Isa auf, wie kalt es plötzlich auf dem Dachstuhl geworden war. Viel kälter als vorher. Jeder Lufthauch schnitt ihr in die Knochen, als wollte er sich ein paar hübsche Runensteine daraus schnitzen.

Sie bekam eine Gänsehaut.

»Kennst du diese Geistergeschichten, in denen es immer zuerst sehr kalt und sehr finster wird, bevor etwas Gruseliges passiert?«, fragte sie.

Alex straffte die Schultern. »Du wartest hier«, knurrte er. Als sie Anstalten machte, ihm trotzdem zu folgen, packte er sie kurzerhand um die Taille, hob sie hoch und setzte sie etwas weiter hinten im Raum wieder auf die Füße. »Ernsthaft. *Bleib. Hier.*«

Langsam schlich er hinüber zum Anfang der Treppe. Vorsichtig blickte er über das Geländer nach unten, konnte aber trotz der Laterne scheinbar nichts entdecken. Dafür ächzte er hörbar, als die grüne Fee dicht an ihm vorbeizischte und die Stufen hinunterhuschte. Im Vorbeilaufen blies sie die Kerze in der Laterne aus. Wer auch immer dort unten sein Unwesen trieb, sollte nicht merken, dass er verfolgt wurde.

»Komm schon!«, wisperte sie.

Sie hörte Alex etwas murmeln, das wie ein resigniertes »Ich geb's auf« klang. Dann schlich er hinter ihr her.

Obwohl die Sonne bereits auf dem Zenit angekommen sein musste, hatte Isa das Gefühl, dass es in der Marksburg mit jedem Schritt, den sie tat, dunkler und dunkler wurde. Die Wolken, die das Gemäuer umwogten, sogen die Helligkeit aus allen Räumen. Schatten krochen die holzvertäfelten Wände hinauf.

Ganz dicht beieinander durchquerten die Fee und der Schotte die Kemenate und kamen schließlich in den Rittersaal.

Isa musste bis an die lange Tafel herantreten, bis sie deren scharfkantige Umrisse überhaupt erkennen konnte. Dann fiel ihr etwas anderes auf, und sie holte erschrocken Luft. Die Tür des Aborts stand sperrangelweit offen. Die Scharniere knarrten noch, während das Türblatt sanft hin und her schwang.

Selbst für eine kräftige Sturmbö waren Holz und Riegel ein zu massives Hindernis. Ein Windstoß konnte Viktorias improvisierte Grabkammer nicht geöffnet haben.

Jemand hatte sie aufgesperrt.

Neben Isa stand ein bäriger Dudelsackspieler, der auf einmal gar nicht mehr so unaufhaltsam wirkte. »Okay, das ist jetzt gar nicht unheimlich«, murmelte Alex.

Ihre Finger suchten seine Hand und drückten sie. »Keine Angst. Ich beschütze dich schon«, sagte sie, aber der Spott kam ihr nicht ganz so leicht über die Lippen wie sonst. Dann erstarrte die grüne Fee plötzlich zur Salzsäule. »Alex?«, flüsterte sie.

»Ja?«

»Du hältst doch gerade meine Hand, oder?«

»Äh, ja …«

»Und in der anderen hältst du die Laterne, richtig?«

»Isa, was –«

»*Richtig?*«

»Ja!«

»Wer hält dann meine andere Hand?«

Mit einem Aufschrei sprangen beide Gaukler zur Seite. Im gleichen Augenblick ließ, wer – oder was – auch immer Isa festgehalten hatte, los und schoss aus seinem Versteck unter der Tafel.

Eine Gestalt, gehüllt in ein dunkles Kleidungsstück, das um die Taille von einem Seil oder Gürtel zusammengehalten wurde. Isa glaubte, einen Hauch von Weihrauch zu riechen.

»Der Mönch!«, rief sie.

Stühle krachten polternd zu Boden, als der Geist von Bruder Markus unter dem Tisch hervorstob und mit wehender Kutte Richtung Kapelle rannte. Als er über die Schwelle sprang, sah die grüne Fee ein Licht aufblitzen. Gülden wurde es von der Statue der Madonna reflektiert. Es war, als leuchtete ein Glorienschein durch den schmalen Mauerbogen.

Kaum hatten sich der Schotte und die Fee von ihrem Schreck erholt, rannten sie dem Phänomen auch schon hinterher. Alex war mit seinen langen Beinen schneller als Isa; er erreichte vor ihr die uralte, steinerne Treppe, die hoch gen Rüstkammer führte. Dafür hatte er wesentlich mehr Mühe, in der engen Stiege mit den unregelmäßigen, ausgetretenen Stufen die Balance zu halten. Als sie endlich das obere Ende erreichten, war von dem Mönch in dem kleinen Gang nichts mehr zu sehen. Es gab auch keine Glorienscheine mehr. Doch dafür loderten, hellblau und heiß, die Feuer der Hölle.

Auf der anderen Seite des Flurs, zwischen den beiden Durchgängen zur Rüstkammer und zur Gimbelschen Sammlung, lag ein brennender Schädel auf dem Boden. Flammenzungen in der Farbe von schmelzenden Saphiren schlugen aus den Augenhöhlen und der spitzen Nase, loderten hoch zum merkwürdig deformierten Scheitel. Der Kopf selbst schien zu glühen; manche Stellen röteten sich, als wären die Dämonen der Unterwelt persönlich in ihn gefahren, um seinen Besitzer im Leben nach dem Tod mit brennendem Klauendruck von innen heraus zu quälen.

Isa prallte bei dem Anblick zurück, Alex gleichermaßen. Aus dem Augenwinkel sah sie, wie hinter ihnen etwas aus dem schmalen Zugang zum Kaplanszimmer schoss und die Treppe zur Kapelle wieder hinuntereilte.

»Der Mönch! Er entkommt!«, rief sie, wusste aber, dass eine Verfolgung sinnlos war, wenn sie nicht wollten, dass die Marksburg in Flammen aufging.

Alex hustete. Dichter, weißer Qualm zog durch den ganzen Flur. »Wir brauchen was zum Löschen!«

Zum Glück waren in den Museumsräumen überall nicht gerade mittelalterlich-authentische, aber dafür lebensrettende Feuerlöscher deponiert.

Zwei, drei lange Sprühstöße, und der Spuk war vorbei.

Als die letzte Flamme im Kohlendioxid erstickt war, ging die grüne Fee langsam durch den kalten Nebel,. Was vor ihr auf dem Boden lag, rußig, qualmend und noch immer heiß, sah nicht mehr bedrohlich aus. Mehr wie ein ziemlich mieser Trick.

Mit dem Löschgerät und der grimmigen Miene wirkte Alex, als wollte er einem ganzen Haufen brennender Schädel das Lied von Eis und Feuer spielen. »Und?«

Isa ging in die Hocke und betrachtete den rauchenden, geschwärzten Helm. Soweit sie sich erinnern konnte, hatte er beim letzten Mal, als sie ihn gesehen hatte, noch auf dem Kopf eines spätmittelalterlichen Ritters in der Gimbelschen Sammlung gesessen. Es handelte sich um eine Art Beckenhaube, einen sogenannten Hundsgugel: klobig, mit Schlitzen für die Augen und einem spitz zulaufenden Visier, das einer Schnauze ähnelte. Daher auch der erste Eindruck, dass es sich um einen Dämonen- oder Tierkopf handelte.

Um die Augen- und Atemlöcher herum klebte Ruß. Als sie genauer hinsah, erkannte Isa am Rand des Visiers auch noch winzige Reste einer weißen, kristallinen Substanz, die der Hitze im Inneren des Helms entgangen zu sein schien. Neben dem durchdringenden Gestank nach heißem Metall, der die Luft erfüllte, bemerkte sie noch einen zweiten Duft, der ihr bekannt vorkam.

Der Mönch hat genauso gerochen, dachte sie.

Über die Schulter blickte sie zurück zu Alex und deutete mit dem Daumen auf das verkohlte Exponat. »Der Mistsack hat uns reingelegt.«

# Kapitel 11

Als sie zurück in die Burgküche kamen, knisterte die rauchgeschwängerte Luft dort förmlich.

Entsetzt stellte Isa fest, dass all ihre Verdächtigen anwesend und scheinbar ganz mit ihren eigenen Problemen beschäftigt waren. Niemand versteckte gerade eine Kutte unterm Tisch, keiner schien von einer Flucht durch den Saalbau außer Atem zu sein oder wischte sich Ruß von den Händen.

»Kommt schon, Leute«, stöhnte sie leise. »Das ist nicht fair.«

Zu Erik und Anita, die sich zuvor schon leise, aber erbittert gestritten hatten, war Rune Kreuteler dazugekommen. Alle drei fauchten einander in der Ecke, in der die Weinpresse stand, so laut an, dass es durch den ganzen Raum hallte.

»Immer tust du so, als wärst du besser als Erik! Dabei hast du dich bis zu ihrem Tod nur von Viktoria herumkommandieren lassen. Du bist nur ein *Männchen*, kein Mann.«

»Halt den Mund, Anita. Du hast überhaupt nicht das Recht, dich einzumischen. Du gehörst ja nicht mal zur Familie, sondern bist nur eins von Eriks –«

»Meinen was, kleiner Bruder? Meinen *was*? Beleidige sie, und ich reiß dir den Kopf ab, verlass dich drauf.«

»Er wollte mich Flittchen nennen! Oh, Erik, bitte, mach endlich Schluss damit. Zeig diesem Schlappschwanz, dass du mein Held –«

»Scheiße, Frau! Wenn du mir noch einmal so in mein kaputtes Ohr schreist, mach ich mit *dir* Schluss!«

Robyn, Rumo und Johanna waren sich anscheinend über die Zubereitung des Mittagsmahls in die Haare geraten. Im Kamin steckte ein großer, noch ziemlich roher Schweinebraten auf einem Drehspieß. Fleischsaft tropfte in eine eiserne Pfanne, während das Fett knackte, brutzelte und zischte. Rumo wedelte beim Diskutieren mit einem Kochlöffel herum wie mit einem Streithammer. »Natürlich ist der noch gut!«, donnerte er, während das Gewitter das Gleiche tat. »Der Kühlschrank war seit dem Stromausfall fast ständig geschlossen!«

»Darum geht es nicht, Rumold!« Anklagend hielt Johanna eine Flasche in die Höhe. »Es geht um die Zuführung von Worcestersauce zur Marinade! Dieses Gebräu wurde erst im neunzehnten Jahrhundert erfunden! Für ein mittelalterliches Gericht völlig inakzeptabel!«

»Wir sind aber gerade nicht im Mittelalter, Mädchen.«

»Also, meine Großtante –«

»Herrgott, Robyn, wenn du das noch einmal sagst, schmeiß ich dich aus dem nächstbesten Fenster!«

Lena war bei den dreien und versuchte zu schlichten, kam aber offenbar nicht zu Wort. Ein dumpfes Scheppern, vermischt mit gelegentlichen Jauchzern, verriet, dass auch Pauline irgendwo im Raum ihr Unwesen trieb und mit teuren und wahrscheinlich zerbrechlichen Gegenständen spielte. Ihr Vater rief entnervt nach ihr, doch ohne Erfolg.

Isas Brauen wanderten nach oben, während sie das Chaos betrachtete. »Wow, gemütlich hier. Wie früher bei uns zu Hause an Weihnachten.«

Alex grinste. »Habt ihr wenigstens auch Schwein über offenem Feuer geröstet?«

»Ich, einmal. Im Wohnzimmer. Das gab vielleicht Ärger.«

Korbinian Kreuteler schließlich vervollständigte das Szenario. Er sprang von seinem Platz auf, kaum dass der Schotte und die grüne Fee zur Tür hereingekommen waren, und eilte wütend auf die beiden zu. Sein Gesicht hatte die dezente Farbe einer Blutwurst.

»Wie können Sie es wagen, mich zu bestehlen?« Zornig hielt er Isas zerlesene Ausgabe von *Mord im Pfarrhaus* in die Höhe. »Geben Sie mir sofort meine Notizen zurück!«

Lässig verschränkte die grüne Fee die Arme vor der Brust. »Erst werden wir uns mal in Ruhe über den Inhalt Ihres Buches unterhalten, Herr Kreuteler.«

»Das sind alles Dinge, die Sie überhaupt nichts angehen!«

»Auch das, was Sie über Viktoria und den Aufsichtsrat geschrieben haben?« Isa sprach ein wenig zu laut. Gerade so, dass es unangenehm wurde. »V. musste weg. Jetzt ist V. weg. Was für ein Zufall, finden Sie nicht?««

Korbinians Gesichtsfarbe wechselte von Blutwurst zu Weißkäse. »Das hat doch alles nichts mit Viktorias Tod zu tun! Und reden Sie gefälligst nicht so laut!«

»Möchten Sie vielleicht lieber unter vier Augen über die Sache sprechen?«

»Es gibt nichts zu besprechen, verdammt noch mal! Jetzt geben Sie mir mein Buch!«

»Erst, nachdem Sie meine Fragen beantwortet haben. Entweder drüben in der Spülküche, wo niemand mithören kann, oder direkt hier, vor Rune und den anderen. Ihre Entscheidung.«

Selbst über all den Lärm hinweg konnte man hören, wie der alte Patriarch mit den Zähnen knirschte. Wütend starrte er die grüne Fee an. Versuchte, seine Chancen abzuwägen.

»In Ordnung. Reden wir«, knurrte Korbinian. »Allein.«

»Überaus gütig, Euer Gnaden. Allerdings werden Sie sich einen Moment gedulden müssen. Ich habe vorher noch etwas zu erledigen.«

Empört riss Kreuteler den Mund auf. »Oh nein. Entweder jetzt oder gar nicht!« Er machte einen drohenden Schritt auf Isa zu, doch zur grenzenlosen Begeisterung der grünen Fee langte Alex zur Seite, zog Korbinians Notizbuch aus ihrer Tasche und schob es sich dann vorne unter den Kilt, bis nur noch der Zipfel des Lesebändchens über den Bund ragte.

Er schenkte Kreuteler ein Lächeln, das selbst Gandhi zur Weißglut getrieben hätte. »Ich bewahre das Buch in der Zwischenzeit auf. Nicht dass am Ende jemand auf die Idee kommt, es zurückzuklauen. Oder sonst was Dummes anzustellen.«

Fassungslos starrte Korbinian auf den viereckigen Umriss, der sich unter dem Tartanstoff abzeichnete.

Mit einem breiten Grinsen, das vermutlich auch nicht so bald verschwinden würde, ging Isa hinüber zu der Ecke, in der die Gaukler ihre Instrumente verstaut hatten. Sie holte ihre Trommel und kletterte auf die nächstbeste Tafel.

*Badumm!*

*Badumm!*

*Badumm!*

»Volk zu Braubach! Aufgemerkt!«

Die Streitereien verstummten. Alle Köpfe drehten sich zur grünen Fee, die zufrieden den Trommelstock sinken ließ.

»Schön. Da mir jetzt eure ungeteilte Aufmerksamkeit gilt, möchte ich euch eine wichtige Frage stellen: Hat irgendjemand von euch diesen Raum hier innerhalb der letzten zwanzig Minuten verlassen?«

Ihr Blick ruhte vor allem auf Lena, doch die machte nur eine hilflose Geste in Richtung Robyn, Rumo und Johanna, deren Streit anscheinend ihre ganze Aufmerksamkeit gefordert hatte. Ansonsten herrschte Schweigen. Verwirrte Blicke, hier und da ein Schulterzucken. Wenn Isa ehrlich war, hatte sie auch nicht wirklich etwas anderes erwartet.

Eine Tür quietschte. Auf der Treppe, die hinunter in den Lagerraum führte, tauchte plötzlich ein Ziegenbärtchen mit dazu passendem Gaukler auf.

»Was ist denn hier los?«, fragte Kevin verwundert, als er die grüne Fee auf dem Tisch und den nun wieder leise murmelnden, aber immer noch recht ratlosen Rest erblickte. In der Hand trug er Lenas blaue Samttasche mit den goldenen Stickereien, die sich verheißungsvoll ausbeulte. Offenbar hatte sich der kleine Ausflug in den Lagerraum bezahlt gemacht.

Isa hüpfte von der Tafel. »Ich sehe, Sie waren gründlich, Mr Watson«, bemerkte sie leise. »Was hast du gefunden?«

»Einen Umhang. Lag ordentlich zusammengerollt bei den Mehlsäcken, wie du gesagt hast.« Er ließ Isa einen kurzen Blick in die Tasche werfen. Die grüne Fee zog eine Grimasse, als sie den Inhalt erkannte. Eine weitere Theorie hatte sich soeben bestätigt.

Eine, die ihr nicht gefiel.

Unauffällig dirigierte sie ihn und den Rest der Band zur Seite, sodass der Kamin sie ein wenig vor den Blicken der anderen verbarg.

»Lena, könntest du mir noch einen Gefallen tun? Ich bräuchte mal deine Expertise in Sachen Räucherwerk.«

Mehr als skeptisch beäugte Lena den Jutesack, in den Alex den verkohlten Helm gestopft hatte. »Bitte sag mir, dass da kein Kopf drin ist.«

»Glaubst du, ich würde dir so was unter die Nase halten?«, fragte Isa entrüstet.

»Bei dir weiß man nie.«

»Es ist *kein* Kopf.« Vorsichtig, damit das Visier nicht klapperte, holte Isa den Helm heraus. Kurz erklärte sie ihren beiden Bandkollegen, was im Flur vor der Rüstkammer passiert war.

Der Helm roch noch immer nach heißem Schmiedeeisen, aber auch der andere Duft haftete ihm immer noch deutlich an. Lena nahm ihn sofort wahr. Sie runzelte die Stirn, beugte sich vor und schnupperte wie ein Bluthund, wenn auch einer im eng geschnürten Mieder.

Isa versuchte, das Beweisstück so zu halten, dass man den Rest der kristallinen Substanz im Schein des Kaminfeuers erkennen konnte. »Hast du eine Ahnung, was das für ein Zeug ist?«

Entschieden zog Lena ihre Hände etwas weiter vom Feuer weg. Dann rieb sie mit der Fingerspitze einen Krümel vom Metall. »Welche Farbe hatten die Flammen?«, fragte sie.

Die grüne Fee und der Schotte sahen sich an. »Blau«, antworteten sie gleichzeitig.

»Dann ist alles klar. Jemand hat den Helm mit Kampfer präpariert.«

Keiner der beiden Jungs schien den Begriff schon einmal gehört zu haben. Kevin schwieg, dann kicherte er leise und sagte mit *Rambo*-Stimme: »Das ist blauer Kampfer. Und was macht er? Er leuchtet blau …«

»Eigentlich ist Kampfer, also das Baumharz selbst, eher weiß«, korrigierte Lena ihren Freund. »Manchmal auch gelblich oder rosa. Es wird verbrannt, um mit dem Rauch die Luft zu reinigen oder um eine anregende Atmosphäre zu schaffen. Kampfer wirkt sehr belebend, fast wie Riechsalz. Im Mittelalter – und das ist hier ganz interessant, denke ich – hat man das Harz außerdem bei Banketten für die Tischdeko verwendet. Damals baute man ja auch ganze Menagerien aus Zuckerwerk nach oder servierte Pasteten, aus denen lebende Vögel kamen, all so verrücktes Zeug. Man füllte jedenfalls Kampferharz in einen Wildschweinkopf und zündete es an. Der Rauch und die blauen Flammen schlugen dann aus den Augenhöhlen, den Nüstern und dem Mund. Eine Art mittelalterliches Tischfeuerwerk sozusagen.« Sie deutete auf den Helm. »Wer auch immer das war, kannte diesen Trick offenbar auch.«

Isa sah Alex mit großen Augen an. Der wirkte, als ginge ihm ebenfalls langsam ein Licht auf.

»Riechsalz …«, wiederholte er, was die wilde Helena gesagt hatte. »Viktoria Kreuteler hat ihrem Mann doch irgend so ein Zeug unter die Nase gehalten, als er kurz davor war, ohnmächtig zu werden.«

»Richtig. Das war auch Kampfer, nur eben in Form eines ätherischen Öls. Sie hat gesagt, sie hätte es selber hergestellt, weil Rune nichts Stärkeres verträgt. Das Fläschchen war in einer ihrer Gürteltaschen.«

»Möglicherweise hatte sie auch etwas von dem Harz dabei.«

»Als wir den Leichnam untersucht haben, war da so ein weißes Zeug in einer ihrer Gürteltaschen!«

»Das war's bestimmt. Und der Mönch wusste davon. Er hat das alles geplant.«

Isa machte einen Schritt auf Alex zu. »Sicher nicht, dass wir ihn überraschen. Aber den Spuk auf jeden Fall.«

Er kam ebenfalls näher. »Zuerst hat er sich zur Gimbelschen Sammlung geschlichen, um den Helm zu holen.«

»Der bestimmt nicht leicht zu lösen war. Das war das Scheppern, das wir gehört haben.«

»Dann ging der Mönch zurück zum Abort und hat den Kampfer aus Viktorias Tasche entwendet. Aber bevor er seinen eigentlichen Plan in die Tat umsetzen konnte …«

»… sind wir in den Rittersaal gekommen. Er musste sich schnell verstecken …«

»… ließ die Tür zum Abort offen stehen und kroch unter die Tafel …«

»… wo er sich entschied, den Trick mit dem Kampfer lieber anzuwenden, um uns abzulenken …«

»… und um fliehen zu können!«

Isa und Alex strahlten einander an.

Die Arme vor der Brust verschränkt, beäugte Kevin die beiden. »Das war jetzt unheimlich.«

Lena sah den Helm an. »Können wir diese ganze Sache mit dem Geist von Bruder Markus dann jetzt endlich, äh …«

»Begraben?« Die grüne Fee nickte. »Oh ja. Dieser mysteriöse Mönch hat mich an der Hand berührt, bevor er geflohen ist. Wer auch immer uns da einen Streich spielen will, er oder sie ist definitiv aus Fleisch und Blut. Kein Gespenst, nur ein ganz gewöhnlicher Leichenfledderer. Und Mörder, wahrscheinlich.«

»Na, *das* beruhigt mich ungemein.«

Mit dieser Bemerkung wollte Lena Isa eigentlich aufziehen, doch die grüne Fee dachte ähnlich, wenn auch aus anderen Gründen. Einerseits war es gut zu wissen, dass auf der Marksburg kein geistlicher Geist sein Unwesen trieb, sondern jemand bloß auf morbiden Mummenschanz stand. Doch andererseits wussten sie immer noch nicht, *wen* sie im Rittersaal aufgescheucht hatten.

Nachdenklich betrachtete die grüne Fee die Personen in der Küche. Jeder von ihnen musste gewusst haben, dass eine der Figuren aus der Gimbelschen Sammlung einen Hundsgugel trug, der sich gut für den Trick mit dem brennenden Kampfer eignete. Robyn und Rumo arbeiteten auf der Marksburg; auch wenn sie zum Küchenpersonal gehörten, waren sie bestimmt schon einige Male im Rheinbau gewesen. Johanna hatte, penibel, wie sie war, das Terrain, das die Custodes Historiae »beleben« wollten, sicher im Vorfeld erkundet. Allerdings hatte Isa so ihre Zweifel, ob die Blondine es schaffen würde, ein Ausstellungsstück in Brand zu stecken, ohne vor lauter Schuldgefühlen selbst in Flammen aufzugehen.

Aber vielleicht spielt sie das alles nur, flüsterte eine kleine, teuflische Stimme in ihrem Inneren. Das Schüchterne. Das Pedantische. Vielleicht ist alles, was sie sagt, nur eine Lüge …

Mit einem leisen Schaudern legte Isa diesen Gedanken in ihrem imaginären Archiv unter »Unfassbar, aber möglich« ab.

Der Rest der Anwesenden war vor dem Grafenmahl von einem Mitarbeiter der Deutschen Burgenvereinigung durch die Burg geführt worden. Auch sie hatten den Helm gesehen und genügend Zeit gehabt, sich einen entsprechenden Plan zurechtzulegen.

Doch was war mit dem Kampfer? Isa hatte den Duft immer noch schwach in der Nase. Er wirkte tatsächlich erfrischend, prickelte ein wenig im Kopf und in den Adern.

Sowohl Rune als auch Erik, Philipp und Johanna hatten Viktoria Kreuteler in ihrer Rolle als experimentierfreudige Heilerin gekannt und höchstwahrscheinlich gewusst, was sie so alles in ihren zahllosen Gürteltaschen mit sich herumtrug. Auch Anita konnte die grüne Fee nicht aus diesem Personenkreis ausschließen; immerhin war sie Eriks Freundin und selbst in der Mittelalterszene unterwegs.

Blieb einer übrig, den Isa nicht ganz mit dem falschen Mönch und dem brennenden Helm in Verbindung bringen konnte.

Die Gauklerin atmete tief durch. Wie einst nach Rom schienen an diesem Tag irgendwann alle Wege zurück zu Korbinian zu führen, der mit ebenso viel Güte und Empathie über die Familie Kreuteler herrschte wie Tywin Lannister über seinen Clan in *Game of Thrones*. Nur mit dem Unterschied, dass nicht er, sondern seine Nichte auf dem Abort ermordet worden war.

Noch immer stand er dort, wo Alex und Isa ihn zurückgelassen hatten. Als sie seinen Blick auffing, überwand er sich zu einem kurzen, zackigen Nicken und ging in Richtung Spülküche.

Alsdann, dachte Isa. Zeit für ein gutes, klassisches Verhör. Schluss mit der Ritter Horror Picture Show.

Sie hatte den Weg zur Spülküche schon halb zurückgelegt, als Lena hinter ihr herlief. Zu Isas Überraschung hielt die wilde Helena sie auf und zog sie in eine Umarmung.

»Wofür war das denn?«, fragte Isa.

»Das kam eben vielleicht nicht so rüber, aber ich freu' mich.«

»Aha, schön. Warum jetzt noch mal genau?«

Sie folgte Lenas Blick bis zu Alex, der sich am Kamin mit Kevin unterhielt. »Ach so.«

»Ihr seid zwar die zwei mit Abstand unreifsten Menschen, die ich kenne –«

»Bitte?! Also, ich kenne da diesen jungen Mann … schlaksig, schläft in deinem Bett, erzählt die schlechtesten Witze von hier bis nach Byzanz …«

»*Aber* ich glaube, ihr tut euch ganz gut. Ihr braucht beide viel Freiraum. Und seid gut darin, anderen den ihren zu lassen, aber immer genau dann aufzutauchen, wenn man euch am meisten braucht.«

Alex schien gespürt zu haben, dass die beiden Mädchen ihn anstarrten. Er drehte sich zu ihnen um, hob die Augenbrauen und deutete dann auf eine prekäre Stelle unter seinem Kilt. *Du hast das Buch vergessen,* konnte Isa ihm von den Lippen ablesen.

Spöttisch erwiderte sie seinen Blick. Formte ebenfalls lautlos Worte mit dem Mund. *Später. Ich weiß ja, wo ich's finde.*

Lena seufzte. »Unreif. Definitiv.«

Korbinian Kreuteler saß auf seinem Stuhl, als befände er sich vor einem Militärgericht. Oder als bohrten sich die Spitzen geschmolzener Schwerter in seinen Hintern wie beim Eisernen Thron von Westeros.

Im Grunde war ja auch sein mögliches Motiv – ein Streit um die Zukunft des Familienbetriebs – nichts anderes als ein *Game of Thrones.* Vielleicht ging Isa der Vergleich deswegen ständig im Kopf herum.

Langsam ging die grüne Fee um den Mann herum. »In Ihrem Notizbuch haben Sie geschrieben, dass Viktoria eine Entscheidung getroffen hat, die Sie und die Firma der Familie Kreuteler in den Ruin treiben könnte.«

»Und?«

»Was hat sie denn beschlossen? Was hat sie Ihrem Aufsichtsrat so Schreckliches erzählt, bevor sie darüber mit Ihnen geredet hat?«

»Sie war dabei, einen schrecklichen Fehler zu machen. Sie wollte ihre Zukunft wegwerfen.«

»Viktoria wirkte auf mich eigentlich wie eine Person, die sehr sorgfältig auf Dinge achtgab, die man ihr anvertraute. Und nicht wie jemand, der einfach etwas hinschmeißt. Also etwas genauer, Korbinian, und bleiben Sie bei der Wahrheit. Oder Ihr Notizbuch verschwindet für immer in den schottischen Lowlands.«

Sein Kiefer mahlte. »Jeder geborene Kreuteler, egal ob männlich oder weiblich, erhält automatisch Anteile an der

Firma unserer Familie. Meine Vorfahren haben sich schon vor Jahrhunderten mit der Herstellung und dem Verkauf von pharmazeutischen Produkten beschäftigt. Wir begannen mit einer winzigen Dorfapotheke, von der aus wir Mensch und Tier gesund hielten. Forschten später in Laboren, um neue, immer höhere qualitative Standards zu erreichen, und schufteten in unseren eigenen Fabriken, die in mehreren Kriegen dem Erdboden gleichgemacht wurden, aber jedes Mal wiederaufgebaut werden konnten. Diese Erfolge haben wir nur eiserner Disziplin, Mut und vor allem dem Zusammenhalt der Familie zu verdanken. Wir Kreutelers haben dieser Firma unser Leben gewidmet. Nur deswegen gehören wir heute zu den führenden Unternehmen der pharmazeutischen Industrie. Hand in Hand haben wir ein Imperium erschaffen, dessen Leitung von Generation zu Generation weitergegeben wird.«

Der Stolz, der in Korbinians Stimme mitschwang, erinnerte die grüne Fee auf seltsame Art an Viktoria. Auch sie hatte voll Begeisterung über ihre traditionsreiche Familie geredet. Doch die junge Frau, die nun ein Stockwerk über ihnen aufgebahrt im Abort lag, hatte von mittelalterlichen Kräuterweibern gesprochen, die im Wald nach Wurzeln gruben und Tränke brauten. Bei ihr hatte die Kunst des Heilens nach Magie geklungen. Nach Thymian und Blutmoos, frischer Salbe und gebranntem Ton, der, zu einem Becher geformt, langsam von heißem Tee erwärmt wird.

Korbinian wirkte eher wie der Don Corleone der Kopfschmerztabletten.

Die Gauklerin drehte langsam weiter ihre Runde um den Stuhl. »Von Generation zu Generation … Gehe ich recht in der Annahme, dass Sie gehofft hatten, Viktoria einmal Ihren Chefsessel übergeben zu können?«

»Es ist, wie gesagt, ein Familienunternehmen. Wieso kommen Sie darauf, dass ich der Chef sei?«

»Die Art, wie Sie über das Geschäft reden? Und über sich selbst? Wie Sie sich geben, sich kleiden und Leute zur Sau machen, denen es Ihrer Meinung nach am nötigen Respekt fehlt? Ich mag zwar nicht viel über Aufsichtsräte, Firmenvorstände und dergleichen wissen, Korbinian, aber ich erkenne alten Adel, wenn ich ihn sehe. Ich weiß, wer König und wer Bettler ist, also spielen Sie keine Spielchen mit mir. Sie haben Viktoria von der stillen zur aktiven, ja wichtigen Teilhaberin gemacht, um ihr die große Welt der Unternehmensführung zu zeigen und sich eine Erbin heranzuziehen, nicht wahr? Sie sollte lernen, Verantwortung zu tragen, und dabei einen Sinn fürs Geschäft entwickeln. Ich glaube, das waren ungefähr die Worte, die Sie in Ihren Notizen verwendet haben. Aber Ihre Nichte hatte andere Ansichten, was Geld und Tradition anging. Hat sich das gerächt, Korbinian? Hat das *Gör*, das eigentlich das neue Gesicht der Firma werden sollte, angefangen, gegen Sie zu arbeiten? Vielleicht hat die liebe Viktoria ja ein paar fragwürdige, interne Machenschaften aufgedeckt, die gegen ihren moralischen Kodex verstießen. Haben Sie Gelder veruntreut? Schlechte Produkte auf den Markt gebracht? Was war es, Korbinian?«

Das Knödelgesicht vor ihr war wieder dunkelrot geworden. Nur an Korbinians Schläfe hob sich eine Ader vom restlichen Hautton ab wie ein Stück Blaukraut, das vorwitzig aus einer Dönertasche herausschaut. »Sie haben doch keine Ahnung von dem, was Sie da faseln!«, bellte er.

Isa blieb abrupt vor ihm stehen, stützte sich mit den Händen auf den Armlehnen seines Stuhls ab und brachte ihr Gesicht so nah an seines, dass ein Teil von ihr fürchtete, sich mit Tollwut anzustecken. »Aber ich habe Ihr Notizbuch. Und wenn Sie mir nicht die volle Wahrheit sagen, werde ich es mir in aller Ruhe durchlesen, während wir auf dieser Burg festsitzen, und mir auf der Basis dessen, was ich lese, lauter spannende Geschichten ausdenken. Über Veruntreuung. Mord aus Habgier. Profitabel verkaufte Medikamente, neben denen die Leichenteile, die Henker im Mittelalter als Arzneien verkauften, richtig gesund wirken. Diese Geschichten werde ich alle der Polizei erzählen, sobald die hier oben eintrifft. Und selbst wenn Sie bei den darauffolgenden, sehr, sehr langwierigen Ermittlungen entlastet werden, ist Ihr Ruf danach ruiniert, Herr Kreuteler.«

Die Chancen standen fünfzig zu fünfzig. Entweder würde er einknicken oder sie bei lebendigem Leibe fressen. In Isas Kopf hielten die Kommissare aus ihren Lieblingsbüchern gespannt die Kaffeetassen fest.

Für den Bruchteil einer Sekunde sah es ganz nach dem baldigen Ende der grünen Fee von Absinth aus. Doch dann senkte Korbinian den Blick.

»Viktoria hatte diese völlig fehlgeleiteten Ideen. Sie wollte zurück zu den ›echten‹ Ursprüngen unserer Familientradition, wie sie es nannte: Medizin, wie sie vor Hunderten von Jahren praktiziert wurde. Alternative Heilmethoden, Arzneimittel aus längst vergessenen Pflanzen, die bei Vollmond von irgendwelchen verrückten Frauen in einsamen Berghütten verarbeitet werden – alles völliger Blödsinn. Nichts, womit sich eine Firma dieser Größenordnung lange auf dem Weltmarkt halten könnte. Wieder und wieder musste ich mir ihren Sermon darüber anhören und darüber, wie schrecklich ökonomisiert und dubios die Pharmaindustrie im Allgemeinen sei … Dass das Wort ›Industrie‹ bereits im Namen steckt, hat Fräulein Neunmalklug dabei natürlich ignoriert. Im Grunde dachte ich mir aber nicht viel bei dem, was sie sagte. Es war ärgerlich, aber ich war überzeugt, das wächst sich raus.«

»Bis vor fünf Tagen«, sagte Isa. »Da haben Sie Ihre Meinung geändert.«

»Sie erschien plötzlich in meinem Büro. Teilte mir ohne Vorwarnung mit, dass sie eine außerplanmäßige Aufsichtsratssitzung einberufen und dort eine Prüfung und Neubewertung sämtlicher Firmenzweige durch ein unabhängiges Kontrollgremium angeregt hatte.«

»Soll heißen?«

»Sie glaubte, einige unserer Herstellungs- und Forschungsverfahren würden nicht den gesetzlichen Vorgaben entsprechen. Um das zu beweisen, wollte sie uns Leute auf den Hals hetzen, die in der Firma jeden verdammten Stein umgedreht hätten.«

»Klingt nicht besonders angenehm.«

»Eine absolute Katastrophe wäre das gewesen! Man stelle sich das nur vor: Eine Bande von Wichtigtuern und halben Ökoterroristen, die mit sechzehn im Jugendknast waren, weil sie weiße Mäuse aus Laboren geklaut haben, sollten über die Zukunft *unseres* Unternehmens entscheiden! Über kurz oder lang hätten die Kreutelers die Kontrolle über das Geschäft verloren. Wir wären von der Konkurrenz vom Markt gefegt oder aus der eigenen Firma verdrängt worden, die unsere Väter mit ihren bloßen Händen … Ich habe Viktoria auf Knien angefleht, es sich noch mal zu überlegen. Habe versucht, ihr in Erinnerung zu rufen, welches Erbe sie selbst mit der Umsetzung dieser Schnapsidee verschleudern würde. Aber sie wollte einfach nicht auf mich hören. Alles, was ich bekam, war ein Kuss auf die Wange und ein: ‚Ach, Onkel Korbi …‹ Mehr nicht. Als wäre damit alles gesagt.«

Rechtschaffener Zorn stand Korbinian Kreuteler ins Gesicht geschrieben. Er blickte Isa an, als erwartete er von ihr, dass sie das Verhalten seiner Nichte ebenfalls scharf verurteilte. Doch die Gauklerin trat bloß einen Schritt zurück und lehnte sich mit dem Rücken gegen die Anrichte. Ihr Haltung war entspannt, behielt aber etwas Lauerndes.

»Das alles hat Sie wütend gemacht, nicht wahr?«

Er stieß ein bitteres Lachen aus, das mehr wie das Kläffen eines Schnauzers klang. »Natürlich.«

»So wütend, dass Sie sich dazu entschlossen, Ihrer widerspenstigen Nichte eine finale Lektion zu erteilen.«

»Nein!«

»In Ihrem Notizbuch schrieben Sie, dass Viktoria ›so schnell wie möglich‹ weg musste. Ich nehme an, Ihnen blieb nicht viel Zeit. Aber dann fiel Ihnen ein, dass sie ja beschlossen hatte, ihren Geburtstag auf der Marksburg zu feiern … auf einer abgeschiedenen Höhenburg. Und auch das Wetter spielte Ihnen schließlich in die Karten – dieser Sturm, bei dem so leicht jemand zu Schaden kommen konnte … da wuchs in Ihnen spontan der Plan heran, wie man ihr die Sache endlich einbläuen könnte. Nämlich mit einem Morgenstern.«

»Mir ist klar, wonach das für Sie aussieht. Aber ich kann nur wiederholen: Ich habe meine Nichte nicht umgebracht. Niemals hätte ich es übers Herz gebracht, dem armen Kind ein Leid zuzufügen. Sie war die Tochter meines Bruders, verdammt noch mal! Ich habe sie als kleines Mädchen auf meinen Knien geschaukelt! Außerdem wäre ein so abscheuliches Verbrechen überhaupt nicht nötig gewesen, um die Firma zu retten. Es gibt andere Methoden.«

»Und was geschieht mit Viktorias Vorhaben, jetzt, wo sie tot ist?«, fragte Isa.

Kreuteler sah aus, als würde er sich die Antwort am liebsten sparen. »Die Idee wird mit ziemlicher Sicherheit fallen gelassen«, sagte er, doch bevor sie den Mund aufmachen konnte, schob er hastig hinterher: »Aber das spielt, wie gesagt, keine Rolle. Ja, die Feier auf dieser Burg hat mich tatsächlich auf eine Idee gebracht, mit der es mir sicherlich gelungen wäre, Viktorias Vorhaben zu verhindern. Eine unschöne Idee. Eine, deren Ausführung unser Verhältnis getrübt, wenn nicht sogar völlig zerrüttet hätte. Aber keine, die sich darum drehte, Viktoria zu töten.«

Zweifelnd hob Isa die Augenbrauen. »Jetzt bin ich aber gespannt.«

Der alte Patriarch setzte sich, obwohl das kaum möglich zu sein schien, noch ein wenig gerader hin. Isa wurde klar, dass er Bühnenhaltung annahm; ein Trick, den er vermutlich auch bei geschäftlichen Verhandlungen benutzte, um überzeugender zu wirken. Der ehrliche Geschäftsmann mit dem starken Rückgrat.

Na klar.

»Viktoria war fest entschlossen«, erklärte er. »Das gab mir kaum Zeit, um zu handeln. Ihr Geburtstag und dieses Grafenmahl spielten mir allerdings in die Karten; ich wusste, dass sie das Fest im großen Stil gestalten und alle möglichen Verwandten und Freunde dazu einladen würde. Also dachte ich mir: Wenn es dir nicht selbst gelingt, Viktoria zur Einsicht zu bringen, dann triffst du auf der Marksburg bestimmt die eine Person, auf die sie sicher hören wird.«

Die grüne Fee runzelte die Stirn. »Hätten Sie Rune nicht einfach anrufen können?«

Zu ihrer Überraschung lachte Korbinian laut auf. »Ich rede doch nicht von Rune. Dieser Pantoffelheld …«

Da flammte in Isas Gedankengängen eine Fackel auf. »Philipp.«

Kreuteler nickte. »Philipp Düster und Viktoria kannten sich seit der Schulzeit. Eine Freundschaft, die ich, wie ich zugeben muss, nie gebilligt habe. Meiner Meinung nach hat dieser Kerl einen viel zu lockeren Lebensstil – man betrachte nur diesen unehelichen Satansbraten – und übte viel zu lange einen schlechten Einfluss auf Viktoria aus.«

Isa erinnerte sich an den Ausdruck auf Korbinians Gesicht, als seine Nichte Philipp am vergangenen Nachmittag auf der Reitertreppe begrüßt hatte. Er hatte finsterer geguckt als eine prüde, alte Kammerjungfer, die ihre Prinzessin mit der Küchenmagd im Bett erwischt.

»Aber«, fuhr Kreuteler fort, »er war ihr engster Vertrauter. Also habe ich ihn, kurz nachdem der Großteil der anderen Gäste die Burg verlassen hatte, zur Seite genommen und angefangen, ihn zu bearbeiten. Der Junge war zuerst fuchsteufelswild, weil er sein Balg nicht finden konnte und es suchen gehen wollte, aber nach ein paar Worten hatte ich dann doch seine volle Aufmerksamkeit.«

»Sie haben ihn im Weinkeller gestellt, oder?«

»Woher wissen Sie das?«

Weil die beiden gesehen und gehört worden waren. Von Johanna, die, verängstigt durch die wütenden Stimmen der Männer, hinter den Weinfässern an ihnen vorbeigehuscht war und sich dann oben auf dem Dachstuhl ein neues Nest gebaut hatte. So zumindest hatte Isa sich den Ablauf gerade spontan zusammengereimt und fand ihre Vermutung durch Korbinians Nachfrage bestätigt.

Dass es eine Zeugin gab, würde die grüne Fee ihrem Verdächtigen allerdings nicht auf die Nase binden. Stattdessen bedeutete sie ihm mit einer Geste weiterzureden.

»Ich habe Philipp erklärt, wobei ich seine Hilfe brauchte, und bin, wie erwartet, auf Widerstand gestoßen. Wir hörten, dass in der Burgküche noch Leute waren, und er hätte sicher gerne losgeplärrt wie sein verzogenes Kind, aber ich zwang ihn, leise zu reden, sodass uns oben niemand bemerkte. Dann näherten sich allerdings irgendwann doch Schritte, also habe ich mir den Jungen gegriffen und bin mit ihm nach draußen gegangen. Wenn man quer über den kleinen Hof geht, erreicht man die Tür zur Folterkammer. Ich erinnerte mich dank der Burgführung daran. Dorthin habe ich ihn gebracht.«

Was erklärte, warum niemand – abgesehen von Johanna – die beiden Männer bemerkt hatte. Und warum Pauline so lange auf ihren Vater hatte warten müssen. Er war überhaupt nicht im selben Gebäude gewesen wie sie, sondern war durch Wind und Wetter in den Romanischen Palas verfrachtet worden.

»Klingt nach einem gemütlichen Plausch«, sagte Isa. »Eines verstehe ich aber immer noch nicht: Wieso hätte Ihnen ausgerechnet Philipp dabei helfen sollen, die Träume seiner besten Freundin zu zerstören? Was hätte er davon gehabt?«

Korbinians Blick wurde härter als kalt gewalzter Stahl. »Ich sagte ja, dass mein Plan einige etwas ... unschöne Aspekte hatte. Aber ich bin ein Kreuteler. Wir machen uns die Hände schmutzig, wenn es nötig ist.«

»Haben Sie ihm Geld geboten?«

»Nein, im Gegenteil. Der Mann folgt ähnlich idealistischen Weltvorstellungen, wie Viktoria sie hatte. Bestechung hätte nicht funktioniert, leider.«

»Was war es dann?«

»Philipp Düster mag auf der Welt nicht viel besitzen, aber es gibt Mittel und Wege, einen armen Mann noch ärmer zu machen. Und er hat auch noch ein Kind, das versorgt werden will. Ich muss niemanden töten, um zu bekommen, was ich will und was das Beste für die Firma ist. Man kann Menschen auch auf andere Weise vernichten.«

Die grüne Fee hatte plötzlich nicht übel Lust, den Mann, der vor ihr saß, einmal selbst in eine Folterkammer zu schleifen.

»Weiter«, knurrte sie.

»Natürlich wollte ich, dass Philipp zuerst im Guten mit Viktoria redet. Wie gesagt, sie war meine Nichte. Ich wollte ihr nie etwas Böses, sondern sie nur vor sich selbst schützen. Philipp sollte sie einfach nur dazu bringen, ihren Fehler einzusehen und alles rückgängig zu machen.«

»Und wenn das nicht funktioniert hätte?«

Wieder dieser grimmige Blick. »Es gibt eine … Regelung«, sagte Korbinian. »Eine vertragliche Hintertür, dazu gedacht, unsere Firma vor schwarzen Schafen in den eigenen Reihen zu schützen. Die gab und gibt es, selbst in unserer Familie. Sollte ein Mitglied der Kreutelers je straffällig werden oder etwas tun, das Existenz oder Ruf des Unternehmens massiv gefährdet, können seine Firmenanteile eingezogen werden. Alle seine Ansprüche auf Gelder verfallen, all seine Ämter werden neu vergeben. Im Grunde so, als wäre die betreffende Person verstorben.«

Schweigend versuchte Isa das, was sie gerade gehört hatte, zu verarbeiten. Unwillkürlich dachte sie an ihre Schwester. Bruni Bocholt ließ das ach so umtriebige Leben der grünen Fee überprüfen, weil ihr Chef es nicht schätzte, wenn seine Angestellten Umgang mit fragwürdigen Subjekten pflegten. Ein ähnliches Prinzip wie jenes, das Korbinian soeben beschrieben hatte. Doch während sich im Vatikan offenbar schon wegen der Verwandtschaft mit einer fahrenden Musikerin vor Schreck die Oblaten kräuselten, musste Korbinian etwas Schwerwiegenderes gegen seine Nichte in der Hand gehabt haben, um sie aus der Firma drängen zu können.

»Was sollte Philipp tun?«, fragte sie. »Ein paar hässliche Geschichten aus Viktorias Vergangenheit ausplaudern? Ihre Nichte eines Verbrechens beschuldigen, das sie nie begangen hat?«

»Das fragen Sie ihn am besten selbst. Dann werden Sie auch hören, dass alles, was ich gerade gesagt habe, der Wahrheit entspricht. Und jetzt ziehe ich es vor zu gehen. Ich habe Ihnen alles gesagt, was ich weiß, und viel mehr, als ich eigentlich sollte.«

Er stand auf und knöpfte das Jackett über dem geborgten Hemd zu. Signalisierte mit einer Selbstsicherheit, die fast schon an Arroganz grenzte, dass das Verhör nun für ihn beendet war.

Isa ließ ihn gewähren. Sie wartete mit der Erwiderung, bis er fast an der Tür war.

»Sicher, ich werde mit Philipp reden«, sagte sie und blickte ihm fest in die Augen, als er sich noch einmal umdrehte. »Aber selbst wenn Ihre Geschichte stimmt, beweist sie nur, dass Sie alles tun würden, um Ihr Unternehmen, Ihre Macht und Ihren Geldbeutel zu schützen. Sie sind ein Tyrann, Korbinian Kreuteler. Kein Familienmensch, sondern jemand, der im Notfall über Leichen geht. Und ob Sie ein echtes Alibi für den Zeitraum haben, der zwischen Ihrem kleinen Streit im Weinkeller und dem Fund der Leiche liegt, muss sich erst noch herausstellen.«

## Kapitel 12

Als die grüne Fee kurz nach Korbinian die Spülküche verließ, spürte sie plötzlich ein Gewicht an ihrem Bein. Es zog sie nach unten wie der Arm eines Ungeheuers, das in den Tiefen der schwarzen See auf Beute lauert; wie ein Untoter, der sich in seinem Grab nach Gesellschaft und dem Genuss von menschlichem Fleisch verzehrt.

Isa sah an sich herab. »Hallo, Pauline.«

Das Mädchen klammerte sich an Isas Bein. »Mir ist langweilig.«

»Ist ja furchtbar. Und ich soll was dagegen unternehmen?«

»Ja.«

»Hmm.«

Weil sie nicht vom Fleck kam – genauso gut hätte sie versuchen können, mit einer eisernen Kugel am Bein einen Stepptanz aufzuführen –, zog die grüne Fee Lenas Aufmerksamkeit mit einem Winken auf sich und bedeutete ihr, bitte, *bitte,* herüberzukommen und ihr zu helfen. Grinsend tat die wilde Helena ihr den Gefallen.

»Ich wusste ja gar nicht, dass du so gut mit Kindern kannst«, kommentierte sie die Szene.

Isa nahm ihrer Freundin die Tasche von der Schulter, in der der Umhang aus dem Lagerraum steckte. »Okay, folgender Vorschlag«, sagte sie zu Pauline. »Die liebe Lena hier könnte dir zeigen, wie man Dudelsack spielt. Sie hat nämlich nicht nur den großen dabei, den sie beim Fest benutzt hat, sondern auch einen kleineren – ein sogenanntes Hümmelchen. Mit dem könntest du üben. Würde das die Langeweile vertreiben?«

Augenblicklich ließ die Kleine Isas Bein los. »Jaah!«, rief sie begeistert und flitzte davon, in die Nische, in der die Instrumente der Gaukler lagen.

Lena warf Isa einen mehr als skeptischen Blick zu. »Hältst du es für sinnvoll, wenn wir einer überdrehten Sechsjährigen den Umgang mit einem Dudelsack beibringen?«

»Auf jeden Fall. Am besten geht ihr nach oben, da fallt ihr den Leuten mit dem Gedudel nicht auf die Nerven. Die sind auch so schon gereizt genug. Ich muss in der Zwischenzeit mal mit Philipp reden.«

»Und was mache ich, wenn dieser Mönch wieder auftaucht?«

»Keine Bange. Deine süße, kleine Schülerin meinte gestern noch zu mir, dass sie jeden Fremden, der versucht, ihr was zuleide zu tun, mit seinem eigenen Gedärm erwürgt.«

Seltsamerweise schien das die wilde Helena nicht im Mindesten zu beruhigen.

Anstatt nach oben zu gehen, schnappte sie sich Pauline und die Dudelsäcke und verschwand im Lagerraum. Der war zwar nicht sonderlich geräumig, doch seine Wände waren so dick, dass nicht einmal eine schottische Militärkapelle hindurch zu hören gewesen wäre.

Mit Lenas Tasche marschierte Isa hinüber zu Philipp Düster, der an einer der Tafeln saß und, wahrscheinlich in Rumos

Auftrag, Erbsen aus einem Haufen frischer Schoten pulte. Isa sang leise und, wie immer etwas schief, vor sich hin. »*Wein, Weib und Gedärm, ja, das ist es, wofür ich schwärm …*«

Der Kerzenschein brachte Philipps Haar zum Schimmern und ließ es mal kastanien-, mal kupferfarben aussehen. Offenbar hatte er Isa seit Paulines kleinem Überfall im Blick gehabt, denn kaum war sie in Hörweite, nickte er gen Lagerraum und fragte: »Was machen die beiden da drin?«

Die grüne Fee erklärte es ihm.

Philipp ächzte. »Ein Dudelsack? Wollt ihr mich ins Grab bringen?«

»Keine Sorge, meine Kollegin will ihr das Hümmelchen ja nicht schenken. Pauline wird dich schon nicht morgens um halb fünf aus dem Bett dudeln.«

Sie setzte sich ihm gegenüber an die Tafel. Er schob die Schüssel mit den Erbsenschoten ein Stück in ihre Richtung, doch anstatt ihm zu helfen, öffnete Isa Lenas Tasche und legte Philipps ockerfarbenen Umhang auf den Tisch.

Der junge Mann sah plötzlich aus wie etwas, das man nach drei Wochen vom Schafott gekratzt hat.

»Gestern Nachmittag, als wir uns das erste Mal begegnet sind, hast du ihn noch getragen«, sagte sie. »Vor dem Grafenmahl, erinnerst du dich? Aber als du heute Morgen zu mir in die Rüstkammer kamst, um über die Sache mit dem Mönch zu sprechen, hatte nur Pauline einen Umhang an – du nicht. Und das, obwohl es draußen schüttete wie aus Eimern. Tja, und zwischendrin erzählte mir Johanna, an die du dich angeblich nicht erinnern kannst, diese seltsame Geschichte, wie sie nach einem Nickerchen im dunklen Lagerraum aufwachte und bemerkte, dass jemand eine Decke über sie gebreitet hatte. Oder etwas Ähnliches, so genau konnte sie das im Dunkeln sicher nicht feststellen. Ein fehlender Umhang und eine plötzlich auftauchende Decke also … War nicht sonderlich schwer, auf den Zusammenhang zu kommen.«

Isa lehnte sich in ihrem Stuhl zurück. »Weißt du, Philipp, hättest du dir den Umhang heute in aller Frühe heimlich zurückgeholt, dann hätte ich dir vielleicht abgekauft, dass du Johanna nicht erkennst. Aber jetzt … jetzt frage ich mich natürlich, wobei du noch gelogen hast.«

»Ich habe nicht mehr dran gedacht.« Er starrte auf den Umhang. »Und dann, als es mir wieder einfiel, hab ich mich nicht getraut, noch mal runterzugehen.«

»Klar, das verstehe ich. Du warst mit deinen Gedanken woanders. Bei Viktoria.«

»Ja. Ja, genau.«

»Oder vielleicht doch bei deinem Gespräch mit dem guten Onkel Korbi?«

Er schlug die Augen nieder, kaum dass die Worte ausgesprochen waren. Seine Schultern, sonst locker herabhängend, verkrampften sich.

Schuldgefühle. Sie troffen Philipp Düster aus allen Poren.

»Dieses verdammte Arschloch hat mich erpresst!« Er sprach zu laut und schaute sich erschrocken um, ob ihn jemand gehört hatte. Doch niemand schien die beiden zu beachten. Leiser redete er weiter und beugte sich über den Tisch, als wollte er sich mit Isa verschwören. »Du musst mir glauben, bitte – egal, was Korbinian gesagt hat. Ich wollte Tory nichts Böses, aber der Kerl hatte mich in der Hand! Und Pauli – verdammt, er hat sogar Pauli bedroht …«

Die grüne Fee beugte sich ebenfalls über die Tafel. »Erzähl mir, was gestern Nacht passiert ist«, befahl sie. »Von Anfang an. Das Grafenmahl war beendet, die Gäste sollten nach Hause fahren. Du bist geblieben. Warum?«

»Es war so, wie ich es dir heute Morgen schon gesagt habe. Pauli war wie vom Erdboden verschluckt, aber ich wusste, wenn ich mich nur gründlich umsehe, dann finde ich sie schon. Ich finde sie immer.«

»Und weiter?«

»Ich – ich bin zuerst in diesen Lagerraum gegangen. Er ist ja direkt nebenan, und ich dachte, dass ihr vielleicht langweilig geworden war und sie dort drin herumturnte …«

»Aber anstelle von Pauline fandest du jemand anderen.« Sanft strich Isa über den ockerfarbenen Stoff des Umhangs. »Johanna. Zwischen Mehlsäcken kauernd, schlafend. Schutzlos. Und du hast deinen Umhang abgenommen und sie damit zugedeckt.«

»Es war kalt da drin.«

»Ach, ich bitte dich! Die Story mit der Nächstenliebe kannst du deinem Barbier erzählen! Du stolperst über diese Frau, die sich zwischen Spinnweben und Vorräten versteckt hat, aber anstatt sie zu wecken und zu fragen, ob alles in Ordnung ist, hast du ihr deinen Umhang übergeworfen und bist wie ein Dieb davongeschlichen. Weißt du, was ich glaube? Johanna hat mit mir über ihre Zeit bei der Geheimniskramerey gesprochen. Sie verließ die Gruppe nach kurzer Zeit wieder und behauptet, das sei ihre eigene Entscheidung gewesen. Aber eigentlich hat sie nicht aus freien Stücken gehandelt. Nicht wahr, Philipp?« Isa fixierte ihn. »Weil nämlich etwas passiert ist. Daher deine offensichtlichen Schuldgefühle. Daher Johannas Kummer, wenn sie vom Heerlager spricht. Und du schämst dich für das, was geschehen ist. So sehr, dass du lieber so tust, als würdest du die Frau nicht zu kennen, nur damit nichts rauskommt. Aber gleichzeitig zwingt dich dein schlechtes Gewissen dazu, Abbitte zu leisten. Deshalb der Umhang.«

Eine Weile wand er sich noch unter ihrem Blick. Doch schließlich brachen sich die Worte Bahn.

»Es war nicht meine Idee!« Er suchte in ihrem Blick nach Zustimmung, Aufmunterung, doch sie ließ ihn weiter zappeln und bemühte sich, nicht dreinzuschauen wie die liebe alte Miss Marple, sondern wie der gefühlskalte Sherlock Holmes. Oder Philipp Marlowe nach dem dritten Bourbon.

»Johanna lief Tory im Heerlager von Anfang an ständig hinterher, wie ein Hund. Einige fingen an zu fragen, woher Tory denn den zweiten Schatten hätte und solche Sachen. Nicht laut, nicht vor Johanna, aber die Lästereien gingen ziemlich schnell los. Du weißt doch auch, wie das mit dem Klatsch auf Mittelaltermärkten eben ist … man sitzt am Feuer, das Methorn geht rum, und irgendjemand macht ein paar dumme Sprüche.«

»Und Viktoria? Fühlte sie sich von Johanna belästigt?«, fragte Isa.

»Nein, nein. Ihr war das Ganze natürlich bewusst, aber sie hat Johannas Verhalten – ich weiß nicht, was es war, Schwärmerei, Liebe vielleicht – toleriert. Hat versucht, es mit einem Lächeln zu nehmen, und ist immer nett und freundlich geblieben. Sie hat den Lästermäulern oft den Mund verboten.«

»Was aber im Grunde nichts genutzt hat, richtig?«

Philipp zögerte. »Nein. Nicht wirklich.«

Er spielte mit den Erbsen herum, während er redete. Mit der linken Hand rollte er ein halbes Dutzend davon gedankenverloren über die Tischplatte. Zwischen den Fingern der rechten Hand kullerte eine einzelne hin und her.

»Irgendwann ist die Sache dann ein bisschen … aus dem Ruder gelaufen. Ich weiß nicht mehr, wer damit angefangen hat. Wir – ein Teil des Heerlagers – hatten nach Marktschluss was getrunken, und jemand meinte, es wäre witzig, wenn wir Johanna ein bisschen … aufziehen würden. Nur ein kleiner Spaß, nichts weiter.«

Das klang übel. Wegen »kleiner Späße« waren schon Monarchien untergegangen. »Was habt ihr mit ihr gemacht?«, fragte Isa.

Sie musste noch eine Weile weiterbohren, doch schließlich schaffte sie es, das Ende der Geschichte aus Philipp herauszuquetschen: Nachdem sich die angetrunkene Abordnung der Geheimniskramerey zu einer Art Lynchmob zusammengerottet und mit Holzmasken vom nahe gelegenen Marktstand des Drechslers verkleidet hatte, war Johanna – ausgezogen bis aufs Unterkleid – mithilfe einer Leinenplane und viel Schwung in einen Teich befördert worden. Dabei hatte einer der Geheimniskramer auf einer Laute herumgeklimpert und aus voller Kehle ein selbst gedichtetes Liedchen gegrölt:

*»Alle, die mit uns im Heerlager wohnen,*
*Kennen ein Fräulein, das alles weiß*
*Albtraum der Mannen, ja und auch der Damen,*
*meckert laut, doch schmachtet leis!*

*Kleines Fräulein Naseweiß,*
*Du gehst jetzt baden, du gehst jetzt baden*
*Kleines Fräulein Naseweiß,*
*meckerst laut, doch schmachtest leis!«*

Entgeistert starrte die grüne Fee ihr Gegenüber an. »Und das nennst du einen *kleinen Spaß*?!«

»Es war dumm!«, erwiderte er, was ihr ein höhnisches Lachen entlockte.

»*Das* ist ja wohl die Untertreibung des Jahrhunderts.«

»Hör zu, am nächsten Morgen war uns allen klar, dass wir zu weit gegangen waren. Einige waren dafür, sich zu entschuldigen – ich auch –, aber die anderen meinten, dass Johanna ja gar nicht wüsste, wer unter den Masken gesteckt hätte, und dass wir die Sache einfach auf sich beruhen lassen sollten.«

»Und so habt ihr es dann auch gemacht. Tapfere Helden, die ihr wart.« Isa schüttelte fassungslos den Kopf. Dann stutzte sie. »Johanna konnte nicht erkennen, wer alles beteiligt war, sagst du?«

»Nein. Es war dunkel, und wir hatten diese bescheuerten Masken über den Gesichtern.«

Die grüne Fee machte sich eine Notiz auf ihrer geistigen Wachstafel.

»Okay. Du hast Johanna gestern Nacht also deinen Umhang überlassen, weil du dich vor ein paar Jahren wie ein Vollarsch aufgeführt hast und dachtest, wenn du jetzt ein bisschen Sankt Martin spielst, sei alles wieder gut. Und dann … dann bist du Korbinian Kreuteler in die Arme gelaufen.«

Philipp nickte. »Ich wollte weiter, in den Weinkeller und von da aus hoch in die oberen Stockwerke. Mittlerweile hatte ich richtige Panik, weil ich dachte, dass Pauline vielleicht in den Sturm hinausgelaufen wäre. Korbinian hat mich im Weinkeller abgefangen. Sprang aus dem Dunkeln wie der Teufel persönlich und hat auf mich eingeredet, irgendwas von einem Gefallen und der Firma und Tory, die völlig verrückt geworden wäre. Ich habe zuerst überhaupt nicht kapiert, was er von mir wollte und warum er ausgerechnet mit mir sprach. Ich meine, seit ich Tory kenne, habe ich ihren Onkel höchstens dreimal gesehen, und er hat mich jedes Mal geflissentlich ignoriert. Aber dann wurde er auf einmal richtig bösartig. Hat mir gesagt, ich soll gefälligst zuhören, und mich gefragt, was mir lieber wäre: dass meine Tochter einen Vater hat, der sie versorgen kann, oder dass sie den Rest ihrer Kindheit in Pflegefamilien verbringt, weil Papa als mittelloser Penner auf der Straße lebt. Isa, ich weiß von Tory, wie ihr Onkel drauf sein kann, wenn er etwas unbedingt will. Glaub mir, der hat keine Witze gemacht.«

Auch Philipps restliche Geschichte deckte sich zum größten Teil mit dem, was Isa schon von Korbinian gehört hatte. Der Streit der beiden Männer war zuerst unten, zwischen den Weinfässern, vonstattengegangen. Dann, als plötzlich Schritte auf der Treppe zu hören gewesen waren, hatte der alte Patriarch ihn am Arm gepackt und raus zur Folterkammer gezerrt.

Als sie noch überlegte, wie dies alles zum Ablauf der Tatnacht passte, wurde ihr mit einem Mal etwas klar. *Das* also hatte Rune gesehen, nachdem er panisch durch den Weinkeller nach draußen gestürmt war! Weil Personen bei diesem Wetter draußen nur äußerst schwer zu unterscheiden waren, hatten ihm seine überreizten Nerven vorgegaukelt, er würde Viktoria sehen, die sich in den Kräutergarten und damit in höchste Gefahr begab. Doch in Wahrheit hatte der Wikinger bloß einen Blick auf Korbinian oder Philipp erhascht. Und dabei die Tür, die sich hinter dem Betreffenden geschlossen hatte, mit der zum Gotischen Zwinger verwechselt.

»Warum hast du mir nicht schon heute früh erzählt, dass Korbinian versucht hat, dich zu erpressen?«, fragte sie. »Immerhin ist der Grund, warum er dich brauchte, jetzt tot.«

Philipp »Irish« Düster druckste verlegen herum. »Ich hatte Angst, dass er seine Drohung trotzdem wahr macht. Und wollte nicht, dass jemand schlecht von mir denkt. Aber ich habe dir einen Hinweis gegeben.«

»Ach ja?«

»Dass Tory besorgt wirkte und mit mir reden wollte, war nur erfunden. Damit ich dir sagen konnte, dass sie vielleicht *Ärger mit der Familie* hat. Hat das geholfen?«

Isa unterdrückte ein Seufzen.

»Wie lange seid ihr in der Folterkammer geblieben?«, fragte sie.

»Keine Ahnung … Es kam mir wie eine Ewigkeit vor. Überall diese Folterwerkzeuge, kaum Licht und vor mir dieser Kerl, der von mir verlangte, meine beste Freundin ans Messer zu liefern. Ich habe mich so lange geweigert, wie ich konnte, das musst du mir glauben. Aber er ließ nicht locker. Irgendwann musste ich nachgeben. Für Pauli. Als er sicher war, dass ich ihm helfe, ist er gegangen. Ich blieb noch, ich war wie – wie versteinert. Ich konnte nicht glauben, was passiert war.«

Danach wiederholte Philipp, was er Isa im Grunde schon erzählt hatte. Nach der Plauderstunde in der Folterkammer hatte er sich wieder auf die Suche nach Pauline gemacht und sie schließlich unter dem Bett in der Kemenate gefunden. Korbinian und alle anderen hatte er erst im Rittersaal wiedergesehen.

Wenn Isa seine zerknirschte Miene richtig beurteilte, baute Irish offenbar darauf, dass sie ihn als Opfer der Umstände betrachtete. Doch nachdem sie die Geschichte über Johanna gehört hatte, fiel es ihr schwer, auch nur einen Funken Mitgefühl für ihn aufzubringen. Außerdem hatte sie sehr wohl bemerkt, dass die zeitlichen Angaben, die er ihr lieferte, kein ganz stichhaltiges Alibi ergaben.

»Nur so aus Neugier«, begann sie wieder, nachdem sie eine Weile nachgedacht hatte, »wie genau solltest du Viktoria für Korbinian eigentlich in die Pfanne hauen, falls es dir nicht gelungen wäre, sie von ihrem Vorhaben abzubringen?«

»Na ja ... Tory und ich haben mit Anfang zwanzig mal an einer Demo teilgenommen, die sich gegen die Firma ihrer eigenen Familie richtete. Es ging um Lobbyismus, Korruption, irreführendes Marketing und so weiter. Wir sind wirklich nur friedlich mitgelaufen, aber einige Leute haben die Polizisten angegriffen und wurden verhaftet. Ich sollte für Korbinian aussagen, dass Tory damals ebenfalls handgreiflich geworden wäre. Sollte sagen, dass sie mit Steinen auf Beamte und Firmenangestellte geworfen und sich dann der Verhaftung entzogen, aber all die Jahre weiter im Geheimen versucht hätte, der Firma von innen heraus zu schaden. ›Das reicht, um ihr das Genick zu brechen‹, meinte der alte Sack.«

Langsam, aber sicher breitete sich der Duft des im Kamin vor sich hinbrutzelnden Schweinebratens in der Burgküche aus. Isas Magen knurrte leise. Ihr Schädel brummte. Sie musste unbedingt ihre Gedanken ordnen und etwas zu essen auftreiben.

Philipp unternahm einen letzten Versuch, sich zu rechtfertigen. »Bitte, denk nicht schlecht von mir. Ich habe Tory geliebt, wirklich, aber manchmal laufen die Dinge im Leben eben nicht so, wie man es sich erhofft. Manchmal ist man gezwungen, etwas zu tun, das man nicht tun will, oder begeht eine Dummheit, und hinterher bereut man alles. Aber ich hätte Tory niemals töten können, das musst du mir glauben. Niemals.«

Als sie ohne ein Wort aufstehen wollte, langte er über den Tisch und packte sie am Arm. »Wohin gehst du?«

Isa starrte auf seine Hand. Kalt wie Sherlock, ermahnte sie sich. Analytisch wie Poirot.

Sie löste seine Finger, als entfernte sie lästige Kletten von ihrer Kleidung. »Was ich glaube, Philipp, ist völlig ohne Bedeutung. Was zählt, sind Tatsachen. Und jetzt entschuldige mich, ich muss ein weiteres Zwiegespräch führen.« Sie tippte sich gegen die Schläfe. »Mit den kleinen grauen Zellen.«

Mit einer Leiche im Nebenzimmer denkt es sich besser.

Zumindest in der Theorie.

Isa war wieder mal aus der lauten, rauchigen Burgküche geflohen. Sie lag auf dem Rücken auf der Tafel im Rittersaal, die Beine ausgestreckt, die Hände über dem Bauch gefaltet, so als läge über ihr der gleiche Hauch des Todes wie über Viktoria Kreuteler, die im Abort nebenan ihre ganze, stumme Gesellschaft bildete.

Natürlich hatte die grüne Fee ihre Schnabelschuhe ausgezogen, bevor sie auf den Tisch geklettert war. Schließlich war sie Gauklerin, keine Barbarin. Schweigend starrte sie an die Saaldecke und versuchte, zur Ruhe zu kommen. Gesprächsfetzen, Informationen, Lügen und Wahrheiten tanzten in ihrem Kopf durcheinander wie eine Bande Hofnarren auf Crack. Sie musste unbedingt versuchen, das Ganze zu sortieren.

Langsam schloss sie die Augen. Auch auf die Gefahr hin, dass sich ihr ein potenzieller Angreifer so unbemerkt nähern konnte. Früher hätte Isa sich für solche Fälle eines ihrer Jongliermesser eingesteckt, doch da sie in letzter Zeit keine sonderlich guten Erfahrungen mit Dolchen gemacht hatte, vertraute sie einfach auf die knarrenden Bodendielen, ihr gutes Gehör und ihre flinken Füße.

Sie atmete tief durch und versuchte, sich zu konzentrieren.

Zwecklos.

Entnervt ließ sie die Handflächen auf das kühle Holz der Tafel klatschen. Es funktionierte nicht. Sobald sie versuchte, sich vorzustellen, was in der vergangenen Nacht in den Tiefen der Marksburg geschehen war, schienen die meterdicken, steinernen Wände des Raumes näher zu kommen, bis sie sich vorkam, als läge sie in einem Sarg.

»Komm schon«, murmelte sie. Anscheinend kroch auch ihr der Burgenkoller langsam in die Knochen. Immerhin verbrachte sie die meiste Zeit des Jahres auf Turnierwiesen und Open-Air-Bühnen; sie war an Weite, ans Reisen, an den Horizont gewöhnt. Natürlich gab es weitaus schlimmere Orte als die Hallen der schönen Marksburg, um von einem Sturm überrascht zu werden. Aber trotzdem …

Geschlossene Räume machten der grünen Fee nichts aus. Geschlossene Räume, die man nicht verlassen konnte, dagegen schon.

Im Dämmerlicht kaum erkennbar, hellte sich ihre Miene plötzlich auf. Sie hatte eine Idee, mit der sie, wenn schon nicht die echten, so doch die imaginären Burgmauern in ihrem Kopf durchbrechen konnte. Wieder schloss sie die Augen. Betrachtete das unordentlich gestapelte Wissen, das sie über den Mordfall Viktoria Kreuteler gesammelt hatte.

Vor Jahren hatte Isa zum ersten Mal Thomas Harris' Romane *Das Schweigen der Lämmer* und *Hannibal* gelesen und sich dabei ordentlich gegruselt. Der charmante Hobbykoch, der in diesen Werken die Hauptrolle spielte, ging nicht nur virtuos mit dem Hackebeil um, sondern war auch äußerst talentiert darin, sich Dinge zu merken. Dafür benutzte er eine Technik, mit der man sich mithilfe eines imaginären, selbst erschaffenen Ortes beliebig viele Gegenstände, Menschen und Erlebnisse einprägen konnte, um sie dann jederzeit in schöner Ordnung wieder hervorholen und untersuchen zu können: einen sogenannten Gedächtnispalast.

Um diese Technik zu erlernen, brauchte es jahrelange Übung. So viel Zeit – oder Geduld – hatte Isa nicht. Außerdem wollte sie ja keine Palast- oder Burgmauern ziehen, sondern welche abreißen. Also bastelte sie sich auf die Schnelle etwas anderes – etwas, das einfacher war – zusammen.

Keinen Gedächtnispalast. Sondern einen Gedächtnis*markt*.

Vor ihrem inneren Auge breitete sich eine große Wiese unter strahlend blauem Himmel aus. Es war ein warmer Tag an einem nicht näher bestimmten Ort. Das Summen von Insekten vermischte sich mit dem Geklirr von Schellenbändern, den steten Schlägen eines Schmiedehammers und, natürlich, mit Musik.

Isa stellte sich eine Bühne vor, auf der in großen Lettern das Logo von Manus Furis prangte. Ihre Bandkollegen – auch Valentin war dabei – spielten dort oben auf ihren Instrumenten eine wilde Melodey. Sie selbst stand vor der Bühne bei den Zuschauern.

Isa drehte sich um und betrachtete den Rest des Marktplatzes. Langsam setzte sie sich in Bewegung und bahnte sich einen Weg durch das Labyrinth aus Buden und Zelten.

Der Bühne gegenüber befand sich eine Taverne. Natürlich, immerhin wurde das tanzwütige Volk auf Mittelaltermärkten schnell durstig. Gesichtslose Zecher standen in Grüppchen davor, lachten und stießen miteinander an, dass der Met nur so schwappte.

Hinter dem Tresen entdeckte die grüne Fee Robyn, die Schankmaid. Sie polierte immer wieder den gleichen, eigentlich sauberen Kelch und redete wie ein Wasserfall auf ihre Kundschaft ein. Dabei lief sie mal dahin, mal dorthin, doch im Grunde strich sie ständig um eine Heilerin im rot-weißen Gewand herum, die Isa den Rücken zudrehte. Ihr Blick haftete begehrlich auf einem besonders großen Lederbeutel am Gürtel der Dame. Die grüne Fee wusste, dass es der Geldsäckel war.

Als sie aufblickte, konnte sie den Namen der Schänke auf einem Banner lesen. »Nobiskrug«. Einer uralten Legende nach heißt so die Herberge, in der die Toten das Geld vertrinken, das man ihnen als Grabbeigabe mitgegeben hat.

Wo es Trank gibt, dürfen auf einem Mittelaltermarkt auch die Speisen nicht fehlen, und wo Robyn sich herumtrieb, war Rumo nicht weit. Deswegen tauchte gleich neben der Taverne eine Garbräterei auf. Der riesige Koch stand am Feuer und sorgte dafür, dass sich ein knuspriges Spanferkel gleichmäßig über den Flammen drehte; dabei schien er sich, ganz im Gegensatz zu Robyn, kein bisschen für die Heilerin zu interessieren. Er wirkte, als wäre er ganz in seine Arbeit vertieft. Goss Marinade auf das Fleisch, verschwand hinter der Bude, um Holz für das Feuer zu holen, und wechselte kaum ein Wort mit der Frau in Rot und Weiß, als sie kam, um sich eine Portion Spanferkel zu kaufen.

Plötzlich überdeckte ein herber Geruch den Duft nach Gebratenem. Isa schnupperte: Pferd, Leder und zu viel Testosteron.

Irgendwo in der Nähe musste eine Turnierbahn sein.

Ein Stück weiter fand sie, was sie suchte. Leere, hölzerne Tribünen, bunte Wimpel, die in einer leichten Brise flatterten, Heuballen und ein von Hufen und Stiefeln zertrampeltes Stück Wiese.

Sie kletterte auf eine der Sitzbänke, um besser sehen zu können.

Jemand hatte am Tilt, der Schranke, die die Kampfbahnen der Reiter beim Tjost voneinander trennt, zwei Schilde befestigt. Auf jedem von ihnen prangte ein blutroter Adler, doch während der Vogel auf dem dunklen Schild einen Klageschrei ausstieß und dabei aus seinem aufgemalten Herzen blutete, sah der andere mit dem weit geöffneten Schnabel, den wilden, gelben Augen und den ausgestreckten Klauen so aus, als wollte er sich gleich vom hellen Grund, auf dem er leuchtete, lösen, seine Betrachterin packen und sie den Göttern persönlich zum Frühstück servieren.

Erik und Rune, die beiden Blutadler, kämpften. Beide waren zu Fuß unterwegs und hackten verbissen mit Schwertern aufeinander ein. Isa bemerkte, dass sie sich nicht nur auf die Schläge und Stiche konzentrierten, die sie austeilten, sondern immer wieder Blicke zur anderen Seite der Tribüne warfen. Dort standen Anita und die Heilerin und feuerten sie an. Anita, deren Kleid aus einem Hauch von Seide und Nichts zu bestehen schien, legte sich beim Singen, Jubeln und Tanzen mächtig ins Zeug, hatte aber im Grunde keine Chance. Beide Brüder hatten nur Augen für die Heilerin. Und obwohl Erik die stärkeren Hiebe austeilte, behielt Rune stets die Oberhand und erntete die lauteren Rufe der Auserwählten. Der wilde Nordmann mit dem langen Haar wurde wütender und wütender.

Isa ging weiter.

Plötzlich hörte sie eine Stimme. Sie erkannte den nächsten Mittelaltermarkt-Stereotypen schon am Tonfall, bevor er überhaupt zwischen all den anderen Leuten zu sehen war: Hier kam Korbinian in der Gestalt des Gastes, der die Veranstaltung nur besucht, um sich gehörig darüber aufregen zu können.

»Verlottertes Gesindel!«, bellte er so laut, dass es auch wirklich jeder hören musste. »Und wie das hier stinkt! Solche Märkte sollten verboten werden!«

Er versuchte, die Heilerin von einem Stand wegzuzerren, an dem Philipp Kräuter, Kerzen und Räucherwerk verkaufte. Doch sobald die junge Frau nicht hinsah, drehte er sich zu Philipp um und drückte ihm heimlich etwas in die Hand.

Dann packte Korbinian die Heilerin bei den Schultern, drehte sie herum, dass sie ihn anstelle der Auslage ansehen musste, und hielt ihr eine Gardinenpredigt über die wirklich wichtigen Dinge im Leben.

Philipp starrte fassungslos auf den Dolch in seiner Hand hinab, den er in den ihm dargebotenen Rücken rammen sollte.

Isa sah durch eine Lücke in der sich ständig verändernden Menschenmenge, dass noch jemand die Szene beobachtete: Johanna, die in einer kleinen Bude garantiert authentische, spätmittelalterliche Kleider verkaufte. Als die Heilerin vorüberging, versuchte sie, ihr ihre Waren anzubieten, doch die Frau in Rot und Weiß plauderte inzwischen angeregt mit einer Schar von Leuten, die hölzerne Masken trugen. Sie bemerkte weder die Bude noch Johanna.

Körperloses Gelächter ertönte, und plötzlich verzog sich Johannas Gesicht selbst zu einer Art Maske, geschnitzt aus Trauer, Enttäuschung und Wut.

Die grüne Fee von Absinth löste sich von diesem Anblick. Sie befand sich nun genau in der Mitte des Marktplatzes, genau im Zentrum des Geschehens. Als sie die Hand hob und mit den Fingern schnippte, teilte sich die schnatternde Menge aus gewandeten und modern gekleideten Besuchern, die sich zwischen den Ständen hindurchschob, und gab den Blick auf die Heilerin frei. Dieses Mal war sie allein, doch sie drehte Isa immer noch den Rücken zu.

Die Gauklerin fühlte das Gras unter ihren Füßen und die Sonne im Nacken. Entschlossen ging sie auf die Heilerin zu, um sie endlich umzudrehen – um zu sehen, was sie verbarg –, doch als ihre Finger den Ärmel der Frau berührten, erfüllte mit einem Mal ein solcher Brandgeruch die Luft, dass Isa glaubte, die Buden und Zelte stünden in Flammen.

Der Wind hatte sich gedreht und wehte ihr den Rauch der Holzfeuer, die überall auf dem Markt verteilt waren, genau ins Gesicht. Der Qualm stach Isa in die Augen, sodass sie Viktoria nicht betrachten konnte, als diese schließlich von selbst herumwirbelte. Hustend versuchte Isa, die Tränen wegzublinzeln, doch alles, was sie sah, waren ein leichenblasses Lächeln und blaue Augen, die mit dem Himmel um die Wette strahlten.

Blau wie Kampferfeuer.

»Deine Ermittlungsmethoden waren ja schon immer ein wenig exzentrisch, aber das ist die Spitze.«

Isa wurde so unverhofft aus ihrer Gedankenwelt katapultiert, dass sie fast vom Tisch kullerte.

Als sie die Augen öffnete, ragte Alex' Gestalt über ihr auf. Er stand neben der Tafel und musterte seine Freundin, als wüsste er nicht genau, ob er die Männer in den weißen Kitteln rufen oder sich doch lieber zu ihr legen sollte.

»Wie lange stehst du schon da?«, fragte die grüne Fee. So viel zu knarrenden Bodendielen, dachte sie.

»Ich bin gerade erst reingekommen. Und war ein wenig irritiert, die Tafel derart gedeckt zu sehen. Was treibst du denn hier? Ich dachte immer, Detektive sollten versuchen, sich in den Täter hineinzuversetzen, nicht in die Leiche.«

»Man sollte so viel wie möglich über beide wissen.« Sie ergriff die Hand, die er ihr hinhielt, und ließ sich hochziehen.

Der Schotte setzte sich neben Isa auf die Tischkante und grinste. »Eigentlich wollte ich mich ja sofort auf dich stürzen. Natürlich nur, um fachmännisch zu überprüfen, ob du noch lebst. Aber mein berühmtes Feingefühl riet mir, mich lieber auf andere Art bemerkbar zu machen.«

»Wie weise. Dann haben die Backpfeifen, die du im Lauf der Jahre von empörten Mägdlein kassiert hast, ja doch was gebracht.« Sie kicherte, als er sie in die Seite knuffte. »Mich erschreckst du mit so was jedenfalls nicht. Ich bin schließlich dran gewöhnt, dass im Dunkeln plötzlich ungebetene Gäste neben meinem Bett stehen.«

Die letzte Bemerkung hatte eigentlich ein Scherz sein sollen. Sie hatte nicht groß darüber nachgedacht, doch nun, als ihr die eigenen Worte in den Ohren klangen, fragte sie sich, ob man sich wirklich an so etwas gewöhnen konnte.

Alex hörte auf zu grinsen. Er schien plötzlich etwas loswerden zu wollen. »Erinnerst du dich daran, wie ich dir in Manderscheid sagte, ich sei im Zelt gleich nebenan?«, fragte er. »Dass ich dich hören würde, wenn etwas passiert?«

»Klar. Du warst am nächsten Morgen der Erste, der reingerannt kam, nachdem ich den Dolch gesehen und geschrien habe. Wie eine Kopie von William Wallace, nur verpennter und mit weniger Schminke im Gesicht.«

»Die hatte ich so früh am Morgen noch nicht aufgetragen. Aber mal im Ernst: Ich konnte dich wirklich hören, aber nicht nur in der Situation. Auch in der Nacht davor und ein-, zweimal auf anderen Märkten, wo wir dicht nebeneinander gecampt haben.«

»Wie meinst du das?«

»Du hast im Schlaf geredet. Was genau, weiß ich nicht, aber es war ziemlich laut. Und du hast Mareks Namen gerufen. Mehrfach.« Er blickte sie von der Seite an. »Du träumst von ihm, oder?«

Bisher hatte Isa das vor niemandem zugegeben. Nicht einmal Lena hatte sie davon erzählt. Doch seltsamerweise fühlte sie sich in diesem Moment – Schulter an Schulter mit Alex, während eine Leiche im Nebenraum lag und ein Fall darauf wartete, gelöst zu werden – sicher. So makaber und verrückt es klang.

»Manchmal«, sagte sie.

»Schlimm?«

Sie nickte.

»Willst du drüber reden?«

»Himmel, nein.«

Er musste lachen. »Okay, lassen wir die dunkle Vergangenheit der Isa Bocholt aus dem Spiel. Hier gibt's ja so schon genug verdächtige Gestalten, auch ohne deinen Ex.«

»Was uns wieder zum eigentlichen Thema führt.« Sie hüpfte von der Tafel.

In einer der Fensternischen des Rittersaals befand sich eine kleine Sitzecke; ein museales Arrangement, dazu gedacht, den Raum lebendiger zu gestalten. Trübes, perlgraues Licht fiel auf zwei an den Mauern befestigte Bänke, bestickte Wandteppiche und ein Tischchen, auf dem ein hölzernes Schachbrett stand.

Isa kletterte über das Absperrseil, das zahlende Gäste und neugierige Gauklerinnen eigentlich von diesen Ausstellungsstücken fernhalten sollte. Die geschnitzten Schachfiguren, sonst hell- und dunkelbraun, wirkten im Halbdunkel knochenweiß und rabenschwarz.

Unter Alex' fragendem Blick schob sie die Figuren zusammen. Dann suchte sie sechs Weiße aus und stellte sie auf einer Seite des Brettes auf. »Pauline, Rune, Lena, Kevin, du und ich.« Nacheinander deutete sie auf die hölzernen Gestalten. »Jede dieser Personen war in dem Zeitraum, in dem Viktoria verschwand, entweder mit anderen zusammen und hat somit ein wasserdichtes Alibi oder ist zwar ein bisschen unheimlich, aber doch zu jung, um einen Mord zu begehen. Sie scheiden als Verdächtige aus.«

Als Nächstes griff sie sich den schwarzen König. »Korbinian Kreuteler. Ohne Alibi, dafür aber ausgestattet mit Motiv, Mitteln und Gelegenheit. Er könnte es gewesen sein.« Sie stellte die Figur auf die gegenüberliegende Seite. Daneben kamen die beiden schwarzen Springer. »Ähnlich sieht es bei Philipp und Johanna aus. Johanna war in Viktoria verliebt oder hat sie zumindest sehr gemocht, aber diese Gefühle wurden nicht erwidert. Außerdem haben die Leute von der Geheimniskramerey ihr einen grausamen Streich gespielt. Da sie alle Masken trugen, glaubte Johanna vielleicht, dass Viktoria auch daran beteiligt war. Als sie ihr zufällig hier auf der Marksburg wieder begegnete, könnte sie die Gelegenheit genutzt haben, um sich endlich zu rächen. Und was Philipp angeht ... Vielleicht war es ja gar nicht sein Auftrag, Viktoria zu verraten, sondern sie einfach direkt umzubringen?«

Alex brummte skeptisch. »Bisschen mafiös, die letzte These.«

»Glaub mir, Korbinian Kreuteler ist der absolute Pate. Wer sich gegen die Familie wendet, wird vernichtet. Auch, wenn er oder sie selbst dazugehört.«

Nacheinander gruppierte Isa die Dame, einen Läufer, einen Turm und zwei Bauern um die anderen schwarzen Figuren. »Anita und Erik. Beide geben sich gegenseitig Alibis, die fadenscheiniger sind als Anitas Klamotten. Sie ist unberechenbar, er hat nie verkraftet, dass Viktoria seinen verhassten Bruder geheiratet hat. Burgvogt Schrödinger – okay, ich geb's zu: Keine Ahnung, warum er Viktoria umbringen sollte, aber er ist spurlos verschwunden und der Einzige, der sich auf dieser Burg wirklich auskennt. Außerdem hat er die Schlüssel zu allen Räumen und Gebäuden.

Tja, und dann wären da noch Robyn und Rumo. Beide haben keine vernünftigen Alibis und widersprechen sich komplett, obwohl sie angeblich die meiste Zeit zusammen waren. Robyn war schwer beeindruckt von Viktorias Geld; Rumo dagegen schien sich nicht die Bohne für ihre Person oder ihre Finanzen zu interessieren.«

Nachdenklich klopfte die grüne Fee mit dem Fingerknöchel auf das Schachbrett. »Fazit: Es gibt einige überraschende und interessante Motive, kaum echte Alibis und jede Menge offene Fragen. Wir müssen dringend ein paar Zungen lösen.«

»Aber wie?«

Isa überlegte. »Ich schlage vor, wir tun einfach das, was Spielleute am besten können. Wir bringen die Leute dazu, sich zu betrinken.«

## Kapitel 13

Angeblich spielte bei der Ermordung des englischen Königs Edward II. ein Kuhhorn eine wichtige Rolle.

Die genauen Umstände seines Todes sind bis heute ungeklärt. Eine Theorie besagt jedoch, dass man Edward, den seine Feinde Mitte des vierzehnten Jahrhunderts gefangen und zum Abdanken gezwungen hatten, bäuchlings über einen Tisch warf, ihm die Beinlinge gen Süden zog und ihm dann ein hohles, abgesägtes Kuhhorn an einem sehr privaten Ort ansetzte. Durch dieses Hilfsmittel hindurch schoben seine Peiniger dann ein glühendes Eisen bis hinauf in die königlichen Gedärme. Wegen des schützenden Horns blieben keine sichtbaren Spuren am Leib des Monarchen zurück, und Edward starb – wenn man der Legende Glauben schenkt – eine Viertelstunde später an Herzversagen, einem Krampfanfall oder dem schlichten Schock.

Dies war keine Geschichte, die Isa normalerweise durch den Kopf ging, wenn sie auf einem Mittelaltermarkt ein Trinkhorn in der Hand hielt. Egal, was böse Zungen über sie behaupteten. Doch nun, da sie vor Robyn stand und sich einem Redeschwall ausgesetzt sah, der in etwa so angenehm wie eine mittelschwere Lawine war, kamen ihr durchaus solch finstere Mordgedanken in den Sinn.

Dabei hatte sie doch bloß gefragt, ob noch Alkohol im Hause war.

»... er trinkt das, mit den Limonen und den Hühnerfüßen drin, hört sofort auf zu niesen und fragt mich total erstaunt: ›Mensch, Robyn, woher hast du das denn? Hildegard von Bingen?‹ Und ich nur: ›Nee, aus *Grey's Anatomy*‹. Aber egal. Also, die Gäste vom Grafenmahl, die haben vielleicht was weggebechert, ich kann dir sagen! Vor allem diese Schickimicki-Leute. Glaubt man gar nicht, was? Da war so eine ältere Dame, ganz schnieke mit Perlen und diesem Dings, diesem edlen Teil am Kleid – wie heißt das noch mal? Na ja, jedenfalls weiß ich nicht genau, was wir noch so alles an Getränken übrig haben, aber wenn es nur ein kleiner, abendlicher Umtrunk sein soll, wir sind ja nicht so viele ... Da könnten die Reste schon noch reichen. Etwas Bier, ein bisschen ›Burggeist‹, oh, und natürlich Met. Der darf auf einer mittelalterlichen Party ja nicht fehlen. Wie meine Großtante Freya immer zu sagen pflegte: Mit Bier und Wein wird's durchaus nett, doch Götter feiern nur mit Met, haha!«

Die grüne Fee biss die Zähne zusammen.

Es heißt Met, dachte sie. *Meeeet,* mit langem »E«. Nicht »Mett«. Das eine stammt vom Schwein, das andere aus der Honigwabe. Noch nie in der Geschichte Asgards hat sich eine nordische Gottheit nachts um drei noch ein Brötchen mit Zwiebelmet geschmiert!

Diesen Fehler bei der Aussprache hörte Isa auf Mittelaltermärkten zur Genüge, doch aus dem Munde einer Frau, die ihr Geld als Schankmaid verdiente, fügte er ihr beinahe körperliche Schmerzen zu. Trotzdem sagte sie nichts. Stattdessen lehnte sie sich gegen die Anrichte, zählte im Geiste bis zehn und lächelte. »Es wäre wirklich toll, wenn du mal im Lagerraum nachsehen könntest. Wie gesagt, wir wollen ja kein stehendes Heer verpflegen, sondern nur die Stimmung ein bisschen heben, bis der Sturm endlich nachlässt und Hilfe kommt. Die Leute drüben drehen sonst langsam durch.«

»Ich? Jetzt? Du willst, dass ich jetzt nachsehe?«

»Wie Großtante Jeanne zu sagen pflegte: Ich brenne darauf.«

Robyn starrte sie einen Moment lang irritiert an. Halb erwartete Isa, dass Rauch aus ihren Ohren kommen würde. Doch dann kicherte die Schankmaid bloß und stiefelte mit einem »Bin gleich wieder da!« von dannen.

Bevor die Tür zufiel, wehte der verführerische Duft von Rumos Schweinebraten in die Spülküche. Gemeinerweise erfüllte er jeden Winkel des winzigen Raumes und erinnerte Isa daran, dass es im Allgemeinen ziemlich lange dauerte, ein Spanferkel oder ein ähnliches Stück Gargut über offenem Feuer zu rösten.

Omelette war das einzige Gericht, das Isa zubereiten konnte, ohne dass die Küche danach aussah, als hätte man eine Handgranate in einen Topf mit Spaghetti Bolognese geworfen. Deshalb hütete sie sich davor, Rumo beim Kochen zur Hand zu gehen. Doch selbst mit ihrer und der Hilfe aller Anwesenden würde der Braten nicht schneller fertig werden. Mindestens drei Stunden noch, schätzte sie und seufzte theatralisch in den leeren Raum.

Müßig schlenderte die Gauklerin durch die winzige Küche, während sie auf Robyn wartete. Öffnete kurz den Kühlschrank, der jedoch, da er ohne Strom stetig an Kälte verlor, nichts Interessantes mehr enthielt. Ließ den Blick über die Arbeitsplatte schweifen, auf der Rumo am Abend vorher noch Kirschkrapfen mit roter Grütze in Schüsseln angerichtet hatte.

Beim Gedanken an die letzte der cremig-knusprigen Köstlichkeiten, die sie bei ihrem Gespräch mit Robyn gegessen hatte, legte Isa den Kopf schräg. Sie betrachtete das Küchenschränkchen, aus dem die Schankmaid die Krapfen hervorgezaubert hatte.

Privatvorrat, hatte Robyn gesagt.

Ein Versteck, sagte Isas innere Detektivin. Und Verstecke muss man immer untersuchen. Egal, ob man gerade in einem Mordfall ermittelt oder Lust auf Naschwerk hat.

Ein rascher Blick zur Tür. Noch war sie allein.

Wie ein grüner Blitz huschte Isa auf die andere Seite des Raumes.

Falls Robyn sie beim Herumschnüffeln ertappte, würde sie sich damit herausreden, dass in diesem kleinen, vollgestopften Schränkchen definitiv jemand um Hilfe gerufen hatte. Hineinzuschauen war da doch erste Bürgerpflicht.

Die Gauklerin zog die Türen auf. Sie wühlte eine Weile, suchte sogar nach einem doppelten Boden und einer falschen Rückwand, doch alles, was sie fand, waren Teller, ein uraltes Döschen mit getrockneter Petersilie, einen verbogenen Löffel und ein paar Holzspäne.

Keine Krapfen. Keine neuen Hinweise. Was von beidem furchtbarer war, vermochte sie nicht zu sagen.

Enttäuscht räumte Isa alles, was sie aus dem Schrank geholt hatte, wieder an seinen Platz. Die Dose mit der Petersilie gehörte sicher woanders hin – in den Müll oder in ein Museum, dem Abfülldatum nach zu urteilen –, also stellte sie sie oben auf die Arbeitsplatte. Doch plötzlich stutzte die grüne Fee. Sie griff noch einmal nach der Dose und wog sie in der Hand.

Dafür, dass sie nur getrocknete Kräuter enthalten sollte, war sie erstaunlich schwer.

Neugierig schraubte Isa den Deckel ab. Was ihr entgegenlachte, war zwar grün und blättrig, doch ganz sicher keine Petersilie.

Ein dickes Bündel Hundert-Euro-Scheine steckte in der Dose.

»Ja, hallo …« Die Gauklerin stieß einen Pfiff aus. »Es gibt auf der Marksburg also doch eine Schatzkammer …«

Nachdenklich betrachtete sie ihren Fund. Die grüne Fee hatte noch keinen einzigen Kriminalroman gelesen, in dem Geld, das scheinbar rein zufällig an einem völlig absurden Ort auftauchte, nicht irgendwie mit einem Verbrechen in Verbindung gestanden hätte. Außerdem bezweifelte sie angesichts des Betrages stark, dass sie gerade die Trinkgeldkasse der Schankmägde in Händen hielt.

Moment mal … die Schankmagd und das Geld, dachte Isa und hatte plötzlich einen Verdacht. Sie versuchte sich daran zu erinnern, wie sie den Birnenbrand aus der Spülküche geholt hatte und Robyn und Rumo zum ersten Mal begegnet war. Robyn war wegen Viktoria Kreutelers Reichtum ziemlich ins Schwärmen geraten:

*»Na, diese Events sind doch übelst teuer, kann sich unsereins gar nicht leisten … Aber die Frau Kreuteler, die hat anscheinend genügend Taler in der Tasche. Hat alles allein gezahlt, für die ganzen Leute da draußen – Essen, Miete, Getränke, alles! Kannst du dir das vorstellen? Und das Kleid, das sie anhat … Wahnsinn …«*

Auch wenn Viktoria der Reichtum ihrer Familie nichts bedeutet hatte: Mit Geld war sie offenbar nicht knauserig umgegangen. Robyn schien davon ziemlich beeindruckt gewesen zu sein. Vielleicht hatte sie sogar etwas neidisch geklungen. Und nun war Tory tot, und ausgerechnet an dem Ort, an dem Robyn ihre stibitzten Krapfen versteckt hatte, tauchten mehr Silberlinge auf, als Isa in einem Monat verdiente.

Hatte die grüne Fee es am Ende mit simplem Raubmord zu tun? Oder etwa mit …

Sie bremste sich mitten in der Überlegung ab, denn ihr blieben nur noch wenige Augenblicke, bis Robyn aus dem Lagerraum zurückkehren würde. Sie musste eine Entscheidung treffen, und zwar schnell: Entweder konfrontierte sie die Schankmaid sofort mit dem Geld oder sie stellte die Dose zurück und behielt ihr Wissen erst einmal für sich, als Trumpf.

Sie wählte einen Kompromiss. Flink durchsuchte sie die anderen Schränke und Schubladen, bis sie eine Auswahl an Kräutern und Gewürzen fand, die Rumo vermutlich zum Anrichten verwendete. Zum Glück war auch eine Dose mit Petersilie dabei. Isa kippte ein Drittel des Inhalts in den Mülleimer, um Platz zu schaffen. Dann riss sie ein Stück Küchenrolle ab, kritzelte hastig ein paar Worte darauf und stopfte die Nachricht in die Dose. Kaum hatte sie das Ganze im Schränkchen versteckt und die echte Dose mit dem Geld hinter ihrem Rücken verborgen, als auch schon die Tür aufging und Robyn hereinkam. Sie sah nach unten auf ihre Hände, die sie mit einem Spültuch sauber rieb, während sie sprach.

»Mann, Mann, Mann, das hätte ich wirklich nicht gedacht. Also, wir haben noch eine ganze Menge –«

Als sie aufblickte und dort, wo Isa bis vor ein paar Minuten noch gestanden hatte, nur leeren Raum sah, hielt sie irritiert inne. Dann drehte sie sich um. »Ach, da bist du.«

Isa lächelte unschuldig.

»Du hast die Grundlage für unser kleines Gelage gefunden, nehme ich an?«

»Bier und ›Burggeist‹ sind leider alle, aber wir haben viel mehr Wein und Met, als ich dachte. Vielleicht haben die Living-History-Leute auch Getränke angeschleppt, keine Ahnung – jedenfalls könnten wir Badezuber mit dem Zeug füllen. Klingt doch gut, oder? Wie schon meine –«

»Perfekt. Danke dir, Robyn. Dann gehe ich mal und überbringe den anderen die frohe Botschaft.«

Sanft schob Isa sich an ihr vorbei, zur Tür hinaus.

Die Botschaft, auf die es wirklich ankam, wartete indes im Schrank.

Erik und Rune hatten sich in verschiedene Ecken der Burgküche zurückgezogen wie angeschlagene Boxer. Dass sie einander nicht mehr anschrien, machte die Atmosphäre um einiges angenehmer.

Folkesson lag auf einer Sitzbank in der Fensternische, die Arme hinter dem Kopf verschränkt, die Beine so lässig ausgestreckt, dass es fast schon an öffentliche Hurerei grenzte. Wenn Isa das Kopfnicken und die Kabel, die unter seine Mähne führten, richtig deutete, hörte er gerade Musik. Ihm gegenüber, auf der zweiten Bank, räkelte sich Anita. Die grüne Fee bemerkte, dass die Zauberwald-Aura langsam, aber sicher von ihr abblätterte. Zurück blieb eine etwas zerzauste Frau in einem Hauch von Kleid, die einen giftigen Zug um den Mund zur Schau trug.

Rune Kreuteler saß auf einem Stuhl vor dem Feuer. Er starrte vor sich hin und nippte ab und zu an dem Humpen, den er auch schon in der Hand gehabt hatte, als Isa ihn im Rittersaal vor der Aborttür gefunden hatte.

Die grüne Fee von Absinth saß mittlerweile neben Alex an einer der Tafeln und naschte von dem Speck, den Kevin und er gerade für Rumos mittelalterliche Erbsenspeise in Streifen schnitten. Isa hatte ihren Bandkollegen gezeigt, was sie in der Spülküche gefunden hatte. Auf die Frage, was sie nun damit machen wollte, hatte sie nur mit einem geheimnisvollen »Werdet ihr schon sehen«, geantwortet.

So geheimnisvoll man mit einem Mund voll Speck eben sein konnte.

»Aber Raubmord?« Alex schaute skeptisch drein. »Glaubst du im Ernst, dass Viktoria so viel Bargeld einfach so mit sich herumgetragen hat? Sie war reich, aber doch nicht blöd.«

»Aber vielleicht zu vertrauensselig. Ich werde mal Rune fragen.«

»Dann könntest du dich auch gleich erkundigen, ob es überhaupt in Ordnung für ihn wäre, wenn wir nach dem Tod seiner Frau zum Tanz aufspielen«, sagte Kevin. »Das wäre taktvoll. Also völlig untypisch für dich, aber trotzdem eine gute Idee.«

»Pff. Wenn du nur halb so viel Taktgefühl hättest wie ich, mein Lieber, hättest du glatt Musiker werden können.«

Theatralisch griff er sich ans Herz. »Das tat jetzt weh.«

»Das hoffe ich doch. Allerdings hast du nicht ganz Unrecht mit dem, was du sagst.«

»Über deinen Charakter?«

»Nein, über Rune. Ich werde ihn nicht um Erlaubnis bitten, aber ich will ihm auch nicht zu sehr auf die Füße treten.«

Als er Isa einen Platz neben sich anbot, wirkte Rune Kreuteler gefasster als bei ihrem Gespräch am Morgen. Außerdem roch der Inhalt seines Humpens nicht mehr nach Alkohol, sondern nach Kamillentee.

Rune musste ihren Blick bemerkt haben, denn er schenkte ihr ein schwaches, entschuldigendes Lächeln. »Ich darf eigentlich nicht so viel trinken. Tory hätte nicht gewollt, dass ich mich so gehen lasse.«

Als sie ihm vorsichtig die Idee von dem abendlichen Umtrunk unterbreitete, reagierte er ebenso handzahm. »Machen Sie ruhig«, sagte er schließlich. »Viktoria hätte es sicher gefallen, dass im Gedenken an sie mittelalterliche Musik gespielt und getanzt wird. Die förmlichen Beerdigungen, die in ihrem Verwandtenkreis stattfanden, hat sie immer gehasst.«

Rumo trat an den Kamin und bestrich den Braten mit einer dickflüssigen Marinade. Dabei hielt er diskret Abstand zu der Gauklerin und dem Wikinger. Trotzdem sprach Rune ein wenig leiser weiter. »Ich kann es immer noch nicht glauben. Es kommt mir so vor, als würde Viktoria jeden Moment durch die Tür spazieren und mich anlächeln, wie sie es immer getan hat …« Seine Stimme klang nach herber Schokolade. Dunkel und bittersüß. »An dem Tag, an dem ich ihr den Antrag gemacht habe, hat sie so gestrahlt.«

»War das auch auf einem Mittelaltermarkt?«

»Ja, wir waren beide mit unseren Heerlagern dort. Es war Sommer, wunderbar warm. Alles war perfekt. Auf dem Marktgelände gab es diese große Turnierbahn für Schaukämpfe, Falknervorführungen und Feuershows. Ich gab dort meine letzte Vorstellung mit den Blutadlern und bat den Veranstalter, mir einen Gefallen zu tun. Kurz vor dem Kampf verkündete der Herold, dass es für einen der Nordmänner noch eine besondere Prüfung zu bestehen gebe. Das war mein Stichwort. Ich wendete mein Pferd, brach mitten durch die Reihen der Zuschauer und ritt quer über den Markt zum Stand eines Quacksalbers, wo Viktoria auf meine Bitte hin von Freunden in ein Gespräch verwickelt worden war. Sie war so erstaunt, mich zu sehen, aber ich habe sie einfach aufs Pferd gezogen, verstehen Sie? Sie entführt. Mir meine schöne Braut geraubt. Als wir zurück auf der Turnierbahn waren, habe ich sie dann vor aller Augen gefragt. Gott, war ich nervös … Aber als ich ihr Gesicht sah, ihr leuchtendes Gesicht, und das ›Ja‹ aus ihrem Mund hörte …«

Seine Stimme brach, und er verbarg sein Mienenspiel, indem er einen großen Schluck Tee aus seinem Humpen nahm.

Die grüne Fee gab ihm einen Moment, um sich zu sammeln. Dann ergriff sie wieder das Wort. »Herr Kreuteler, ich hatte vorhin ein Gespräch …« Sie stockte. Eigentlich hatte sie »mit Philipp« sagen wollen, doch ihr fiel wieder ein, was für ein Gesicht Rune gemacht hatte, als Viktoria ihrem besten Freund vor dem Grafenmahl in die Arme gefallen war. Viel offensichtlicher konnte man Eifersucht nicht zum Ausdruck bringen. Isa wollte nicht riskieren, dass er dichtmachte, also formulierte sie ihren Satz um. »Ich meine, ist es richtig, dass Viktoria zwar aus einer reichen Familie stammte, sich aber nie wirklich Gedanken um finanzielle Dinge gemacht hat?«

Der Wikinger runzelte verwirrt die Stirn. »Sie hat ihr Vermögen nicht verschleudert, wenn Sie das meinen.«

»Hatte sie manchmal größere Summen in bar bei sich?«

Nun schien er gar nichts mehr zu verstehen. »Wieso fragen Sie mich das?«

Unauffällig zog die grüne Fee die Gewürzdose aus ihrer Tasche, schraubte sie auf und zeigte Rune den Inhalt.

»Das habe ich gefunden. Wo, ist erst mal unwichtig, aber ich möchte herausfinden, ob es Viktoria gehört haben könnte. Wenn ja, wurde es von jemandem gestohlen. Wahrscheinlich vom Mörder.«

Wenn die Augen des Wikingers noch größer geworden wären, hätte man sie als Rundschilde außen an ein Drachenboot nageln können. Fassungslos starrte er auf das Bündel Scheine. Dann vergrub er das Gesicht in den Händen. Als er sprach, klang er so dumpf, dass sie sich vorbeugen musste, um ihn zu verstehen.

»Ich habe Tory so gebeten, vorsichtiger zu sein. Ich habe sie so sehr darum gebeten … Es ist verrückt. Auf den Märkten ist ihr nie etwas gestohlen worden, obwohl sie ihr ganzes Geld einfach in einem Beutel am Gürtel getragen hat.« Er tauchte wieder auf. »Haben Sie schon irgendeine Ahnung, wer das getan hat?«

»Möglicherweise. Es ist noch zu früh, um die Person, die ich im Verdacht habe, offen anzusprechen. Also warte ich, bis sie von selbst zu mir kommt.«

»Warum sollte sie das tun?«

Isa steckte die Gewürzdose wieder in ihre Tasche. »Vertrauen Sie mir einfach.«

Plötzlich ertönte Musik in der Burgküche. Ein Song von Manus Furis, genauer gesagt. Isas erster Gedanke war, dass ihre Bandkollegen angefangen hätten, ein wenig zu üben, doch die Töne waren viel zu leise für ein Live-Konzert mit Dudelsäcken. Sie klangen metallisch, kraftlos, so als käme die Musik aus einem richtig schlechten Lautsprecher und nicht aus voller Kehle. Ein schneller Blick verriet ihr, dass Alex, Lena und Kevin tatsächlich alle noch auf ihren Plätzen saßen. Keiner von ihnen hielt ein Instrument in der Hand, dafür sahen alle gleichermaßen verdutzt aus.

Sämtliche Personen im Raum verstummten gleichzeitig und lauschten.

*Es lebt' ein alter Schreiner mit einem jungen Weib,*
*Die suchte sich 'nen Liebsten zu ihrem Zeitvertreib*
*Lalala, lalala, die suchte sich 'nen Liebsten zu ihrem Zeitvertreib!*
*Der Pfaffe in der Kirche war noch ein junger Mann,*
*Dem stand die schwarze Kutte so richtig prächtig an …*

Erik, dachte Isa.

Sie sah hinüber zur Fensternische. Der Nordmann fläzte sich mittlerweile nicht mehr wie von einem Fuhrwerk angefahren auf der Sitzbank, sondern hatte sich aufgesetzt. Kopfhörer trug er auch keine mehr. Als er den Blick der grünen Fee bemerkte, schüttelte er demonstrativ den kleinen, in einer Lederhülle verborgenen Player, über den er seine Musik gehört hatte. Die Geste war eindeutig: »*Ich* bin das nicht.«

Dann fiel bei Isa plötzlich der Groschen.

Valentin hatte dieses Lied geschrieben. Deshalb war es ihr auch sofort in den Sinn gekommen, als sie dem Bandleader von Manus Furis vor Monaten einen eigenen Klingelton zugewiesen hatte.

Wie in Zeitlupe griff sie in ihre Tasche. Holte das Handy raus, schaute aufs Display und konnte es einfach nicht glauben. Draußen tobte der Sturm des Jahrhunderts, und bei ihr ging ein Anruf ein.

Für einen Moment schien die gesamte Burgküche wie eingefroren. Niemand bewegte sich. Dann machte Lena den Mund auf. Sie wiederholte die Frage, die sie schon in Manderscheid gestellt hatte, als Isas Schwester Bruni angerufen hatte. Diesmal schien sie allerdings nicht nur verblüfft, sondern nahezu fassungslos zu sein.

»Du hast hier Netz?!«

Kaum waren ihre Worte verklungen, brach die Hölle los.

Isa sah, dass der eine, mickrige Signalbalken, der auf dem Bildschirm angezeigt wurde, gefährlich flackerte. Sie presste das Handy ans Ohr und sprang auf. »Valentin? Valentin, kannst du mich hören?«

Ob und was er antwortete, verstand sie nicht, denn um sie herum schrien plötzlich alle durcheinander.

»Geben Sie mir das Telefon!«, brüllte Korbinian. »Sagen Sie dem Kerl, er soll aus der Leitung gehen! Ich muss jemanden anrufen, der uns hier rausholen kann!« Die grüne Fee sah aus den Augenwinkeln, wie der alte Patriarch mit der Geschwindigkeit eines Armbrustbolzens auf sie zugeschossen kam. Sie duckte sich, als er versuchte, ihr das Handy aus der Hand zu reißen, und zog sich weiter in die Ecke neben dem Kamin zurück. Dabei rannte sie fast in Robyn hinein, die von hinten auf sie zukam.

»Wir müssen den Notruf wählen!«, quatschte die Schankmaid dazwischen. »Oder nein, warte, du musst dem Anrufer sagen, *er* soll den Notruf wählen!«

»Lass sie doch in Frieden, Mädchen! Die hört doch sonst nichts!«, kam es dröhnend von Rumo.

»Sei selber ruhig, alter Miesepeter! Du bist viel lauter als ich!«

Anita schwebte aus der Fensternische. »Notos, der Gott der Stürme, wurde besänftigt! Endlich können wir diesen Ort des Kummers und der Schmerzen verlassen!«, rief sie und kam mit einem beunruhigenden Ausdruck in den Augen auf Isa zu. *Alle* kamen auf sie zu. Die plötzliche, fragile Verbindung zur Außenwelt, zum Leben hinter dem Vorhang aus Regen und Tod, schien die Leute anzuziehen wie der Honig die Bienen. Oder, besser: wie die Beute den geifernden Wolf.

Korbinian machte einen erneuten Versuch, Isa das Telefon abzunehmen. Die Gauklerin konnte sich nicht wehren, weil sie das Gerät in der einen Hand hielt und die andere auf das freie Ohr drückte, um den Lärm auszublenden; also blieb ihr nur, weiter zurückzuweichen. »Gehen Sie weg!«, zischte sie und versuchte, aus seiner Reichweite zu entkommen. Dabei stolperte sie hinter den Stapel mit Brennholz und fast durch die offene Seite in den Kamin. Korbinians Fingerspitzen streiften ihre Schläfe. Flammen züngelten nach ihrem Rock.

»Jetzt geben Sie schon her, verdammt noch mal!«

»Wer ist denn dran?«

»Kleine, du musst auch was sagen, sonst nützt das mit dem Anruf nichts …«

»RUHE!«

Drei Gauklerkehlen, vom Met unzähliger Märkte geölt und von Berufs wegen lang gereckt, damit später einmal die Galgenschlingen passten, brachten die Meute zum Schweigen.

Isa nickte ihren Bandkollegen dankbar zu, als sie sich zum Kamin drängten, um die Leute auf Abstand zu halten. Kurzerhand schnappte sie sich Alex, zog ihn am Kragen zu sich herunter und hielt das Handy so, dass er sein Ohr von der anderen Seite dagegendrücken konnte. Die Verbindung war so miserabel, dass sie es für sicherer hielt, wenn zwei Leute zuhörten.

Angestrengt lauschten beide dem Rauschen in der Leitung.

»Valentin? Bist du noch dran?« Nun, da in der Küche nur noch der Wind zu hören war, hallte Isas Stimme gespenstisch laut von den Wänden wider.

Nichts. Nur ein knackendes Geräusch, dann Stille – dann wieder das Knacken. Isa schob Alex und sich ein paar Schritte auf das Fenster zu, weil es dem Signal – im Gegensatz zur meterdicken Mauer des Gotischen Saalbaus – am wenigsten Widerstand bot.

Plötzlich hörten sie eine vertraute, wenn auch undeutliche Stimme.

»...allo?«

»Ja! Valentin, bitte, stell keine Fragen und hör zu!« Sie zwang sich, langsam und deutlich zu sprechen. »Hier ist ein Unwetter. Wir sitzen auf der Marksburg fest, und eine Frau ist hier getötet worden! Du musst uns Hilfe schicken. Sofort!«

Wieder nur Rauschen. Isa presste die Schulter gegen das kalte Fensterglas, so fest sie nur konnte.

»... Versteh' dich schle... Was?«

»Hilfe! Ruf die Polizei!« Sie schrie nun in das Telefon. Ihr Puls raste. »Die sollen zur Marksburg kommen und Räumfahrzeuge mitbringen!«

»...ndung schlecht. Ich ... sagt? ...zeuge? Wollte ... hören ... g... a... a...«

»Ruf die Polizei, jemand muss uns – hallo? Hallo?«

Alex zog Isa das Handy vom Ohr. Entsetzt starrten beide auf das Display. Der Signalbalken war weg.

»Oh, komm schon!« Verzweifelt stellte sich die grüne Fee auf die Zehenspitzen und hielt das Telefon so hoch und so dicht ans Fenster, wie sie nur konnte. Keine Reaktion.

Sie wirbelte herum. Ihr Blick fiel auf ein altes Holzfass, das zur musealen Deko der Burgküche gehörte. Mit einem Satz sprang sie darauf. Der Ausblick von dieser erhöhten Position aus war regelrecht schwindelerregend: So dicht am Fensterglas konnte Isa direkt an der Burgmauer entlang nach unten schauen. Schnell blickte sie zurück aufs Display, doch der kleine Balken wollte einfach nicht aufleuchten.

»Und?«, hörte sie Alex fragen.

»Es funktioniert nicht! Entweder ist das Glas zu dick, das Gewitter wieder stärker oder das Fass noch zu niedrig ...« Ihr kam eine Idee. »Komm rauf«, sagte sie.

Der Schotte kletterte ebenfalls auf das Fass.

»Verschränk deine Finger und geh ein bisschen in die Knie«, befahl sie. Als er auf dem schmalen Deckel einen halbwegs sicheren Stand gefunden hatte, setzte sie einen Fuß auf die Räuberleiter, hielt sich mit einer Hand an seiner Schulter fest und sah ihm in die Augen. »Als würdest du einen Baumstamm werfen. Nur, bitte, ohne das Werfen.«

»Keine Sorge. Damen und Metkrüge lasse ich niemals fallen.«

Es fühlte sich an, als hätte sie beim Herunterlaufen einer Treppe aus Versehen eine Stufe verpasst, als Alex Schwung nahm und sie hochhob. Die Finger der freien Hand gegen das kalte Fensterglas gepresst, versuchte sie, die Balance zu halten.

Das ganze Konstrukt – Fass, Schotte, Fee – wackelte gefährlich, und Isa war sich nur allzu bewusst, dass direkt neben ihnen ein ziemlich heißes Feuer im Kamin loderte. Von den anderen sagte niemand mehr ein Wort. Alle schauten zu, wie sie sich aufrichtete und vorsichtig den Schwerpunkt verlagerte. Wie sie kurz nach vorn kippte und sich an Alex' Kopf festhalten musste, um nicht abzustürzen. Dann fand sie ihr Gleichgewicht. Erneut hob sie das Handy hoch und führte es direkt am Fenster entlang, hin und her, hoch und runter. Suchend, den Blick die ganze Zeit auf die Empfangsanzeige gerichtet.

Ohne Erfolg.

»Lass mich runter, Alex. Es hat keinen Sinn, das Signal ist weg.« Selbst in ihren eigenen Ohren klang ihre Stimme frustriert.

Kaum waren sie wieder von dem Fass heruntergeklettert, baute sich Korbinian Kreuteler vor ihnen auf wie ein Monarch, der seine unfähigen Kammerdiener zur Sau machen will.

»Herzlichen Glückwunsch! Sie haben gerade unsere vielleicht einzige Chance, noch aus dieser Burg gerettet zu werden, bevor der Sturm aufhört, zunichtegemacht!«

»Regen Sie sich ab. Wenn ich Ihnen das Handy gegeben hätte, wäre der Empfang genauso schlecht gewesen, egal, ob Sie versucht hätten, den Polizeipräsidenten, König Artus oder Gott persönlich anzurufen«, gab Isa verärgert zurück. »Wie wäre es, wenn Sie jetzt endlich aufhören würden, wertvolle Zeit mit Gemecker und Gebrüll zu verschwenden, und stattdessen nachsehen, ob Ihr Handy vielleicht zufällig Empfang hat, so wie meins gerade?« Sie blickte in die Runde. »Hat hier irgendjemand Netz?«

Einige der Anwesenden kramten in ihren Taschen. Das allgemeine Kopfschütteln war ernüchternd.

Philipp hielt die von der Hektik und dem Geschrei sichtlich eingeschüchterte Pauline an der Hand. »Und wenn wir noch höher müssen, damit es funktioniert?«, fragte er. »Könnten wir nicht auf den Dachstuhl gehen oder –«

»Der Bergfried!« Sofort war Isa Feuer und Flamme. »Der kleine, runde Turm an der Spitze, das ›Butterfass‹. Das ist der höchste Punkt der Marksburg. Wenn wir da hinaufkämen …«

»Das kannst du dir gleich aus dem Kopf schlagen.« Rumo verschränkte die massigen Arme vor der Brust.

»Wieso? Wenn man aus der Tür da auf den kleinen Hof hinausgeht und nach oben schaut, sieht man, dass der Rheinbau und der Bergfried durch eine Art Holzbrücke miteinander verbunden sind. Ich weiß nicht, wie alt oder wie stabil sie ist, aber es muss einen Zugang geben.«

»Gibt es auch, über die Treppe neben dem Kaplanszimmer. Die führt ins Dachgeschoss des Rheinbaus.«

»Wo ist dann das Problem?«

»Selbst wenn du oder jemand anders es schafft, das Schloss an der passenden Tür aufzubrechen, unfallfrei die Holzbrücke zu überqueren und im Bergfried nicht in das Angstloch zu fallen –«

»Moment. Angstloch?«

»Eine Öffnung im Boden des ersten Turmgeschosses«, dozierte Kevin, der Valentins Informationen scheinbar auswendig gelernt hatte. »Darunter befindet sich ein Raum. Er ist kaum breit genug, um darin zu liegen, hat aber eine Höhe von etwa sieben Metern. Man vermutet, dass er als Verlies genutzt wurde und man Gefangene durch das Loch an einer Seilwinde hinunterließ.«

Unwillkürlich stellte Isa sich vor, auf dem Boden eines solchen Kerkers zu kauern und durch die dunkle, steinerne

Röhre nach oben zu starren, auf ein winziges, rundes Fenster zur Freiheit, durch das kaum ein Sonnenstrahl drang.

Der Name »Angstloch« war gut gewählt.

»Selbst wenn das alles klappt«, übernahm nun wieder Rumo, »ist es oben auf dem Bergfried selbst an fast windstillen Tagen so zugig, dass einem der Hut vom Kopf fliegt. Bei diesem Wetter da raufzusteigen, wäre glatter Selbstmord.«

Kevin, der nun offenbar gänzlich in den Gelehrtenmodus gewechselt war, machte ein schlaues Gesicht. »Außerdem ist das mit dem besseren Empfang in der Höhe eigentlich ein Mythos. Mobilfunkmasten sind eher dafür konzipiert, ebenerdig zu senden. Das Signal kann durch Bäume oder Mauern wie diese hier gestört werden, ja, aber wenn du jetzt auf den Bergfried kletterst, um all das zu umgehen, und der Mast steht unten im Tal, dann machst du es eher schlimmer als besser. Weil du dich weiter von ihm entfernst, verstehst du?«

Alex ächzte. »Hättest du das nicht sagen können, *bevor* Isa und ich diese Akrobatiknummer auf dem Fass vollführt haben?«

Kevins altkluge Miene verschwand schneller als ein Stück Kuchen im Mund eines Hobbits. »Oh.«

Hinter der grünen Fee klatschte der Wind einen Schwall Regentropfen gegen das Fenster. Es klang, als wollte er sie und die anderen in ihrer Hilflosigkeit verhöhnen.

»Tja«, sagte sie. »Dann bleibt uns wohl nichts anderes übrig, als zu hoffen, dass Valentin sich aus dem, was er gehört hat, einen Reim machen kann.« Ihr gelang ein schiefes Grinsen. »Immerhin schreibt er Songtexte. Reimen kann er.«

## Kapitel 14

Langsam neigte sich der Nachmittag seinem Ende entgegen. Seit über einem Tag waren die Zimmer der Marksburg nun schon von Gesang und Gelächter, Schreien und Schluchzern erfüllt.

Die grüne Fee von Absinth stand an der Tafel, die dem Kamin am nächsten war, und half Rumo, den Schweinebraten aufzutischen. Zum einen, weil sie Hunger hatte, zum anderen, weil sie ihn dabei im Auge behalten wollte. Immerhin hatte der Koch zwar kein Motiv, aber eben auch kein Alibi für den Mord. Was, wenn seine Geheimzutat für die Marinade nicht Knoblauch oder Zimt, sondern Strychnin war? Tranken nicht auch die Figuren in Agatha Christies *Und dann gab's keines mehr,* die gemeinsam auf einer einsamen Insel festsaßen und von einem Mörder heimgesucht wurden, irgendwann nur noch aus frisch geöffneten Flaschen, damit keiner den anderen vergiften konnte?

Rumo schien ihr Misstrauen zu bemerken. Er hatte den Braten vom Spieß genommen, eine Viertelstunde ruhen lassen und nun begonnen, ihn in saftige Scheiben zu schneiden. Plötzlich schaute er Isa, die gerade Teller stapelte, an und hielt inne, das Messer noch halb im dampfenden Fleisch.

Eine Weile duellierten sie sich stumm mit Blicken. Dann nahm Rumo, ohne die Augen von ihr abzuwenden, ein Endstück vom Braten, schob es sich in den Mund, kaute demonstrativ und schluckte.

Isa schnalzte mit der Zunge. »Du könntest nur eine Hälfte mit Gift versetzt haben, damit du die andere probieren und uns so in Sicherheit wiegen kannst. Wie Schneewittchens Apfel.«

»Ich kann gerne noch das andere Ende kosten.«

»Und was damit beweisen? Vielleicht hast du vorher ein passendes Gegengift geschluckt.«

»Hörst du eigentlich jemals auf zu diskutieren?«

»Nein.«

Der Koch seufzte. Dann zuckte er mit den breiten Schultern. »Mach was du willst, Mädchen. Ich für meinen Teil werde jetzt essen.« Er nahm sich noch ein kleines Stück Fleisch. Als er hineinbiss, konnte man am Knuspern förmlich hören, wie gut die Kruste aus karamellisiertem Honig war.

Eine Weile rang Isa mit sich. Ach, zum Teufel, dachte sie schließlich, nahm die Schüssel mit Böhmischen Erbsen, den Korb mit Besteck und ging dem Koch hinterher. Immerhin hatte sie seinen Hirsebrei schon überlebt. Und mit Korbinian Kreuteler hatte sie notfalls ein gutes Brechmittel in der Nähe.

Das Essen wurde nicht, wie beim Grafenmahl, direkt in Schüsseln angerichtet und serviert, sondern als Buffet aufgebaut, an dem sich jeder selbst bedienen konnte. Dazu hatte man zwei der Tafeln zusammengeschoben, sodass genug Platz für Speisen, Getränke und alles andere vorhanden war.

Zwischen Buffet und Kamin – nah genug am Feuer, damit die Finger beim Spielen der Instrumente nicht kalt wurden – hatten die Gaukler ihre Plätze.

Isa brachte vier volle Teller mit zu ihren Bandkollegen, außerdem drei Becher Met und einen mit Traubensaft für sich selbst. Schließlich lautete der Plan, dass alle anderen – und besonders der Mörder – bei diesem Gelage jegliche Vorsicht zum Teufel jagen sollten; um das ausnutzen zu können, musste sie selbst jedoch einen klaren Kopf behalten.

Die Spielleute von Manus Furis wechselten sich mit dem Musizieren und Essen ab. Das gab der grünen Fee nicht nur immer wieder Gelegenheit, sich im Selbstversuch von der Ungefährlichkeit des Bratens zu überzeugen, sondern auch, anderer Leuts Gespräche zu belauschen.

Isa ließ ihren Blick schweifen. Sie wartete auf eine ganz bestimmte Reaktion, die sie mit der in der Gewürzdose hinterlassenen Botschaft zu provozieren hoffte.

Unterdessen trat Erik ans Buffet und stellte sich neben Rune, der gerade nach dem Krug griff, aus dem auch Isa sich bedient hatte.

»Wie? Ist dir der Trank der Götter auf einmal nicht mehr gut genug?« Erik goss Met in sein Horn. Es schien ein Dimensionsloch im Boden zu haben; jedenfalls dauerte es ewig, bis es voll war. »Wo ist denn der weinerliche Typ hin, der heute Morgen noch an der Flasche hing und nach seiner toten Ersatzmutti geschrien hat? War wohl eine kurze Trauerphase.«

Isa konnte von ihrem Platz aus den Blick nicht sehen, mit dem Rune ihn bedachte, hörte aber, wie Erik lachte.

»Oh, soll mir das jetzt Angst machen? Zieh nicht so'n Gesicht, du weißt, dass ich recht habe. Jetzt kannst du dir endlich eine neue Frau suchen. Eine, die nicht so anstrengend ist. Eine, die dir nicht vorschreibt, was du zu essen hast oder wann du atmen darfst. Kannst ja für den Anfang eins von den Spielweibern nehmen. Oder ich leih' dir Anita aus. Gib's zu, du starrst ihr heimlich auf den Arsch, wenn du denkst, dass keiner hinschaut. Ich sag's dir, die Kleine ist völlig verstrahlt, aber der Wahnsinn im Bett. Also, was willst du, kleiner Bruder? Mal wieder leben wie ein freier Mann?«

Rune stellte Krug und Becher zurück auf den Tisch. Langsam und vorsichtig, wie jemand, der vor Wut einen Baumstamm mit bloßen Händen in zwei Hälften brechen könnte, sich aber bewusst zurückhält, um nichts kaputt zu machen.

Isa hielt, einen Löffel Erbsen auf dem halben Weg zum Mund, gebannt inne. Kurz wurde eine Stimme in ihr laut, die wissen wollte, ob man nicht lieber eingreifen und die beiden trennen sollte, bevor Rune ebenso ausrastete wie in der Nacht zuvor und auch noch Eriks anderes Ohr dran glauben musste. Doch der Urheber dieses Vorschlags wurde vom neugierigen Rest ziemlich schnell niedergeknüppelt.

Zu Recht, wie sich herausstellte. Rune Kreuteler tat überhaupt nichts. Er starrte Erik nur an und sagte laut und deutlich: »Du bist nicht mehr mein Bruder.«

Dann nahm er sein Essen und suchte sich einen Platz weitab von allen anderen.

Erik Folkesson blickte ihm hinterher. Ein wenig überrascht schien er schon zu sein, doch dann bleckte er die Zähne wieder zu diesem typischen, wölfischen Grinsen und nahm einen Schluck aus dem Methorn. Dabei floss ihm der Honigwein in zwei dünnen Rinnsalen auf Bart und Brust.

Als er absetzte und merkte, dass Isa ihn beobachtete, grinste er noch breiter und schlenderte davon.

Während der ersten Stunde des Gelages war selbst der Speck in den Erbsen ausgelassener als die Stimmung in der Burgküche. Was wahrscheinlich daran lag, dass die meisten der Anwesenden entweder auf den Tod miteinander verfeindet oder keine besonders einfachen Gesprächspartner waren.

Oder ihren Tischnachbarn für einen kaltblütigen Killer hielten.

Doch irgendwann – Isa konnte nicht genau sagen, nach dem wievielten Song oder nach dem wievielten Met – schien das Eis zu brechen. Sie hörte, wie Anita eines der Lieder mitsang, die Manus Furis spielten. Und obwohl sie dem ätherischen Gesäusel, das ungefähr so gut zu dem Trinklied passte wie ein elbisches Seidendeckchen auf einen Kneipentresen, nichts abgewinnen konnte, hielt die grüne Fee das für ein gutes Zeichen.

Humpen wurden geleert. Die Krüge beim Zuprosten fester gegeneinandergestoßen. Die Gaukler wechselten zu schnelleren, lauteren Melodien. Anita schnappte sich Erik, zog ihn auf die freie Fläche vor den Tafeln und begann tatsächlich, mit ihm auf die Musik der *»stinknormalen Spielleute, die für einen feuchten Händedruck und Freibier selbst am Arsch der Welt auftreten«*, zu tanzen; keinen mittelalterlich-höfischen Tanz mit Verbeugungen, Knicksen und züchtigem Abstand zwischen Herr und Dame, sondern etwas, das das einfache Volk getanzt haben mochte, kurz bevor das Dorffest in eine wilde Orgie ausartete. Kevin, der mittlerweile ein wenig zu tief ins Metfass geschaut hatte, stand ebenfalls auf und zog die halb protestierende, halb lachende Lena auf die Beine, während Alex und Isa weiterspielten.

Als die grüne Fee zum Kamin hinübersah, entdeckte sie dort zu ihrer Überraschung Philipp und Johanna. Beide saßen vor dem Feuer, die Stühle eng zusammengerückt. Sie wirkten irgendwie … gelöst. Als hätten sie sich etwas von der Seele geredet. Philipp sagte etwas, und Isa hörte zum ersten Mal, wie Johanna lachte.

Ein schüchternes Lachen. Wie ein Glöckchen, das nur selten aus seiner wattierten Schachtel genommen wird, weil es zu zerbrechlich ist, um oft zu klingeln.

Als die eine Hälfte von Manus Furis atemlos vom Tanz zurückkehrte, legte Alex seinerseits den Dudelsack beiseite. »Mylady, darf ich bitten?«

Als Isa und er in die Mitte des Raumes gingen und begannen, sich im Takt zu drehen, verschmolz die Musik mit den verschiedenen Stimmen, die hinter und neben ihnen, da und dort erklangen.

»Hör mal, ich will wirklich nicht entschuldigen, was wir gemacht haben. Es sollte bloß ein Scherz sein, aber … Es war gemein. Einfach hundsgemein. Tut mir leid.«

»In Ordnung.«

*»In Ordnung?* Das ist alles? Du musst doch sauer sein!«

Philipp drehte seinen Humpen in den Händen und beobachtete, wie der Schein des Feuers die Neige des Honigweins zum Schimmern brachte.

Nachdem er zum ersten Mal seit vielen Jahren wieder mit einer anderen Person über Johanna und jene schicksalhafte Nacht gesprochen und Isa ihn dabei ihn mit diesem entsetzten Gesichtsausdruck angestarrt hatte, war ihm klar geworden, dass er etwas tun musste. Er hatte die Geschichte vor sich selbst immer als Dumme-Jungen-Streich abgetan, obwohl er es im Grunde besser wusste. Auch die Sache mit dem Umhang war nur ein bescheuerter Versuch gewesen, sein Gewissen zu beruhigen, ohne sich dem, was er getan hatte, wirklich stellen zu müssen.

Einen Becher Met später hatte er es gewusst: Er war ein Feigling. Verdammt, wenn jemand Pauline das Gleiche angetan hätte wie er Johanna, dann hätte er dem Mistkerl ohne zu zögern den Hals umgedreht. Er musste endlich reinen Tisch machen.

Also war er – nach einem weiteren Becher, den er wild entschlossen hinuntergestürzt hatte – zu Johanna hinübergegangen. Schweigend hatte sie seinem Geständnis gelauscht.

»Und Tory? War sie auch …?«, war ihre einzige Frage gewesen.

Überrascht hatte er den Kopf geschüttelt. »So was hätte sie nie gemacht.«

Danach war Philipp klar geworden, dass Johanna ihm keine scheuern und ihn auch nicht anschreien würde. Stattdessen hatte er förmlich dabei zusehen können, wie ihr eine unsichtbare Last von den Schultern fiel, als sie hörte, dass Viktoria nicht zu ihren Peinigern gezählt hatte. Verwirrt hatte er dagestanden und darauf gewartet, dass sie irgendetwas sagte.

Sie hatte eine Weile gebraucht, aber schließlich den Mund doch wieder aufgemacht. »Ich mochte Tory gern.«

Und so verrückt es war – über diesen einen, kleinen Satz waren die beiden ins Gespräch gekommen.

Sie saßen am Feuer und erzählten sich Anekdoten über eine Person, die sie beide geliebt hatten – auf die eine oder andere Art. Geschichten über Ereignisse im Heerlager, an die sie sich beide erinnern konnten, auch wenn sie sie aus völlig unterschiedlichen Blickwinkeln erlebt hatten. Es erstaunte Philipp maßlos, wie redselig Johanna werden konnte, wenn sie versuchte, etwas, das sie interessant fand, zu veranschaulichen. Trotzdem hatte er irgendwann das Bedürfnis gehabt, noch einmal auf den eigentlichen Grund für das Gespräch zurückzukommen. Doch für sie schien die Sache erledigt zu sein. »Ich … ich bin wütend. Aber du hast dich entschuldigt. Die anderen, die dabei waren, nicht.«

»Aber die sitzen auch nicht mit dir auf einer Burg fest.«

»Du hast dich entschuldigt.«

Fassungslos fuhr sich Irish mit den Fingern durch das rote Haar. »Junge, Junge … Ich benehme mich wie der letzte Dreckskerl, habe danach jahrelang ein schlechtes Gewissen, und du sagst so was. Du bist ziemlich cool drauf, weißt du das?«

Es dauerte eine Weile, bis er wieder von seinem Humpen aufsah und merkte, dass Johanna ihn anstarrte wie ein Reh das Scheinwerferlicht. »Das hat noch nie jemand zu mir gesagt.«

»Hätte mal jemand machen sollen.« Er grinste. Ein wenig schüchterner als sonst. Dann hob er den Humpen. »Auf Tory. Und Freunde im Allgemeinen.«

Sie zögerte kurz. Dann stieß sie mit ihm an.

Robyn hatte miese Laune. Sie war mal wieder die absolut Einzige, die schuften musste, während sich alle anderen vergnügten.

Sie stand am Buffet, an dem sich jeder selbst bedienen konnte, und füllte einen Korb mit kleinen, braunen Brotlaiben auf. Als das endlich erledigt war, goss sie sich einen Halben ein und füllte sich ein Stück Brot mit Bratenscheiben. Seufzend ließ sie sich auf einen Stuhl fallen und begann zu essen.

Schankmaid. Was ein doofer Job.

Na ja, eigentlich nicht. War schon ganz lustig meistens, und die Marksburg und die Leute von der Schänke mochte sie auch.

Doch Robyn wollte mehr. Viel, viel mehr.

Am liebsten hätte sie mit Viktoria Kreuteler die Plätze getauscht. Natürlich wollte sie nicht tot überm Zaun – beziehungsweise überm Abort – hängen, aber so, wie die Frau bei der Buchung des Grafenmahls mit Geld um sich geworfen hatte, musste sie stinkreich gewesen sein. Und Robyn träumte von Reichtum. Vom Kauf einer eigenen Taverne, in der sie keinen Finger mehr krummmachen musste. Die gönnerhafte Gastgeberin, *das* war ihre Rolle. Mit den Leuten plaudern,

Stammgästen einen Met ausgeben; nie mehr bierfeuchte Ärmel oder Muskelkater vom Schleppen der Fässer.

Robyn grinste spitzbübisch, als ihr beim Kauen ein Gedanke kam. Den guten, alten Rumo würde sie natürlich nicht im Stich lassen, wenn es mal so weit war. Nein, sie würde ihn einstellen. Dann wäre *sie* nämlich zur Abwechslung mal die Chefin und könnte ihn ganz genauso herumkommandieren, wie er es jeden Tag mit ihr tat.

Gerade jetzt fluchte er schon wieder herum. War nur noch eine Frage der Zeit, bis er wieder so tat, als wäre alles ihre Schuld.

»So eine verdammte Scheiße!«

Er kam aus der Spülküche gepoltert, in der Hand die unvermeidliche Schöpfkelle.

Sie winkte ihm mit ihrem Brot zu. »Wenn du weiter so schreist, erschreckst du noch die Gäste, Rumo. Grad kommt endlich ein bisschen Schwung in den Laden. Was ist denn los?«

Wie immer dauerte es eine Weile, bis ihre Worte ihn in seiner Rage erreichten. Dann jedoch baute er sich drohend vor ihr auf. »Ich will wissen, warum du ständig meine Küche umräumst! Ich hab dir schon tausendmal gesagt, dass du das nicht machen sollst, egal, wie praktisch du das findest – nicht drüben in der Burgschänke und auch nicht hier! Und warum sitzt du überhaupt auf deinen vier Buchstaben, Mädchen? Hast du nichts zu tun?«

Sie würde ihn zum niedersten Küchenjungen degradieren und ihn den ganzen Tag Zwiebeln schälen lassen. Jawohl.

»Ich hab doch gerade den Brotkorb aufgefüllt, siehst du? Ohne mich würden die Leute hier glatt verhungern. Und überhaupt – du willst nur nicht zugeben, dass mein System besser ist als deins und dass du es dir einfach nur nicht merken kannst. Weil du nämlich alt wirst.«

»Alt? Die grauen Haare habe ich erst, seitdem ich dich und deine Großtanten kenne! Die bringen mich noch ins Grab!«

»Psst, sei nicht so unsensibel! Wenn der Herr Kreuteler dich hört!«

Leise vor sich hin grummelnd, trabte Rumo davon.

Kaum war er fort, da verlor Robyn sich wieder in ihren Tagträumereien. Mit einem Vermögen wie dem von Viktoria Kreuteler könnte sie sich nicht nur eine Taverne, sondern gleich eine eigene Burg kaufen. Oh ja … komplett mit Dienern, schönen Kleidern und goldenen Tellern.

Das war überhaupt *die* Idee. Nicht erst Chefin werden, sondern direkt Gräfin oder Baroness!

Ein kleines Stück von Viktoria Kreutelers großem Kuchen …

»*Lailailai, lai, lailailai …*«

»Halt den Mund, Frau.«

»Du magst es, wenn ich singe. Ich weiß das. Ich kann es spüren.«

»Tu ich nicht.«

»Oh doch.«

Es machte Erik wahnsinnig, wenn Anita ihm widersprach. Manchmal benahm sie sich wie eine durchgeknallte Drogensüchtige – im einen Moment handzahm und der Welt entrückt wie ein übernatürliches Wesen, im nächsten ein Miststück, das einem für ein bisschen Spaß den Fernseher aus der Wohnung und das letzte Geld aus der Tasche klaut.

Eigentlich machten ihn diese Stimmungswechsel an. Man konnte über die Kleine sagen, was man wollte: Mit Anita wurde es nie langweilig. Und wenn Erik eines hasste, dann war es Langeweile. Doch seit sie zusammen auf der Marksburg festsaßen, stießen ihn ihr Getue und ihr dummes Geschwätz mehr und mehr ab.

Erik zog Anita ganz eng zu sich heran und zwang sie, ihm ins Gesicht zu sehen. Ließ sie spüren, dass sie seinem Griff nicht entkommen konnte. Ihr Atem roch nach Met, genau wie seiner.

»Tu. Ich. Nicht«, knurrte er.

Sie lächelte ihn an. Überlegen, ohne Angst. Ein Teil von ihm war fasziniert davon, der andere wollte ihr den Hals zudrücken, bis sie aufhörte.

»Du musst lieb zu mir sein, Erik«, sagte sie. »Sonst verrate ich dein kleines Geheimnis.«

Er lachte. »Damit alle glauben, ich wäre der Mörder? Schätzchen, das denken doch sowieso schon die meisten hier. Da musst du dir was Besseres einfallen lassen, um mich gefügig zu machen. Außerdem … wer würde dir schon glauben?«

»Mein nordischer Gott. So naiv.« Sie kam noch näher. Hauchte ihm einen Kuss auf die Wange, und als er zurückweichen wollte, biss sie ihm unendlich sanft in das verletzte Ohr. Es tat höllisch weh. Er verzog keine Miene.

»Ich kann dich stürzen, wenn ich will«, flüsterte sie.

»Wenn ich falle, fällst du auch, Anita.« In seinem Blick brodelte die Kälte. Wie an dem Ort, an dem das Eismeer am tiefsten ist. »Für einen Blutadler braucht man zwei Flügel. Vergiss das nicht.«

Pauline nahm ihre Schüssel und huschte ans äußerste Ende der äußersten Tafel, wo niemand war, der sie hören oder sehen konnte. Dort kletterte sie auf einen Stuhl, die Augen auf ihr Ziel gerichtet. Der Löffel in ihrer Hand war furchtbares Kriegsgerät.

Eigentlich mochte sie Erbsen. Aber nur süß und mit Vanillesauce und von Papa. Diese waren mit Speck und matschig, und außerdem waren sie mit dem Fleisch in Berührung gekommen, was einen unverzeihlichen Angriff auf die Integrität des Essens darstellte. Erbsen *immer* in eine separate Schüssel. Dass das niemand außer ihr verstand, blieb ihr ein Rätsel.

Jedenfalls mussten sie weg. Also hatte sie beschlossen, die kleinen, grünen Kugeln ihrer eigentlichen Bestimmung zuzuführen und »Katapult« zu spielen. Von ihrem neuen Platz aus hatte sie freie Schussbahn auf den Feind, dessen Burg sie dem Erdboden gleichmachen würde. Der alte, unfreundliche Mann – Torys Onkel, hatte Papa gesagt – saß nur zwei Tische weiter und hatte sie noch nicht bemerkt. Er war allein und wandte ihr den Rücken zu.

Als jemand vorbeikam und sie beiläufig fragte, wen oder was sie denn abschießen wollte, blickte sie auf. Kurz musterte sie ihr Gegenüber.

»Man muss ihn hier festhalten.« Sie packte das untere Ende des Löffelstiels fest mit Daumen und Zeigefinger. »Und hier spannen.« Der andere Zeigefinger zog den noch ungeladenen, schalenförmigen Teil des Löffels nach hinten. Dann ließ sie los. Es gab ein hübsches Geräusch. Wie Zähneklappern.

Ihr wurde bestätigt, dass sie offenbar eine Meisterin am Katapult war. Derart milde gestimmt, hörte sie zu, als die Frage erneut gestellt wurde. Gestikulierte als Antwort hin zu Torys Onkel. »Auf den da. Der hat es verdient.«

Warum er es denn verdient habe, wollte ihr Gegenüber wissen. Es gehe das Gerücht um, dass ein Mönch die kleine Prinzessin sehr erschreckt habe. Wenn der alte Mann eben jener Mönch sei, werde man ihr mit dem größten Vergnügen helfen, ihn zur Strecke zu bringen.

Pauline fing an, die Erbsen zu sortieren. Einig flogen besser als andere, und sie wollte die guten. »Ein Mönch ist ein Mönch«, sagte sie nach einer Weile. »Er hatte eine Kapuze auf. Ich weiß nicht, wie er ohne aussieht.« Sie ließ sich die Haare ins Gesicht fallen. Listig spähte sie durch einen kleinen Spalt hindurch, wohl wissend, dass das ein bisschen gruselig aussah. »Aber das ist egal. Dahinten sitzt mein Papa, siehst du? Mir kann niemand was tun.«

»Völlig richtig«, sagte ihr Gegenüber sanft. »Wenn du nicht weißt, wer der Mönch ist, dann muss dir niemand etwas tun.«

Eine Stunde vor Mitternacht.

Die Musik war fast verstummt. Nur Lena und Alex spielten abwechselnd ein paar ruhigere Melodien auf dem Hümmelchen. Kevin, nüchtern wie eine Pastorentochter nach der dritten Flasche Messwein, unterstützte sie tatkräftig, indem er zusah und völligen Quatsch erzählte.

»Eins sag ich euch«, lallte er, »wenn dieser Mörder heute Nacht versucht, uns umzubringen, dann bekommt er's mit mir zu tun. Erinnert ihr euch noch, wie ich diesen Kerl in Xanten überwältigt habe? Ein Schwerthieb – zack! Wie ein Ninja. Ein Ninja-Ritter. Tapfer, edelmütig und ausgestattet mit den besten Waffen. Alles von *Dolche* & Gabbana.«

Isa, die gerade ihre Trommel verstauen wollte, kicherte. »Du bist betrunken, mein lieber Herr Ludger.«

»Bin ich nich'! Das ist reine Defi… Deffa…«

»Diffamierung?«

»Genau! Devermehrung. Das ist Kinderzeugen, aber im Minusbereich. Also quasi rückwärts.«

Sie runzelte die Stirn. »Wie genau soll denn das …«

Lena schüttelte mit vor Entsetzen weit aufgerissenen Augen den Kopf.

Hastig formulierte Isa um. »… soll denn das Wasser sein, das ich für dich hole? Still? Laut? Schreiend? Ach, ich hole einfach mal was. Nein, nein, bleib sitzen. Über mittelalterliche Fortpflanzungstechniken können wir uns doch morgen noch unterhalten.«

Sinnierend strich er sich über den Ziegenbart. »Wusstest du, dass manche Naturkundler im Mittelalter glaubten, dass der Mann beim Sex dafür zuständig sei, die rohe Materie im Mutterleib zu einem Menschen zu formen? Wie ein Pre… Prärie… wie ein Prägesiegel, das ins heiße Wachs gedrückt wird. Deshalb dachten die auch, dass ein Mann auf diese Weise nur hervorbringen könne, was ihm gleich sei. Also Jungs. Frauen wurden angeblich nur geboren, wenn beim Akt … beim fröhlichen Formen … was schieflief. Weil der Mann krank war oder weil es draußen gewitterte und die Elektrizität schädlichen Einfluss nahm auf seinen –«

Isa verdrehte die Augen. »Nein, wusste ich nicht«, antwortete sie, und ihre Stimme triefte vor Sarkasmus. »Klingt aber natürlich völlig logisch. Und da diese charmante These von Männern aufgestellt wurde, verstehe ich auch, warum damals so viele Frauen von einem Leben im Kloster träumten.«

Am Buffet goss sie Wasser in einen der letzten sauberen Humpen. Plötzlich tauchte Erik Folkesson neben ihr auf. Er musterte sie, wie Wikinger sonst vermutlich nur ein vor Gold strotzendes Küstengebiet oder einen lecker gebutterten Stockfisch anstarrten.

Fragend hob sie die Augenbrauen.

Er ließ sich Zeit. Dann nickte er zu den anderen Gauklern hinüber. »Du und der Schotte, hm?«

»Du und Anita.«

Er lachte. »Das ist was anderes. Freie Liebe und so. Anita faselt von Amor und Eros und geht dabei mit jedem Typen, der sie in ihr Tonstudio einlädt, in die Kiste. Für sie ist das was Spirituelles. Und ich … ich denke, dass das Leben zu kurz ist, um Chancen ungenutzt verstreichen zu lassen. Vor allem jetzt, hier, wo ein Mörder frei herumläuft und keiner von uns sicher sein kann, den nächsten Morgen zu erleben. Stell dir vor, das wäre deine letzte Nacht auf Erden, Kleines. Würdest du da nicht ein Abenteuer wagen wollen?« Er nahm einen Schluck aus seinem Horn. »Ich glaube, du stehst drauf. Auf den Reiz des Verbotenen.«

Nun war es an ihr, zu lachen. »Da hast du vollkommen recht. Aber ich kenne meine nordische Mythologie. Und ich weiß, dass Feen und Trolle nicht zusammenpassen. Außerdem solltest du Anita lieber ein bisschen fester an dich binden, wo sie doch dein … wie war das noch? Ach ja: Wo sie doch dein kleines Geheimnis kennt.«

Dafür, dass er sonst so impulsgesteuert war, hatte Erik sein Mienenspiel gut unter Kontrolle. Nur sein Blick flackerte ein bisschen, als er verstand, worauf sie hinauswollte.

»Traurig«, sagte er schneidend, »wenn ein hübsches, junges Mädchen seine Lust am Verbotenen nicht im Bett befriedigt, sondern andere Leute ausspioniert wie eine alte Oma.«

»Hat Anita gestern gelogen?«

»In Bezug auf den Sex? Bei Odin, nein.«

»In Bezug auf den *Mord*.«

»Warum fragst du sie nicht selbst? Sie unterhält sich bestimmt gern mit dir. Ach nein, warte mal – tut sie nicht. Weil sie euch Gaukler nicht leiden kann.«

Abschätzig musterte ihn die grüne Fee von den Stiefelspitzen bis zur wilden Mähne. Er war so ein dankbarer Verdächtiger. So leicht zu verurteilen, so offensichtlich schuldig.

Die Lösung konnte doch nicht so einfach sein.

»Dass du der Hauptverdächtige bist, scheint dir Spaß zu machen. Obwohl du deshalb schon eine Menge einstecken musstest.« Sie zeigte auf sein Ohr. Man sah, dass der Verband hätte gewechselt werden müssen, doch offenbar war

Erik zu hartgesotten, um sich über Kleinigkeiten wie Wundbrand oder Blutvergiftungen Gedanken zu machen. Er grinste wieder.

»Das ist nichts. Aber Rune heult rum, nur weil ich ihm das Näschen verbeult habe. Einmal Weichei, immer Weichei. Dabei stehen Frauen auf Narben. Und wenn man sie richtig anzufassen weiß, verteilen sie selbst gern welche, nicht wahr?« Er legte ihr eine Hand von hinten auf den Rock und drückte zu.

Isas erster Impuls war, ihm eine zu kleben. Doch plötzlich fiel ihr eine Anekdote aus der Welt der mittelalterlichen Medizin ein, die Kevin mal bei einer anderen Gelegenheit vom Stapel gelassen hatte.

Sie schlug die Augen nieder. Blickte dann von unten zu Erik hinauf, ein bisschen schüchtern, ein bisschen fordernd. Mehr fordernd. Schob sich an ihn heran, bis sie dicht, dicht vor ihm stand.

»Weißt du, im Spätmittelalter gab es diesen Chirurgen, der in seinem Arzneibuch schrieb, man solle einen Patienten bei Nasenbluten unbedingt von störender Kleidung befreien. Von Gürteln, zum Beispiel.« Sie ließ Zeige- und Mittelfinger langsam über Eriks Gürtel wandern. Hakte beide dahinter ein und zog Erik noch näher an sich. »Oder Hosen.«

Die Augen des Wikingers leuchteten selbstzufrieden. Geht doch, schien sein Blick zu sagen.

»Ist das so?«, fragte er. »Was ein Glück, dass meine Nase bei dem Kopfstoß viel mehr abbekommen hat als die von Rune.«

»Außerdem soll man ihm, so der Chirurg, ein Gemisch aus Wasser und Essig auf die Stirn gießen.«

»Hm. Okay …«

»Und sein Gemächt in kaltes Wasser hängen.«

»Hä? Au!«

Isa ließ alles Kokette von sich abfallen wie eine Maske. Während Erik abgelenkt gewesen war, hatte sie einen Holzlöffel vom Buffet genommen. Dessen Stiel pikste sie dem Nordmann nun sanft, aber deutlich in ein besonders empfindliches Körperteil. Gleichzeitig hielt sie ihn am Gürtel fest, sodass er nicht zurückweichen konnte.

»Jawohl, kaltes Wasser. Damit der Schock ihn wieder auf den Boden der Tatsachen bringt«, zischte sie. »Und ihm beispielsweise klar wird, dass ich ihn immer noch nicht leiden kann. Sogar noch weniger als vorher. Und dass ich seinen schwedischen Arsch mit dem größten Vergnügen hinter schwedische Gardinen bringe, sollte ich auch nur den kleinsten Beweis dafür finden, dass er Viktoria ermordet hat. Verstanden?«

Erik Folkesson musterte sie mit offensichtlicher Abneigung.

»Was immer der Doktor empfiehlt«, knurrte er.

Alex rauchte. Allerdings keine Zigarette, sondern vor Zorn. »Ich haue ihm eine rein.«

»Tust du nicht.«

»Doch. Ich gehe rüber und trete Wickie in die Köttbullar.«

Isa musste lachen, riss aber entsetzt die Augen auf, als er tatsächlich Anstalten machte, aufzustehen. »Nicht!«

Das Gelage hatte ein Ende gefunden; alle bereiteten sich darauf vor, die zweite Nacht in der Burgküche der Marksburg zu verbringen. Isa lag in Alex' Arm und war nicht gewillt, diesen Platz in nächster Zeit wieder herzugeben. Schon gar nicht wegen eines Idioten wie Erik. Sie war schrecklich müde. In der letzten Nacht hatte sie kaum geschlafen, und nun ließen die warme Decke und Alex' Brust, die sich gleichmäßig hob und senkte, ihre Gedanken immer träger werden. Außerdem hatte sie sich von Kevin doch noch einen Met aufschwatzen lassen, der den

Wunsch, einfach mal für fünf Minuten abzuschalten und die Süßigkeit des tiefen Schlafes zu genießen, nur verstärkte.

Grummelnd ließ sich der Schotte wieder zurück auf den Strohsack sinken. »Dann eben morgen.«

Die grüne Fee stimmte ihm zu. Morgen.

Moment mal, rief sie sich innerlich zur Ordnung. An Schlaf war doch eigentlich noch nicht zu denken. Immerhin musste sie sich unbedingt etwas einfallen lassen, um Anita das Geheimnis zu entlocken, von dem sie Erik gegenüber gesprochen hatte. Falls Folkesson tatsächlich der Mörder war, dann musste Anita das Alibi, das sie ihm gegeben hatte, widerrufen.

Aber wie sollte Isa Anita zum Reden bringen, wenn die sich – Eriks Worte – mit der Wahrheit selbst belastete?

*»Wenn ich falle, fällst du auch, Anita.«*

Es gab nur drei Arten von Gespräch, die man mit der Sängerin führen konnte: Entweder wurde man beleidigt, schlichtweg ignoriert oder mit einer absurden Menge Mumpitz bombardiert. Eine vernünftige Aussage aus dieser Frau herauszupressen, würde ein hartes Stück Arbeit werden.

Isa gähnte.

Den meisten anderen schien es nicht besser zu gehen als ihr. Zum ersten Mal herrschte so etwas wie Ruhe in der Burgküche. Kein Geschrei, kein falsches Lachen, keine bösen Worte. Nur das Knistern des Feuers und das ewige Heulen und Rauschen des Windes.

Und natürlich Kevin, der wie von einem Katapultgeschoss getroffen auf dem Strohsack neben ihnen lag und im Halbschlaf leise vor sich hin sang.

*»Die Hörner hoch …*
*Ja, da sind wir radikal … es klingt banal …*
*Doch ein volles Horn ist mein heiliger Gral …«*

»Von wem war das noch mal?«, fragte die grüne Fee.

Alex gähnte ebenfalls. »Feuerschwanz. Klassiker.«

Sie gab dazu einen Kommentar ab, war sich aber im nächsten Moment nicht mehr sicher, ob sie ihn wirklich laut ausgesprochen oder nur gedacht hatte. In Anbetracht des wohligen Gefühls, in dem sie mehr und mehr versank, entschied sie, dass es wohl nicht so wichtig war.

Den Übergang zur nächsten Strophe bekam Isa nicht mehr mit. Sie blinzelte noch ein-, zweimal in Richtung Feuer, dann fielen ihr die Augen zu.

Am nächsten Morgen duftete es herrlich nach Frühstück.

Gebratener Speck, dachte die grüne Fee, noch bevor sie richtig wach war. Und dann, etwas klarer: Haben wir nicht gestern Abend den letzten Speck verbraucht?

Vorsichtig, um Alex nicht zu wecken, drehte sie sich auf den Rücken und setzte sich auf. Sie fröstelte, als ihr die Decke von den Schultern rutschte.

Außer ihr schien noch niemand aufgewacht zu sein. Bis auf Rumo natürlich. Der stand, wie schon am vergangenen Morgen, am Kamin und beugte sich über einen Topf mit Hirsebrei, um nachzusehen, ob die Leckerei schon fertig war.

Er beugte sich ziemlich tief runter.

Isa wurde plötzlich speiübel. Was da so verführerisch roch, war gar kein Speck. Rumo hing *in* dem Keramiktopf, als ob ihn jemand von hinten gepackt und mit dem Kopf tief in die kochend heiße, blubbernde Getreidemasse gedrückt hätte. Wo er nun wohl schon eine Weile fröhlich vor sich hin garte.

## Kapitel 15

Robyn saß zusammengesunken an einer der Tafeln und heulte wie ein Schlosshund. Lena, selbst ziemlich blass um die Nase, hatte sich ihrer angenommen und ihr tröstend einen Arm um die Schultern gelegt.

Alle anderen standen in einem weiten Halbkreis um den Kamin herum. Nur Philipp und Pauline fehlten. Sobald er verstanden hatte, was los war, hatte sich der junge Vater seine noch halb schlafende Tochter geschnappt und sie ins obere Stockwerk verfrachtet, damit sie so wenig wie möglich mitbekam.

Niemand schien sich der Leiche nähern und sie aus ihrer tönernen Totenmaske befreien zu wollen. Gleichzeitig machte aber auch niemand Anstalten, die Burgküche zu verlassen. Anita, deren schwarzer Haarschopf an diesem Morgen wie eine explodierte Krähe aussah, kaute auf ihren Fingernägeln herum und wandte sich immer wieder ab, so als könnte sie den Anblick nicht ertragen, sich aber auch nicht davon losreißen. Erik stand neben ihr, breitbeinig, zottelig und unnahbar wie immer.

Korbinian Kreuteler wirkte eher angeekelt als schockiert. Vielleicht hatte er bei einer Weihnachtsfeier seiner Firma schon Schlimmeres gesehen. Abwechselnd warf er dem Schlamassel im Kamin und seinem angeheirateten Neffen missbilligende Blicke zu. Rune war, seitdem er den Toten gesehen hatte, noch bleicher als zuvor. Als Einziger saß er auf einem Stuhl, in der Hand das kleine Fläschchen mit seinen Tabletten.

Die grüne Fee hatte keine Lust, die Leiche auf Spuren zu untersuchen, während die Tatverdächtigen danebenstanden und Maulaffen feilhielten. Daher beschloss sie, einen alten Bühnentrick anzuwenden. Sie deutete auf Rumo und blickte freundlich in die Runde. »Ich brauche ein paar Freiwillige.«

Kaum eine halbe Minute später waren bis auf die Gaukler alle in den ersten Stock geflohen.

Aus dem Augenwinkel sah Isa, dass auch Kevin klammheimlich auf die Tür zusteuerte. »Hiergeblieben, Herr Ludger. Eure Hilfe wird gebraucht.«

Ertappt ließ er die Schultern hängen. »Nicht schon wieder!«, jammerte er. »Ich will keine Leichen anfassen! Und die da schon gar nicht!«

»Es tut mir ja auch leid, aber ihr drei seid nun mal die Einzigen auf dieser Burg, denen ich vertraue. Also müsst ihr mir helfen, Rumo da rauszuholen. Es wird bestimmt gar nicht so schlimm. Stell dir einfach vor, du holst ein schönes Stück Schmorfleisch aus dem Ofen.«

Kevins Gesicht wurde grüner als Isas Bluse.

Schließlich legten aber doch alle vier Mitglieder von Manus Furis Hand an. Dabei spielten sie im wahrsten Sinne des Wortes mit dem Feuer, denn sie wollten die einzige Wärmequelle, die ihnen in der Marksburg zur Verfügung stand, nicht löschen. Also stellten sich die beiden Mädchen, die Hände in Leinentücher gewickelt, vorsichtig an die offenen Seiten des begehbaren Kamins und drückten den Rand des heißen Topfes nach unten, während die Jungs an den Schultern des Toten zerrten.

»Verdammt, der Typ sitzt fest!«, fluchte Kevin.

»Dann streng dich mehr an!«, rief Alex.

»Was glaubst du, was ich hier mache? Däumchen drehen?«

»Rumheulen!«

»Ich bin verkatert! Zieh selber fester, du schottischer Schwächling!«

Es brauchte drei Anläufe und noch einiges an gegenseitigen Beleidigungen, bis sich Rumos Kopf schließlich mit einem wirklich hässlichen Schmatzen aus dem angebrannten Brei löste. Kaum war der Körper auf den Boden gesackt, wichen alle vier Gaukler mit angewiderten Gesichtern zurück.

»Nie wieder Hirsebrei«, murmelte Alex. »In meinem ganzen Leben nicht.«

»Ogottogottogott, das ist so was von *furchtbar*!« Lena hüpfte ein paarmal auf und ab, um den Ekel abzuschütteln. Mit dem Rücken zur Leiche, den Blick fest auf die Wand gerichtet, rief sie: »Ist er auch wirklich tot?«

Das Gesicht zu einer Grimasse verzogen, betrachtete Isa das, was von Rumo noch übrig war. »Ich würde sagen, toter geht's nicht.«

Langsam ging sie neben der Leiche in die Hocke. Der Koch trug noch die gleiche Kleidung wie am Abend zuvor, genau wie die meisten anderen, die ohne Wechselgewänder auf der Marksburg festsaßen. Auf den ersten Blick konnte Isa nichts Ungewöhnliches an seiner Hose oder der Kochjacke erkennen. Wenn man von dem Ruß und den Brandflecken mal absah.

Schwer atmend wischte sich Alex den Schweiß von der Stirn. Dann sprach er die offensichtlichste aller Fragen laut aus.

»Wie konnte jemand unbemerkt diesen Brocken im Hirsebrei ertränken, während wir alle im selben Raum gelegen und geschlafen haben?«

»Gar nicht«, antwortete sie. Als ihr Freund sie verständnislos ansah, deutete sie zuerst auf Rumo, dann auf den Keramiktopf. Schwärzlich verfärbter Dunst stieg noch immer aus dessen Innerem auf wie aus einer Höllengrube.

»Rumo war eindeutig der Größte und Kräftigste von allen Anwesenden. Selbst für einen der Männer – oder mehrere Personen – wäre es unmöglich gewesen, ihn lange genug mit dem Gesicht in den Brei zu drücken, um ihn zu ersticken, und gleichzeitig zu verhindern, dass er sich wehrte und dabei jede Menge Lärm machte. Außerdem hat der Topf zwar einen Boden, der breit genug ist, damit nicht alles umkippt, wenn sich die zähe Hirsepampe beim Rühren wehrt, aber einem Rumo, der um sein Leben kämpft, hätte er bestimmt nicht standgehalten.« Isa schüttelte den Kopf. »Ich denke, Rumo wurde zuerst auf andere Weise umgebracht und dann bloß noch über dem Topf drapiert. Genau wie Viktoria über dem Abort.«

In geradezu heldenhafter Anstrengung schaffte es Kevin, sich ebenfalls neben der Leiche auf den Boden zu knien, ohne den Tatort mit seinem Mageninhalt zu verunstalten. Selbst Siegfried von Xanten konnte, wäre er mit Häubchen und Gummiente ins Drachenblut-Bad gestiegen, nicht grimmiger geschaut haben als er.

»Ich sehe keine anderen Verletzungen am Körper«, stellte er nach kurzer Betrachtung fest. »Keine Einschusslöcher, Stichwunden … am Rücken war auch nichts, das hätten Alex und ich eben gesehen. Vielleicht hat der Mörder Gift benutzt. Ja, genau, das muss es sein! Du weißt doch noch, wie viele giftige Pflanzen es im Kräutergarten im Gotischen Zwinger gibt

– Bilsenkraut, Tollkirsche, Blauen Eisenhut …« Er klang, als rasselte er die Einkaufsliste der Hexen aus *Macbeth* herunter. »Der Täter spazierte in einem unbeobachteten Moment hinaus, pflückte sich ein paar davon wie Todkäppchen im Walde und mischte Rumo das Ganze dann heimlich unters Essen. Oder in ein Getränk. Dann brauchte er nur zu warten, bis sein Opfer seinen letzten Atemzug aushauchte, während wir schliefen, und verrichtete dann sein grausiges Werk.«

Die grüne Fee lächelte entschuldigend. »Schöne Ausführung. Vor allem der Teil mit dem ›grausigen Werk‹, der war nicht schlecht. Ist nur leider Quatsch.«

»Was? Wieso?«

»Die Wirkung von Giften ist viel schwieriger einzuschätzen, als die meisten Menschen glauben. Einige von denen, die du eben erwähnt hast, hätten Rumo noch während des Gelages getötet oder ihn – im Falle der Tollkirsche, die diesen Namen nicht umsonst trägt – nicht still und leise umgebracht, sondern in einen Zustand der Raserei versetzt. Und wenn *der* Riese vor seinem Ableben tollwütig durch die Küche getobt wäre, hätten wir das garantiert gehört, zu viel Met hin, zu viel Met her.

Außerdem hast du selbst erlebt, wie gefährlich es momentan im Gotischen Zwinger ist. Warum sollte sich der Mörder solche Mühe machen, wenn ein Schlag auf den Hinterkopf doch schon bei Viktoria gereicht hat? Warum sollte er doppeltes Risiko eingehen, erwischt zu werden, indem er erst den Koch schachmatt setzt und dann selbst den Hirsebrei aufsetzt? Ich denke, er oder sie hat gewartet, bis Rumo – wie schon gestern Morgen – aufstand und die Hirse zubereitete. So hat das Opfer den Tatort quasi selber vorbereitet, und unser Mörder brauchte nur noch zuzuschlagen. Die Wunde, die dadurch zurückblieb, lässt sich wegen Rumos langem Haar, den Verletzungen durch die Hitze und dem Brei, der überall klebt, natürlich gerade nicht nachweisen. Nicht ohne eine gründliche Untersuchung des Schädels.« Etwas, auf das selbst die grüne Fee nicht sonderlich scharf war.

Mit dem Schmollmund und dem Ziegenbart sah Kevin aus wie ein sehr enttäuschter Teufel. »War einen Versuch wert.« Isa tätschelte ihm tröstend die Schulter.

»Äh, Leute ...« Alex machte ein Gesicht, als wäre ihm gerade siedend heiß etwas eingefallen. »Wo Isa gerade das mit dem Schlag auf den Kopf erwähnt ... Was ist eigentlich aus dem Morgenstern geworden? Den habe ich seit der Nacht, in der wir Viktoria gefunden haben, nicht mehr gesehen. Ihr etwa?«

Ohne von Rumos Hosentaschen aufzublicken, in denen sie gerade nach nützlichen Hinweisen suchte, zeigte die grüne Fee Richtung Zimmerdecke. »Den habe ich sicherheitshalber an einen Ort gebracht, an dem ihn keiner vermutet. Ich wollte nicht, dass der Mörder mögliche Spuren entfernt oder die Tatwaffe gleich ganz über die nächste Mauer ins Tal wirft.«

Verwirrt schauten alle drei Gaukler nach oben.

»Wo hast du ihn versteckt? Im ersten Stock?«, fragte Alex.

»Sieh genau hin, mein Holder.«

Unter der Zimmerdecke hingen die zwei großen, massiven Kronleuchter. Gelbliche, skurril geformte Wachsnasen klebten an ihren Seiten. Von den heruntergebrannten Kerzen war kaum mehr der Docht zu sehen.

Auf einem lag, festgezurrt mit Lederschnüren, der Morgenstern, mit dem Viktoria Kreuteler getötet worden war.

»Wie zum Henker bist du da raufgekommen?«, fragte Alex verblüfft.

Sie grinste. »Seiltänzerin.«

Nacheinander holte Isa einen Autoschlüssel, eine halb leere Packung Kaugummi und ein unbenutztes Papiertaschentuch aus den Hosentaschen des Toten. Die Taschen an den Seiten seiner Kochjacke waren leer und damit sogar noch enttäuschender.

In der Brusttasche fand Isa einen Zettel. Als sie ihn vorsichtig auseinanderfaltete, traf sie fast der Schlag.

»Nein!« Sie fuhr in die Höhe wie ein Springteufel. Die anderen zuckten zusammen.

»Was? Was ist?«, fragte Alex, aber Isa war zu wütend, um zu antworten.

»Wie konnte ich nur so dumm sein?«, rief sie. Am liebsten hätte sie sich einen der Kerzenleuchter von den Tafeln gegriffen und sich damit selbst eins übergebraten. »Dumm und verbohrt und, und – und *du*, mein Lieber«, schimpfte sie mit dem toten Rumo und deutete mit dem Finger auf ihn, »du warst ein raffgieriger Vollidiot! Verdammt!«

Mit halbem Ohr hörte sie, wie Kevin Lena zuflüsterte: »Ich glaube, jetzt ist ihr eine Sicherung durchgebrannt.«

»Sie wird eben manchmal etwas komisch, wenn Leichen auftauchen.«

»Aber normalerweise schreit sie sie nicht an.«

Lena setzte ihre beste »Alles wird gut, das Leben ist ein einziger, herrlicher Ritt auf einem Einhorn«-Miene auf. »Süße, möchtest du uns mitteilen, was auf diesem Zettel steht?«

Wortlos hielt Isa ihr das Papier vor die Nase.

Die wilde Helena runzelte die Stirn, während sie versuchte, das Gekrakel darauf zu entziffern. »Ist das deine Handschrift?« Dann ging ihr plötzlich ein Licht auf. »Oh.«

»Genau. Das ist der Zettel, den ich in der Kräuterdose platziert habe, die ich wiederum anstelle der Dose, in der sich ein paar Tausend Euro befinden, in Robyns Kirschkrapfen-Versteck im Küchenschrank deponiert habe. Das aber wohl nicht nur Robyn bekannt war. Nicht sie hat das Geld dort versteckt, sondern Rumo!«

Isa sah im Geiste Sherlock Holmes vor sich, der sie mit einem ungnädigen Blick aus kalten, grauen Augen abstrafte. Zu Recht. Die kleine Schankmaid hatte so schwärmerisch, ja mit so viel Begehrlichkeit von Viktorias Reichtum und ihren schönen Kleidern gesprochen, dass die grüne Fee ganz selbstverständlich davon ausgegangen war, dass *sie* das Geld an sich genommen hatte. Und dass sie diejenige gewesen war, die beim Verhör gelogen und die Spülküche zur Tatzeit verlassen hatte. Immerhin flunkerte Robyn sich ständig die unmöglichsten Geschichten zusammen.

Doch dass ein Koch wie Rumo jeden Winkel seiner Küche kannte, hatte sie nicht bedacht. Dabei hatte sie es doch mit eigenen Ohren gehört!

*»Rumo betrachtet das hier und die Schänke als* sein *Reich. Egal, wie viele Grafen und hohe Herren im Mittelalter auf dieser Burg das Sagen hatten: Sobald man in die Nähe seines Kochlöffels kommt, ist er der König.«*

Robyns Krapfen-Versteck war gut, aber beileibe nicht narrensicher. Gut möglich, dass ihr Chef von ihrer Angewohnheit, dort Süßkram zu bunkern, gewusst und sie sich mangels anderer Möglichkeiten zunutze gemacht hatte.

Lena las die Botschaft, die ihre Freundin auf den Zettel gekritzelt hatte, laut vor:

*Wir sollten uns unterhalten. Es sei denn, du möchtest lieber, dass dich die Polizei zum Reden bringt. Setz dich ans Ende der hintersten Tafel und stell einen umgedrehten Humpen vor dich auf den Tisch. Ich werde dich ansprechen.*

Sie seufzte und sah Isa an. »Ein Humpen als Erkennungszeichen? Du liest wirklich zu viel Unsinn.«

»Mir fiel auf die Schnelle nichts Besseres ein. So wäre mein Gegner – Robyn, wie ich ja zu dem Zeitpunkt noch dachte – gezwungen gewesen, seine Identität zuerst preiszugeben.« Bedauernd blickte Isa auf den Toten herab. »Ich wünschte nur, die Falle hätte funktioniert. Dann wüssten wir jetzt sicher mehr über den Mord an Viktoria.«

»Soll das heißen, dass Rumo sie umgebracht hat?« Erschrocken wich Lena noch weiter zurück, so als könnte der Koch jeden Moment wiederauferstehen und auch sie anfallen.

»Ganz auszuschließen ist es nicht«, sagte die grüne Fee vorsichtig. »Rumo könnte die Spülküche zur Tatzeit verlassen, Viktoria – auf wundersame Weise unbemerkt – in den ersten Stock gebracht, sie dort getötet und ihr dann das Geld abgenommen haben. Danach hätte er zurücklaufen müssen – wieder, ohne von uns auf der Treppe gesehen zu werden –, hier abwarten und dann den richtigen Moment abpassen müssen, um zum Rittersaal zu rennen und den Überraschten zu spielen.«

»Bleiben aber zwei Fragen«, sagte Alex. »Erstens: Wie hat er das geschafft? Und zweitens: Wenn er der Mörder ist, wer hat dann ihn ermordet?«

»Richtig. Und die letzte Frage ist der entscheidende Punkt. Wir haben zwei Personen, die im Grunde auf die gleiche Weise umgebracht wurden. Die Muster sind ähnlich: Schlag auf den Kopf, anschließendes Ausstellen der Leiche, enges Zeitfenster, hohes Risiko. Ich glaube, dass es zwei Opfer, aber nur einen Täter gibt. Eine Person, die erst Viktoria – das eigentliche Ziel – und dann Rumo getötet hat.«

»Aber warum?«

»Was Viktoria angeht: keine Ahnung. Aber bei Rumo würde ich sagen, dass er sich das in gewisser Weise selbst zuzuschreiben hat.« Isa nahm die Dose mit dem Geldbündel aus der Tasche und schüttelte sie. »Wenn er Viktoria nicht bestohlen und ermordet hat, dann hat unser Koch den echten Mörder in der Tatnacht gesehen und sich entschlossen, ihn mit dem Wissen um seine Identität zu erpressen. Was der sich wiederum nicht gefallen lassen wollte. Deshalb hat er Rumo umgebracht, anstatt weiter zu bezahlen.«

Sie erntete verblüfftes Schweigen.

»Überlegt doch mal: Rumo und Robyn waren angeblich in der Spülküche und haben aufgeräumt, während wir hier wegen des Sturms herumliefen wie kopflose Hühner.«

Lena schnitt eine Grimasse. »Bitte nicht diese Vergleiche.«

»Zu blumig?«

»Zu blutig.«

»Entschuldige. Der Punkt ist: Bis dahin decken sich die Aussagen der beiden. Erst bei dem, was weiter geschah, beginnen sie, sich zu widersprechen. Rumo behauptete, er hätte die Spülküche nicht verlassen. Was, in Anbetracht der jüngsten Ereignisse, wohl nicht der Wahrheit entsprach. Robyn wiederum sagte, er wäre sehr wohl rausgegangen, um … Moment … um den Müll rauszubringen.« Sie löste sich, den Blick auf den hinteren Teil der Küche gerichtet, aus der Gruppe, die die Gaukler um die Leiche bildeten. Versuchte, die Burgküche, in der sie nun schon so viel Zeit verbracht hatte, noch einmal mit anderen Augen zu sehen.

Ohne es zu merken, griff sie in ihre Tasche, nahm einen der grünen Jonglierbälle heraus, die sie bei Auftritten benutzte, und begann, damit herumzuspielen, während sie nachdachte.

»Er hatte den Müllsack in der Hand, als er hinausging. Aber nicht mehr, als er kurze Zeit später wiederkam. Seine Kleider waren nicht nass, also kann er nicht durch den Regen gelaufen sein.«

Isa hüpfte auf die Weinpresse, schlängelte sich an einem der hölzernen Balken vorbei und schaute sich in dem schmalen Raum zwischen Wand und Presse um. Als sie nichts fand, trommelte sie grübelnd mit Zeige- und Mittelfinger auf dem Ball herum.

Ein Platz, der spontan und einfach zu erreichen war. An dem man etwas abladen konnte, ohne dass jemand anders sofort darüberstolperte. Keine Tonne, sondern … sondern …

Ha!

Isa eilte hinüber zu der Truhe, die an der Treppe zum Weinkeller stand. Aufgefallen war ihr das Monstrum zum ersten Mal, als Pauline in der Mordnacht nach einem besonders lauten Donnerschlag darauf aufgetaucht war wie ein kleiner Springteufel, der über seiner Kiste tanzt.

Sie ließ das Schloss aufschnappen, hob den Deckel und wiederholte ihr »Ha!« Mit spitzen Fingern nahm sie einen gelben Plastiksack heraus. Er muffelte leicht. »Tadaa.«

Alex stieß einen Pfiff aus. »Wahrlich nicht der schönste Schatz, der je gehoben wurde. Trotzdem: nicht schlecht.«

Mit ihrem Beweisstück in der Hand ging die grüne Fee zum Treppchen, das zur Spülküche führte, und stellte sich auf die oberste Stufe.

»Rumo kam hier herunter, vermutlich von nichts etwas ahnend, mit dem Müllsack in der Hand. Er war schließlich der König der Küche, wie Robyn es ausdrückte, und wenn der König sein Hoheitsgebiet –«

»Quasi das Heilige Rumo'sche Reich Deutscher Nation«, sagte Kevin. Lena seufzte.

»… auf Vordermann bringen will, halten ihn doch so ein bisschen Wind und Regen nicht auf. Der Anblick von Viktoria und dem Mörder allerdings kann ihn nicht kalt gelassen haben.« Sie ging die drei Stufen hinunter. »Wenn er in diesem Bereich der

Küche stehen blieb und der Mönch – der ja mit hoher Wahrscheinlichkeit unser Killer ist – von der Treppe zum Weinkeller herkam, so wie Pauline sagt, dann wandten Täter und Opfer Rumo beide den Rücken zu. Wahrscheinlich hat der Sturm auch noch seine Schritte übertönt. Sie bekamen überhaupt nicht mit, dass er da war. Das Verbrechen nahm seinen Lauf, und er …«

Mitten im Satz verstummte die grüne Fee.

»Ja …?«, fragte Alex.

Obwohl es gegen ihr ästhetisches Empfinden verstieß, ließ Isa den Müllsack wieder in die Truhe gleiten. Nur in Zusammenhang mit dem Ort, an dem sie ihn gefunden hatte, taugte er als Indiz. Außerdem wollte sie ihn nicht zu lange in der Hand halten, nur für den Fall, dass sich schon eigene Lebensformen mit unabhängiger Regierung und Nationalhymne in seinem Inneren entwickelt hatten.

Sie blieb trotz der Nachfrage schweigsam. Dachte nach, warf den Jonglierball von einer Hand in die andere. Zwar wusste sie nun, warum Rumo hatte sterben müssen, nicht aber, wer ihn und Viktoria getötet hatte. Die einzelnen Elemente, all die splittrigen Fragmente aus Wahrheit und Lüge, Schein und Sein, fügten sich vor ihrem inneren Auge noch nicht zu einem großen Ganzen zusammen.

Entschlossen marschierte sie zurück zu ihren Freunden, nahm die überraschte Lena am Ärmel und zog sie hinter sich her, direkt vor den Kamin.

»Du bist Viktoria«, sagte Isa. Mit ein paar wenigen Handgriffen verschränkte sie der wilden Helena die Arme vor der Brust, drehte sie an den Schultern einmal herum und manövrierte sie an genau die Stelle, an der Rune, Schrödinger und die Spielleute die wütende Viktoria Kreuteler zum letzten Mal lebend gesehen hatten; den Blick starr aufs Feuer gerichtet, ihrem Ehemann den letzten Kuss verweigernd.

Dann eilte die grüne Fee zurück und nahm Alex in Schlepptau. Bereitwillig ließ er sich auf der obersten Stufe der Treppe postieren, die runter zum Weinkeller führte. Dort hatte Pauline den Mönch zum ersten Mal gesehen. Damit das Ganze ein bisschen realistischer wirkte, holte Isa einen trockenen Umhang, legte ihn dem Schotten um die Schultern und zog ihm die Kapuze tief ins Gesicht.

»Perfekt«, sagte sie. »Jetzt stell dich so ... nein, *so* hin und tu so, als wolltest du dich in übler Absicht an Lena heranpirschen. Aber nicht bewegen dabei.«

Er begab sich in Positur.

Isa lief herum und schaute immer wieder zwischen den beiden hin und her. Selbst wenn Lena, die wie Viktoria den Blick auf die Flammen im Kamin gerichtet hielt, Alex nicht den Rücken zugewandt hätte, wäre er ihr kaum aufgefallen. Seine geduckte Gestalt wurde teils vom Treppengeländer, teils von der Truhe davor verdeckt. Außerdem näherte er sich seinem Opfer aus den Schatten heraus. Wenn man ins Kaminfeuer blickte und danach versuchte, etwas in diesem Halbdunkel zu erkennen, trübten helle Lichtflecken die Sicht.

Während sie die Szenerie betrachtete, überkam die grüne Fee der Gedanke, wie absurd dieser ganze Aufwand doch eigentlich war. Warum überhaupt ein Mönch? Warum diese Verkleidung, wenn sie gar nicht mal auf die Legende um Bruder Markus und Rochus von Andechs gemünzt war?

Worte echoten plötzlich durch ihren Kopf.

Verdeckt. Im Schatten verborgen.

Verkleidung.

Sie verstand.

Alex sagte irgendetwas, als sie ihn wieder in eine etwas aufrechtere Position zog, doch sie hörte seine Worte kaum.

Aufmerksam musterte sie ihn von oben bis unten. Zog ihm die Kapuze erst ab, dann wieder auf.

Pauline hatte gesagt, dass sie einen Mönch in der Burgküche gesehen hatte. Isa hatte das Bild, das dieser Begriff vermittelte, wie selbstverständlich in ihrem Denken übernommen; spätestens nach Johannas kleiner Märchenstunde über den Namen der Marksburg und ihrer eigenen Begegnung mit der Gestalt im Rittersaal, wo der Kampferduft, den sie zuerst fälschlich für Weihrauch gehalten hatte, die Assoziation noch einmal verstärkt hatte.

Doch was hatte Pauline in der Tatnacht eigentlich genau gesehen?

*»Die Person, die du gesehen hast … Wie genau hat die ausgesehen?«*

*»Na, wie ein Mönch eben. Ein Freund von Papa ist auch Mönch, aber kein richtiger. Nur auf Mittelaltermärkten. Mit Kutte und einem Seil um den Bauch. Und er riecht komisch.«*

Was hatten Isa und Alex im Rittersaal wirklich beobachtet?

*Eine Gestalt, gehüllt in ein dunkles Kleidungsstück, das um die Taille von einem Seil oder Gürtel zusammengehalten wurde.*

Eine solche Person musste Philipps Freund, der auf Märkten als Mönch verkleidet umherlief, aus Paulines Sicht sehr ähnlich gewesen sein. Doch im Grunde war es genau wie mit der Truhe: Manchmal musste man sich bemühen, gewohnte Räume, Gegenstände oder Menschen mit anderen Augen zu sehen, um die Wahrheit zu erkennen. Von einem Kreuz, einem Weihrauchfässchen oder einer Tonsur war nie die Rede gewesen, immer nur von einer Kutte. Einem Umhang, den der- oder diejenige vielleicht nur zugeschnürt hatte, damit das weite Kleidungsstück nicht flatterte. Oder damit etwas darunter verborgen blieb. Ein Morgenstern zum Beispiel. Isa wusste nur allzu gut, wie leicht es war, etwas unter einem

Umhang zu verstecken. Man konnte praktisch alles darin schmuggeln: Taschen, Getränke, andere Leute, die eigentlich Hausverbot in der Taverne haben …

Sanft zupfte sie Alex die Kapuze noch etwas tiefer ins Gesicht. Was hier vor ihr stand, war kein Mönch, sondern eine Person, die ihre Identität geheim zu halten versuchte. Und deshalb vermutlich auch Rumo das Leben genommen hatte.

Eine Person, die nicht erkannt werden wollte.

Sie warf einen Blick zurück gen Kamin, aber diesmal nicht auf Lena, sondern auf den armen Rumo, der dort, obwohl er nur ein einzelner Koch war, den Brei auf die wohl allerschlimmste Art verdorben hatte.

»Wenn Rumo die Spülküche in genau dem Moment verlassen hat, in dem sich diese Szene abspielte …« Sie machte eine Geste, die ihr gesamtes Tatort-Experiment einschloss. Nahm Kevin am Arm und bugsierte ihn auf die unterste Stufe des Treppchens, auf dem sie selbst vor wenigen Minuten noch gestanden hatte. »… dann muss ihm schnell klar geworden sein, dass unser Täter nichts Gutes im Schilde führte. Mir käme eine vermummte Gestalt, die sich heimlich an eine Frau anschleicht, jedenfalls spanisch vor. Was aber tut Rumo? Er greift nicht ein. Stattdessen entschließt er sich, das Geschehen erst einmal zu beobachten. Dabei erkennt er trotz der Kapuze, um wen es sich bei dem Angreifer handelt. Und sieht zu, wie er sich Viktoria nähert und wie er sie entweder überwältigt oder sie dazu zwingt, mit ihm mitzukommen.«

Während sie sprach, schien Alex im Geiste in eine der Bösewicht-Rollen zu schlüpfen, die er bei seinen LARP-Conventions spielte. Straßenräuber mit fragwürdigem moralischen Kodex, Pirat – Hauptsache ein (Weiber-)Held, gefangen im spärlich bekleideten Körper eines trinkfesten Halunken. Wie einst Errol Flynn, der als Robin Hood tollkühne Sprünge auf

Gegner oder in Maid Marians Schlafgemach hinein vollführt hatte, hechtete er mit wehendem Umhang über das Treppengeländer und schlich geduckt auf Lena zu. Seine Schritte verursachten dabei nicht das geringste Geräusch.

»Iiih«, kiekste Lena und linste über die Schulter nach hinten. »Das ist ja richtig unheimlich.«

Die grüne Fee blieb ernst. Sie quetschte den Jonglierball zwischen den Fingern zusammen, bis der Sand darin knirschte.

Schon wieder tanzte sie hämisch vor ihr wie das Banner des Feindes im Wind: die Frage, die ihr seit dem ersten Mord die meisten Bauchschmerzen bereitete.

»Der Vermummte kommt vom Weinkeller rauf in die Küche«, sagte sie. »Er verscheucht Pauline, die nach oben in die Kemenate flüchtet. Von uns allen unbemerkt, obwohl wir gerade die Strohsäcke vom Dachstuhl heruntertransportieren, aber gut, geschenkt – sie ist klein, flink und kann meiner Meinung nach wahrscheinlich auch durch Wände gehen. Ich kann es sogar als gegeben akzeptieren, dass Burgvogt Schrödinger plötzlich spurlos verschwindet, ohne dass wir etwas davon mitbekommen. Immerhin kennt er sich in dieser Burg aus wie niemand sonst. Aber *wie zum Teufel ist der Täter mit Viktoria ungesehen an uns vorbeigekommen?*«

Es war ein Ding der Unmöglichkeit. Zwar befanden sie sich in einem mittelalterlichen Bauwerk, doch die Wände der Marksburg waren nicht mit Geheimgängen durchzogen wie die alten Schlösser in den Edgar-Wallace-Filmen.

Isa wusste das im Grunde, auch wenn die neugierige Abenteurerin in ihr es nicht wahrhaben wollte. Sie hatte alles abgesucht. Es gab kein Ornament am Kamin, das man zur Seite schieben und so einen verborgenen Durchgang öffnen konnte. Keine Falltür unter einem Teppich, keinen losen Stein in der Mauer.

Nacheinander zeigte sie auf die Tür am einen Ende der Küche und auf die Treppe zum Weinkeller am anderen. »Zwei Zugänge. Beide führen raus auf den kleinen Hof und zu ein und derselben Treppe, über die man hoch in den ersten Stock kommt. Wie kann jemand mit einer Frau, die sich entweder wehren oder um Hilfe schreien kann oder aber bewusstlos ist und getragen werden muss, über diese Treppe nach oben gelangt sein, ohne dass wir etwas davon mitbekommen haben? Und wozu überhaupt diese Mühe? Wieso hat der Täter Viktoria nicht einfach nach draußen auf den nächsten Wehrgang geschleift und hat den Sturm und die Schwerkraft die Arbeit machen lassen?«

Mit grimmiger Miene starrte sie ins Feuer. Wieder spielte sie mit dem Jonglierball herum, doch sie hatte ihn zuvor mit so viel Kraft zusammengedrückt, dass er ihr nun beim Lockern der Finger aus der Hand rutschte und fast in die Glut kullerte.

Als sie sich bückte, um ihn aufzuheben, fiel ihr Blick, wie schon beim Schrubben des Keramiktopfes am Morgen zuvor, auf die einzig rußfreie Stelle in einem wirklich, wirklich großen Kamin.

»Oh«, machte sie. Richtete sich auf und betrachtete noch einmal die kleine Szene, auf der sie ihre Freunde arrangiert hatte. Runzelte die Stirn. »*Oh.*«

Einzelne Fragmente des Falls, die seit Tagen scheinbar ohne jeglichen Zusammenhang durch ihren Kopf geisterten, fielen plötzlich klickend an ihre Plätze wie Spielsteine auf ein Holzbrett.

Ein falscher Mönch.

Ruß. Rauch. Trockene Kleider.

Rumo und das Geld.

Eine Person, die an einem bestimmten Ort sein sollte, aber definitiv nicht dort sein konnte.

Isa klappte beinahe der Mund auf, weil der Gedanke, der ihr gerade gekommen war, so ungeheuerlich und gleichzeitig so vollkommen logisch zu sein schien, dass sie es kaum glauben konnte.

Lenas verwirrte Miene tauchte am Rande ihres Blickfelds auf. »Was ist los?«

»Es ist ein Bühnenstück«, sagte sie leise.

»Was?«

»Schauspiel. Theater. Begehbare, darstellende Kunst, im Grunde wie ein Mittelaltermarkt.« Sie schloss die Augen und lächelte in sich hinein. »Oh, das ist gut. Nicht brillant, aber gut. Und völlig verrückt.«

Sich den Umhang abstreifend, kam Alex auf die grüne Fee zu. »Du hast es, oder? Du weißt, wer es war?«

»Ja. Und wenn ich mich nicht irre und es richtig anstelle, kann ich es auch beweisen.«

Als ihr klar wurde, was nun folgen musste – denn auch unter Hobbydetektiven gibt es gewisse Konventionen –, ging ihr das Herz auf. So etwas hatte sie schon immer mal machen wollen.

»Wir gehen jetzt nach oben und versammeln alle im Rittersaal, an der großen Tafel. Und dann gibt es die große Auflösung.«

## Kapitel 16

Rauchgeruch hing in der Luft. Allerdings nicht von einer Tabakspfeife, wie sie so mancher Detektiv zu nutzen pflegt. Dieser Rauch duftete schwer und würzig wie das Harz der Holzscheite, aus denen er herausgebrannt worden war, und haftete tagelang an Kleidern und Haaren.

Die grüne Fee von Absinth ließ ihren Blick über die Leute schweifen, die zu beiden Seiten der langen, dunklen Tafel saßen. Sie alle trugen den Geruch an sich, seit sie die Küche der Marksburg mit ihrem großen Kamin betreten hatten. Das Parfüm des Mittelalters sozusagen. Auch auf den Märkten, auf denen sich Isa das ganze Jahr über herumtrieb, gehörten rauchende Feuerstellen zum Ambiente. Sie waren praktisch überall. Und wie auf dieser Burg kam man nicht umhin, sich irgendwann an den Geruch zu gewöhnen. Bis man ihn am Ende überhaupt nicht mehr wahrnahm.

Dabei sind Dinge, die scheinbar ganz alltäglich sind, oft so wichtig. Vor allem, wenn es um Mord geht. Ein Kerzenleuchter beispielsweise, der schon seit einer halben Ewigkeit auf einer Anrichte in der Nähe eines Tatorts steht; Staub und Zeit haben ihn vielleicht zu einem Teil des Raumes werden, ihn mit dem Hintergrund verschmelzen lassen, aber trotzdem kann an seiner Unterseite Blut kleben. Kann sich, unsichtbar für das bloße Auge, auf seinem messingfarbenen Sockel der entscheidende Hinweis auf den Täter verbergen.

Oder ein Hausangestellter, dessen Dienste innerhalb der Familie von Generation zu Generation weitergereicht werden wie gutes Tafelsilber. Seine Anwesenheit mag so vertraut geworden sein, dass der stille, zurückhaltende Mann mit den weißen Handschuhen, die keine Fingerabdrücke hinterlassen, kaum jemandem mehr auffällt. Und trotzdem lautet der gute, alte Merksatz für Ermittler nicht umsonst: »Der Butler ist der Täter.«

Im Fall Viktoria Kreuteler hatten sowohl Personen, die man nicht bemerkte, als auch jene, die etwas anderes waren als sie zu sein schienen, von Anfang an eine wichtige Rolle gespielt. Sie waren der im Dunkeln tappenden grünen Fee auf der Nase herumgetanzt, hatten sich hinter Lügen und Täuschungen versteckt und sich dabei vermutlich hämisch ins Fäustchen gelacht. Doch damit war es nun vorbei.

Anderen Leuten auf der Nase herumzutanzen, war schließlich *ihr* Job.

Sie stand am Kopfende der Tafel. Die Gaukler hatten den Rittersaal mit Laternen und Kerzenleuchtern illuminiert; überall flackerten kleine Flämmchen, wenn der Wind in kalten Zügen durch den Mauerbogen zur Kapelle pfiff und in der Kemenate verschwand, wo er die Samtvorhänge des Himmelbetts zum Flattern brachte. Hinter Isa tobte, durch ein großes Fenster sichtbar, das Unwetter über den Himmel. Blitze äderten die graue Wolkenwand wie Quarz, der auf der Oberfläche eines Felsens schimmert. Regentropfen trommelten gegen das Glas.

Isa ließ sich noch einen Moment Zeit und betrachtete all die verschiedenen Gesichter, die sich ihr mal erwartungsvoll, mal geringschätzig zuwandten. Die Spannung schien fast mit Händen greifbar zu sein.

Sie wartete, bis nach guter, alter Edgar-Wallace-Manier ein Blitz den Saal erhellte und der Donner anschließend unheilvoll über ihren Köpfen grollte. Dann, endlich, erhob sie die Stimme.

»Als ich Viktoria Kreuteler zum ersten Mal sah – auf der Reitertreppe, von Freunden und Verwandten umringt –, schien diese Frau in meinen Augen zwei Welten zu vereinen. Auf der einen Seite merkte man deutlich, dass das Erbe einer traditionsbewussten und reichen Familie nicht nur durch ihre Adern, sondern auch aus ihrem Geldbeutel floss. Sie hätte kaum etwas Passenderes als das Grafenmahl der Burgschänke für ihren Geburtstag buchen können; wie eine echte Adlige – eine Gräfin, könnte man sagen – hielt sie Hof und bestand darauf, ein Fest mit allen Schikanen zu feiern. Auf der anderen Seite schien sie sich aber nie in dieser hochherrschaftlichen Rolle zu verlieren. Sie nahm ihren Gästen jegliche Kosten, die eine Teilnahme am Grafenmahl mit sich gebracht hätte, ab, weil ihr diese horrende Summe augenscheinlich nicht so wichtig war wie die Aussicht auf einen unvergesslichen Abend mit den Menschen, die ihr am meisten bedeuteten. Für alle hatte sie ein freundliches Wort übrig, selbst für Gäste, die es offenbar darauf anlegten, sich danebenzubenehmen …«

Von Anita kam ein pikiertes Hüsteln.

»… und als klar wurde, dass der Sturm uns von der Außenwelt abgeschnitten hatte, blieb sie ruhig und besonnen und sorgte sich um ihren Mann, nicht um sich selbst. Viktoria Kreuteler war Heilerin. Nicht nur vom Namen her, sondern bis ins Mark.«

Ohne den Blick von den Anwesenden zu nehmen, deutete Isa auf die geschlossene Tür des Aborts. »Diese Frau war klug, nett, hübsch; eigentlich jedermanns Liebling. Und trotzdem hat jemand sie brutal mit einem Morgenstern erschlagen und dann in einer mittelalterlichen Toilette entsorgt. Warum?«

Während sie redete, löste sich die grüne Fee von ihrem Platz und begann, langsam um die Tafel herumzugehen. Sie spürte, wie ihr die Blicke der anderen folgten.

Die Hand auf seiner Stuhllehne, verharrte sie kurz hinter Philipp »Irish« Düster, dessen Töchterlein mit Kopfhörern in einer Fensternische saß und malte. Vielleicht hört sie ein Kinderhörspiel, dachte Isa. Oder Black Metal. Auf alle Fälle war die grüne Fee froh, dass die Kleine auf diese Weise nichts von dem mitbekam, was am Tisch besprochen wurde.

»Vielleicht«, fuhr sie fort, »wurde Viktoria getötet, weil jemand gezwungen war, einen Pakt mit dem Teufel einzugehen, um sich und seine Familie zu schützen.«

Sie ignorierte Philipps bleiche Miene und ging weiter, an Johanna vorbei, die neben ihm saß. »Oder weil jemand, dem sie sehr, sehr viel bedeutete, glaubte, von ihr gedemütigt worden zu sein.«

Die nächsten auf dieser Seite der Tafel waren Erik und Anita. Isa stützte sich an ihren Stühlen ab und lehnte sich zwischen den beiden nach vorne. »Vielleicht wurde sie auch von einem verschmähten Verehrer umgebracht, der es nicht ertragen konnte, dass sie einen anderen liebte. Oder von einer Frau, die es satthatte, neben ihr immer nur die zweite Geige zu spielen.«

Wieder stieß Anita ein empörtes kleines »Hm!« aus.

Gemessenen Schrittes umrundete die grüne Fee das andere Ende der Tafel. Auf dem nächsten Stuhl saß Robyn, die Schankmaid. Mit ängstlich aufgerissenen Augen drehte sie den Kopf hin und her, um verfolgen zu können, wie Isa hinter ihr vorbeiging.

»Vielleicht musste Viktoria sterben, weil ihr jemand ihren Reichtum neidete«, sagte die Gauklerin. »Oder«, fuhr sie fort, während sie in Korbinians Dunstkreis trat, »weil sie im Begriff war, sowohl die Finanzen als auch das Weltbild eines anderen erheblich auf den Kopf zu stellen.«

Mit diesen Worten war ihr kleiner Rundgang um die Tafel – und um die Verdächtigen – beendet. Als Isa wieder ihren ursprünglichen Platz einnahm, nickte sie Rune Kreuteler zu, der zu ihrer Linken saß. Er erwiderte den Gruß, bleich, müde, aber entschlossen.

Isas Bandkollegen hatten sich auf ihre Bitte hin ein wenig im Raum verteilt. Alex lehnte, eine unangezündete Zigarette im Mundwinkel wie ein verkappter Revolverheld, in der Fensternische neben der Kapelle, während Lena und Kevin am gegenüberliegenden Ende des Saals den Mauerbogen flankierten, der in die Kemenate führte.

Als Korbinian sprach, waren seine Worte wie Hagelkörner, die eisig über Isas Trommelfelle tanzten. »Was ist mit diesem Burgvogt, der verschwunden ist? Diesem Schrödinger? Immerhin hat er sich ohne viele Worte aus dem Staub gemacht, kurz bevor Viktoria tot aufgefunden wurde. Seither hat ihn niemand mehr gesehen. Wieso sollte nicht er der Täter sein?«

»Oh, ich hoffe sehr, dass sich auch das Rätsel um Schrödinger bald aufklären wird. Sie wissen schon … ob er nun noch am Leben ist oder nicht.« Sie sah, dass Kevin auf der anderen Seite des Raumes grinsen musste. »Aber mit dem Tod von Viktoria und dem von Rumo hat er nichts zu tun. Der Mörder, den wir suchen, versteckt sich nicht irgendwo in den Tiefen dieser Burg. Er ist hier, in diesem Moment. Und er sitzt an diesem Tisch.«

Eigentlich war dies nichts Neues für die Leute im Rittersaal. Immerhin hatten nicht wenige von ihnen die letzten Tage damit verbracht, sich gegenseitig zu beschuldigen. Trotzdem warfen sie einander über die Tafel hinweg nun teils nervöse, teils lauernde Blicke zu.

»Wer? Wer war es?«, piepste Robyn.

»Jemand mit mehr Glück als Verstand. Obwohl Planung, Aufbau und Ausführung der Tat alles andere als dumm waren, das muss ich zugeben. Aber der Reihe nach. Um verstehen zu können, was wirklich passiert ist, müssen wir zum Anfang zurückkehren. Zur Nacht des Grafenmahls und dem Ausbruch eines gewaltigen, verhängnisvollen Sturms.«

Alle hingen gebannt an Isas Lippen, während sie in die Rolle der Geschichtenerzählerin schlüpfte. Denn was war eine Detektivin in diesem Stadium einer Ermittlung schon anderes?

»Es war bereits nach Mitternacht«, sagte sie, »als es – so dachten wir zu dem Zeitpunkt jedenfalls – alle Gäste endlich heil von der Marksburg heruntergeschafft hatten. Nur Viktoria und ihr Mann Rune waren noch da, zusammen mit Schrödinger, meinen lieben Bandkollegen und mir. Dafür, dass uns der Orkan so unerwartet schnell und schwer erwischt hatte, also kein schlechtes Ergebnis. Doch dann wurde es langsam, aber sicher chaotisch. Alex und ich wurden fast von einem Kastanienbaum erschlagen, der auf den Parkplatz stürzte und so die einzige Zufahrt versperrte. Als wir in der Burgküche wieder auf die anderen stießen und ihnen davon erzählten, wurde uns allen die Bedeutung dieses Ereignisses schnell klar: Wir saßen fest. Bei dem Gedanken wurde uns allen etwas mulmig. Manchen mehr als anderen.«

Bei diesem letzten Satz ruhte Isas Blick auf Rune, was Erik, der ihm schräg gegenüber saß, nicht entging. Hämisch grinsend beugte er sich über den Tisch. »Was denn, hattest du etwa Angst vor ein bisschen Blitz und Donner, mein Kleiner?«

»Halt die Klappe, Erik«, sagte Rune leise.

»Und *du* wolltest mal ein Nordmann sein? Ein Waschlappen, das bist du!«

Isa zog einen kurzen, hölzernen Trommelstock aus ihrem Gürtel. Aus dem Handgelenk verpasste sie der Tafel damit einen kurzen Schlag, der wie der Knall eines Gerichtshammers durch den Saal hallte. Zufrieden sah sie, wie alle – auch Erik – ob des unerwarteten Geräuschs zusammenzuckten.

»Darf ich fortfahren?«, fragte sie, süß wie mit Glassplittern versetzter Honig.

Langsam lehnte sich der Wikinger wieder in seinem Stuhl zurück.

»Vielen Dank. Dass der Sturm den Baum umriss, war zwar Pech, aber so weit eigentlich nicht ungewöhnlich. Doch dann tauchte plötzlich – obwohl wir alle davon ausgingen, die einzig verbliebenen Personen auf der Marksburg zu sein – Pauline in der Burgküche auf. Aus dem Nichts und, fast noch merkwürdiger, ohne ihren Vater.«

Sie sah, wie Korbinian abschätzig sein Knödelgesicht verzog, und setzte hinzu: »Das ist wichtig, Herr Kreuteler. Nur wegen Pauline haben wir überhaupt eine Ahnung von dem, was sich in der Burgküche abspielte, nachdem Schrödinger, Rune und wir Gaukler den Raum verlassen hatten. Wir – das heißt, die gerade genannten Personen – gingen nach oben, um Decken und Strohsäcke für die Nacht vom Dachstuhl herunterzuholen. Viktoria blieb mit Pauline in der Burgküche zurück. Während wir arbeiteten, funktionierte der Strom auf der Burg noch. Die Treppe, die vom kleinen Hof aus hinauf in den ersten Stock führt, war dank der Deckenlampen also gut ausgeleuchtet, und es waren immer einer oder mehrere von uns am oberen Ende dieser Treppe. Auch das ist wichtig. Vielleicht sogar eines der wichtigsten Details überhaupt, denn es macht dieses Verbrechen so perfide. Als der Strom ausfiel, sammelten wir uns sofort an der besagten Treppe. Dabei bemerkten wir auch, dass Schrödinger fehlte. In der Hoffnung, ihn in der Burgküche zu finden, gingen wir nach unten – nur um festzustellen, dass sich dort überhaupt niemand mehr aufhielt. Keine Pauline, kein Burgvogt und vor allem: keine Viktoria.«

Isa wedelte mit dem Trommelstock durch die Luft wie mit einem Zauberstab. »*Puff* – einfach verschwunden. So schien es in diesem Augenblick zumindest. Und genauso überraschend tauchten Sie alle auf – *puff* –, als wir Viktorias Leichnam kurz darauf im Abort fanden. Wo sie zweifelsfrei ermordet wurde. Aber eigentlich gar nicht ermordet worden sein *kann*, denn wenn jemand Viktoria in der Zeit, in der wir nicht in der Burgküche waren, über die Treppe nach oben geschafft hätte, dann hätten wir das sehen müssen. Haben wir aber nicht.« Ein weiterer Schlenker mit dem Trommelstock illustrierte ihre Worte. »Was also ist passiert? Magie? Ist ein übernatürliches Wesen – ein Burggespenst vielleicht – verantwortlich für diesen Mord?«

Sie schüttelte den Kopf. »Wohl kaum, Herrschaften. Dass dieses Verbrechen wie ein Zaubertrick wirkte, war, davon bin ich überzeugt, nur der Nebeneffekt eines auf die Schnelle zusammengeschusterten Plans. Dass die vermummte Gestalt, die in der Burgküche auftauchte, Pauline zufälligerweise an einen Mönch erinnerte, was zu der Legende passte, die sich um die Marksburg, einen Mönch und den Teufel selbst rankt, und dass ich leider ein gewisses Faible für Geistergeschichten habe und nur allzu bereit war, mich mitreißen zu lassen – das konnten die Täter nicht ahnen. Sie versuchten erst später, sich die Idee vom Spuk zunutze zu machen, indem sie den Mönch noch einmal auftreten ließen und versuchten, uns mit diesem brennenden Helm zu erschrecken. Ziemlich waghalsige und melodramatische Nummer übrigens, genau wie die Morde selbst. Die Verfolgungsjagd, das Feuer, für das erst mal Viktorias Räucherharz gestohlen werden musste … die Idee, mich an der Hand zu fassen …«

Wie erwartet, erfüllte plötzlich leises Gemurmel den Rittersaal.

»Entschuldige«, wandte Philipp zögerlich ein. »Aber sagtest du gerade *die* Täter? Plural?«

»Ganz genau. Nur zu zweit war es möglich, Viktoria ungesehen verschwinden zu lassen.«

Als Philipp immer noch verwirrt dreinschaute, breitete Isa die Arme aus und drehte sich einmal im Kreis, um alle Personen und das gesamte Gebäude in ihre Worte mit einzubeziehen.

»Vorhin, in der Burgküche, sagte ich, nachdem mir klar geworden war, auf welche Weise die Morde begangen wurden, dass wir uns alle gerade in einem Bühnenstück befänden. Einem äußerst morbiden noch dazu, und die Marksburg dient dafür als Kulisse. Wir alle – ja, auch Sie, Korbinian – sind Teil einer Inszenierung. Eigentlich genau wie die historischen Darsteller auf Mittelaltermärkten, weswegen ich überhaupt darauf kam. So ein Markt ist ja im Grunde nichts anderes als ein interaktives, begehbares Theaterstück: Eine spielt die Schankwirtin oder die Seifensiederin, einer den Schmied; einer ist Herold und macht beim Turnier die großen Ankündigungen, die anderen sind Knappen und rennen ohne Text über die Bühne, um zersplitterte Lanzen und die Überreste der Ritter aufzusammeln.

Herauszufinden, wer von uns Akteur und wer unfreiwilliger Statist ist, war ein hartes Stück Arbeit. All die schlecht zusammengelogenen oder nicht beweisbaren Alibis, all die kleinen Intrigen und Geheimnisse … Fast wäre ich an diesem Wirrwarr gescheitert. Aber nicht mit mir, verehrtes Publikum! Nicht mit der grünen Fee von Absinth. Ich weiß nun, wer wann von der Bühne abging und wer zu welchem Zeitpunkt seinen großen Auftritt hatte.

Als Viktoria und Pauline alleine in der Burgküche waren, erschien an der Treppe zum Weinkeller der besagte Mönch. Oder, zutreffender: jemand in einem zugeschnürten Umhang. Viktoria schien ihn nicht zu bemerken, weil sie ihm den Rücken zuwandte, aber Pauline sah ihn und floh nach oben in die Kemenate.

Auch Philipp und Korbinian bemerkten den Mönch nicht. Sie waren zur selben Zeit im Weinkeller, aber zu sehr in ihren kleinen Streit über die Zukunft des Kreuteler-Imperiums vertieft. Ich vermute, dass sich der Mönch hinter den Fässern an ihnen vorbeigeschlichen hat. Diesen Trick hat schließlich schon jemand anders angewandt. Nicht wahr, Johanna?«

Isa ließ den Trommelstock vage in Johannas Richtung schwingen, woraufhin diese vor lauter Nervosität wie ein blondes Häufchen Elend in ihrem Stuhl zusammensank. »Bevor der Mönch in die Küche ging, hast du den Lagerraum, in dem du aus … *Gründen* übernachten wolltest, verlassen und Philipp und Korbinian dabei im Weinkeller gesehen. Und weil es sicherlich nicht sonderlich angenehm gewesen wäre, in ihren Streit hineinzuplatzen, bist du hinter den Fässern an ihnen vorbei nach draußen und hoch auf den Dachstuhl geschlichen. Ist doch richtig, oder?«

Johanna nickte.

»Und das glaubst du ihr? Einfach so?« Anitas Stimme durchstach die Luft wie der Zahn einer zuschlagenden Viper.

Philipp Düster beugte sich nach vorne. Zum allerersten Mal machte sein Blick seinem Nachnamen alle Ehre. »Ich kann bezeugen, dass Johanna zu der Zeit, die Isa meint, im Lagerraum war«, sagte er. »Und es stimmt, dass Herr Kreuteler und ich im Weinkeller eine Auseinandersetzung hatten. Also halt den Mund.«

»Ich kann deine Frage durchaus verstehen, Anita«, sagte die grüne Fee gönnerhaft, »aber wie du siehst, haben wir hier drei Personen, die bis zu dem Augenblick, als sie auf der Marksburg zusammentrafen, kaum einen Grund hatten, sich zu mögen oder auch nur eine zweckmäßige Partnerschaft einzugehen. Und trotzdem passen ihre Geschichten im Großen und Ganzen zusammen. Anders ist es bei Robyn und Rumo. Zu Anfang haben mir beide zwei völlig unterschiedliche Versionen derselben Story erzählt. Dadurch blieb die Frage, wer log und wer die Wahrheit sprach. Leider wurde dieses Rätsel erst mit Rumos Tod gelöst. Durch sein Ableben – dazu später mehr – hat der Koch Robyns Alibi im Nachhinein bestätigt.«

»Also bin ich unschuldig?«, fragte Robyn aufgeregt.

»Es sei denn, du möchtest gerne ein Verbrechen gestehen. Dann wäre jetzt die einmalige Gelegenheit.«

»Oh nein, nein. Alles gut.« Robyn richtete ihre Dutts und versuchte, so brav wie möglich auszusehen.

»Somit«, fuhr die grüne Fee fort, »bleiben noch zwei Personen übrig. Zwei Personen, die von der Präsentation des Birnenbrands beim Grafenmahl an bis zur Entdeckung von Viktorias Leiche weder von jemandem gesehen noch gehört wurden und keinen anderen Beweis für ihr gemeinsames Alibi haben als ihre eigenen Aussagen.«

Sämtliche Gesichter, hohlwangig dank der Schatten, die die Kerzen warfen, wandten sich langsam Erik und Anita zu.

Neben der grünen Fee erhob sich Rune Kreuteler von seinem Stuhl. Wut, Trauer und Schmerz schienen in Wellen von ihm auszugehen; seine Hände, mit denen er sich an der Tischkante festhielt, zitterten. »Du warst es *doch!*« Er klang beinahe verblüfft. Wie jemand, der einen lange, lange gehegten Verdacht endlich bestätigt sieht und es nun, da ihm offiziell recht gegeben wird, fast selbst nicht mehr glauben kann. »Du wolltest sie all die Jahre nur für dich!«

Korbinian packte ihn am Arm und versuchte, ihn wieder auf den Sitz zu ziehen.

»Herrgott, Junge. Reiß dich gefälligst zusammen«, zischte er.

Anita versuchte derweil, Isa mit einem Blick aufzuspießen, der selbst die böse Hexe aus dem Märchen dazu gebracht hätte, ins Lebkuchenhaus zu flüchten und freiwillig in den Backofen zu hüpfen. »Ihr Gaukler seid wirklich die Pest!«, fauchte sie. »Ihr seid nur neidisch, weil *ich* Erfolg in der Musikszene habe und ihr immer noch für ein Butterbrot von Markt zu Markt tingeln müsst! Mit dieser billigen Nummer wollt ihr mich bloß aus dem Weg räumen!«

»Du Mistkerl hast sie umgebracht! Zusammen mit diesem Flittchen!« Runes Gesicht war kreidebleich, sein Atem kratzte schnell und abgehackt durch seine Kehle.

Erik Folkessons Lächeln lud förmlich dazu ein, es ihm mit einer Streitaxt vom Gesicht zu wischen. Sein Blick glitt zuerst über die Leute an der Tafel, dann weiter zur grünen Fee und blieb schließlich an seinem Bruder haften.

»Glaubt ihm kein Wort«, sagte er.

Rune lachte bitter auf.

»Erik hat recht«, sagte Isa.

Sämtliche Anwesende starrten sie verständnislos an.

Langsam verstand die grüne Fee, warum berühmte Detektive ihre Gehilfen während einer Ermittlung gern absichtlich im Dunkeln tappen ließen. Es war schlichtweg faszinierend, wie viel Verwirrung man mit einer einzigen, kryptischen Aussage stiften konnte.

»Erik hat recht«, wiederholte sie. »Und bevor du dich weiter so künstlich aufregst, Anita: Wenn wir diese Burg verlassen, bist du wahrscheinlich wegen Beihilfe zum Mord dran, aber eigentlich spielst du in diesem Theaterstück nur eine kleine Rolle. Im Grunde brauchtest du dich nur zu verhalten wie sonst und als Eriks Alibi herzuhalten, damit dein Liebster, in das Mönchsgewand gehüllt, in die Burgküche schleichen und Viktoria überwältigen konnte. *Überwältigen,* nicht töten. Denn den eigentlichen Mord hat jemand anders verübt.«

»Wer? Wer?« Robyn, schon wieder.

»Eine Person, die es mit Bravour geschafft hat, uns alle hinters Licht zu führen. Die ihre Rolle vielleicht sogar schon seit längerer Zeit spielt und die Gelegenheit, die Sturm und Burg boten, genutzt hat, um endlich das große Finale zu inszenieren.« Sie wandte sich nach links. »Rune Kreuteler, der trauernde Witwer.«

## Kapitel 17

Isa hatte in ihrem ganzen Leben noch nie jemanden wirklich erstarren sehen. Natürlich hatte sie den Begriff schon häufig gelesen oder selbst gebraucht, um zu beschreiben, dass eine Person oder ein Tier plötzlich aufhörte sich zu bewegen. Doch als sich Runes Körper, ausgehend von diesen auffallend hellen Augen, deren Farbe er mit seinem Bruder teilte, verwandelte wie die Oberfläche eines Sees, die während einer Winternacht Stück für Stück zu eisiger Härte gefriert, wurde ihr die wahre Bedeutung des Wortes erst so richtig bewusst.

»Das ist nicht wahr«, krächzte Rune. »Erik war es. Er hasst mich.«

»Ach ja? Zufällig erinnere ich mich noch gut an einen Dialog zwischen Erik und Anita, den ich gestern Abend während des Gelages mit anhörte. Anita drohte, etwas zu verraten, das sie Eriks ›kleines Geheimnis‹ nannte. Er brachte sie mit den folgenden Sätzen zum Schweigen: *Wenn ich falle, fällst du auch, Anita. Für einen Blutadler braucht man zwei Flügel, vergiss das nicht.*

Zuerst dachte ich, dass damit die Lungenflügel gemeint wären, die dem Gefolterten bei einem Blutadler angeblich mit den Rippen und Schulterblättern aus dem Rücken gezogen wurden.

Oder dass Erik in einer morbid-durchgeknallten Form der Wikinger-Romantik von seiner Liebsten und sich selber sprach; zwei Teile eines Pärchens, die im Grunde wie die beiden Seiten derselben Medaille oder die zwei Flügel *eines* Blutadlers sind. Fällt das eine weg, ist auch das andere verloren.

Natürlich wusste ich, dass Erik Folkesson und Rune Kreuteler früher zusammen ein Heerlager namens ›die Blutadler‹ anführten. Aber Erik, so mein Gedankengang, spielte doch sicher nicht auf den Mann an, den er so sehr zu verabscheuen schien. Ich meine, die beiden sind sich in diesem Raum hier buchstäblich an die Gurgel gegangen. Rune hat ihm ein Stück seines *Ohrs* herausgerissen. Da meinte er doch bestimmt nicht so etwas wie: ›Wenn du mich verrätst, Anita, dann gibt es noch meinen Bruder, den zweiten Blutadler. Und der wird rächen, was auch immer du mir, seinem Fleisch und Blut, antust.‹ Unmöglich, dachte ich.« Sie zuckte mit den Schultern. »So kann man sich täuschen.«

Die grüne Fee hörte ein Geräusch. Als sie sich umdrehte, sah sie, dass Alex in seiner Fensternische aufzeigte und mit den Fingern schnipste, um ihre Aufmerksamkeit zu erregen. Zusammen mit seinem rot karierten Schottenrock ergab dies die äußerst schräge Karikatur eines katholischen Schulmädchens.

»Ja bitte? Der Herr in den luftigen Beinkleidern?«

»Soweit ich mich erinnere, *kann* Rune seine Frau gar nicht getötet haben. Er war von dem Moment an, als wir die Burgküche verließen und auf den Dachstuhl gingen, bis zum Fund der Leiche mit uns zusammen.«

»Guter Einwand. War er eben nicht.«

Rune hielt die Arme vor der Brust verschränkt, als wollte er sich körperlich vor ihren Worten schützen. »Lüge. Nichts als Lüge. Gott, das darf doch alles nicht wahr sein …«

»Aber, aber, Herr Kreuteler. Gestatten Sie mir, den Vorhang zu lüften und allen Anwesenden zu erklären, was sich Donnerstagnacht wirklich auf der Marksburg zugetragen hat. Dann wird sich zeigen, wer von uns beiden hier lügt.«

Isa wandte sich wieder an die Runde. »Verehrte Recken und Maiden, begeben wir uns gedanklich wieder in die Marksburg der besagten Nacht. Pauline und Viktoria befanden sich allein in der Burgküche. Ein nur fast perfektes Szenario für Erik, der an diesem Abend die zweite Hauptrolle spielte und oben auf der Treppe zum Weinkeller erschien. Vermummt, damit ihn seine Schwägerin nicht erkennen konnte. Natürlich ließ er sich, Draufgänger, der er ist, von einer potenziellen Zeugin nicht aufhalten. Er verscheuchte Pauline, indem er den gruseligen Mann aus den Schatten spielte. Dann überwältigte er Viktoria – vermutlich schlug er sie bewusstlos – und nahm für das weitere Vorgehen die Kapuze ab. Dass Rumo, unser späterer Erpresser und zweites Opfer, ihn dabei beobachtete, merkte er nicht.

Damit kommen wir auch schon zur härtesten Nuss des Falls. Wie schaffte es Erik mit der ohnmächtigen Viktoria die Treppe hinauf in den ersten Stock? Wie kam er ungesehen an uns allen vorbei?« Isa konnte nichts dagegen machen. Auf ihrem Gesicht breitete sich ein diabolisches Lächeln aus. Dieser Teil gefiel ihr am besten, seit sie endlich um des Rätsels Lösung wusste. »Die Antwort ist einfach. Gar nicht.«

»Aber Viktoria war nicht mehr da, als wir wiederkamen«, wandte Alex erneut ein.

»Wirklich nicht?«

Die Blicke ihrer Zuhörer sagten mehr als tausend Fragen.

»Es war Erik unmöglich, die Treppe in diesem Zeitfenster zu passieren. Also müssen er und sein Opfer unten geblieben sein. Das ist die einzig logische Erklärung.«

»Aber der Raum war leer!«, rief Rune und klang schrecklich verzweifelt. Isa hörte es, dachte an Viktorias übel zugerichteten Leichnam und empfand keinen Funken Mitleid mehr für diesen Mann, sondern nur noch Verachtung.

»Es ist wie mit der Verkleidung und dem Mönch«, fuhr sie fort. »Man muss sich fragen, was wirklich zu sehen war. Wir kamen rein und standen in einem schlecht beleuchteten, saalartigen Raum voller Nischen, alter Möbel und dunkler Ecken. Nachdem schon der Sturm über uns hereingebrochen, der Strom ausgefallen und Schrödinger verschwunden war, hat uns die Tatsache, dass die Küche plötzlich leer zu sein schien, wahrscheinlich noch mehr schockiert, als es normalerweise der Fall gewesen wäre. Noch weiter verstärkt wurde dieser Effekt durch einen gewissen Rune Kreuteler, der, kaum dass er einen Fuß über die Türschwelle gesetzt hatte, scheinbar in heller Panik durch die Küche rannte.«

»Ich hatte Angst! Tory wäre niemals einfach so verschwunden, deshalb wusste ich, dass etwas passiert sein musste!«

»Vor zwei Nächten hätte ich Ihnen das auch noch geglaubt. Immerhin war ja schon beim Grafenmahl der Eindruck entstanden, dass Sie Ihrer Frau treu ergeben waren und sich stets auf sie verlassen haben. Aber mal im Ernst, selbst für einen sorgenvollen, etwas nervenschwachen Ehemann war Ihr Verhalten reichlich übertrieben. Dieses Geschreie und Herumgerenne … was sollte das bezwecken? Ich kann es euch sagen, werte Zuhörer. So wie ich das sehe, hatten die beiden Brüder keine Zeit für lange Absprachen. Wahrscheinlich konnten sie nur ein paar Worte während des allgemeinen Aufbruchs nach dem Grafenmahl wechseln; sich einigen, dass der Sturm eine gute Gelegenheit darstellte und wie sie diese nutzen wollten. Das Verbrechen an sich basierte auf einem bestimmten Plan, aber einige Elemente mussten improvisiert werden. Rune wusste wahrscheinlich nur, dass Erik Viktoria in der Küche überwältigt und sie dann dort irgendwo für ihn versteckt hatte. Er musste es also unbedingt schaffen, sie zu finden und unsere Aufmerksamkeit dann so schnell wie möglich auf etwas anderes zu lenken, damit niemand sonst sie entdeckte.«

»Und wo soll ich Viktoria deiner Meinung nach versteckt haben?«, knurrte Erik. »Unter einem Sitzkissen? In einem Methumpen?«

Langsam ging Isa, die Augen auf den Nordmann gerichtet, an der Tafel entlang. Sie packte Eriks Stuhllehne, lehnte sich daran vorbei nach vorne und flüsterte so laut, dass alle es hören konnten, in sein gesundes Ohr: »Das ist ein echt großer Kamin da unten, oder?«

Seine Hand, die auf dem Tisch lag, zuckte unwillkürlich. Isa lächelte.

»Wie meinen Sie das?«, wollte Korbinian wissen, während sie wieder zu ihrem Platz zurückging.

»Das Feuer, an dem wir seit Tagen kochen und die Kleider trocknen, wurde relativ weit vorne im Kamin entfacht, um leichter Holz nachlegen und die Asche herauskratzen zu können. Dahinter ist noch eine ganze Menge Platz. Okay, vielleicht keine *Menge;* genau genommen ist es ziemlich eng und heiß da drin. Als wir Gaukler vorhin allein mit dem armen Rumo in der Burgküche waren, habe ich mir die Freiheit genommen und bin selbst mal hineingeklettert, um meinen Verdacht zu überprüfen. Es stimmt: Man könnte jemanden da drin verstecken, ähnlich wie in einer Höhle, die sich hinter einem Wasserfall befindet. Dass die betreffende Person dabei nicht sofort gegrillt wird oder erstickt; nun, dafür bin ich der lebende Beweis.

Als ich Viktorias Leiche untersuchte, fielen mir zwei Dinge auf, die sich nur durch einen kleinen Aufenthalt im Kamin erklären lassen: Zum einen war ihr Kleid dafür, dass sie kurz zuvor durch den strömenden Regen zur Treppe geschafft worden war, viel zu trocken, und zum anderen war es total dreckig. Den Schmutz hielt ich für Rückstände aus dem Abort; Staub, Mörtel oder Schlimmeres. Vor etwa zehn Minuten habe ich die Leiche aber noch mal untersucht. Es handelt sich um Holzasche. Und das Kleid war nur deshalb nicht feucht, weil Regen auf warmem Stoff viel schneller trocknet als normal. Den dritten Hinweis, den penetranten Rauchgeruch, habe ich leider wegen einer gewissen Betriebsblindheit erst wahrgenommen, als ich vorhin gezielt darauf geachtet habe. Aber selbst ich kann nicht an alles denken.«

Sie hörte einen gewissen jungen Mann im Schottenrock neben sich belustigt schnauben.

»Erik deponierte Viktoria also in dem wohl sichersten Versteck der ganzen Burgküche, zog sich dann in den Weinkeller zurück und überließ erst mal seinem Bruder die Bühne.«

»Wieso ausgerechnet in den Weinkeller?«, fragte Philipp, doch Isa bedeutete ihm mit einer Handbewegung abzuwarten.

»Rune veranstaltete daraufhin ein Heidentheater, um uns abzulenken und herauszufinden, wo der Präsentierteller mit der Beute versteckt war. Kaum hatte er das geschafft, folgte gleich das nächste, halsbrecherische Manöver: Er flitzte die Treppe zum Weinkeller hinunter, kam kurz darauf völlig außer Atem wieder rauf und verkündete, Viktoria wäre in den Gotischen Zwinger gelaufen. Bevor irgendjemand ihn aufhalten konnte, schnappte er sich einen Umhang und lief hinaus in den Kräutergarten, wo ihm, wie wir alle wussten, durch den Sturm tödliche Gefahr drohte.«

»Aber dann hat dein Freund ja doch recht«, sagte Philipp. »Auch wenn Viktoria erst später aus der Küche gebracht wurde: Rune war im Gotischen Zwinger. Er hat ein Alibi.«

»So scheint es zumindest, aber das stimmt nicht, und das ist das absolut Teuflische an der Geschichte. Rune lief runter in den Weinkeller, ja. Doch der Rune, der in die Burgküche zurückkehrte, war nicht der echte.«

»*Was?*«

»Es war Erik Folkesson. Die Brüder haben unten im Weinkeller die Plätze getauscht.«

Schrilles Gelächter hallte durch den Saal. »Du dummes Kind«, gackerte Anita. »Wie sollte das gehen? Niemand käme je auf die Idee, Erik und Rune miteinander zu verwechseln. Die beiden sind wie Feuer und Wasser!«

»Ja, auf den ersten Blick scheinen sie ziemlich unterschiedlich zu sein. Die Körperhaltung, Haarfarbe und -länge, die Bärte ... Einfach alles. Als wären sie überhaupt nicht miteinander verwandt. Und doch haben beide die gleichen Augen, ist dir das schon mal aufgefallen? Außerdem gab es Gelegenheiten, bei denen die beiden unabhängig voneinander in die Rolle des jeweils anderen geschlüpft sind. Rune äffte die Stimme seine Bruders nach, kurz nachdem die Kastanie auf den Parkplatz krachte und Alex und ich in der Burgküche darüber berichtet haben. Erik machte sich über Rune lustig, als wir Viktorias Leiche fanden. Beide Darstellungen waren, wenn auch natürlich überzogen, so doch ziemlich treffend. Erik hat die Gesten und die Stimmlage seines Bruders definitiv drauf. Ich vermute, dass er die Gewandung, die wie die von Rune aussah, schon unter seiner Mönchskutte trug, als er in die Burgküche kam. Zeit genug, sich vorher umzuziehen, hatte er ja.«

»Und sein Haar? Kann das auf magische Weise die Farbe verändern?«, höhnte Anita.

»Natürlich nicht. Aber es gibt da diese eine, mysteriöse Stelle im Kamin, die auffallend frei von Ruß ist. Ganz komisch sieht das aus; als hätte jemand nach einer Minute Putzdienst keine

Lust mehr gehabt. Runes Haare sind viel dunkler als die von Erik, ja. Aber um das zu kompensieren, musste Erik, nachdem er Viktoria überwältigt hatte, nur eine ordentliche Portion Ruß vom Stein kratzen und sich Haare und Bart damit einreiben. Die Täuschung musste nicht perfekt sein, die Lichtverhältnisse spielten den Brüdern schließlich in die Hände. Er nahm die Bartperlen raus und band sich Haare und Bart dicht an Kopf und Kinn zusammen, sodass beides, flüchtig betrachtet, wie kurzgeschoren aussah. So präpariert, brauchte er nur noch abzuwarten, bis der echte Rune in den Weinkeller hinunterkam.«

Ungläubig schüttelte Rune den Kopf. »Das ist doch absurd«, murmelte er. »So ein Rollentausch ... das könnte doch niemals funktionieren.«

»Ach nein?« Isa erhob die Stimme und rief zum anderen Ende des Saals hinüber. »Kann so was funktionieren, Alex?«

Köpfe wurden erstaunt herumgerissen. Lena stand immer noch neben dem Mauerbogen zur Kemenate, doch bei ihr lehnte nicht mehr Kevin, sondern Alex an der Wand. Er hatte seinen Kilt gegen eine schlichte, spätmittelalterliche Hose aus grobem Tuch getauscht und das rechte Bein genauso angewinkelt, wie sein Bandkollege es sonst gerne tat.

»Schätze schon«, sagte er grinsend.

Das überraschte Gemurmel der Anwesenden wohlwollend zur Kenntnis nehmend, drehte Isa sich zur Fensternische um. »Kevin?«

Das Bild vom schlaksigen Kevin, der dort in Schottenrock und Schnürhemd stand und versuchte, zum ersten Mal in seinem Leben breitschultrig auszusehen, würde sie wohl nie wieder loswerden. »Klappt wunderbar«, bestätigte er. »Solange die Leute mit den Gedanken woanders sind.«

»Und man sich nicht in den Hosenbeinen verheddert«, fügte Alex hinzu.

»Ich sag's ja: Theater und Zaubertricks.« Isa zuckte leichthin mit den Schultern. Dann fuhr sie fort: »Die Brüder tauschten also die Plätze. Erik rannte die Treppe rauf und verwickelte uns in ein Ablenkungsmanöver der Extraklasse: Panischer, herzkranker Göttergatte begibt sich in Lebensgefahr, um seine verschwundene Ehefrau zu retten. Dadurch konzentrierte sich sämtliche Aufmerksamkeit auf den Weinkeller und dessen Ausgang, der auf den kleinen Hof führt, und Rune konnte in einem günstigen Moment durch die zweite Tür, die auf der anderen Seite in die Burgküche führt, wieder hineinschlüpfen. Ein großes Wagnis, immerhin war die ganze Zeit über jemand im Raum.« Isa zeigte auf Lena, die ja voller Sorge auf sie, den falschen Rune und ihre beiden Bandkollegen gewartet hatte. »Er musste mucksmäuschenstill sein, während er Viktoria aus dem Kamin holte. Wahrscheinlich machte er es auf die sanfte Tour und spielte den liebevollen Retter. Deswegen fanden wir an ihr auch keine Abwehrverletzungen. Man stelle es sich vor: Er weckte die verletzte und durch den Rauch im Kamin zusätzlich geschwächte Viktoria aus ihrer Ohnmacht. Küsste sie und bedeutet ihr, um Himmels willen leise zu sein; jemand habe sie gerade überfallen, und der Täter sei noch im Raum. Ängstlich und verwirrt gehorchte sie ihm. Schließlich war er ihr Mann, ihr Vertrauter, ihr Freund. Sie ließ sich freiwillig, dankbar sogar, von ihm nach oben in den Rittersaal führen. Im Abort, so sagte er, wäre es sicher. Dort würden die Angreifer nicht nach ihr suchen. Sie glaubte ihm, ließ ausnahmsweise mal ihn machen. Denn sie wusste, dass er ihr niemals, niemals wehtun würde.«

Isa ließ ihren Trommelstock wieder auf die Tafel knallen und zerschlug so die schöne Illusion, die ihre Worte geschaffen hatten, in tausend Scherben.

»Rune tötete Viktoria mit einem Morgenstern aus der Rüstkammer. Er ließ Leiche und Waffe im Abort zurück und hetzte wieder hinunter in den Weinkeller.«

»Nein!«, rief Rune.

Isa ignorierte ihn. »Inzwischen flogen Alex, Kevin, dem falschen Rune und mir im Gotischen Zwinger die Dachschindeln um die Ohren. Weil wir wie die Teufel zurückrennen mussten, konnte Erik sich nicht sicher sein, dass sein kleiner Bruder bereits im Weinkeller auf ihn wartete. Also musste er wieder tricksen: Während wir liefen, rempelte er mich scheinbar versehentlich an, sodass die einzige Taschenlampe, die wir dabeihatten, verloren ging. Im Dunkeln waren die Chancen schließlich größer, dass er seine Tarnung aufrechterhalten konnte, als im hellen Licht. Dann, als wir endlich wieder im schützenden Weinkeller waren, startete er noch mal einen melodramatischen Versuch, zurück in den Sturm zu rennen, garniert mit lautstarkem Geschrei: ›Aber meine Frau ist da draußen! Lassen Sie mich durch!‹ Da im stockfinsteren Keller bei dem Radau sowieso niemand sagen konnte, wer wer war, blieb dem echten Rune genügend Zeit, sich seinem Bruder zu erkennen zu geben und – im übertragenen Sinne – wieder in die eigene Haut zu schlüpfen. Danach verließ er selbst mit uns zusammen den Weinkeller. Erik hingegen eilte zurück auf den Hof und von dort aus zu Anita, die irgendwo auf ihn wartete. Auf dem Dachstuhl vermutlich, aber da will ich mich nicht festlegen. Er zog sich um und wusch sich den Ruß aus Haaren und Bart, was im Übrigen auch seine unordentlich angelegten Kleider und die zerzauste Frisur bei seinem Erscheinen im Rittersaal erklärt. Grund dafür war sicher keine heiße Liebesnacht, auch wenn sich Anita ebenfalls dazu passend zurechtgemacht hatte; eher ein eiskaltes Mordkomplott.«

Langsam beugte sich die grüne Fee nach vorne und stützte sich mit beiden Händen auf den Tisch. »Und so, verehrte Damen und Herren – liebe Kinder – wurde Viktoria Kreuteler ermordet. Nur so ergeben all die Details des Falles ein sinniges Ganzes. Rumo, der den Fehler machte, die beiden Brüder mit seinem Wissen zu erpressen, fiel gestern Nacht übrigens einem ähnlich spontan erdachten und waghalsigen Plan zum Opfer, der allerdings nicht ganz so glatt lief wie der erste. Ich nehme an, sie haben nicht damit gerechnet, noch jemanden aus dem Weg räumen zu müssen, also wurden sie ein bisschen schlampig. Als ich Rune beispielsweise erzählte, dass ich eine beträchtliche Menge Geld in der Spülküche gefunden hätte – wofür ich mir im Nachhinein selbst in den Hintern treten könnte, aber da hielt ich den Mann eben noch für unschuldig –, und ihn fragte, ob der Mörder es Viktoria gestohlen haben könnte, musste er schnell improvisieren, also bestätigte er mir, dass sie ihr Bargeld immer ganz sorglos in einem Lederbeutel an ihrem Gürtel aufbewahrt hätte. Meine Herren«, sie wandte sich an Philipp und Korbinian, »Sie beide kannten die Verstorbene gut. Stimmt das?«

So verschieden der junge Recke aus dem Heerlager und der alte Firmenchef auch waren: Diese Frage irritierte beide gleichermaßen.

»Was für ein Unsinn«, brummte Korbinian. »Viktoria hatte keinen Sinn fürs Geschäft, aber sie wusste genauso gut wie jeder andere, dass man in der Öffentlichkeit keine Unsummen mit sich herumträgt.«

Philipp nickte. »Auf den Märkten hatte sie bloß ein paar Münzen und kleine Scheine in ihrer Geldkatze. Alles andere nahm sie entweder gar nicht erst mit oder bewahrte es sicher zwischen ihren Sachen auf.«

»Das habe ich mir fast gedacht«, sagte Isa. »Rune wollte wohl die Gelegenheit nutzen und mich mit einer billigen Lüge dazu bringen, Viktorias Tod einem Raubmörder zuzuschreiben. Was vielleicht auch funktioniert hätte, wenn die Brüder sich nicht dafür entschieden hätten, Rumo umzubringen, anstatt ihn weiter zu bezahlen. Ohne die zweite Leiche wäre die Wahrheit vielleicht niemals ans Licht gekommen.«

Eine Weile herrschte eisiges Schweigen. Dann unterbrach ein scharfer Ton die Stille im Raum.

Als Isa aufblickte, sah sie, dass Erik ihr langsam und sarkastisch applaudierte.

Die grüne Fee ließ sich davon nicht im Mindesten beeindrucken. »Dieses Klatschen ... Du weißt schon, dass das in Krimis immer nur die Schuldigen machen, oder?«

»Das hier ist aber kein Krimi, sondern die reale Welt«, erwiderte er. »Und deshalb gibt's Applaus für das nette, kleine Märchen, das du uns erzählt hast. Dumm nur, dass du nichts, aber auch gar nicht von dem, was du behauptest, beweisen kannst.«

Isa zuckte mit den Schultern. »Muss ich auch nicht.«

»Ach nein?«

»Nein. Das erledigt meine liebe Freundin Anita für mich.«

## Kapitel 18

Die Empörung wich aus Anita wie Luft aus einer Kröte, die gerade Bekanntschaft mit der Unterseite eines Pferdehufs gemacht hat. Was blieb, waren Überraschung und Entsetzen. »Ich?!«, fragte die Sängerin.

»Aber ja«, bestätigte Isa mit einem Lächeln.

Seit sie sich einen Plan zurechtgelegt hatte, mit dem sie Erik und Rune überführen wollte, hatte sie ein wenig Angst vor diesem Moment gehabt. Anitas Verhalten war unberechenbar; genauso gut hätte sie mit einem Lachen auf Isas Worte reagieren können. Doch man sah deutlich, dass ihr der Schreck in die Glieder gefahren war, und das war gut. Isa brauchte Schrecken. Sie brauchte Zweifel. Anita war der Keil, den sie zwischen die beiden Brüder zu treiben gedachte; der einzige wahre Streitpunkt der beiden, von dem sie sicher wusste. Alles andere, jeder Zwist, jeder hasserfüllte Blick – selbst die Prügelei und Eriks verstümmeltes Ohr – hatten ihrer Meinung nach nur dazu gedient, eine Illusion aufrechtzuerhalten. Das Märchen der Gebrüder Folkesson sozusagen: Einst unzertrennliche Krieger, verbunden durch das Blut ihrer nordischen Ahnen und ihre Leidenschaft für die Traditionen der Wikinger – nun wegen der Liebe zu einer einzelnen Frau auf ewig entzweit.

Isa *wusste,* dass das alles Mumpitz und dass Rune Kreuteler ein Mörder war. Genauso sicher, wie sie ihren eigenen Namen kannte. Es passte alles zusammen; Rune spielte ein falsches Spiel, und er spielte es so verdammt gut, dass es ihm gelungen war, alle an der Nase herumzuführen. In gewisser Weise machte ihn das zum Gefährlicheren der beiden Brüder. Aber auch zu demjenigen, der unter dem größten Druck stand.

Während Erik einen Umhang getragen hatte, in dem er ausgesehen hatte wie ein Mönch, verbarg Rune alles, was ihn in Wirklichkeit ausmachte, unter einem fein gesponnenen Gewand aus Lug und Trug, das ihn wie einen armen Sünder wirken ließ. Nun – vielleicht nicht alles. Isa wusste, dass in jeder richtig guten Lüge auch ein Körnchen Wahrheit steckte. Darum waren ihr, während sie über die Morde – und vor allem über das *Motiv* – nachgedacht hatte, auch die Geschichten nicht mehr aus dem Kopf gegangen, die Rune ihr über sich und seinen Bruder erzählt hatte. Vermutlich, damit sie Vertrauen zu ihm fasste und glaubte, in ihm lesen zu können wie in einem offenen Buch.

Von einem spektakulären Heiratsantrag auf einem Mittelaltermarkt hatte er berichtet. Davon, wie er zu Pferd durch die Menge geprescht war. Isa glaubte ihm, dass er auf diese Weise um Viktorias Hand angehalten hatte, ja, mehr noch; sie glaubte den konkreten Worten, die er spontan gewählt hatte und die so gar nicht zu seiner Rolle als devoter Witwer hatten passen wollen.

*»Sie war so erstaunt, mich zu sehen, aber ich habe sie einfach aufs Pferd gezogen, verstehen Sie? Sie entführt. Mir meine schöne Braut geraubt.«*

Obwohl er sich große Mühe gegeben hatte, ihr die Sicht auf das Wesentliche zu nehmen, war Isas Ansicht nach in diesem Moment aufgeflackert, was Rune Kreuteler im Innersten bewegte: seine vergangenen Taten als Kämpfer und Streiter.

Auch zuvor, bei ihrem ersten Vier-Augen-Gespräch vor der Tür des Aborts, hatte er auf Isas Bitte hin, ein bisschen was zu Viktoria und ihrem Heerlager zu sagen, mehr von den Blutadlern gesprochen als vom eigentlichen Thema. Der gleiche Mann, der angeblich so dankbar für den Wandel war, den Viktoria in seinem Leben bewirkt hatte, und der jede Medizin, jede Ermahnung scheinbar so folgsam geschluckt hatte, war immer wieder ungefragt auf sein früheres Leben zurückgekommen und hatte es in Farben beschrieben, die nach Isas Geschmack ein wenig zu sehr geleuchtet hatten.

Vielleicht war dies ja die Wahrheit. Der Grund dafür, dass Viktoria Kreuteler sterben musste. Nicht ihr Vermögen, keine neue Geliebte, sondern der Umstand, dass sie in Rune niemals das gesehen hatte, was er so dringend in sich selbst sehen wollte: einen Schwert schwingenden Pseudo-Helden, dessen Taten noch nach Jahren besungen werden würden.

Und dann war da noch das, was er über seinen Bruder gesagt hatte. Über Erik, der Rune trotz dessen Herzschwäche immer wieder bis an den schwindelerregenden Rand der eigenen körperlichen Grenzen getrieben, ihn aber auch beschützt hatte. Eine toxische Mischung aus Herausforderung und Unterdrückung, aus Unterstützung und Konfrontation.

*»Er war schon immer ein Provokateur. Alles musste bei ihm in einen Wettstreit ausarten.«*

Nachdem sich die anfängliche Verliebtheit irgendwann gelegt hatte, war Rune, ganz der gekränkte kleine Bruder, zu dem einzigen Menschen gerannt, der seine verqueren Ansichten teilte, sie teilweise sogar geprägt hatte. Und die wiedervereinigten Blutadler hatten einen Plan gefasst. Das Weib, um das sie einst mit allen Mitteln gegeneinander gekämpft hatten, musste beseitigt, das Zerwürfnis der Folkessons blutig an ihm gerächt werden. Möglichst clever, möglichst spektakulär und natürlich durch die Hand des Bruders, den sie – ihrer Meinung nach – vom rechten Weg abgebracht hatte.

So zumindest stellte es sich die grüne Fee vor. Und so absurd und schauerlich ihr dieser Gedanke auch vorkam: Dieses Szenario erklärte zumindest die völlig übertriebene Risikobereitschaft, die bei den Morden an den Tag gelegt worden war. Die Improvisationen, die Spontanität des ganzen Plans. Die Idee, Rumo, den stärksten Mann auf der ganzen Burg, in einem Raum voller Leute zu töten. Auch wäre es so viel einfacher gewesen, Viktoria im bewusstlosen Zustand über die nächstbeste Mauer ins Tal zu werfen und am Ende dem Sturm die Schuld an ihrem Tod zu geben. Doch stattdessen war jeder Mord, jede Handlung der beiden Männer wie eine Mutprobe vollzogen worden. Wie ein Wettstreit unter Brüdern, die es gewohnt waren, einander ständig übertrumpfen zu wollen.

Traust du dich, einen unmöglichen Mord zu begehen?

Traust du dich, eine Leiche zu bestehlen und einen Geist zu spielen und dabei vielleicht erwischt zu werden?

Traust du dich, den größten und stärksten Mann hinterrücks zu töten?

*Traust du dich?*

Isa kannte sich mit Geschwisterrivalitäten aus. Egal, wie sehr man sich von ihnen abzugrenzen versuchte: Ganz wurde man den Mist nie los. Seit Jahren hegte sie den Verdacht, dass sie und ihre ältere Schwester Bruni irgendwann in einem epischen Kampf auf Leben und Tod in der schäumenden, unbarmherzigen Gischt der Reichenbachfälle enden würden wie einst Sherlock Holmes und Professor Moriarty. Oder wenigstens auf verschiedenen Seiten eines Schlachtfelds, das noch nach Wochen nicht aufhören würde zu qualmen.

Bei Erik und Rune lag der Fall aber noch einmal anders: Während Bruni und Isa sich, allein mit einem Morgenstern, einfach gegenseitig umgebracht hätten, waren die Gebrüder Folkesson nicht nur blutsverwandt, sondern auch Waffenbrüder. Eine Einheit. Sie hatten sich zusammengetan, um andere zu töten. Wenn sie die beiden also dazu zwingen wollte, aus den Rollen zu fallen und den Leuten ihre wahren Gesichter zu zeigen, dann musste die grüne Fee ihnen ihre Stärke – den Zusammenhalt – nehmen und dafür ihre Schwäche – die Rivalität – gegen sie verwenden.

Und genau da kam eben Anita ins Spiel.

Isa schauderte es bei diesem Gedanken ein wenig. Was sie den Leuten im Rittersaal soeben erklärt hatte, bestand zu einem nicht geringen Teil aus Vermutungen, die auf Indizien beruhten, die wiederum auf der Vermutung beruhten, dass es sich auch wirklich um Indizien handelte. Allein davon konnte einem schon schwindlig werden. Aber sich bei dem Versuch, den Brüdern Geständnisse abzuluchsen, auch noch auf ein völlig unberechenbares Geschöpf wie Anita verlassen zu müssen …

Andererseits wurde der ganze Plan dadurch gleich doppelt interessant. Erik und Rune waren schließlich nicht die Einzigen auf der Marksburg, die es liebten, Risiken einzugehen.

Noch immer lächelnd, blickte die grüne Fee die Sängerin an. »Natürlich musst du die beiden verraten«, erklärte sie. »Es sei denn, du willst, dass sie dich genauso abschlachten und auf den nächsten Misthaufen werfen wie die arme Viktoria.«

Eine kaum wahrnehmbare Veränderung ging durch den Raum. Isa konnte nicht sagen, ob es an ihren Worten lag oder ob der um die Burg heulende Wind einfach nur die Richtung geändert hatte. Fest stand jedoch, dass sich ihr plötzlich die Nackenhaare sträubten.

»Bei Odin … jetzt greifst du wirklich nach jedem noch so dünnen Strohhalm, was? Niemand wird meiner Kleinen was tun.« Erik Folkesson, scheinbar völlig unbeeindruckt, legte Anita eine Hand an den Hinterkopf, zog sie zu sich heran und küsste sie hart und leidenschaftlich auf den Mund. Die Sängerin ließ es zwar geschehen, doch sie reagierte nicht halb so engagiert wie in den Tagen zuvor. Schließlich drückte sie den Nordmann von sich weg, als könnte sie sich nicht richtig konzentrieren, und blickte Isa teils wütend, teils verwirrt an.

»Es gibt nichts, was ich verraten könnte«, fauchte sie.

»Ach, Anita. Du bist doch nicht dumm«, sagte die Gauklerin. »Dir muss doch klar sein, dass du als Einzige zwischen diesen beiden Männern und einem Leben in ewiger Freiheit stehst. Was haben sie dir versprochen, hm? Dass du mit Erik in den Sonnenuntergang reiten darfst? Du bist eine Mitwisserin, Anita. Genau wie Rumo, und du hast gesehen, was Erik und Rune mit dem angestellt haben. Gar nicht auszudenken, was so ein Tauchbad in kochend heißem Hirsebrei mit deinem hübschen Gesicht anstellen würde …«

»Hör auf, so etwas zu sagen!«

»Mag sein, dass es selbst für unsere tollkühnen, nordischen Krieger zu riskant wäre, dich auch noch hier auf der Marksburg verschwinden zu lassen. Aber sobald sich der Sturm gelegt hat und ihr drei am Fuße dieses Berges angekommen seid, bist du Freiwild. Dann bist du tot, Anita. Tot.«

Man konnte sehen, wie die Ideen, die Isa ihr eingab, in Anitas Schädel rumorten. Worte, zum allerersten Mal mit einem Hauch von Unsicherheit, brachen aus der Sängerin heraus. »Erik, was …«

»Hör nicht auf das kleine Miststück, Anita.«

»Merkst du, wie er dich zum Schweigen bringen will?«, stichelte Isa.

»Halt die Klappe!«, knurrte Erik.

»Rette dich selbst, Anita. Sag uns, dass die beiden die wahren Täter sind. Nur dann können wir etwas unternehmen. Dich vor ihnen beschützen.«

»Mein Liebster würde mir nie etwas antun!«

»Und was ist mit Rune?«

Anitas Mund blieb offen stehen, doch es kam kein Laut mehr über ihre Lippen.

Neben Isa saß Rune Kreuteler noch immer da wie von einer unnatürlichen Ruhe befallen. Mund und Kinn auf eine Faust gestützt, sodass diese seine ausdruckslose Miene halb verdeckte, starrte er seinen Bruder und dessen Freundin über die Tafel hinweg an.

Wenn Isa es recht bedachte, hatte er in der Tatnacht, kurz bevor er sich auf Erik gestürzt und ihm das Ohrläppchen abgerissen hatte, genauso ausgesehen. Als brütete er etwas aus, das mit aller Macht an die Oberfläche drängte.

Komm raus, mein kleiner Killer. Komm raus, dachte die grüne Fee.

»Die Gauklerin hat recht«, sagte Rune schließlich. Seine Stimme klang heiser. »Jemand muss etwas tun. Halt diese Frau im Zaum, Erik.«

»Ist alles in bester Ordnung«, knurrte Erik.

»Nein, du Idiot, ist es nicht. Deine Freundin braucht Hilfe. Die bildet sich am Ende noch irgendwas ein und behauptet Dinge, die nicht der Wahrheit entsprechen.«

»Ah, endlich kommen wir zur alles entscheidenden Frage«, funkte Isa dazwischen wie eine kleine, weibliche Ausgabe von Loki, dem nordischen Gott der Zwietracht und der Hinterlist. »Wem gilt Erik Folkessons Treue: seinem Waffenbruder oder doch seinem Betthexchen?«

Runes Finger krallten sich in die Tischplatte. »Halt dein Maul, du Miststück.«

Man konnte hören, wie an verschiedenen Stellen im Saal nach Luft geschnappt wurde. Die Wahrheit, die seit Isas Enthüllungen im Raum stand, wurde plötzlich greifbar. Wie ein sich materialisierendes, bösartiges Gespenst.

Isa wollte ihm gerade den verbalen Todesstoß versetzen, als sie plötzlich von etwas abgelenkt wurde.

Sie fühlte, dass man sie anstarrte. So deutlich, als ob jemand im Halbdunkel des Rittersaals einen Scheinwerfer auf ihr Gesicht gerichtet hätte.

Das konnte nur eins bedeuten.

Als sie den Kopf hob und zur gegenüberliegenden Seite des Raums schaute, sah sie ihren Verdacht bestätigt, denn sie begegnete sofort einem äußerst eindringlichen Blick.

Lena und Isa kannten sich seit über sieben Jahren. Wenn nötig, konnten sie sich ohne Worte verständigen, während sie an den gegenüberliegenden Enden eines Schlachtfelds standen. Oder zwischen ihnen zwei Mörder gerade mit aller Macht um ihre Freiheit kämpften.

Isa hob die Augenbrauen. *Was ist?*

*Gefahr!*, schienen Lenas blaue Augen zu schreien. *Pest! Tod! Verderben!*

*Jetzt beruhige dich! Was ist los?*

Sonst ganz still stehend, ließ die wilde Helena ihren Blick zu einem bestimmten Punkt an der Tafel wandern. Irritiert folgte ihm die grüne Fee; so wie es aussah, hatte ihre Freundin von ihrem Platz neben dem Mauerbogen aus gute Sicht auf die Tischseite, an der Philipp, Johanna, Erik und Anita saßen. Erik, der das Schlusslicht der Reihe bildete, saß ihr dabei am nächsten.

Lenas Blick blieb an ihm haften. Genauer gesagt, direkt vor ihm, an einer Stelle unterhalb der dunkel schimmernden Tischplatte, die Isa vom Kopf der Tafel aus nicht einsehen konnte. Deshalb erkannte sie zuerst auch nichts Ungewöhnliches. Gut, der Nordmann hing nicht wie sonst lässig nach hinten gelehnt auf seinem Stuhl, sondern war eng an die Tafel gerückt, doch das schrieb sie der Anspannung zu. Seine Hände ruhten auf seinem Schoß.

Nein, das stimmte nicht; ein Arm war in Anitas Richtung abgeknickt, als hielte er sie unter dem Tisch an der Taille fest. Oder als …

Die grüne Fee schloss für einen kurzen Moment in stummer Erkenntnis die Augen. *Oh, verdammt. Hat er etwa ein …*

*Ja!* Lenas Reaktion wäre selbst dann nicht eindeutiger gewesen, wenn sie sie mit Pauken und Trompeten untermalt hätte. Entsetzt starrte sie ihre beste Freundin an. *Was machen wir denn jetzt?*

Isa blieben nicht einmal Sekunden, um sich zu entscheiden.

Erik und sein Bruder starrten sich wütend an. Anita, plötzlich außergewöhnlich leise, bewegte sich keinen Millimeter; verständlich, da Folkesson ihr unter dem Tisch ein Messer an die Rippen hielt.

Vielleicht das kleine gotländische mit den Messingbeschlägen, das er beim Grafenmahl zum Essen benutzt hat, dachte Isa. Wie sich die Spitze in den Kalbsbraten gebohrt hatte und dabei der Fleischsaft die Klinge heruntergelaufen war, über die goldene Zwinge, den Griff aus Walnussholz und Knochen und bis herunter auf Eriks Finger, hatte sie noch deutlich in Erinnerung.

Erik Folkesson war vielleicht nicht der Mörder von Viktoria, doch dass er Rumo erschlagen und in den Hirsebrei gedrückt hatte, lag durchaus im Bereich des Möglichen. Anita wurde also von jemandem bedroht, der mit ziemlicher Sicherheit dazu fähig war, für seine Freiheit über Leichen zu gehen.

Sie schwebte definitiv in Lebensgefahr.

## Kapitel 19

Isas Gedanken rasten. Wenn sie Erik vor allen anderen auf die Waffe ansprach, würde er der Sängerin vielleicht etwas antun und dann Reißaus nehmen. Natürlich konnte er Burg und Berg nicht verlassen, aber dafür wartete nicht weit entfernt eine Rüstkammer voller Schwerter, Hellebarden und Äxte auf ihn.

Nein, eine direkte Konfrontation schied diesmal aus. Zu groß war das Risiko, dass er Anita verletzte, sie als Geisel nahm oder begann, jemand anderen zu bedrohen. Mit Schrecken dachte die grüne Fee daran, dass Pauline immer noch im Raum war. Wenn er sich die Kleine schnappte … Sie stoppte den Gedanken, bevor er sein furchtbares Ende erreichte.

Egal, wer sich an Erik heranwagen und versuchen würde, ihn zu entwaffnen: Das Messer würde stets schneller sein.

Mit Ausnahme von …

Isa blieb nur eine Möglichkeit. Sie musste ihren ursprünglichen Plan in die Tat umsetzen und dabei zu allen Schutzgeistern der Kriminalistik beten, dass sie sich bei dem, was sie zu wissen glaubte, nicht täuschte.

Ihre Stimme schnitt durch das Schweigen wie ein Sonnenstrahl durch eine Eisdecke. Warm, aber zerstörerisch.

»Ist bestimmt schwer, sich immer gegen einen Bruder wie Erik behaupten zu müssen, oder, Rune?« Als der den Blick widerwillig, aber wie unter Zwang auf sie richtete, hob sie die Hände. »Schon okay, ich kenne das. Meine ältere Schwester war immer der Liebling bei uns zu Hause. Perfekte Noten in der Schule, engagiert in tausend Vereinen; stets das brave Mädchen, das zu allem Ja und Amen sagt. Unsere Eltern haben uns immer miteinander verglichen, obwohl wir grundverschieden sind. Das geht einem irgendwann an die Substanz. Man redet sich ein, dass es okay ist, dass man damit klarkommt, aber das stimmt nicht. Im Grunde versucht man ständig, sich selbst und allen anderen zu beweisen, dass man auch etwas draufhat. Dass man vielleicht sogar etwas *besser* kann.

Sie sind zwar der Jüngere, aber der Intelligentere von Ihnen beiden, das merkt man. Sie sind der Planer, der Stratege. In einer anderen Epoche hätten Sie ganze Wikingervölker erfolgreich in die Schlacht führen können, aber hier und heute sind Sie nur ein grauer Wurm. Nicht so stark wie Erik, nicht so gut aussehend … Und trotzdem hat sich Viktoria für Sie entschieden. Die schönste Frau des Heerlagers erwählte das hässliche Entlein – Verzeihung, den hässlichen Adler. Aber Sie konnten es einfach nicht genießen, oder? Hat es Sie in Ihrem Stolz verletzt, dass Viktoria reicher, beliebter, *stärker* war als Sie? Tja, schlechte Nachrichten: Jetzt sind Sie wieder mutterseelenalleine. Und wissen Sie, wessen Schuld das ist?« Sie zeigte auf Erik. »Seine.«

Runes Gesicht verzerrte sich. Seine Hand wanderte hinauf zu seiner Brust, krallte sich in den Stoff der Tunika. »Hören Sie auf … mein Herz, ich …«

»Ach, bitte. Sie waren gesund genug, Ihre Frau umzubringen, also werden Sie die Wahrheit auch verkraften.« Sie wandte sich an die anderen. »Ist noch jemandem außer mir aufgefallen, dass Rune seit Viktorias Tod keine einzige Herztablette mehr eingeworfen hat? Das letzte Mal, dass ich ihn wirklich habe eine schlucken sehen, war am Donnerstagabend. Da musste er noch seine Rolle als braver Ehemann spielen, der von seiner Frau umsorgt werden muss, der keiner Fliege was zuleide tun könnte … Merken Sie nicht, was aus Ihnen geworden ist, Rune? Wie das ewige Kräftemessen mit Ihrem Bruder Sie verkorkst hat?«

»Aufhören!«, bellte Erik. Anita versteifte sich neben ihm.

Isa zwang sich weiterzureden. Jetzt gab es kein Zurück mehr. »Der Typ da, dieser langhaarige Primat, dessen Vorstellung von Männlichkeit jedem Neandertaler die Schamesröte ins Gesicht treiben würde, hat Sie all die Jahre über so fertiggemacht, dass Sie das vermutlich einzig Gute, das Ihnen je im Leben passiert ist, zur Befriedigung Ihres verletzten Egos kaputtschlagen mussten. Mit einem Morgenstern. Und jetzt sitzt er da und sieht seelenruhig zu, wie das durchgeknallte Weib, das er in die Sache mit hineingezogen hat, alles verrät.«

»Verdammt, das ist doch alles gar nicht …« Erik stockte. Er schien hin und her gerissen zu sein.

Die grüne Fee konnte sich vorstellen, was ihm gerade durch den Kopf ging. Er konnte sich seinem Bruder gegenüber nicht mehr abweisend verhalten, wie es seine Rolle eigentlich erforderte, denn das würde nur die Zweifel nähren, die Isa schürte. Er konnte ihm aber auch nicht seine Treue versichern, ohne sie beide gleichzeitig zu verraten.

»Anita hat doch im Grunde überhaupt nichts gesagt. Sie weiß nichts!«, stieß er schließlich hervor.

»Sehen Sie? Er ergreift Partei für seine Freundin«, sagte Isa. »Vielleicht hat Ihr Bruder ja am Ende doch gewonnen, Rune. Vielleicht war das von Anfang an sein Plan: Er konnte Viktoria nicht für sich gewinnen, also sollten Sie, der kleine, schwächliche Bruder, sie erst recht nicht haben. Und Sie sind darauf reingefallen. Jetzt sitzen Sie wieder ohne Frau da, so wie es schon immer war, während er und Anita sich ein schönes Leben machen. Und wenn sie nachts im Bett liegen, glücklich und verschwitzt zwischen zerwühlten Laken, dann lachen die beiden darüber, was für ein Trottel Sie doch sind.«

»Rune, hör mir zu ...«, begann Erik, doch sein Bruder schnitt ihm mit einer Handbewegung das Wort ab.

Stille senkte sich wie eine bleierne Glocke über den Tisch.

»Meintest du das, als du sagtest, dieser Sturm sei eine einmalige Gelegenheit?«, fragte Rune Kreuteler leise. »Warst du deshalb so schnell damit einverstanden, Viktoria hier zu töten? Du wolltest mir nicht helfen, sondern hast darin nur eine Möglichkeit gesehen, mich fertigzumachen?«

Folkesson zuckte zusammen wie unter einem Hieb. »Du Idiot!« Er spuckte das letzte Wort förmlich aus. »Du verdammter Idiot, die Kleine wollte doch, dass du so was sagst! Dabei hab ich Anita völlig –«

»Nein, hast du nicht! Weil ich immer derjenige von uns bin, der an alles denken muss, weil du sonst nämlich alles versaust! Genau wie dieses Mal! Hättest du Anita nicht mit auf die Burg gebracht, hätten wir unseren Plan durchziehen können, und niemand wäre je dahintergekommen! Aber ich verstehe jetzt. Ich verstehe sogar sehr gut. Gott, und ich dachte, *ich* wäre ein guter Lügner.«

»Ach, Scheiße, Rune, du raffst überhaupt nichts! Weil du einfach der geborene Verlierer bist!«

»Nein. Der Verlierer bist du. Ich werd's dir beweisen.«

Zum zweiten Mal an diesem unseligen Wochenende sprang Rune Kreuteler auf, machte einen Satz über die Tafel und stürzte sich mit einem wütenden Schrei auf seinen Bruder.

Stühle krachten. Ein Leuchter fiel um. Die Kerzen brachen aus den Fassungen, erloschen und spritzten heißes Wachs über den Tisch.

Anita sprang in der Sekunde auf, in der sich die Messerspitze von ihrer Seite löste, und floh mit einem Kreischen in die hinterste Ecke des Rittersaals. Alle anderen stoben von ihren Plätzen wie Funken aus einem Feuer, in das jemand ein schweres Holzscheit wirft, als Rune auf Erik landete und beide zusammen gegen die geschlossene Tür des Aborts prallten.

»Auseinander!« Korbinian Kreutelers Stimme hallte von den Wänden wider. Selbst Sauron, der Nachtkönig und Attila der Hunne wären bei einem solchen Befehlston bibbernd in die Knie gegangen, doch seine Worte blieben trotzdem ungehört. Keiner der beiden Wikinger, die in der engen Lücke zwischen Tafel und Wand miteinander rangen, schien mehr irgendetwas von dem wahrzunehmen, was um sie herum geschah. Die Leiber der Männer waren zu einem Knäuel aus wütend strampelnden Beinen und geballten Fäusten geworden. Unmöglich, sie im Halbdunkel noch voneinander zu unterscheiden. Oder zu sehen, wo sich Eriks Waffe befand.

Isa sah, wie Philipp dazwischengehen wollte, und riss ihn am Arm zurück. »Bleib weg da!«, rief sie über das Poltern und das Geschrei hinweg. Dann sah sie, wie ein weiterer Schatten über die Tafel sprang. Er sah dabei sehr elegant und ein bisschen albern aus. Wie Errol Flynn.

*»Nein!«*

Isa war bereits auf halbem Wege um den Tisch herum, doch es war zu spät. Sie hörte Alex etwas sagen, das wie: »Räudiger Hund … diesmal haust du mich nicht um …«, klang. Dann war er über den beiden Kämpfenden und verschmolz augenblicklich mit dem Knäuel. Isas Herz setzte aus.

»Nein, nicht! Erik hat ein …«, schrie sie und stürzte nach vorne.

Plötzlich ertönte ein stumpfer Schlag. Dann folgte ein Ächzen, und einer der drei Körper erschlaffte.

»… Messer.«

# Kapitel 20

Nun wurde die grüne Fee ihrerseits von Philipp festgehalten.

»Alex!«, rief sie, und ihre Stimme überschlug sich mit einem Mal vor Angst.

Dann sah sie plötzlich, wie sich eine Gestalt mit dem Rücken an der Aborttür entlang nach oben schob. Schnell riss sie sich von Philipp los und griff nach dem einen Kerzenleuchter auf dem Tisch, der noch nicht umgestoßen worden war.

Als das Licht nicht auf einen Wikinger, sondern auf einen Schotten fiel, der zwar seltsamerweise auf einem Bein hüpfte, ansonsten jedoch quicklebendig wirkte, setzte ihr Herzschlag endlich wieder ein.

»Ich glaube, ich hab mir den Fuß verknackst.« Selbst im Schein der Kerzen war Alex ein wenig blass im Gesicht. »In diesen verdammten Hosen hat man ja überhaupt keine Beinfreiheit …«

Sein Blick glitt nach unten. Seine Augen weiteten sich. Als Isa ebenfalls zu Boden sah, wurde die Erleichterung, die sich in ihrem Inneren ausgebreitet hatte wie heißer Met, von neuerlichem Schrecken überlagert.

Rune Kreuteler kniete über seinem Bruder. Wie das Wikingermesser in seine Hand gekommen war, schien er selbst nicht zu verstehen. Verständnislos starrte er auf das Heft – dunkles Holz, weißer Tierknochen – und auf seine Finger, die es fest umklammerten.

Die Klinge steckte in Eriks Brust.

Langsam, als näherte sie sich einem wilden Tier, hockte sich die grüne Fee neben den Mann. Sie legte ihre Hand auf seine, die eine fast fiebrige Hitze ausstrahlte, und begann, seine Finger von der Waffe zu lösen.

»Loslassen«, sagte sie ruhig. »Es ist vorbei.«

Zur Überraschung aller – und ein bisschen auch zu ihrer eigenen – gehorchte Rune. Er wehrte sich nicht einmal, als Philipp und Korbinian ihn auf die Beine zerrten und ihm die Arme mit Johannas langem Ledergürtel auf den Rücken banden. Er starrte bloß auf seinen Bruder, als wartete er darauf, dass Erik im nächsten Moment aufspringen und »April, April!« rufen würde. Was nicht geschah. Alles, was Folkesson tat, war, den Blick aus hellen, toten Augen zu erwidern.

Isa bat Robyn um die Schürze, die die Schankmagd über dem Kleid trug. »Du wirst sie danach garantiert nicht wiederhaben wollen«, warnte sie, doch Robyn tat den Einwand mit einem Schulterzucken ab. Also wickelte sich Isa den weißen Stoff um die Hand, zog so das Messer aus Eriks Brust und wickelte es dann sorgfältig ein, damit keine Spuren verlorengingen.

Im selben Moment schob sich eine zitternde Gestalt durch die Umstehenden.

Anita hatte ihr Versteck in der am weitesten entfernten Fensternische verlassen. Alle blickten sie an, während sie wie in Trance zur Tür des Aborts schritt und abwechselnd auf Erik und das Messer starrte, dessen goldene Griffkappe gerade unter einer Lage weißem Schürzenstoff verschwand. Die Sängerin hatte die Hände zu Fäusten geballt und bebte am ganzen Leib. Ihre Miene hatte wieder diesen bösartigen Ausdruck angenommen.

Halb erwartete die grüne Fee, dass Anita den Leichnam ihres Liebhabers mit wüsten Flüchen überschütten oder ihm gar ein paar saftige Tritte verpassen würde. Doch mit dem, was wirklich passierte, hatte sie nicht gerechnet. Anitas Gesicht schmolz förmlich dahin, und ehe es sich jemand versah, stieß sie ein lautes und klagendes »Oh, *Erik*!« aus.

Dann warf sie sich nach vorne und weinte über dem Mann, der noch vor ein paar Minuten versucht hatte, sie umzubringen.

»Schon gut ... ist ja gut ...«

Diesmal war es nicht Lena, die sich als Trösterin betätigte. Obwohl sie sonst stets mit geradezu beängstigender Schnelligkeit zur Stelle war, wenn jemand in der Nähe Kummer hatte oder seelische Fürsorge brauchte, schien sie sich bei Anita einfach nicht dazu durchringen zu können. Stattdessen stand sie mit verschränkten Armen da und beobachtete, wie Robyn der Sängerin erst den Rücken tätschelte und sie dann, beruhigende Worte vor sich hinmurmelnd, mit sanfter Gewalt von der Leiche zog. Was ein bisschen so aussah, als würde sie mit einem störrischen Fass Kirschbier kämpfen.

»Willst du ihr nicht helfen?«, fragte Isa ihre beste Freundin flüsternd, doch die schüttelte nur langsam und ungerührt den Kopf.

»Braves Mädchen. Komm zu uns, auf die dunkle Seite.«

Lena gluckste leise, hatte aber, im Gegensatz zu Isa, den Anstand, dabei etwas schuldbewusst zu gucken.

Rune Kreuteler stand aufrecht, aber mit gesenktem Kopf zwischen Korbinian und Philipp. Isa konnte sich nicht entscheiden, wer von beiden den Mann in der Mitte mit mehr Verachtung taxierte.

»Was machen wir jetzt mit ihm?«, fragte Irish, mit dem roten Haar und der Wut in den Augen diesmal mehr dem Teufel selbst als einem Iren ähnelnd. »Wir können den Verrückten ja schlecht frei herumlaufen lassen.«

»Ich bin nicht verrückt«, sagte Rune. Er sprach laut und deutlich, aber seine Stimme klang bedauernd. Todtraurig, um genau zu sein. Er schien den Blick nicht von dem schwarzen Schatten lösen zu können, der im Halbdunkel die tödliche Wunde in Eriks Brust markierte. »Ich bin im Vollbesitz meiner geistigen Kräfte und verantwortlich für jede meiner Handlungen.«

Das war eine ziemlich merkwürdige Klarstellung, besonders für einen Mörder. Die grüne Fee sah ihn eine Weile argwöhnisch an. Dann zuckte sie schließlich mit den Schultern.

»Am besten, wir gehen erst mal alle wieder nach unten und nehmen ihn …« Sie stockte, als ihr wieder einfiel, dass die Burgküche ja auch ein Tatort war und welches Szenario sie dort erwartete.

Hoffentlich hatte dieser Sturm bald ein Ende. Langsam gingen ihnen die Zimmer aus.

»Okay, legen wir erst mal Erik zu Viktoria in den Abort. Und dann müssen wir auch Rumo hier raufbringen.«

Ihr Vorschlag erntete nur wenig Begeisterung. Trotzdem setzten sich alle langsam in Bewegung.

»Alex? Kannst du laufen?«, fragte sie ihren Freund, der noch immer auf einem Bein an der Wand lehnte.

»Klar. Laufen, kämpfen, England den Krieg erklären …« Er trat vorsichtig auf, sog aber dann vor Schmerz scharf die Luft ein und nahm eilig wieder das Gewicht vom Fuß. »… muss noch warten, schätze ich«, ergänzte er zähneknirschend seinen eigenen Satz.

Isa legte einen Arm um ihn und wartete, bis er den seinen um ihre Schultern geschlungen hatte. Überrascht blickte er sie an. »Wie? Keine Spötteleien darüber, dass ich mir wegen einer Hose fast den Hals gebrochen hätte?«

»Kommt schon noch. Ich bin bloß erleichtert, dass dir nichts Schlimmeres passiert ist. Einen Moment lang dachte ich, dass du es wärst, der ...« Sie nickte in Richtung des Toten.

Sie merkte, wie er bei dem Gedanken schlucken musste. Doch dann hellte sich seine Miene wieder auf, und der etwas selbstverliebte Möchtegern-Highlander in ihm blickte sie zwischen den herabhängenden Strähnen seiner langen Mähne hindurch herausfordernd an. »Aha. Jetzt sieht Mylady mal, wie das ist, wenn ich mir ständig Sorgen um *sie* machen muss.«

Die grüne Fee verdrehte die Augen. »Pass bloß auf. Sonst lass ich dich versehentlich auf der Treppe fallen.«

»Ahh. Das ist mein Mädchen.«

Als Rune aus dem Rittersaal geführt werden sollte, blieb er stehen und ruckte mit den gefesselten Armen, als wollte er sich losreißen. Korbinian und Philipp wollten ihn mit sich zerren, doch er rührte sich keinen Millimeter. »Ich würde mich gern von Erik verabschieden«, sagte er. »Danach komme ich freiwillig mit. Ich werde mich nicht wehren.«

Er richtete die Worte nicht an die Männer, die ihn hielten, sondern an Isa.

Sie zögerte, nicht sicher, ob er vielleicht einen Fluchtversuch wagen würde. Andererseits waren seine Hände gefesselt, und wo sollte er schon hin?

Schließlich nickte sie. »In Ordnung. Lasst ihn los.«

Die Arme auf dem Rücken, ging Rune langsam neben dem Kopf seines Bruders in die Knie. Kurz betrachtete er dessen Gesicht, die offenen Augen, die den seinen selbst im Tod so ähnlich waren. Dann beugte er sich vor und flüsterte Erik etwas ins Ohr. Weil sie so dicht danebenstand, schnappte Isa etwas auf. Was sie zu verstehen glaubte, klang … beunruhigend.

Als Rune sich aufrichtete, umspielte ein feines Lächeln seine Lippen. »Jetzt können wir gehen.«

Der Schotte und die Fee sahen zu, wie er fortgeschleppt wurde. »Was hat er zu ihm gesagt?«, flüsterte Alex. Er schaute genauso irritiert und besorgt, wie sie sich fühlte.

»Ich bin nicht sicher«, antwortete sie leise. »Klang irgendwie nach …«

Sie wechselten einen Blick. Dann sprachen sie das Wort gleichzeitig aus. »Gewonnen.«

Als die Burgküche endlich wieder begehbar war – obwohl Isa glaubte, noch einen leichten Hauch von gesottenem Küchenchef in der Luft erschnuppern zu können –, verfrachtete Robyn die noch immer schluchzende und hicksende Anita in eine Fensternische, wo sie ihr eine Decke um die Schultern legte und immer mal wieder ein Schlückchen Met zur Stärkung einflößte.

Rune wurde mit dem Gürtel und einem Strick aus dem Lagerraum an eine der großen, hölzernen Säulen gebunden, die das Gewicht der Zimmerdecke trugen.

Skeptisch betrachtete Philipp Düster sein Werk. »Ob das reicht?«

Korbinian wandte sich zur Tür. »Ich werde nachsehen, ob diese Halsgeigen und Eisenfesseln in der Folterkammer funktionstüchtig sind.« Als er Isas mehr als skeptischen Blick auffing, hob er abwehrend die Hände. »Sparen Sie sich den Atem. Ich werde ihm schon nichts antun, versprochen. Aber ich denke, uns allen wäre wohler, wenn der Kerl von etwas Stabilerem im Zaum gehalten würde.«

Er ging aus der Küche, und Isa und Kevin, der sich Alex' anderen Arm um die Schultern gelegt hatte, halfen dem verletzten Dudelsackspieler, sich vor dem Kamin auf einen Strohsack zu setzen. Lena warf ein paar frische Holzscheite in die sterbenden Flammen. Funken stoben auf.

Während es langsam wärmer wurde in der Küche, kniete sich die grüne Fee vor den Strohsack und schnürte Alex' Stiefel auf.

»Nein, nein, nein, lass ihn einfach dran! Das kommt gleich wieder in Ordnung, da muss nur ein bisschen Eis drauf«, protestierte er. Sie zog den Stiefel so vorsichtig vom Fuß, wie es nur ging. Trotzdem jaulte Alex auf.

»Entschuldige … Ich weiß nicht, ob Eis da reicht.« Isa verstand nicht viel von Medizin, doch selbst sie wusste, dass ein Knöchel weder diese Form noch diese Farbe haben sollte. »Außerdem haben wir nicht mal welches. Der Kühlschrank ist längst abgetaut. Und ein römischer Bote, der Gletschereis aus den Alpen bringt, dürfte auch auf sich warten lassen.«

Kevin schaute abschätzig aus dem Fenster. »Vielleicht hagelt es heute noch.« Plötzlich schien eine Idee seinen Geist zu erhellen. »Hey, oder wir sprechen einen der Merseburger Zaubersprüche darüber! Damit haben die alten Germanen doch versucht, die verletzten Beine ihrer Pferde zu heilen. Das klappt sicher auch bei Menschen.« Er stellte sich vor Alex, hielt seine Hand mit der Handfläche nach unten über den Fuß und begann zu rezitieren. »Ben zi bena, bluot zi bluoda, lid ze geliden, sose gelimida sin … Knochen zu Knochen, Blut zu Blut, Glied zu Glied, auf dass sie zusammengeleimt seien!«

Nichts geschah.

Alex warf seinem Bandkollegen einen finsteren Blick zu. »Keine. Große. Hilfe.«

Sich das Lachen verkneifend, legte Isa ihm eine Hand auf die Wange und küsste ihn sanft auf den Mund. »Keine Sorge. Bevor unser Hobbymagier amputiert, habe ich eine bessere Idee.« Sie blickte über die Schulter zurück. »Johanna? Könntest du dir das mal ansehen?«

Die Living-History-Darstellerin zögerte kurz, als sie ihren Namen hörte. Dann kam sie aber doch zu ihnen herüber. »Oh«, machte sie, als sie die Bescherung sah, und kniete sich neben Isa.

»*Oh?* Was soll das heißen?«, fragte Alex. »Das kann man doch nicht einfach so sagen und dann nichts mehr –« Er verstummte und krallte die Finger in den Strohsack, als Johanna seinen Knöchel betastete.

Eine Weile untersuchte sie die Verletzung mit gerunzelter Stirn. »Das Sprunggelenk dürfte gebrochen sein«, sagte sie endlich.

Alex starrte sie vollkommen entgeistert an. »Ist das Ihr Ernst? Ich bin nur über einen Tisch drüber–«

»Gesprungen, ja. Deswegen ist es kaputt, das Sprunggelenk.«

Isa horchte auf. Hatte Johanna da gerade so etwas wie *Sarkasmus* benutzt?

Wahrlich, es geschahen noch Zeichen und Wunder.

»Und was machen wir jetzt?«, fragte die grüne Fee.

Philipp, von dem sie immer wieder vergaß, dass er ja ebenfalls zur Geheimniskramerey gehörte, kam mit Pauline herüber und beugte sich mit einem gewissen fachlichen Interesse über Johannas Patienten. »Kühlen und schienen?«, fragte er.

Johanna nickte. »Mehr können wir im Augenblick nicht tun. Kalte Kompressen aus feuchten Tüchern werden die Schwellung abklingen lassen.« Suchend blickte sie sich um. »Allerdings weiß ich nicht, was wir als Schiene benutzen könnten.«

Fragend deutete Kevin auf die Wand neben dem Kamin, an der neben anderen Küchenutensilien auch einige schmiedeeiserne Bratpfannen mit extrem langen Stielen hingen, die sicherlich ganz gut an Alex' Stelze gepasst hätten. Doch der Gaukler erntete für diesen Vorschlag einen so bösen Blick von Johanna, dass es an ein Wunder grenzte, dass er nicht spontan in Flammen aufging.

»Axt …«, murmelte Isa gedankenverloren.

Ihr wurde erst klar, dass sie mal wieder laut gedacht hatte, als sie Alex' wenig begeisterten Blick bemerkte. »Ich dachte, du wolltest *verhindern*, dass jemand mein Bein amputiert?«

»Jaja. Mir kamen nur gerade die Figuren da oben in den Sinn. Die Gimbelsche Sammlung. Einige der Krieger tragen Äxte. Deren Stiele sind aus Holz, haben eine gute Länge und sind nicht so dünn wie die der Pfannen da. Wenn man zwei davon an Bein und Fuß fixieren würde – zum Beispiel mit den Beinwickeln aus Stoff und Seil, die die Figur des Merowingers trägt –, hätte man eine prima Schiene.«

»Das sind *Ausstellungsstücke*!« Nachdem sie schon Kevin abgestraft hatte, starrte Johanna nun Isa an, als ob diese gerade vorgeschlagen hätte, den heiligen Gral als Sangria-Eimer zu benutzen.

Zum Glück hatte die grüne Fee, was böse Blicke anging, ein ziemlich dickes Fell. So zuckte sie nur mit den Schultern und ergänzte: »Wir könnten es auch mit dem Panzerschuh von einem der spätmittelalterlichen Ritter probieren und die Scharniere am Knöchel blockieren. Mit der richtigen Polsterung im Inneren … Vielleicht könnte er das sogar wie einen Gehgips benutzen?«

Philipp machte eine halb nachdenkliche, halb nickende Bewegung mit dem Kopf. »Klingt interessant. Wenn auch etwas unorthodox.«

Lena schnaubte belustigt. »Unorthodox ist Isas dritter Vorname.«

»Wie lautet ihr zweiter Vorname?«, fragte Johanna irritiert.

»Das tut hier nichts zur Sache«, sagte die grüne Fee schnell. An diesem Tag waren schon genug Unglücksfälle passiert, da musste nicht auch noch jemand Johanna erklären, wie sie wirklich hieß. »Meinst du, zwei Axtstiele reichen für eine Schiene? Oder sollten es mehr sein?«

Als Johanna den Mund aufmachte, sah sie aus, als ob ihr die Antwort mehr Schmerzen bereitete als Alex der gebrochene Knöchel. »*Eine* Axt. Mehr wäre unverantwortlich.«

»Medizinisch?«

»Historisch.«

»Dachte ich's mir doch.«

Isa sprang auf, flitzte hinaus auf den Hof und polterte die Treppe zum ersten Stock hoch.

Die Regentropfen aus den Augen blinzelnd, riss sie im Laufen ein Streichholz an und entzündete die Kerze in ihrer Laterne. Warmes, gelbes Licht erhellte den Weg zu ihren Füßen, während sie durch die Marksburg huschte.

»Hey, Jungs«, murmelte sie, als sie den stockdunklen Raum mit der Gimbelschen Sammlung betrat. Irgendwie war ihr wohler dabei, die Figuren anzusprechen, anstatt sich einfach schweigend zwischen ihnen zu bewegen. In den Mauern dieser Burg waren in den letzten Tagen schon genügend gruselige Sachen passiert, und die Augen und Sehschlitze der Krieger schienen jedem ihrer Schritte zu folgen. Ein Teil von ihr drängte einfach darauf, sie milde zu stimmen. »Ich will mir nur was ausborgen. Kein Grund, von der Waffe Gebrauch zu machen.«

Frühes und hohes Mittelalter also. Sie wandte sich nach links und hob die Laterne, deren Lichtschein auch prompt den Schatten eines karolingischen Kriegers an die Wand warf. Er trug Wickel an den Beinen, ähnlich wie der Merowinger neben ihm, nur dass die seinen aus Leder waren. Das Schuppenpanzerhemd aus silbernen Plättchen schimmerte, ebenso wie die Spitze seines Speers.

Isa frohlockte, als sie die Axt sah, die an seinem Gürtel steckte. Der Stiel der Waffe hatte nicht nur die ideale Länge, sondern war an beiden Seiten auch noch leicht abgeflacht. Das würde die Schiene stabiler und nicht ganz so unbequem machen. Sie lächelte in die Dunkelheit.

Und bekam fast einen Herzinfarkt, als plötzlich etwas hinter dem Rundschild des Merowingers hervorschoss und geradewegs auf sie zusprang.

»*Fffffchchchch!*«

Isa schrie auf und prallte zurück, wobei sie fast ihre Laterne fallen ließ. Doch kaum dass ihr der Schreck wie ein elektrischer Schlag durch die Glieder gefahren war, erkannte sie gelbe Augen, die das Licht der Kerze reflektierten, und schwarzes, glänzendes Fell. Mit einem erleichterten Stöhnen atmete sie aus.

Eine Katze. Bloß eine Katze.

Obwohl ihr das Herz noch immer in der Brust klopfte, ging sie vorsichtig in die Knie und stellte die Laterne neben sich auf den Boden.

»Hey … Wo kommst du denn her?«, fragte sie leise, streckte den Arm aus und ließ die Hand locker herunterhängen.

Isa mochte Katzen, und Katzen mochten sie. Das war schon immer so gewesen. Das kleine, schwarze Biest stand zuerst nur da, mit bebenden Schnurrhaaren, steil aufgestelltem Nackenfell und peitschendem Schwanz, doch als die grüne Fee sie nicht bedrängte, sondern abwartete, wurde die Katze ruhiger und zutraulicher. Schnupperte an den Fingern, die ihr dargeboten wurden, und schmiegte schließlich ihren Kopf in Isas Handfläche.

Plötzlich dämmerte es der Gauklerin, und beinahe hätte sie laut losgelacht. »Du bist Schrödingers Katze, oder?«

Zur Antwort bekam sie ein Schnurren.

Etwas Silbernes blitzte am Hals des Tiers auf. Isa schob ein wenig Fell zur Seite und entblößte ein dünnes Halsband mit einer Namensplakette. Als sie die Gravur las, lachte sie doch. »Purrzival?! Purrzival Schrödinger?« Ein ungnädiger Blick traf sie, und sie biss sich rasch auf die Lippe. »Tut mir leid … Wenn es Euer Lordschaft hilft: Mein Name ist Kriemhilde Isolde Bocholt. Klingt auch nicht wirklich besser.«

Mit nachdenklich gerunzelter Stirn kraulte Isa Purrzival eine Weile zwischen den Ohren. Dann nahm sie die Laterne wieder auf, erhob sich und beobachtete, wie er ihr, einen Buckel machend und sich streckend, um die Beine strich.

Seit Tagen waren sie und die anderen in diesem Teil der Marksburg gefangen, doch ein herumstromernder Kater war ihnen nicht über den Weg gelaufen. Er konnte sich erst seit Kurzem im Raum mit der Gimbelschen Sammlung befinden, aber wie er überhaupt in den ersten Stock des Rheinbaus gelangt war, schien Isa äußerst rätselhaft. Von draußen war er ganz sicher nicht gekommen. Es regnete und stürmte derart, dass keine Katze der Welt auch nur eine Pfote vor die Tür gesetzt hätte.

Während sie noch überlegte, löste sich der Kater von ihr, hüpfte leichtfüßig auf die niedrige Plattform und rieb sich an den mit Leder umwickelten Beinen des Karolingers.

Erst da bemerkte Isa, dass dessen Schuppenpanzerhemd nicht schimmerte, weil die Kerzenflamme flackerte. Es schimmerte, weil mit der Figur etwas nicht stimmte.

Sie atmete.

Als Isa aufblickte, sah sie ein Paar braune Augen, die sonst nur in ihren Albträumen auftauchten.

*Marek Koskov dachte über den Tod nach.*

*Seine Glieder waren in der kühlen Luft so steif und kalt geworden, dass er sich beinahe selbst für eine Statue hielt. In der Hand, die den Speer des Karolingers umfasste, hatte er kaum noch Gefühl; der Helm, ein visierloses Ding mit einer Brünne aus Lederstreifen, die Gesicht und Nacken schützen sollte, lag schwer wie Blei auf seinem Kopf.*

*Das Denken fiel schwer, wenn einem die Kälte wie Leichenstarre in die Venen kroch. Man Stunde um Stunde wartete in der aberwitzigen Hoffnung, dass* sie *es sein würde, die als Erste diesen Raum betrat, weil sie neugierig und er wie geschaffen für sie war: dunkel. Unheimlich mit all den toten Gesichtern, die sich zu bewegen und zu flüstern schienen, wenn man nicht hinsah.*

*Im Grunde hatte Marek sich darauf eingestellt, erst ein paar andere Leute töten zu müssen, bevor er sie endlich in die Finger bekam. Doch als er* Grün *im Licht einer tanzenden Laterne erkannt hatte – grüne Gewandung, grüne, entschlossen blickende Augen –, waren seine kühnsten Träume in Erfüllung gegangen.*

*Perfekt. Einfach perfekt.*

*Nur die verdammte Katze hätte beinahe alles verraten. Sie war entwischt, als Marek sich mit den Schlüsseln, die eigentlich dem Burgvogt gehörten, noch einmal Zugang zur Rüstkammer und zur Gimbelschen Sammlung verschafft hatte.*

*Am liebsten hätte er dem Vieh, als es hinter dem Rundschild hervorsprang und fauchte, einen Tritt versetzt.*

*Ein Lächeln kribbelte auf seinen kalten Lippen, ohne sie jedoch zu verziehen. Zugegeben, es war hübsch gewesen, mit anzusehen, wie sie sich vor der Katze erschreckt hatte.*

*Zu beobachten, wie Entsetzen sie für einen kurzen Moment gepackt hatte, nur um gleich darauf wieder zu verschwinden, damit*

*Erleichterung und ein gewisses Maß an Faszination an seine Stelle treten konnten.*

*Zu hören, was sie zu der Katze sagte. Worte, die sie niemals so benutzt hätte, wenn ihr bewusst gewesen wäre, dass sie nicht allein im Zimmer war.*

*Das Lächeln kribbelte stärker. Noch besser konnte nur der Anblick sein, den sie jetzt darbot. Marek sah, wie die Erkenntnis ihr die Glieder lähmte. Wie das Grauen ihren vorlauten Mund verschloss und ihre Füße an den Boden nagelte. Auf dieses Bild freute er sich, seit er sie in Manderscheid in ihrem Zelt besucht hatte.*

*Neben dem Druck des Helms auf seinen Kopf spürte er auch den Druck des Dolches, der unter dem Schuppenpanzerhemd an seiner Brust ruhte. Die Klinge wartete auf den Kuss des Mädchens, das Marek einst geliebt hatte.*

## Kapitel 21

Als Isa ihre Stimme wiederfand, hörte sie ihre eigenen Worte kaum. Zu laut war das Blut, das in ihren Ohren rauschte. Zu laut war ihr Herz, das den Takt zu diesem Irrsinn schlug.

»Das kann nicht sein«, flüsterte sie. Versuchte, sich zu bewegen, konnte es aber nicht. Alles an ihr war wie erstarrt. »Du kannst überhaupt nicht hier sein.«

Ein winziger Teil von ihr wollte die Hand ausstrecken und ihn berühren. Nicht, um sich zu vergewissern, dass er wirklich existierte, sondern in der Hoffnung, dass er sich unter ihren Fingerspitzen in nichts auflösen würde; dass er nur ein Trugbild war, erzeugt von ihrer überreizten Fantasie. Doch der Rest von ihr registrierte in unbarmherziger Akribie all die kleinen Details, die nicht ihrer Einbildung entstammen konnten.

In ihren Träumen sah Marek stets so aus wie in jener Nacht, in der er versucht hatte, sie umzubringen. Aber die Haare des Mannes, der nun vor ihr stand, waren länger als in ihrer Erinnerung. Seine Haut war bleicher. Fast wächsern. Ein bisschen wie die der Krieger-Figur, die eigentlich an seiner Stelle stehen sollte. Der Mangel an Farbe bildete einen scharfen Kontrast zu den dunklen Bartstoppeln auf Kinn und Wangen und zu den Ringen unter Mareks Augen.

Die grüne Fee wusste es. Spürte es. Er war *real.*

Genau wie die Angst, die sie mit einem Mal umklammert hielt.

Sein Grinsen war wie ein Schlag in den Magen. »Was ist denn los, Isa? Du siehst ja aus, als hättest du einen Geist gesehen.«

Ruckartig machte er einen Schritt von dem Podest herunter und senkte dabei den Speer. Der Kater schoss mit einem erschrockenen Fauchen aus dem Zimmer. Auch die Muskeln in Isas Beinen reagierten plötzlich wieder. Hastig wich sie ein, zwei Fußbreit zurück, aber Marek folgte der Bewegung. Er ließ den Speer fallen. Bevor sie reagieren konnte, drückte schon die Schneide eines Dolches gegen ihre Kehle. »Ah, ah, ah. Nicht wegrennen.«

Nicht schon wieder.

Das war alles, was sie denken konnte, während sie erneut einfror, als ob die Berührung des kühlen Stahls sie in eine Eisskulptur verwandelt hätte. Das grauenhafte Gefühl, in einem wirklich miesen Déjà-vu festzustecken, wurde so stark, dass die Erinnerungen kurzzeitig die Wirklichkeit überlagerten: Vor ihrem inneren Auge fand Isa sich plötzlich auf dem Siegburger Marktplatz wieder.

Eine kalte Winternacht. Ihr eigener, hämmernder Herzschlag. Ein böses Erwachen – und eine Klinge, die bei jedem noch so flachen Atemzug in ihre Haut zu ritzen schien.

Sie sah Marek vor sich, wie er ihr zwischen Zelten und Buden ein Messer an den Hals hielt und versicherte, dass er sie liebte.

Gleichzeitig sah sie ihn im Halbdunkel des Zimmers, mit der gleichen Mischung aus Zärtlichkeit und Wut auf dem Gesicht.

Bitte, alles, aber nicht das. Nicht schon wieder.

»Geh schön langsam zurück, Isa, Schrittchen für Schrittchen. Und die Laterne gibst du mir. So wie ich dich kenne, versuchst du am Ende noch, damit etwas Kreatives anzustellen. Ich habe mir wirklich Mühe gegeben, unser Wiedersehen zu etwas Besonderem zu machen; da will ich nicht, dass du in den ersten Sekunden alles kaputt machst.«

Sie hörte sich reden, konnte sich aber nicht daran erinnern, bewusst auch nur einen Satz formuliert zu haben. »Oh, ja. Du hast dich selbst übertroffen. Ein Stelldichein auf einer Burg, bei Kerzenschein und vorgehaltener Waffe. Wie romantisch.« Auch dass nun Wut die Angst in ihr durchglühte, sodass sie sich fühlte, als hätte sie Schüttelfrost – *heiß, kalt, heiß, kalt* –, bemerkte sie erst, als sie sich dazu zwingen musste, ihm die Laterne nicht mit aller Kraft ins Gesicht zu schleudern.

Marek lachte. »Ja, das klingt doch ein bisschen mehr nach dir. Ich hatte schon Angst, wir würden unsere restliche gemeinsame Zeit bei dem Gestammel von eben bleiben.« Seine Stimme wanderte ein paar Oktaven nach oben, als er sie nachahmte. »*Das kann nicht sein, du kannst überhaupt nicht hier sein …* Sagen so was nicht die Mädchen in den Krimis, die du so gern liest? Kurz bevor sie umgebracht werden?«

Mit der freien Hand zog er sich den karolingischen Helm vom Kopf, ohne die grüne Fee auch nur für eine Sekunde aus den Augen zu lassen. Achtlos warf er ihn in eine Ecke. »Ich bin hier, mein Schatz. Hier auf der Marksburg, nur für dich. Und jetzt gib die Laterne her. *Sofort.*«

Als er ihr den schmiedeeisernen Griff aus der Hand nahm, streifte er kurz mit dem Zeigefinger ihren Daumen. Es kostete Isa ungeheure Überwindung, nicht zurückzuzucken.

»Und jetzt, wenn ich bitten darf …«

Die Schneide des Dolchs drückte gegen ihre Kehle, und Isa setzte sich widerstrebend in Bewegung. Braune Augen trafen grüne, während er sie vor sich her zum Ausgang schob. Behielten einander fest im Blick.

Als sie langsam rückwärts in die Rüstkammer trat, wurde Isa sich der grausamen Ironie der Situation bewusst, und jeder Schritt fiel ihr mit einem Mal noch schwerer. Der Mistkerl führte sie geradewegs in einen Raum voller Waffen. Einige davon waren ihr so nah, dass sie nur den Arm hätte ausstrecken müssen, um sie zu berühren.

Doch die Hellebarden steckten allesamt in Verankerungen aus Stahl, damit die Besucher der Marksburg nicht damit herumspielen konnten und sich eventuell verletzten. Und auch die restlichen Morgensterne waren unerreichbar. Der Druck des Dolchs und Mareks Gestalt, die drohend vor ihr aufragte, machten Isa unmissverständlich klar, dass sie es niemals schaffen würde, durch den Raum zu rennen und einen davon von der Wand zu reißen.

Marek verhöhnte sie. Das war es, was ihr so unter die Haut ging, und er wusste das. Genüsslich rieb er ihr ihre Hilflosigkeit unter die Nase, genauso, wie er es bei seinen Psychospielchen in der Vergangenheit gemacht hatte. Ließ sie spüren, dass sie nicht die geringste Chance hatte, sich zu wehren.

*»Du darfst dich nie wieder sicher fühlen. Das bedeuteten die Briefe der Nizariten. Egal, wo du dich versteckst oder wie gut du dich schützt – ich bin ganz in deiner Nähe. Ich kann dich töten, wann immer ich will.«*

Verdammter, verdammter Mistkerl.

Als er ihr schließlich befahl, in der Mitte der Rüstkammer stehen zu bleiben, versuchte Isa, ihre Panik niederzukämpfen und ihre Chancen abzuwägen.

Warte ab, riet ihr ihre Vernunft. Tu, was er dir sagt. Die anderen warten in der Burgküche darauf, dass du mit den Äxten und den Beinwickeln zurückkommst. Irgendwann werden sie sich fragen, wo du bleibst. Jemand wird kommen und dir helfen.

Eine zweite Stimme meldete sich. Nein, flüsterte sie. Diesmal nicht, und das weißt du auch. Die anderen sind so weit weg, dass sie dich nicht mal dann schreien hören würden, wenn draußen kein Sturm um die Mauern tobte. Außerdem glauben sie, dass die Gefahr gebannt ist; sie wissen nicht, dass noch ein Mörder durch die Marksburg schleicht.

Niemand wird kommen, um dich zu retten. Du musst selber einen Ausweg finden. Oder du stirbst.

Marek blies die Kerze aus und stellte die Laterne auf den Boden. Das fahle Licht, das durch die Fenster schien, höhlte die Schatten unter seinen Augen aus.

Obwohl die Klinge des Dolchs bei jedem Wort über ihren Kehlkopf kratzte, machte sie trotzdem den Mund auf. Versuchte, die Angst wegzureden, wenn sie sich schon nicht bewegen konnte. »Wie bist du hier reingekommen?«

»Eine gute Frage, Miss Marple. Ich muss zugeben, die Idee, dich hier oben auf der Burg zu verstecken, war nicht schlecht. Wenn ich wie vorher nur nach Mittelaltermärkten gesucht hätte, die offiziell mit dem Auftritt deiner Band werben, dann hätte ich dich vermutlich nie gefunden. Aber als ich mich dazu entschloss, dir in Manderscheid eine kleine Grußbotschaft zu hinterlassen …«

»Kleine Grußbotschaft? Du hast einen *Dolch* in mein Kissen gerammt!«

Marek trat noch dichter an sie heran und ließ das Messer bis hoch unter ihr Kinn wandern. Sie verstummte.

»… da hatte ich irgendwie im Gefühl, dass wir bald am Ende unserer gemeinsamen Reise ankommen würden«, fuhr er fort. »Also habe ich diese dilettantischen Bullen ab- und mich an dich drangehängt. Du dachtest, du könntest mich loswerden, Isa, aber in Wahrheit war ich nie weg. Auch, wenn ich dich nicht berühren oder sehen konnte – ich war immer in deiner Nähe. Als du dich bei deinen Freunden verkrochen hast. Als du dich auf den Weg hierhin gemacht hast. Mal ehrlich, diesen scheußlichen Tourbus zu verfolgen, war nicht besonders schwer. Ihr hättet ein anderes Auto nehmen sollen. Am vergangenen Donnerstag stand ich schließlich unten auf dem Parkplatz. Ich habe euch beim Ausladen zugesehen. In deiner Jacke ist ein Riss, weißt du das? Selbst auf die Entfernung war es gut zu erkennen. Die Naht, die den Ärmel hinten mit der Rückenpartie verbindet, ist aufgeplatzt. Die ganze Zeit dachte ich mir: Das ist bestimmt schon vor langer Zeit passiert, aber du hast dir einfach nie die Mühe gemacht, es zu flicken.« Er lächelte sanft. »Das wäre so typisch für dich.«

Isas Mund wurde trocken. In der Jacke aus weichem Nubukleder, die sie am Tag der Anreise getragen hatte, war tatsächlich ein Riss. Was er eigentlich nicht wissen konnte, denn sie hatte die Jacke in der Zeit, in der sie zusammen gewesen waren, nie getragen.

Er sagte die Wahrheit.

»Als ich erst mal verstanden hatte, warum ihr hergekommen seid, war ich wie vor den Kopf gestoßen. Ich hatte keine Ahnung, wie ich es ungesehen auf diese Burg schaffen sollte. Alles, was ich denken konnte, war: Marek, du hast zu lange gewartet. Du hattest nicht den Mut, es zu tun, als noch Zeit dazu war, du verdammter Feigling. Und jetzt ist es zu spät. Doch dann war mir ganz plötzlich klar, was ich tun musste. Die Lösung war so einfach: Ich musste nur denken wie *du*.«

»Wenn du das getan hättest, wärst du nicht hier, sondern immer noch im Knast«, presste sie zwischen zusammengebissenen Zähnen hervor.

Seine Miene verfinsterte sich schneller als jeder Gewitterhimmel.

»Lügnerin! Du bist eine Lügnerin und eine Verräterin, Isa Bocholt. Wir haben uns geliebt, du und ich. Willst du etwa behaupten, wir hätten nichts gemeinsam? Oder dass ich nicht genau wüsste, was in deinem kleinen, verqueren Kopf vorgeht?« Er hob die freie Hand und schnippte ihr wütend mit den Fingern gegen die Stirn.

Halt den Mund, schrie die Vernunft ihr zu. Du provozierst ihn bloß!

Mach weiter, sagte die Stimme, die sie am Leben erhielt. Bring ihn zum Reden, was es auch kostet. Verschaff dir Zeit.

»Ich weiß, du denkst, ich wäre schuld daran, dass du im Gefängnis gelandet bist. Aber das stimmt nicht. Ich habe dich nicht dazu gezwungen, deinen Vater umzubringen«, sagte sie.

Einen Herzschlag lang sah es so aus, als wollte er sie erneut schlagen. Doch stattdessen setzte er wieder dieses Lächeln auf, das Isa in gewisser Weise mehr fürchtete als den zornige Marek.

»Und *ich* weiß, dass du dieses kleine Szenario hier schon am Donnerstag hättest verhindern können, wenn du nur halb so schlau wärst, wie du immer tust. Immerhin hast du mich doch mit eigenen Augen gesehen.«

Die Verwirrung musste ihr anzusehen sein, denn sein Lächeln wurde breiter. »Was, hast du mich etwa nicht erkannt in meinem schönen Umhang? Ich stand auf der … Reitertreppe, so heißt sie doch, oder? Du gingst oben mit den beiden Clowns aus deiner Band am Palas vorbei und hast hinuntergeschaut, direkt zu mir und zu der Frau, mit der ich sprach. Die, die am Abend umgebracht wurde. Sie war ziemlich nett. Dachte, ich wäre der Freund einer ihrer Cousinen. Dass sie später ermordet werden würde … Also, das habe ich wirklich nicht kommen sehen.« Er schüttelte den Kopf, als würde er Viktorias Tod aufrichtig bedauern. »Mir scheint, überall, wo du hingehst, tauchen tote Menschen auf, Isa. Gibt dir das nicht zu denken?«

Eine etwas seltsame Frage von einem verurteilten Mörder.

Fieberhaft versuchte die grüne Fee, sich zu erinnern. Sie hatte den Moment vor Augen, den Marek beschrieb, nicht jedoch, mit wem Viktoria, ohnehin umringt von zahllosen Familienmitgliedern und Freunden, gesprochen hatte. »Du hast dich mit den Leuten von der Geburtstagsgesellschaft reingeschmuggelt«, flüsterte sie.

»Richtig. Alles, was ich brauchte, waren Dreistigkeit und eine kleine Maskerade. Ganz nach deinem Geschmack.«

»Aber … aber wo hast du dich die ganze Zeit über versteckt? Wie bist du durch die Marksburg …« Die Erkenntnis durchfuhr sie wie ein Stromschlag, als ihr einfiel, über wessen Kater sie noch vor wenigen Minuten gestolpert war. »Was hast du mit Schrödinger gemacht, Marek?«

»Ach, der Burgvogt … Dem geht's gut. Er liegt sicher verschnürt in seiner Wohnung. Im Gegenzug dafür, dass ich ihn nicht umgebracht habe, war er so freundlich, mir seine Schlüssel zu überlassen.«

»Aber damit konntest du dich doch nur in einzelnen Gebäuden bewegen. Im Freien … der Sturm …«

Er zuckte mit den Schultern. »Ich bin dir so weit gefolgt, Isa. Das Gefängnis, die Polizei, selbst Burgmauern konnten mich nicht aufhalten. Und das da draußen … das ist nur Wind. Ich war immer mal wieder hier im Saalbau, um nach dir zu sehen. Ich wollte nicht versehentlich von jemandem entdeckt werden, aber ich musste die Geschehnisse im Auge behalten. Dich bei deinen Ermittlungen beobachten – was übrigens viel unterhaltsamer war, als ich dachte –, den richtigen Moment abpassen.«

Sichtlich zufrieden ließ er den Blick durch den Raum wandern. »Das Warten hat sich gelohnt.«

Wenn er die ganze Zeit über durch die Burg gewandert war, sich in den Schatten versteckt und hinter den Wänden herumgekrochen war wie eine Ratte …

Isa dachte an die vergangenen Tage zurück. Dachte an Gespräche und an scheinbar unbeobachtete Momente. An sich und Alex auf dem Dachboden, allein. Ihr wurde schlecht.

Er ließ die Spitze des Dolches langsam an ihrer Halsschlagader hinabwandern. »Und jetzt, mein Schatz, werden wir Schluss machen. Endgültig.«

Die grüne Fee wusste, dass Diskussionen sie nicht retten würden. Ihr blieb nur ein Ausweg.

Du musst ihm geben, was er will, wisperte die Stimme in ihrem Kopf. Er möchte, dass sein perfekter Plan voll aufgeht, also musst du ihn davon überzeugen, dass er gewonnen hat. Und das geht nur auf eine Art. Auch wenn die dir sicher nicht gefällt.

Zeig ihm, was du fühlst.

Lass ihn an dein Innerstes heran.

Draußen donnerte es. In der Rüstkammer war es so kühl, dass der Atem des Mörders und der Gauklerin zu einer einzelnen, dünnen Wolke kondensierte.

Isa schluckte ihren Stolz herunter. »Bitte«, sagte sie. Hörte auf, das Zittern in ihrer Stimme zu unterdrücken. »Bitte, Marek, nicht. Es tut mir leid.«

Diesmal wanderte der Dolch nach oben. Zog einen verträumten Halbkreis um ihren Kehlkopf.

»Hast du Angst, Isa?«, fragte Marek.

Ihre Antwort war nicht mehr als ein erstickter Hauch. »Ja.«

Er kam einen Schritt näher. Füllte ihr Blickfeld fast zur Gänze mit seiner Gestalt aus. »Und wovor genau?«

Als sie nicht schnell genug reagierte, sondern nur zu ihm aufsah, bebend und mit zusammengepressten Lippen, stellte er sich so dicht vor sie, dass sie ihn riechen konnte. Gewachstes Leder, Stahl und Moschus. Unerträglich, doch sie zwang sich, nicht zurückzuweichen. Ließ ihn so nahe herankommen wie früher, wenn sie ihn geküsst hatte. Es musste sein. Auch wenn sie mit jeder Faser ihres Körpers wegwollte.

»Ich will, dass du es *sagst*«, knurrte er.

»Vor ... vor dir. Ich habe Angst vor dir. Es war falsch von mir, dich damals so zu behandeln, ich ... bitte, Marek, lass mich gehen. Ich will nicht sterben.«

Sanft strich er ihr mit dem Handrücken über die Wange.

Stillhalten, befahl sie sich. Lass. Ihn. Machen.

»Weißt du, Isa«, sagte er, »dass du am Leben hängst, glaube ich dir. Und dass du dich fürchtest, kann ich spüren. Aber dass es dir leidtut, wie du mich in Siegburg den Wölfen zum Fraß vorgeworfen hast ... also, das klingt einfach nicht nach dir. Nicht ehrlich. Ich kann dich also –«

Jetzt oder nie.

Dass Marek so dicht vor ihr stand, verschaffte Isa etwa einen Sekundenbruchteil. Ihre Hände schossen nach vorne und packten das Blatt der karolingischen Axt, die er am Gürtel trug. Sie riss die Waffe ein Stück nach oben, drehte sie in der Halteschlaufe und rammte ihrem Ex das Blatt, das aus geschwärztem Eisen bestand, voll in den Schritt.

Zu Mareks großem Glück – wenn man dabei überhaupt von Glück reden konnte – traf sie nur mit der flachen Seite und konnte wegen der spärlichen Bewegungsfreiheit nicht viel Kraft aufbringen. Trotzdem krümmte er sich augenblicklich zusammen und gab ein kleines, aber äußerst schmerzerfülltes Ächzen von sich.

Auch die grüne Fee hatte Glück: Ihr Hieb konnte Marek nicht daran hindern, eine Schneidebewegung mit dem Dolch zu vollführen, doch er raubte ihm so weit die Kraft, dass die Klinge ihre Kehle verfehlte und stattdessen über ihr Schlüsselbein glitt. Sie warf sich nach hinten, kaum dass das Axtblatt sein Ziel gefunden hatte, und dabei ritzte die Klinge ihre Haut auf. Keuchend taumelte sie einen Schritt zurück, bemüht, nicht zu fallen, und presste eine Hand auf die Wunde. Sie war nicht tief, brannte aber wie Feuer.

Schwer atmend hob Marek den Kopf. Sein Gesicht war noch bleicher als zuvor. »Das … war nicht sehr nett.«

Ein leicht überdrehtes Lachen entrang sich ihr. »Oh, Verzeihung. Ich dachte, du stehst auf die harte Tour, *Schatz*?«

Mit einem Knurren richtete er sich auf. »Du bist so was von tot, Weib. So was von tot.«

Als er auf sie zusprang, den Dolch zum Stich erhoben, hechtete Isa in die einzige Richtung, die ihr blieb: weg von den Waffen, hin zum Podest, das zum Ausgang der Rüstkammer führte. Dort hingen die mittelalterlichen Harnische an der Wand.

Sie wusste, dass Marek längere Beine und eine irrsinnige Wut hatte. Nie im Leben würde sie es bis zur Tür schaffen, ohne dass er ihr die Klinge vorher zwischen die Schulterblätter jagte. Also schickte sie ein Stoßgebet gen Himmel – ganz gleich, welches Götterpantheon auch immer zuhörte – und griff nach dem nächstbesten Brustpanzer.

Offenbar stand irgendein lorbeerbekränztes Ohr tatsächlich auf Empfang. Er war nicht festgeschraubt.

In letzter Sekunde schaffte sie es, sich umzudrehen und den Brustpanzer vor Oberkörper und Gesicht zu reißen. Mareks Klinge prallte mit einem Klirren davon ab. Die Wucht des Aufpralls war so stark, dass sie halb in die Knie gehen musste und der Harnisch fast gegen ihren Kopf gedonnert wäre.

»Du tust es schon wieder, verdammt!« Völlig außer sich vor Zorn drang Marek weiter auf sie ein. Alle paar Worte stach er wieder zu, und sie sank jedes Mal tiefer in sich zusammen, wenn der Dolch ihren improvisierten Schild traf.

»Kannst du nicht ...« – *kling!* – »... ein einziges Mal ...« – *kling!* – »... tun, was man dir sagt ...« – *kling!* – »... und endlich sterben?«

Beim letzten Dolchstoß stolperte die grüne Fee, völlig aufs nackte Überleben konzentriert, rücklings über die Stufe, die hoch auf das Podest führte. Sie schrie auf, als sie plötzlich den Boden unter den Füßen verlor, und Marek, ein triumphierendes Glitzern in den Augen, riss ihr den Harnisch aus den Händen und schleuderte ihn durch den Raum. Scheppernd krachte das Metall gegen die Hellebarden.

Als Isa sich aufrappeln wollte, packte Marek ihren Knöchel. »Schluss damit«, keuchte er.

»Nein!«

Wild strampelnd rollte sie sich auf den Rücken und trat ihm mit dem anderen Fuß gegen das Schienbein, so fest sie in ihrer misslichen Lage nur konnte. Marek jaulte auf und, viel wichtiger, ließ sie los.

Lauf, befahl die Stimme in ihrem Kopf. Etwas, das sich die grüne Fee nicht zweimal sagen ließ.

Blutend und schwer atmend floh sie aus der Rüstkammer.

*»Isa!«*, hörte sie Marek hinter sich brüllen.

Ihre Gedanken rasten, als sie den Gang entlangrannte, in dem Erik Folkesson am Tag zuvor noch einen mit Kampfer ausgestopften Helm angezündet hatte, um Alex und sie das

Fürchten zu lehren. Es schien Jahrhunderte her und mehr ein schlechter Witz zu sein.

Sie musste nach unten, zu den anderen. Marek mochte wesentlich größer und stärker sein als sie, doch auf der schmalen Treppe, die hinunter zur Kapelle führte, brachte ihm das nur Nachteile. Dort konnte sie Boden gutmachen, ihn vielleicht sogar abhängen. Das schwere Schuppenpanzerhemd, das er am Leib trug, würde ihn zusätzlich verlangsamen.

Sie hatte schon fast die oberste Stufe erreicht, als sie im letzten Moment abbremste, indem sie beide Hände gegen die Wände des Treppenaufgangs klatschen ließ und so ihren eigenen Schwung abfing.

Keuchend dachte sie daran, was Marek mit Schrödinger gemacht hatte, nur um an sie heranzukommen. Dachte an die Verbrechen, die er in Siegburg begangen hatte, um sich an seinem Vater zu rächen und schließlich auch an ihr. Sein Zorn war unberechenbar. Er schreckte nicht davor zurück, andere zu verletzen, wenn sie seinen Plänen im Weg standen.

In der Burgküche befanden sich Menschen, die keine Ahnung hatten, welche Gefahr sie geradewegs zu ihnen führte. Menschen, die ihr mehr bedeuteten als alles andere.

Kevins alberne Sprüche kamen ihr in den Sinn, bei denen sie jedes Mal zwischen Lachen und Weinen schwankte. Lenas Blick, wenn sie mal wieder versuchte, Isas Gefühlsleben zu analysieren und dabei altkluge Ratschläge gab.

Alex, oben ohne und im Kilt, der über jeden Mittelaltermarkt stolzierte wie der eitelste Pfau von ganz Schottland. Und der gerade nicht einmal in der Lage war, alleine zu laufen.

Ihr Herz drohte zu zerspringen.

»Nein«, flüsterte sie. »Vergiss es. Die kriegst du nicht.«

Sie blickte über die Schulter zurück. Noch war Marek nicht im Gang, aber er musste jeden Moment auftauchen. Verzweifelt zermarterte sie sich das Hirn darüber, was sie tun sollte. Da fiel ihr Blick auf die abgesperrte Treppe neben dem Kaplanszimmer.

Die grüne Fee war selbst noch nie hinaufgegangen, aber Rumo hatte davon erzählt. Die Treppe führte auf den Dachboden des Rheinbaus. Und der wiederum führte noch ganz woanders hin, wenn man denn lebensmüde oder, wie in ihrem Fall, in allergrößter Not war.

Isa fasste einen Entschluss. Sie würde nicht nach unten flüchten, sondern nach oben. Und sie würde Marek dazu bringen, ihr zu folgen. Sie musste es beenden. Allein.

In Krimis gibt es eine Art von Spur, der Detektive, Polizisten und Mörder gleichermaßen gerne nachjagen. Die Substanz, aus der sie besteht, ist einfach zu verlockend, denn sie zeigt an, dass die Beute verwundet und somit leicht zu fangen ist; die Rede ist, natürlich, von Blut.

Das Gesicht zu einer Grimasse verzogen, griff die grüne Fee an ihr Schlüsselbein und rieb über die Wunde, die Marek ihr verpasst hatte. Das Blut, das dabei an ihren Fingern kleben blieb, schmierte sie an die Wand des Treppenaufgangs, der zum Dachgeschoss führte. Durch ein winziges Fenster fiel etwas Licht aufs Mauerwerk. Sie hoffte, dass Marek die verräterischen Flecken auf dem hellen Untergrund entdecken würde.

In der Rüstkammer polterte es so laut, dass selbst der Sturm das Geräusch nicht übertönen konnte.

Isa sprintete nach oben.

Im Gegensatz zum Dachstuhl des Gotischen Saalbaus war das oberste Geschoss des Rheinbaus kleiner und wirkte irgendwie moderner. Die grüne Fee stolperte in einen Raum mit Dachschrägen und dunklen Holzbalken. Bis auf ein paar unbestückte Regale und einige Pappkartons mit Akten war er völlig leer. Drei Türen gingen von ihm ab: Durch eine war gerade sie hereinkommen, die zweite schien in ein weiteres Zimmer zu führen. Die dritte befand sich in der Wand, die Isas Einschätzung nach an den Bergfried grenzen musste. Sie war mit einem Vorhängeschloss gesichert.

Bingo.

Seit ihrem sechzehnten Lebensjahr trug Isa Dreadlocks, wusste aber trotzdem, wie nützlich Haarnadeln abseits des Frisiertischs sein konnten. Deshalb befand sich meistens eine in ihrer Tasche oder, wie in diesem Fall, im Ausschnitt ihrer Bluse. Sie zauberte ihr bevorzugtes Einbruchswerkzeug hervor, rannte durch den Raum und schnappte sich das Schloss. Ihre Finger waren feucht vom Blut, zitterten aber wenigstens nicht. Dafür rauschte mittlerweile viel zu viel Adrenalin durch ihre Adern.

»Komm schon, komm schon«, murmelte sie, während sie mit der Nadel im Inneren des Schlosses herumfuhrwerkte. Als es endlich klickte, atmete sie erleichtert aus.

Und dann wieder erschrocken ein, weil hinter ihr mit einem Krachen die Tür aufflog.

»Hallo, Schatz. Bin wieder da«, sagte Marek.

Isa riss an der Klinke. Wind und Regen schlugen ihr wie eine geballte Faust aus Wetter ins Gesicht, doch sie konnte erkennen, dass sie richtig geraten hatte: Vor ihr befand sich die kleine Holzbrücke, die vom Rheinbau aus zum Eingang des Bergfrieds führte, der sich – unter anderem wohl, um feindlichen Kriegern das Eindringen in den Turm zu erschweren – gute acht Meter über dem Erdboden befand.

»Lust auf einen Spaziergang?«, schrie sie. »Dann komm und hol mich!«

Bereits nach ein paar Schritten war die grüne Fee bis auf die Haut durchnässt. Lautes Brausen erfüllte ihre Ohren, sodass sie kaum mehr etwas anderes hören konnte, und die

Brücke war furchtbar rutschig. Ein Untergrund, auf dem man sicher mit Wander- oder Gummistiefeln gut vorankam, nicht aber mit mittelalterlichen Schnabelschuhen.

Isa kämpfte sich bis zum Eingang des Bergfrieds. Im Freien, in schwindelerregender Höhe, war es zwar weitaus gefährlicher, aber zumindest etwas heller als in den Räumen der Marksburg. So konnte sie sehen, dass die Gittertür, die sich nun vor ihr befand, kein nennenswertes Hindernis darstellte. Ein Blick zurück verriet ihr allerdings auch, dass Marek viel zu schnell aufgeholt hatte. Wie ein Dämon tauchte er am anderen Ende der Holzbrücke auf.

Das wird nicht funktionieren, dachte sie verzweifelt. Doch sie hatte keine Wahl. Nun gab es kein Zurück mehr.

Sie stürzte in den Bergfried. Drinnen saugten erneut meterdicke Wände das Licht aus dem Tag, und der Sturm wurde nicht einen Deut leiser. Im Gegenteil: Das Rauschen schien sich in dem hohen Gemäuer zu fangen wie in einer Orgelpfeife.

Die Kammer, in der Isa sich wiederfand, war eckig wie der Bergfried selbst und bestand aus unverputztem Mauerwerk, das sich im Halbdunkel mehr durch seinen kalkigen Geruch als durch sein Aussehen verriet. Als Schwung und Wind sie hereintrieben, prallte sie gegen ein Geländer, hinter dem sich ein Balken mit einer Art Seilwinde und eine offene Falltür im Boden befanden.

Isa hatte keine Zeit, um sich über diesen Anblick zu freuen. Marek, klitschnass und immer noch ziemlich sauer, schlidderte ebenfalls herein. Er machte sich nicht einmal die Mühe, sich den Regen aus den Augen zu wischen, sondern ging direkt auf sie los.

Die grüne Fee wusste instinktiv, dass dies ihre Chance war. Obwohl sich alles in ihr dagegen sträubte, wartete sie bis zur letzten Sekunde und wich erst aus, zur Seite, Richtung Treppenaufgang, als er schon fast über ihr war.

Den Gefallen, über das Geländer ins Verderben zu stürzen, tat ihr Marek nicht. Mit Entsetzen sah sie, wie er sich im letzten Moment mit beiden Händen abfing. Weil er deutlicher größer war als sie, beförderte der Schwung seinen Oberkörper nach vorne, sodass er einknickte, als habe ihm jemand in den Magen geschlagen. Seine Füße blieben jedoch beide fest am Boden.

»Oh nein, Isa. So haben wir nicht gewettet«, rief er ihr zu und richtete sich langsam auf. Dann deutete er auf die Falltür, unter der das Angstloch gähnte. »Ich weiß auch, was das da unten ist.«

Verloren. Das letzte Ass im Ärmel der Isa Bocholt war verspielt.

Marek stand nun genau zwischen ihr und dem Ausgang. Es gab nur noch einen Weg, den sie nehmen konnte, um seiner Klinge noch ein Weilchen zu entfliehen: weiter nach oben, wo das »Butterfass« die Spitze des Bergfrieds bildete und das Röhren des Sturms am schlimmsten war. Dort erwarteten sie Blitz, Donner und ein ziemlicher langer Fall nach unten.

Sie hatte sich selbst in eine Sackgasse manövriert.

Marek betrachtete Isa, die wie versteinert am Fuße der Treppe stand. Spöttisch deutete er eine Verbeugung an.

»Du wolltest doch spazieren gehen.« Seine Augen verengten sich zu Schlitzen. »Also los, mach schon. *Spazieren wir ein Stück.*«

Sie lief los. Etwas anderes blieb ihr nicht übrig.

Isa schaffte es gerade einmal bis ins nächste Geschoss. Ein Teil von ihr staunte zwar mit einer gewissen stumpfen Resignation darüber, wie schnell man werden konnte, wenn die eigene Vergangenheit gerade mit gezücktem Messer hinter einem her war, doch die Treppe war so steil und eng, dass sie Marek einfach nicht abschütteln konnte. Als sich der Weg vor ihr endlich wieder verbreiterte – schneidend kalter Wind sauste durch ein schießschartenartiges Fenster und ließ sie gegen die innere Mauer taumeln –, packte er sie von hinten und fing sie ein wie ein Jagdhund, der das Lamm zurück zur Schlachtbank zerrt.

Sie riss sich los. Wehrte sich aus Leibeskräften, als Marek erneut seine Arme um ihre Taille schlang und sie zurückhielt. Strampelte wild mit den Beinen durch die Luft, doch vergebens. Er ließ sie nicht los, so sehr sie auch schrie.

»Wie du mir, so ich dir, Isa!«, brüllte er ihr ins Ohr. »Wie du mir, so ich dir!«

Sie hatte keine Ahnung, wie es ihm gelang, sich selbst und eine um ihr Leben kämpfende Gauklerin die Treppe wieder hinunterzubefördern, ohne dass sie sich beide den Hals brachen, aber er schaffte es. Sein Griff war wie aus Eisen. Unerbittlich schob er sie vor sich her, bohrte den Dolch mal hierhin, mal dahin, um sie zum Weitergehen zu zwingen. Fügte ihr dabei Schnitte zu, die sie nicht einmal spürte. Als sie kapierte, was er vorhatte, verdoppelte sie ihre Anstrengungen, sich loszuwinden.

Er schleppte sie zum Angstloch.

»Nein! Lass mich los!« Ihre Worte verpufften im Lärm des Sturms, doch sie wären sowieso ohne Wirkung geblieben. Ungerührt drückte Marek sie mit dem Rücken gegen das Geländer. Einen ihrer Arme quetschte er zwischen sich und ihrem Brustkorb ein, den anderen hielt er mit festem Griff gepackt. Zum zweiten Mal setzte er ihr die Klinge des Dolches an den Hals, doch nun war er nicht mehr ganz so spielerisch unterwegs wie noch in der Rüstkammer. Mit einem Aufschrei lehnte Isa sich nach hinten, als der kalte Stahl unerbittlich gegen ihre Kehle drückte und ihren Lebensfaden zu kappen drohte. Das Holz des Geländers knackte. Noch lauter protestierte ihre Wirbelsäule.

Die Stimme in ihrem Kopf, sonst hilfreich, vorlaut und schwer zu ignorieren, war zum ersten Mal in all den Jahren verstummt.

Die grüne Fee wusste, dass es die richtige Entscheidung gewesen war, nicht in die Burgküche zu rennen und ihre Freunde einem Mörder auszuliefern. Trotzdem wünschte sich ein Teil von ihr in diesem Augenblick nichts sehnlicher, als dass irgendein vertrautes Gesicht hinter Marek erscheinen möge wie der sprichwörtliche Deus ex Machina. Jeder wäre ihr willkommen gewesen. Verdammt, sogar Bruni, ihre unfassbar nervtötende Schwester. Doch nun würde sich das epische Ende, das Isa sich für sie beide im Scherz ausgedacht hatte – der Sturz in die Reichenbachfälle – nie erfüllen.

*Reichenbach.*

Marek beugte sich nach vorne. Seine Lippen streiften ihre Wange. »Hast du Angst, Isa?«, hörte sie ihn fragen.

Sein Gewicht presste ihr die Luft aus den Lungen. Doch als sie antwortete, klang die Stimme der grünen Fee fest und klar. In ihren Ohren wurde das Rauschen des Sturms zum Brausen eines Wasserfalls.

»Nicht mehr als Sherlock Holmes vor Moriarty.«

Mit diesen Worten stieß sie sich vom Boden ab und ließ sich und Marek über das Geländer kippen.

Im Bergfried kehrte Ruhe ein.

Der Wind schlug die offen stehende Gittertür gegen die Wand. Staub und loser Mörtel wehten in kleinen Wolken über den Boden.

An der Seilwinde, die sich über dem Angstloch befand, baumelte eine Gauklerin.

Krampfhaft den rettenden Balken umklammernd, schwang Isa über dem Verlies der Marksburg. Ihre noch feuchten Fingerspitzen drohten, von dem von unzähligen Seilzügen glatt polierten Holz zu rutschen. Ächzend vor Anstrengung nahm sie Schwung – ein-, zweimal – und sprang wieder auf sicheren Boden.

Wie hast du das gemacht?, fragte die Stimme in ihrem Kopf verblüfft, die sich nun, da sie nicht mehr gebraucht wurde, netterweise wieder zu Wort meldete. Sie klang, als hätte sie noch mehr Fragen, die sich hauptsächlich um Balance und die Gesetze der Schwerkraft drehten.

Die grüne Fee gab ihr die gleiche Antwort, die sie Alex vor ein paar Stunden auf eine ähnliche Frage gegeben hatte.

»Seiltänzerin«, keuchte sie.

Schwer auf das Geländer gestützt, schaute sie hinunter auf die Falltür. In der tiefen Röhre herrschte Finsternis.

»Marek?«, rief sie. Und hatte trotz allem plötzlich Angst, dass eine Antwort ausbleiben würde. »Lebst du noch?«

Erst hörte sie nichts. Dann ein Stöhnen, dessen Urheber genauso gut der Wind sein konnte. Doch dann, da – ein deutliches Fluchen.

So stark der Sturm auch sein mochte, er konnte ihr sicher nicht die Pest und andere, detailliert beschriebene Seuchen an den Hals wünschen.

Isa stieß ein zittriges Lachen aus, von dem sie selbst nicht genau wusste, woher es kam. Sie wischte sich über das nasse Gesicht. Verwundert stellte sie fest, dass die Regentropfen, die an ihren Wangen klebten, nach Salz schmeckten.

Als sie ein paar Minuten später die Tür zur Burgküche aufschob – einem Raum, in dem sie in den letzten Tagen trotz des Feuers immer ein wenig gefroren hatte –, fühlte es sich an, als würde sie nach einer langen Reise in die gemütlichste Taverne des Landes einkehren.

Jetzt eine Schüssel mit Eintopf, einen Becher Met und ein schönes, warmes Bett, dachte sie. Oder einfach nur das Bett.

Alles sah in etwa so aus, wie sie es verlassen hatte. Eine Tatsache, die das, was gerade geschehen war, noch unwirklicher erscheinen ließ. Rune Kreuteler hatte man mittlerweile in Eisen gelegt. Der Rest der Anwesenden stand noch immer vor dem Kamin herum. Als Isa eintrat – blutverschmiert wie ein tollpatschiger Henkersknecht, nass wie ein Raubritter, der in den Burggraben gefallen ist und kurz vor einem wohlverdienten Nervenzusammenbruch –, drehten sich die meisten zu ihr um. Sie konnte sehen, wie sowohl Lena als auch Alex die Kinnladen herunterfielen.

Kevin fummelte noch an einer mittelalterlichen Halsgeige herum, die Korbinian wohl ebenfalls aus der Folterkammer geholt hatte. Er wandte ihr den Rücken zu, merkte aber, dass sie eingetreten war. »Hey, Isa!«, rief er ihr über die Schulter zu, ohne hinzusehen. »Wir haben gerade überlegt, ob es nicht vielleicht besser wäre, den guten Herrn Kreuteler einfach in dieses Angstloch im Bergfried zu stecken. Da könnte er wenigstens …« Er stockte, als Lena ihn ohne viel Federlesens an der Schulter packte und herumriss. Erst blinzelte er irritiert, dann weiteten sich seine Augen vor Schreck.

»Wie zum Teufel siehst du denn aus?«

»Sorry, Leute«, keuchte die grüne Fee. »Aber das Angstloch ist schon besetzt.«

# Epilog

## MORD AUF DER MARKSBURG

*Die Polizei bestätigte, dass sich auf der Marksburg, der wohl berühmtesten Sehenswürdigkeit der Stadt Braubach, zahlreiche Verbrechen ereigneten, während Sturmtief »Johannes« die Region in Atem hielt.*

*»Unserer Soko ›Grafenmahl‹ gelang es trotz der Komplexität des Falles bemerkenswert schnell, die genauen Ereignisse zu rekonstruieren«, so Kriminalhauptkommissarin Sabine Müller-Knutsen, Leiterin der Sonderkommission. »Offenbar wurde die Marksburg durch das Unwetter in der Nacht von Donnerstag auf Freitag völlig von der Außenwelt abgeschnitten. Zu diesem Zeitpunkt befanden sich nicht nur einige Angestellte, sondern auch Gäste dort, die die Räumlichkeiten der Burg für eine private Feier gemietet hatten.*

*Zu unserem großen Bedauern nutzte ein Gast, ein Mann mittleren Alters, der von Freunden und Bekannten als eher ruhiger Zeitgenosse und liebevoller Ehemann beschrieben wurde, diese prekäre Situation aus, um ein wahrscheinlich lang gehegtes Vorhaben zu realisieren und seiner Ehefrau das Leben zu nehmen. Auch ein Angestellter der Marksburg-Schänke wurde zu seinem Opfer, und sein eigener Bruder, der an den Verbrechen höchstwahrscheinlich beteiligt war, kam bei einem Handgemenge ums Leben. Dem Mann werden nun zweifacher Mord sowie Totschlag vorgeworfen.«*

*Doch damit nicht genug: Müller-Knutsen zufolge nutzte zur selben Zeit auch noch ein flüchtiger Strafgefangener die verwinkelten Gebäude der Marksburg als Versteck. Bereits seit Monaten hatten die Behörden bundesweit nach dem Mann gefahndet, der wegen Mordes zu lebenslanger Haft verurteilt worden war und es immer wieder geschafft hatte, seinen Verfolgern zu entkommen.*

*Es gelang dem Entflohenen zunächst, eine Geisel zu nehmen und eine weitere Person zu verletzen. Dann stürzte er allerdings in das mittelalterliche Verlies der Burg, wobei er sich mehrere Knochenbrüche zuzog. Seine Verletzungen sind schwer, aber nicht lebensbedrohlich.*

*»Er – und natürlich auch der andere Täter – konnten verhaftet werden«, bestätigte uns die Kommissarin, die im nächsten Jahr für das Amt der Bürgermeisterin von Bad Ems kandidieren wird (Exklusivinterview auf Seite sechs). »Dieser Erfolg, die Entschärfung einer äußerst kritischen Lage, ist nur den Einsatzkräften unserer Region zu verdanken, die die ihnen zugewiesenen Aufgaben exzellent meisterten. Das war solide Polizeiarbeit, trotz der schwierigen Straßenverhältnisse und der Einmischung von Zivilpersonen, die sich auf der Burg befanden …«*

Valentin ließ die Zeitung sinken. »Ich schätze, wir wissen alle, wer damit gemeint ist. Du und die Polizei werdet in diesem Leben keine Freunde mehr, Kleines.«

Die grüne Fee seufzte. »Undank ist der Detektivin Lohn.«

Die fünf Spielleute von Manus Furis saßen auf der Terrasse vor der Schänke der Marksburg und lauschten Valentin, der einen Artikel aus der *Rhein-Lahn-Zeitung* vorlas. Alle waren mit dampfenden Kaffeetassen ausgerüstet. An den anderen Tischen saßen Touristen, die auf die nächste Führung warteten, einen kleinen Imbiss zu sich nahmen oder die Aussicht bewunderten.

Sämtliche Schäden, die das stürmische Wochenende an und in der Marksburg hinterlassen hatte, waren bewundernswert schnell behoben worden. Nur über das Dach des Rheinbaus turnten noch einige Arbeiter, die damit beschäftigt waren, die heruntergefallenen Schindeln zu ersetzen, doch insgesamt wurde die einzig nie zerstörte Höhenburg am Mittelrhein ihrem Titel mal wieder gerecht. Erhaben stand sie da, scheinbar völlig unbeeindruckt von den Geschehnissen der letzten Tage. Von den Windböen, die so lange und so stark an den Mauern gezerrt hatten, war indes nur noch ein Säuseln übrig geblieben.

Nachdem alles vorbei gewesen war, hatte es keine vier Stunden gedauert, bis sich auch der Sturm verzogen hatte.

Typisch.

Zuerst waren Blitz und Donner immer seltener und die Abstände zwischen ihnen immer größer geworden. Dann hatte die ewige Heulerei des Windes nachgelassen, so als hätte jemand einem Poltergeist, der seit Tagen um die Mauern fegte, endlich das Maul gestopft, und schließlich war die Sonne aufgetaucht. Unschuldig hatte sie zwischen den aufreißenden Wolken hervorgeblinzelt, als wollte sie sagen: »Was?

Wie? Ich war nur kurz an der Tanke, Zigaretten holen. Ist doch nix passiert, während ich weg war, oder?«

Das jedenfalls hatten ihre Freunde der grünen Fee erzählt. Sie selbst konnte sich nur noch vage an die Dinge erinnern, die passiert waren, nachdem sie vom Bergfried zu den anderen zurückgekehrt war. Sie sah sich noch klar und deutlich an der Tür zur Burgküche stehen und ihre Geschichte beenden, doch danach wurden die Bilder vor ihrem inneren Auge plötzlich verschwommen, als hätte sie alles wie durch dichten Nebel hindurch erlebt: Irgendjemand wickelte sie trotz ihrer Proteste – »Mir geht's gut ... das sind nur Kratzer ...« »Hör auf. Du klingst wie der schwarze Ritter aus *Die Ritter der Kokosnuss*, und der wusste auch nicht, was er sagte« – in eine Decke. Verfrachtete sie mit sanfter Gewalt vor den Kamin. Dort dokterte man an ihr herum, während jemand anders sie in den Arm nahm und festhielt, bis dieses seltsame Zittern aufhörte.

Der Duft nach Ingwer.

Ein sich langsam hebender und senkender Brustkorb.

Warm. Vertraut.

Irgendwann hatte sie offenbar den Kampf gegen eine Müdigkeit verloren, die an ihrem Bewusstsein gezerrt hatte wie Wellen an einem Blatt im Sand. Richtig wach geworden war sie erst wieder, als bereits Uniformierte in der Burgküche gestanden hatten.

Nun, eine knappe Woche später, war Isa wieder im Vollbesitz ihrer geistigen und körperlichen Kräfte und genoss die Wärme des Spätsommers auf ihrem Gesicht.

Ein Sonnenstrahl war ziemlich heiß. Nahezu sengend.

Sie öffnete die Augen. Ah, natürlich. Kein Sonnenstrahl, sondern ein Blick von Lena, die ihr gegenüber saß und mal auf Isa und mal auf deren Teller starrte, auf dem ein Stück

Schokoladentorte von der Größe einer Fregatte darauf wartete, verspeist zu werden.

Es war bereits das zweite.

»Jetzt hör schon auf damit und nimm dir was. Ich teile wirklich gerne«, sagte Isa.

Lena schüttelte entschieden den Kopf. »Das landet alles nur auf meinen Hüften.«

»Blödsinn. Tut es bei mir doch auch nie.«

»Weil du ein garstiger, garstiger Mensch bist.«

»Hey! Ich bin letztens fast umgebracht worden, solltest du da nicht ein bisschen netter zu mir sein?«

»*Den* Status hast du mit der Extraportion Sahne verspielt.«

»Sehr freundlich von Schrödinger, uns hierher einzuladen«, unterbrach Kevin ihre Kabbelei. »Diese Burg ist schön, und obwohl ich keine Lust hätte, noch mal drei Tage lang in ihr festzusitzen, verdient sie doch einen würdigen Abschied.« Ohne zu fragen, schob er seinen Käsekuchen zu Lena hinüber und nahm sich stattdessen ihren Obstsalat. Das Manöver brachte ihm erst einen ungehaltenen, dann einen überraschten Blick und schließlich ein Küsschen ein.

Alex, neben dem ein paar Krücken an der Mauer lehnten, nickte. »Finde ich auch. Obwohl der Aufstieg deutlich mühseliger war als beim letzten Mal.«

»Wie genau hast du dir jetzt noch mal den Knöchel gebrochen?«, fragte Valentin irritiert.

»Er ist gestolpert, und zwar wegen seiner eigenen –«, begann Isa, aber der Schotte hielt ihr flugs den Mund zu.

»Unseren letzten Tag in der Gegend verbringe ich jedenfalls lieber hier oben als schon wieder in einem Polizeibüro. Die hängen mir langsam zum Hals raus«, sagte er. Grinsend fügte er hinzu: »Nur die Kommissarin werde ich vermissen. Die war heiß.«

Sein Grinsen wurde noch breiter, als Isa empört seine Hand wegschob. »Elende Pestbeule«, sagte sie hoheitsvoll.

»Fieser kleiner Pferdeapfel«, gab er zurück und legte ihr einen Arm um die Schultern wie ein Sechzehnjähriger, der seine erste Freundin im Kino rumkriegen will.

Valentin schlug die Hände vors Gesicht. »Noch zwei Verliebte überlebt diese Band nicht. Das überlebe *ich* nicht.«

Die grüne Fee tätschelte ihm den Rücken. »Aber Manus Furis bleibt doch Manus Furis. Ganz egal, was passiert.«

»Du hast leicht reden. Du bist ja nicht das fünfte Rad am Tourbus.«

So zerstreut Valentin manchmal auch sein mochte: Nach dem Anruf bei Isa hatte er sofort gewusst, dass etwas auf der Marksburg nicht mit rechten Dingen zuging.

»Der Tonfall war's«, hatte er später erklärt, »der hat mich so alarmiert. Wegen der schlechten Verbindung konnte ich kaum verstehen, was sie gesagt hat, aber wenn Isa so klingt, schwebt üblicherweise jemand in Lebensgefahr. In den Nachrichten hatte ich schon von dem Sturm gehört, also fuhr ich sofort her und fragte bei den zuständigen Behörden nach. Die waren aber wegen des Unwetters völlig überlastet. Zuerst wollte mir nicht einmal jemand zuhören, geschweige denn etwas unternehmen.«

Zum Glück war Graf Galgenstrick nicht der Einzige gewesen, der sich Sorgen um die Leute auf der Marksburg gemacht hatte. Ein paar Freunde und Verwandte von Viktoria hatten sich ebenfalls zusammengereimt, dass die junge Frau – zusammen mit Rune, den alle zu diesem Zeitpunkt noch für den braven Ehemann hielten – auf der Höhenburg festsitzen musste. Und die Custodes Historiae waren nicht nur in Braubach gestrandet, weil ihre Pläne für die Belebung der Marksburg sprichwörtlich ins Wasser gefallen waren, sondern auch, weil Piet sich geweigert hatte, den Ort zu verlassen, bis er wusste, was mit Johanna geschehen war, die seit Tagen nicht ans Handy ging.

Zusammen mit all diesen Leuten hatte Valentin die Polizei so lange belagert, bis seine Rettungsmission doch noch ein gutes, wenn auch skurriles Ende genommen hatte.

Als der Sturm sich endlich gelegt hatte, stapften zwei Schutzpolizisten von der Polizeiinspektion Lahnstein mit einem Sanitäter im Schlepptau den Berg hinauf. Sie rechneten damit, oben ein verschrecktes Häuflein Menschen vorzufinden, möglicherweise unterkühlt, im schlimmsten Falle leicht verletzt. Verbrechen witterten sie keine, außer vielleicht eine hübsche kleine Sachbeschädigung, wegen der man jemanden zur Sau machen konnte. Immerhin hatten sich schon im neunzehnten Jahrhundert, als die Marksburg einige Zeit als Haftanstalt gedient hatte, Gefangene während des Winters dazu hinreißen lassen, die originale Wandvertäfelung der Kemenate zu verfeuern, um ihre Zellen zu beheizen. Was erst einer Bande gelangweilter Mittelalterfreaks einfiel, mochte man sich gar nicht ausmalen.

Ein Routineeinsatz, glaubten die Polizisten. Leute einsammeln, Personalien aufnehmen, Kaffeepause machen.

Als ihnen stattdessen eine zerschlagene Gauklerin drei Leichen und zwei Mörder präsentiert hatte, waren ihnen die Kinnladen fast bis runter auf die Schutzwesten geklappt.

»Meint ihr, es geht ihm gut? Schrödinger, meine ich?«, fragte Kevin und biss in ein Stück Ananas.

Die grüne Fee nippte an ihrem Kaffee. In der Nachricht, die der Burgvogt den Gauklern mit der Bitte geschickt hatte, der Marksburg noch einen letzten Besuch abzustatten und auf seine Kosten ein, zwei ruhige Stunden in der Schänke zu verbringen – »als kleine Entschädigung für erlittene Unbill«

–, hatte er ganz wie er selbst geklungen. Etwas verschroben, aber auf eine fürnehm-väterliche Art.

»Denke schon«, sagte sie. »Immerhin scheint er hier oben wieder alles voll im Griff zu haben.«

»Muss aber doch gruselig gewesen sein, tagelang gefangen gehalten zu werden von –«

Lena unterbrach ihn mit einem warnenden Blick in Richtung Isa.

Die hob die Augenbrauen. »Süße, er kann den Namen ruhig sagen. Wir reden über Marek, nicht über Lord Voldemort.«

»Tut mir leid. Ich wollte bloß nicht, dass Kevin alte Wunden ... aber so alt sind sie ja eben noch nicht, und du warst so fertig danach, und überhaupt ...«

Spöttisch legte die grüne Fee eine Hand auf die Stelle an ihrer Stirn, wo Marek ihr einst in Siegburg eine Platzwunde verpasst hatte. »Meine Narbe, sie brennt so sehr ... es ist ein Zeichen! Fräulein Übervorsichtig ist in der Nähe.« Sie ließ die Hand wieder sinken. »Es geht mir gut, Lena. Na ja, so gut, wie's einem nach so was eben geht. Marek wird wieder im Gefängnis landen, sobald er sich von dem Sturz ins Angstloch erholt hat, und obwohl Valentin recht hat – die Polizei und ich können nicht besonders gut miteinander, und das wird sich vermutlich auch nie ändern –, bin ich doch davon überzeugt, dass sie ihn kein zweites Mal entkommen lässt. Vor allem nicht, wenn diese Kommissarin nächstes Jahr Bürgermeisterin werden will. Das wäre ja schlecht fürs Image.« Sie lehnte sich auf ihrem Stuhl zurück. Als sie die nächsten Sätze laut aussprach, merkte sie zu ihrer eigenen Überraschung, dass die Beklommenheit, die jedes Mal in ihr aufstieg, wenn dieses Thema zur Sprache kam, tatsächlich nicht mehr ganz so schlimm war. »Er ist weg, Lena. Marek ist Geschichte.«

»Und du bist noch da. Und hast somit weiterhin die Pflicht, mit uns durch die Lande zu fahren, die Obrigkeit zu nerven und das Leben zu genießen«, sagte Alex, zog sie an sich und drückte ihr einen Kuss auf die Stirn. »Und gegen die Albträume hätte ich auch etwas. Nur, falls von Mylady gewünscht«, flüsterte er ihr ins Ohr.

»Literweise Met?«, fragte sie ebenso leise.

»Die Vermeidung von Schlaf durch anderweitige Aktivitäten.«

Sie schmunzelte. »Liederlicher Spielmann.«

Plötzlich senkte sich ein Schatten auf die mit Kaffee und Kuchen gedeckte Tafel der Gaukler. Die Figur, die er auf das Holz zeichnete, stemmte eine Hand in die Hüfte und hatte etwas auf dem Kopf, das Isa an Mäuseohren erinnerte.

»Meeensch, *ihr* seid das! Hätte ich mir doch gleich denken können. Tja ja, wie schon meine Großtante –«

»Ach, verdammte Axt.«

»*Das* hat sie nie gesagt.«

Robyn trug keine mittelalterliche Kleidung mehr, sondern die moderne Gewandung der Servierkräfte von der Schänke. Der ganze Trubel der vergangenen Woche – die Rettung von der Burg, die stundenlangen Befragungen durch die Polizei – schien sie nicht gestresst, sondern ihr im Gegenteil gutgetan zu haben: Sie sah aus wie das blühende Leben.

Kein Wunder, dachte Isa. So viel Klatsch und Tratsch hat es in Braubach bestimmt seit Jahrhunderten nicht mehr gegeben.

»Wie geht's dir, Robyn?«, fragte sie und deutete mit ihrer Kuchengabel auf das Tablett in der Hand der Schankmaid. »Ich hätte gedacht, du nimmst dir erst mal einen wohlverdienten Urlaub.«

»Ach, der Laden läuft doch ohne mich gar nicht. Aufgeschmissen sind sie alle, ohne Ausnahme. Da muss ich mich eben krummlegen. Ist aber ohne Rumo nicht mehr dasselbe.« Ihre Miene, sonst immer fröhlich, wurde für einen Moment ernst. Doch dann zuckte sie mit den Schultern und strahlte die Spielleute wieder an. »Na ja, wird vielleicht Zeit, mir was Neues zu suchen. Ich könnte doch eine eigene Taverne aufmachen, was meint ihr? Oder auf Märkte fahren, da kann's doch gar nicht genug Stände mit Bier und Met geben. Wie schon Großtante Siobhan zu sagen pflegte: Du magst vielleicht nie das Gold am Ende des Regenbogens finden, aber ein freier Platz im Pub ist auch nicht verkehrt.«

Valentin lehnte sich unauffällig zur grünen Fee hinüber. »Hat sie gerade ›Mett‹ gesagt? Und kommt das nur mir so vor oder hat sie sich das mit der Großtante gerade bloß …?«

Isa schüttelte den Kopf. »Frag nicht.«

Eine seltsame Pause entstand. Über ihren Köpfen schrie ein Falke, der seine Kreise um die Marksburg zog.

Robyns Blick fiel auf das Tablett. Plötzlich schien sie sich daran zu erinnern, weswegen sie überhaupt an den Tisch gekommen war. »Upps, hätte ich fast vergessen. Das hier soll ich euch geben.«

»Ich dachte, das ist ein Selbstbedienungsrestaurant?«, fragte Lena irritiert.

»Jaja, klar, aber so ein Kerl hat mir zwanzig Euro Trinkgeld dafür gegeben, dass ich das hier zu den fünf Gauklern bringe, die hinten beim Wachthäuschen sitzen.«

Die Schankmaid deutete auf das winzige Türmchen hinter Alex, Isa und Valentin. Es befand sich genau an der Ecke der Terrasse, auf der man früher keinen Kaffee ausgeschenkt, sondern die Nordwestseite der Burg mithilfe von Kanonen gegen feindliche Angriffe abgesichert hatte. Vom Wachthäuschen aus hatte man einen perfekten Ausblick auf den Rhein; Truppen, die die Marksburg vom Fluss aus hatten einnehmen wollen, waren so schnell entdeckt und dann mit ein paar gezielten Salven zurück in die Wellen getrieben worden wie der rote Stier von einem äußerst schießwütigen Einhorn.

»Zwanzig Euro, das kann man sich ja nicht entgehen lassen. Ein komischer Typ war das übrigens. Hat ganz geheimnisvoll getan«, plapperte Robyn weiter. »Ich noch so: ›Entschuldigung, für wen soll das sein?‹, aber er hat mir nur das Geld hingelegt und ist abgerauscht.«

Die grüne Fee von Absinth runzelte die Stirn. »Wie sah er denn aus?«

»Keine Ahnung, wie irgend so ein Kerl eben. Unhöflich war er. Hat sich nicht mal verabschiedet, nur so komische Anweisungen gegeben. Das hier soll ich euch zuerst geben, als Stärkung.«

Flink ging sie um den Tisch herum und stellte vor jedem Mitglied von Manus Furis eine winzige Glasflasche ab.

Isa betrachtete die ihre. Sie hatte einen Bügelverschluss und einen abgeschrägten Boden, sodass es aussah, als machte ihr leuchtend orangefarbener Inhalt sie betrunken; es war »Burggeist«, der hauseigene Schnaps der Marksburg, der auch schon beim Grafenmahl ausgeschenkt worden war.

»Und das hier zum Schluss. Hab nicht reingesehen, versprochen.« Mit einem Zwinkern und einer theatralischen Geste platzierte Robyn einen verschlossenen Briefumschlag in der Mitte des Tisches.

»Also dann, ich muss wieder reingehen, sonst gibt's Ärger mit dem Chef. Vielleicht sieht man sich ja schon bald auf einem Mittelaltermarkt. Fragt nach Robyns Taverne!« Mit diesen Worten wuselte die Schankmaid davon.

Fünf Gaukler starrten verdutzt auf den Umschlag.

Das Papier, aus dem er bestand, sah handgeschöpft aus. Der Absender hatte ihn nach mittelalterlicher Sitte versiegelt und dabei eine Initiale in das rote Wachs gedrückt: ein reich mit Schnörkeln verziertes »R«.

Isa hatte schon selbst gesiegelte Briefe verschickt, aus Jux – irgendwie musste man sich ja bei Laune halten, wenn die Steuererklärung fällig war –, und auch welche bekommen, aber noch nie auf eine derart mysteriöse Art. Neugierig schnappte sie sich den Umschlag und drehte ihn zwischen den Fingern. Bis auf das Siegel, das ihr nicht bekannt vorkam, war er völlig blank. Kein Name, keine Adresse, nichts.

»Hat jemand eine Ahnung, was das soll?« Sie blickte ihre Freunde der Reihe nach an, doch die schienen genauso ratlos zu sein wie sie.

»Mach auf«, drängte Lena.

Entschlossen brach sie das Siegel. Im Inneren befand sich ein einzelnes Blatt, das aus dem gleichen, hochwertigen Material wie der Umschlag zu bestehen schien. Auch die Schrift war auf mittelalterlich getrimmt, aber so ebenmäßig, dass sie nicht mit Federkiel und Tinte zu Papier gebracht worden sein konnte. Isa tippte eher auf einen uralten Farbdrucker.

»Und?« Alex versuchte, ihr über die Schulter zu gucken, während sie las.

Ihre Miene verzog sich zu einem sehr breiten, sehr isahaften Grinsen.

»Es ist eine Einladung«, sagte sie. »Oder, besser gesagt, ein Angebot. Wir sollen auf einem Mittelaltermarkt auftreten.«

Graf Galgenstrick runzelte verwirrt die Stirn. »Und da rufen die nicht einfach an? Welcher Markt ist es denn?«

Die grüne Fee sagte es ihm.

»Wow.« Auf diese Nachricht nahm Valentin erst einmal einen großen Schluck Kaffee.

»Ist das dein Ernst?« Lena zupfte ihrer besten Freundin den Brief aus der Hand und überflog ihn selbst noch einmal, ungläubig, aber mit wachsender Begeisterung. Alex und Kevin gaben sich über den Tisch hinweg ein High Five.

»Jubel! Endlich runter von der Burg und wieder ab auf die Straße«, sagte Kevin. »Wir fahren doch hin, oder?«

Der Schotte rollte mit den Augen. »Natürlich, was denkst du denn?«

Über der Marksburg drehte sich der Wind. Er war noch immer sanft, nichts weiter als eine Brise, trug aber nun einen neuen Duft heran. Isa bemerkte es sofort. Und fühlte, dass es sie plötzlich kaum noch auf dem Stuhl hielt.

Der Wind roch nach Mittelalter. Sie konnte es förmlich schmecken. Er roch nach Rauch, Brot und einem Hauch Verderbtheit.

Nach zu Hause.

Und vielleicht nach dem einen oder anderen neuen Fall.